我们复习吧

程青松 吕艳 著

新星出版社 NEW STAR PRESS

图书在版编目（CIP)数据

我们复婚吧／程青松，吕艳著.—北京：新星出版社，2008.9
ISBN 978-7-80225-539-5

Ⅰ.我… Ⅱ.①程…②吕… Ⅲ.长篇小说－中国－当代 Ⅳ.I247.5

中国版本图书馆CIP数据核字（2008）第107839号

我们复婚吧

程青松 吕艳 著

责任编辑：党敏博
责任印制：韦 舰
装帧设计：大象設計·葡博　Daxiang Design Tel:010-84804305

出版发行：新星出版社
出 版 人：谢 刚
社　　址：北京市东城区金宝街67号隆基大厦　100005
网　　址：www.newstarpress.com
电　　话：010-65270477
传　　真：010-65270449
法律顾问：北京建元律师事务所

读者服务：010-65267400　service@newstarpress.com
邮购地址：北京市东城区金宝街67号隆基大厦　100005

印　　刷：山东新华印刷厂临沂厂
开　　本：700×1000　1/16
印　　张：20
字　　数：380千字
版　　次：2008年9月第一版　2008年9月第一次印刷
书　　号：ISBN 978-7-80225-539-5
定　　价：29.00元

目录

楔子
风雨之夜

深夜，窗外密集的雷雨声轰轰作响，这是一个充满诱惑又引人冲动的夏末之夜。

暧昧的灯光下，伴随着急促的喘息声，办公室里的白色长沙发上，紧紧纠缠的一对男女正在狂野地享受着云雨时刻。地毯上，凌乱地散落着男女褪去的衣服。

沙发边的茶几上搁着一支非常精致的木制烟斗，没燃尽的烟草还在飘着一丝烟雾。激情过后，男人的手从年轻女人的身体下面伸出来，想去抓那烟斗，一只纤细的带着翡翠手镯的女人的手把男人的手拽了回去。女人翻身压在了男人身上。他们的身体在松软的沙发上再次贪婪地彼此冲撞着。

不远处的书桌上，电脑上端的摄像头一闪一闪的，仿佛一双不怀好意的眼睛，正在窥视着这场激情戏！

几个小时后，戴翡翠镯子的女人的手轻轻点了点鼠标，电脑便播放出一段视频。她纤长的手指挪动着鼠标，屏幕上显示出"快速复制成DVD"的字样。女人揉碎一支烟，把烟斗填满烟丝，然后用火柴将烟丝点燃。她靠在椅子上，深深地吸了一口，吐出一股青烟来。

1

美满婚姻

李学锋和田原夫妇是这个江南都市里的风云人物。李学锋四十岁左右，彩虹公司CEO，总是充满自信，毫无中年人的疲惫。三个月前，由于他执意要将公司从熟悉的通信行业转到新兴的手机电视领域，目前在推广和发展上都遇到了很多困难，尤其在公司内部，他正面临着创业以来最大的一次信任危机。

这天，他刚刚出差回来。虽已入夜，他还是在机场买了束盛开的百合花，然后赶往家中。

李学锋刚进别墅的大门，屋子里的灯就亮了，原来岳母赵静雅一直在等待女婿的归来。

赵静雅穿着睡衣，关切地询问："学锋，吃晚饭了没有？厨房里有我煲的汤。"

"妈，真不好意思，飞机晚点，回来太晚了，吵醒您了。我吃过了。"

"学锋，你可别嫌妈妈啰嗦，这次你们可要认真对待。你和原子结婚以前忙工作，没时间要孩子，现在你们俩的事业发展都这么顺利，身体也是最好的时候，可不能再耽误了。"

"妈，我也想要啊。有了好消息，我们第一个通知您。您休息吧，我上楼去了。"

赵静雅看着李学锋的身影，目光里充满了对女婿的满意和肯定。她随手关上了灯。

李学锋手捧鲜花几乎是冲上了二楼，见屋里亮着灯，便推门而入，却发现卧室里没有人。他赶紧把鲜花插到花瓶里，奇怪地寻找着田原。他的脸上突然浮现出些许恐惧的神色。

这时，从浴室里传来流水的声音，李学锋循着声音找过去，只见田原在水池边剧烈地干呕。田原被突然出现的老公吓了一跳，想赶紧拿毛巾擦嘴。她的脸色有些苍白。

李学锋顺手递上毛巾，让田原擦完嘴定定神，然后他轻轻揽住田原的腰，把她搀到床边，满怀歉意地说："老婆，我回来晚了。"

田原斜靠在白色的大床上，学锋给她倒来一杯开水，看着田原喝下去。学锋关切地问："好点没有？"田原点点头。

"老公，我已经让董志兴联系好时间了，明天下午一点到医院去。不过，我心里有点慌……"

"没事儿的，明天检查结果出来，不就放心了嘛。结婚十二年了，一直就我们两个人，突然有个小生命要到来，我也会紧张的。"

田原莞尔一笑："万一不是怀孕呢？"

学锋放肆地亲吻着老婆："那咱们就继续造人。反正我也腾出了假期，咱们去马尔代夫造人！"

学锋的话音刚落，他的电话就响了起来。他看了看手机，没打算接。

田原关心地问："谁啊？我没事了，你接吧。"

学锋和田原依偎着，没打算破坏此时的美好气氛。

过了一会儿，学锋让田原躺下休息，起身走到窗前要拉窗帘，突然感觉窗户上掠过一个女人的影子，转眼那身影又不见了。他倒抽了一口冷气。

田原是著名女性时尚杂志《美丽·家人》的主编，一到办公室，她就仿佛变了一个人。和家里的温柔妻子的形象相比，在杂志社的田原的职业女性形象要干练得多。

田原刚刚走进办公室，女秘书晓鸥就尾随着进来了："主编，中午杉村集团的赵总要请您吃饭，下午跟瑞士的LANGQING华东区代表谈慈善之夜的活动议程。"

田原一边打开电脑一边回答："晓鸥，中午的饭局就先给我推了吧，我还有点私人的事情要处理。"

"好的。"

田原的手机响了，她听出是董志兴的声音，便说："志兴啊，中午我一定到。谢谢你！"

田原看看手表，已经快九点钟了，转身对晓鸥说："我看我还是找个助理，这样下去，非得忙死不可。"

晓鸥一笑："马上开选题会吧？"

她们一起来到会议室，编辑们已经到齐了。田原干脆利索地直入主题："这一期我们要做'婚姻遭遇一夜情'的话题。我收到一封读者来信，挺有代表性的。晓鸥，你给大家念念。"

晓鸥拿起打印出来的邮件，念给大家听："田主编，您好！我曾经在杂志上读到过关于您和您爱人李学锋的幸福婚姻的报道，我非常羡慕您的生活。我一直是您的杂志的忠实读者。我觉得您是这个世界上最幸福的女人。跟您比起来，我觉得现在的我好像生活在地狱里。一个星期前，我的生活中发生了一件可怕的事情。那天，我提前从娘家回来，结果看到我老公跟另一个女人正光着身子搂在一起！我老公求我，我让他滚，他就什么东西也没拿，真的走了！等他走了，我又后悔了。我和他结婚七年，有一个五岁的孩子。晚上，一想起我老公和那个女人亲密的画面，我就会控制不住自己的情绪！田主编，帮帮我！"

晓鸥读完读者来信，编辑们陷入了沉思。田原打破沉默："大家谈谈，我们这个专题该如何做。我希望大家能把自己的真实感受表达出来。我们杂志做的每个选题不仅仅是为了追求轰动效应，还希望能带给读者温暖和安慰。"

田原突然感到一阵恶心，她竭力忍着。晓鸥赶紧倒来一杯水："田姐，你怎么了？"

"没事儿。如果大家关于这个选题的意见还不成熟，就先上别的选题。大片呢？服装大片有没有问题？"

编辑将婚纱的样稿递给田原："没问题。这是新一季的婚纱主题。"

田原满意地看着样稿："好，很东方的idea。专题是重中之重，不能拖后腿。已经入秋了，年底我们还有很多活动，选题必须提前做。希望大家抓紧。"

与此同时，李学锋正在公司的会议厅里紧张地参加会议，这是一场决定他未来事业走向的重要会议。

一向支持李学锋的副总周群突然提出了辞职。

李学锋很惊讶："为什么？"

周群停顿了片刻，坚定地说："我觉得公司原来做通信做得很好，现在你要全部转型做手机电视，我觉得风险太大。你不要劝我了，我不是对你个人有意见，只是我们的目标不一致，所以我选择离开。"

"周群，目前通过手机可以观看电视的高端用户已经接近两千万，这是一场即将到达的产业盛宴，我们为什么不去抢这杯羹呢？"

"学锋，我知道这是块肥肉，可是要在半年内不收费，让用户免费收看，公司没有那么强大的资金链来运转。"

"你知道的，我们已经开通的新闻频道、音乐频道都很受欢迎。我们公司的手机短片开发团队，也已经拿出了一百部手机短片的策划案。"

"学锋，这次辞职的不止是我一个人，你要让做通信的员工来做手机短片，他们感觉压力很大。更何况，手机的屏幕再大，也比不上电视屏幕，要让手机用户盯着手机看电视，真是很费力。"

周群说话的同时站起身向董事长递上一封信，董事长看后转交给了李学

4

锋。李学锋看到的是一封十人联名辞职的报告，他略显无奈地说："很抱歉，我没在带领大家看到曙光之前说服大家留在这里。但是我想告诉大家的是，我们不仅要开发手机电视、拍摄手机短片，还要拍摄手机电影。我要让每个手机用户都会看手机电视。何况，我们公司在主流媒体技术上的开发跟同行相比，居于领先地位。我们没有理由放弃！"

"学锋，你不要再说服我们了。我没有要你放弃的意思，我当然希望公司能取得成功。公司应该招聘更符合公司发展理念的人才进来，何必让我们在这里痛苦地挣扎呢？我希望董事长能批准我们的辞职。"

周群就这么带着其他几位员工辞职了，在公司转型的最困难时期撒手不管了。李学锋深知前面的路非常艰难，但从董事长信任的目光中他又得到了力量。

中午时分，他想起要陪田原去医院，便顾不上吃午饭，匆忙向车库跑去。

李学锋启动了自己的宝马车。他习惯性地找烟斗想吸两口烟，却怎么也没找到。他似乎想起了什么，使劲地拍打了一下汽车喇叭。他烦躁地四下张望，好像感觉到有一双眼睛在窃笑他。

性格稳重的董志兴是田原夫妇的老朋友。作为一名心理医生，他深知面前这对已婚十二年的夫妻是多么期盼一个小天使的出现。他帮田原约了一位著名的妇产科医生，看着田原紧张的样子，他不停地安慰她："没事的，很简单的检查，很快。"

李学锋搂着田原，很亲密地给她打气："老婆，勇敢点儿！"

两个男人目送田原进了检查室，算是暂时松了一口气，在长椅上坐了下来。

"志兴，谢谢你啊！"

"你们俩结婚十二年，也该有动静了！"

李学锋非常感慨："可不是，十二年一晃，好快啊！"

董志兴说："应该好好庆祝庆祝。"

"谢谢你提醒我啊。对了，志兴，你的心理门诊怎样了？"

"还是老样子。大家在观念上有误区，觉得看心理医生就是得了神经病。不过，我在报纸上的心理问题专栏很受欢迎。大家觉得写信不会有面对面的尴尬。"

李学锋颇有同感地说："跟我现在要做手机电视一样，很多人的观念都转不过来，觉得没有前景。"

董志兴点点头："学锋，咱们抽空详谈吧，我得上班去了。祝你们俩好运！"

董志兴刚走，李学锋的电话就响了。他看了一眼来电显示，立刻不安地起身，走到僻静的角落接听电话。对方是个年轻女人，她的声音既嗲声嗲气又非常坚定："学锋，我想见你。"

李学锋压低声音："我正在开会呢。"

年轻女人："你们在医院开会吗？"

李学锋大惊失色，开始四处张望，非常气愤："你在跟踪我吗?!"

年轻女人："你马上过来，要不然我就上来了。"

无可奈何的李学锋有些屈服了："你……你在什么地方？"

年轻女人："我在车库，你的车子旁边。"

李学锋迅速来到医院的地下车库，这里的光线有些昏暗。他走近年轻女人，她正斜靠在他的黑色汽车上，手臂上的那只翡翠镯子格外耀眼。

李学锋压低了声音："你不要闹了好不好？田原身体不太舒服，我在陪她做检查！"

年轻女人："是吗？不会是怀上你的孩子了吧？"

李学锋："是健康检查。"

年轻女人："你马上到我家去。"

李学锋："晚上好吗？晚上我一定抽时间。"

戴手镯的女人终于走了，李学锋三步并作两步地往回赶。

化验结果出来了，证实田原已经怀孕。医生乐呵呵地对田原说："恭喜啊，已经怀孕八周了！你要注意保养身体，情绪不能太激动，也不能累着。我听志兴说，你的工作非常忙碌，这下你要尽量减少工作量，最好不出差。"

听到这个喜讯，田原喜极而泣。她搜寻着门外李学锋的身影，同时像是自言自语，又像是对大夫说："我们结婚十二年了，终于怀上了自己的孩子。谢谢老天送给我们这么好的礼物！"

医生说："田主编，我在杂志上看过你们夫妻幸福生活的报道。这个孩子是你们美好婚姻的结晶和见证啊！不过你年龄不小了，属于高龄孕妇，一定要特别当心！"

正在这时，李学锋赶过来了。

田原迫不及待地说："学锋，我们有孩子了！"

李学锋的眼睛里绽放出激动的光芒，欣喜若狂："太棒了！我要当爸爸了！"

这时，李学锋的手机又响了。

"学锋，下午我还有会，你也很忙，咱们赶紧走吧。"

"我们要好好庆祝一下！这个时刻，工作上的电话统统不接。"

"妈妈会准备好饭菜的，她上午给我打电话，让我第一时间告诉她。"

"好，晚上回家一起好好庆祝！"

当晚在家里的餐厅，赵静雅做了满桌适合孕妇吃的菜。田原安静地坐在餐桌边，变成了一个被幸福包围的小女人。她轻轻抚摸着自己目前仍然很平坦的小腹。

　　赵静雅将一罐汤端出来，田原要去接，赵静雅立刻阻止了女儿："你别动。"

　　门铃响起，赵静雅开心地过去开门："学锋回来了！"

　　学锋将一束鲜花送到田原手上，又像变戏法似的从身后拿出一个提袋："妈，今天有奖品送给您呢！"

　　"奖品？奖励我这个三好老太太？"

　　"是啊，谢谢妈这些年来照顾我和原子，每天回来都能吃上热菜热饭，让我们全心全意地工作，给我们解决了后顾之忧。"

　　李学锋从提袋里取出一件很漂亮的秋装。赵静雅接过女婿的礼物，眼里泛起泪花。田原也很感动。

　　老太太有点受不住了，抹了下眼角："学锋，妈知道你和你大哥都是没妈的孩子，你们的爸妈都在唐山地震里没有了，可怜啊。所以，你就是妈的亲骨肉。你对妈特别好，也很孝顺，妈心里喜欢你这个女婿！还有，你懂事、周全，田原她爸那边，也是你经常过去照顾……"

　　田原打断了妈妈的话："妈，今天是开心的日子，不提不高兴的事情，好吗？"

　　"原子，我的意思是，学锋这个女婿没得挑的。"

　　李学锋给田原盛了一碗汤："原子，赶紧喝点妈妈给你做的汤。"

　　田原娇嗔道："你们两个人联合起来，非要让我变成个胖气球不可。"

　　李学锋的手机突然响了。母女俩并没怎么介意，因为他经常有这么多的电话。他接起电话，电话里没人说话，他只听到轻柔温婉的歌声……

　　三个人愉快地吃完了晚饭，李学锋的手机又响了，田原理解地对老公说："接电话啊，学锋。"

　　李学锋迟疑了一下，按下了接听键，他听到的依然是刚才的那首歌。

　　李学锋谎称要和周群私下沟通一下，就带着愧疚的心情从家里跑出来了。当他刚驶离小区的大门，手机短信便来了，让他赶到钱柜去。

　　他冲进KTV包房，房间里却空无一人。电视屏幕上播放着劲歌热舞。李学锋恼怒地将果盘踢翻到地上，发泄着自己的愤懑。闻声而来的服务员傻傻地看着，不知道发生了什么事情。李学锋把他们轰了出去，愤怒地拨通了电话："你到底想干什么？我有我的工作，还有家庭，我们不能这样下去了！"

　　对方是那个年轻的女人："你不是说你要我吗？为什么要过我以后又不要我了？我一个人在这边，好孤单！"

"你说吧，到底要我做什么？"

"我要你离开她，我要你跟我结婚！"

"你觉得我会吗？"

手机里传来年轻女人的哭泣声："你没听到我在哭吗？我一个人在黑夜里，什么也看不见，好像溺水了一样，我快要被淹死了！"

女人依然在抽泣。

李学锋瘫坐在沙发里，身体无力地深陷下去。他觉得自己孤独地走在空旷的月光下，面前是大片湖水，自己正被人往水里拉，难以回头。

2

貌似平静的日子

晨曦中的城市充满了生机。邮递员李学雷推着自行车，驮着两个邮包，后座上坐着他刚上小学一年级的女儿李丹丹。丹丹很斯文地咬着油条。

"丹丹，下午放学后爸爸来接你，送你去妈妈那里。明天是星期六，你就别跟着爸爸送信了，妈妈带你去学小提琴。"

"爸爸，能不去妈妈那里吗？"

"妈妈很爱你，专门给你请了老师。妈妈希望你将来有出息。"

丹丹不说话了，继续吃油条，沉默地看着从眼前滑过的上班人流。

丹丹的母亲邓薇，是个不甘于现状、充满活力、全身心追赶时髦的女人。她曾经是一家小工厂的出纳员，过着平凡得不能再平凡的生活，但精明、不安分的天性让她不甘平淡。从普通的公关做起，几经打拼，如今她有了自己的公司和热爱的事业。这个城市唯一一家全部由女员工组成的钟点女秘公司就是由她一手创办的。她从不后悔与李学雷离了婚。老实本分的李学雷让她觉得像晒干了的鱼一样乏味，她渴望能找到把自己燃成灰烬的炽烈爱情。

到了下班的时间，邓薇接到田原的电话约她喝一杯。邓薇觉得有点儿蹊跷，便问："原子，出什么大事了？你可别吓唬我！哦，好啊，你想让丹丹去你那儿过周末啊。"

李学雷带着丹丹来了。见丹丹手里拿着在路边买的年糕正在吃，邓薇不满地数落李学雷："你怎么回事？不要给丹丹买路边的东西吃，这样很不卫生的。"

丹丹不喜欢听妈妈教训爸爸，马上把年糕扔到了垃圾桶里。

李学雷略显尴尬地说："那我先走了，丹丹，爸爸走了。"

丹丹有点不情愿："爸爸，你记得要来接我哦。"

李学雷点头答应。

邓薇开始哄女儿："丹丹，婶婶要请我们喝咖啡哦，丹丹可以吃喜欢的冰淇淋了。"

邓薇带着丹丹来到咖啡厅和田原碰面。丹丹一个人吃着冰淇淋。

邓薇盯着田原："你说出大事了？"

田原扑哧一笑："是好事情。"

"让我猜猜。"

"你猜不着。"

"你们杂志社又签了几笔大广告？"

"俗气。继续猜。"

"我今儿心情不好，不想猜。"

"怎么了？"

"今天我们一个员工的前老公喝多了跑到公司无理取闹，说我搞的是三陪公司。"

"你呀，把公司改成公关公司不就可以了吗？钟点女秘，容易引起误会。"

"你知道我是从钟点女秘书服务开始起步的，很多客户也是冲着这个名字来的。"

"嗯，我明白。我们都入了一家的门，虽然你离开这个家这么多年了，可我们俩还是朋友啊，我怎么不了解你？所以我要把这件大事第一个告诉你，另外，我还有一事相求呢！"

邓薇瞪大了眼睛。

田原说："我怀孕了！"

邓薇几乎没反应过来："真的?!"

田原幸福地点着头："二十一号是我和学锋结婚十二周年的纪念日，我想举办一个别致点的party。你来帮我策划，可以吗？"

邓薇抓住田原的手，欣然答应："原子，太棒了！你和学锋，真的是太让人嫉妒了。没问题！你和学锋工作都忙，这事就交给我好了。场地我亲自去落实，在具体的环节上你提建议，我让璐璐去执行。还有嘉宾名单，你早点开给我，我好帮你发请柬。"

"韩璐璐是你手下工作能力最强的吧？"

"嗯，她很聪明，平时又不张扬。很多公司的大型推广活动都是她去执行的。她算是我的第一助手了，事情交给她办我特别放心。"

"介绍给我认识吧。过段时间我也要找个助理了。对了，薇薇，我想在party上弄一个大投影。我和学锋每年都出去度假，我们自己拍了一些DV，这些素材我都可以提供给你。"

"好啊，璐璐会编片子的。对了，学锋呢？他怎么不陪着你？你都四十岁了才怀上孩子，可得当心。听说他最近在弄手机短片，是不是很赚钱啊？"

"学锋去看我爸了。还没开始赚吧，不过我觉得有前景。你想转行啊？"

"是我的一个朋友，做文化公司的，想跟学锋合作，叫王志远。要不要我把他叫来聊聊？"

"你的新男友吧？"

"我哪有你那么有福气啊。我都结过两次婚了，一次婚纱都没穿过。我遇到的男人都不靠谱。原子，我真的好羡慕你，学锋不单对你这么好，对你爸你妈也那么孝顺。"

"薇薇，你不打算跟学雷复合了？"

"好马不吃回头草。绝对不可能的。原子，你说李学雷李学锋这哥俩怎么这样不同呢？我跟李学雷在一起，可没享过一天福。"

"薇薇，你可别当着丹丹的面说这些，这样会伤小孩子的自尊的。"

邓薇往旁边一看，发觉丹丹不见了，急忙叫服务员："你看见刚才坐我旁边的小女孩了吗？"

服务员："很抱歉，我没注意。"

田原和邓薇两人的脸色大变。

田原和邓薇从咖啡馆出来后分头寻找丹丹。周末的街道，行人熙熙攘攘。田原逆着人流，发现了丹丹，她独自坐在路边的长椅上发呆。田原赶紧给邓薇打电话。邓薇赶了过来，马上没有耐心地开始数落丹丹。

田原瞪了邓薇一眼道："丹丹上小学了，婶婶还没送礼物给你呢。给你买个小灵通好不好？到爸爸家妈妈家也方便联系。"

"不用了，原子，她被她爸爸给惯坏了。"

"这是我要送给丹丹的，你可管不着。"

田原拉着丹丹进了路边的手机店，邓薇没办法，只好跟了进去。

李学锋每个周末都记得去看田育之老人，照顾这个老人对他来说有特殊的意义。今天一下班，他还特意跑到专卖店为老人买了一对大闸蟹。一进门，看见岳父竟然钻进书桌底下，只露出屁股来，正在翻箱倒柜找东西，屋里扬起漫天的尘土。保姆小周站在一边皱着眉头看着田老头子折腾，脸色十分难看。

小周跟李学锋诉苦："您来了太好了，刚刚打扫完，老爷子又给弄得乱糟糟的。"

李学锋把大闸蟹交给小周："慢慢适应，老爷子都是七十岁的人了，你多担待点。"

"我不是嫌活多。老人家总是跟我说一些听不懂的话，颠三倒四的。"

李学锋蹲下来问岳父："爸，您要找什么？"

田育之从书桌底下探出头来："学锋来了啊？"

"爸，我今天还有工作要谈，不能待太久。我给您买了刚刚上市的大闸蟹。"

"好啊，吃鱼。田原还吃大闸蟹吗？我不记得了。我找我以前在苏联学习时的一个笔记本，找不到了。对了，学锋，你陪我下盘围棋嘛。你给我买了新围棋，还没跟我下过呢。"

李学锋面露难色："爸，我陪您下一盘象棋吧，我还有工作。"

田育之从桌子底下钻出来："好。"

爷俩取了象棋开始对弈。

李学锋："爸，今天我还有喜事要告诉您呢。"

田育之专注地走着象棋："要吃阳澄湖的大闸蟹啊。"

"爸，田原怀孕了，您要当爷爷了。"

"我要当爷爷了？不晓得田原让不让我抱我的外孙啊。"

老人家顿了顿，似乎想岔开话题："学锋，你想抽烟了吧？在我这里随便抽。我送你的烟斗呢？那是我从莫斯科带回来的。"

李学锋掩饰着："嗯，我收起来了。"

"那可是高级的木头做的。"

邓薇的工作热情总是能带动全公司的女性职员，她们的公关项目每每都受到客户的好评。好的公关永远都来源于出色的创意。韩璐璐是邓薇最得力的干将，她是这个公司里最年轻的员工，模样清秀，做事果敢。

周末的上午，她受邓薇之托，来田原家取录像带。

在田原家过周末的丹丹主动去开门。门打开了，门外站着韩璐璐，丹丹一下子兴奋起来："璐璐阿姨！"

韩璐璐惊讶道："丹丹，你怎么在这里呀？"

田原听到丹丹的话，起身过来迎接。韩璐璐没打算进屋，客气地对田原说："是田原大姐吧？是这样的，我是邓薇公司的韩璐璐，邓姐说您要开一个party，有一些带子要交给我……"

"老听邓薇夸奖你，终于见到传说中的韩璐璐了！快请进。"

田原带韩璐璐来到李学锋的书房，屋子的墙上挂满了李学锋跟田原的照片。韩璐璐一一看着他们的幸福合影，随口问道："李总不在家啊？"

"嗯，出去办事情了，手机都忘了带。"

"事业型的男人都这样粗心大意吧。"

"他已经算是很细心的了。"

田原从书柜上取下一个箱子，里面都是DV带子："这些带子上的号码，都是他编的，上面有年份。这个环节一定帮我保密，我想给学锋一个惊喜。这事就麻烦你了。"

"好，田姐放心吧。"

田原把电话留给了韩璐璐："还需要什么资料，随时跟我联系。"

韩璐璐拿了带子礼貌地告辞了。

李学锋独自来到玉湖中心岛酒店。

前台经理问："您需要什么？"

李学锋说："订一个最好的套房，二十一号的。给我准备一瓶红酒、甜品和一千两百朵玫瑰花。"

前台经理："没问题。"

李学锋拿出几张照片给经理看："这是我和我爱人度蜜月时在这里住过的房间，我拍的，希望你们能按照这个样子来布置，我想给她一个惊喜。"

前台经理笑了："我们会尽力而为的。不过，需要您预付百分之二十的订金。如果您万一没有来check in……"

李学锋愉快而轻松地打断了经理的话："没问题，不会有万一。"

入夜，卧室里，淡淡的光线下，田原和李学锋相拥而眠。他们各自心里都想着自己安排的要给对方的那个惊喜。

李学锋闭着眼睛问田原："老婆，你偷笑什么呢？"

田原也闭着眼睛，笑出了声："你没睁眼怎么知道我在笑呢？"

"你是我老婆，我当然知道啦！"

"那我还知道你刚才也笑了呢！你一定有事情瞒着我。"

李学锋不由得睁开眼睛，看到窗帘轻轻飘了起来。他突然感觉有人在走近他们，好像已经走到了他们的床边。

突然，家里的电话响了。两个人都惊了一下。李学锋赶紧接电话，电话那边是忙音。他刚刚躺下，电话又响了。田原抢接了电话，电话那边依然无声，她疑惑了。

3

突来的情色视频短信

在喜悦浪漫的气氛中，田原和李学锋的十二周年婚庆派对如期举行。邓薇和韩璐璐把地点选在了一家著名酒店里的宴会厅，这个宴会厅一直以如诗如画的江南风格著称全国。江南丝竹的音乐温婉绕梁，整个室内由蜿蜒的小桥流水点缀着。韩璐璐认为这里符合田原和李学锋的婚姻气质——静谧而甜美。邓薇对此大加赞赏。

邓薇亲自出马担任主持人，她有些激动地完成了开场白："很高兴新朋友老朋友们今天相聚在李学锋先生、田原女士的结婚十二周年庆典party上。欢迎各位的光临！我们小时候看过很多的童话，讲的都是王子和公主的故事，可是我们长大以后就不再相信那些童话故事了，因为我们在生活中从没有遇到过。我想先请大家看一个短片，看看今天我们的男女主角十二年童话般的婚姻是什么样子的。大家说好不好？"

来宾们热烈鼓掌。邓薇示意台下的韩璐璐开始播放录像。大屏幕上播放出田原和李学锋十二年在不同的地方旅行的录像集锦。镜头里省略了那些国家和城市，突出的是两个人十二年来容貌的微妙变化，不变的是两个人和谐的笑颜。一些来宾还为他们的幸福瞬间感动得落下了眼泪。

李学锋和田原并肩而立。李学锋西服笔挺，田原着黑色晚礼服，显得高贵典雅。李学锋紧紧抓着田原的手。

短片播完，来宾中再度爆发出雷鸣般的掌声，为这份美满的婚姻祝福。

邓薇说："我觉得这个短片可以放到手机电视上播出，让大家都可以看到他们的幸福生活。"

众人轰叫："好！传到手机电视频道上！"

李学锋说："没问题的，回头我就用共享文件传给大家。"

"李总三句话不离本行啊。下面还是先请我们的男主角发表感言吧。"

大家喝彩："好，让新郎官说话。"

李学锋："谢谢，谢谢邓总的这个短片。要不是重温这些画面，我真的没有意识到跟田原已经走过了十二年的历程。十二年是一个轮回，我感觉又回到了我们新婚的时候，那个时候，我们对未来毫无所知。但我们凭借着对对方的信任和爱，走过了一年又一年。对于未来，我想跟原子说的是：如果还有来生，我希望你依然是我的老婆。"

大家开始热闹了："亲一个，亲一个！"

李学锋抱着田原，非常自然地亲吻了她。

这个时候，李学锋的手机响了。他打开手机一看，是有人把他刚才亲吻田原的画面用手机拍了下来，而且飞快地传给了他。李学锋大方地让邓薇把这段视频播放给大家看。众人议论纷纷："效果真不错，画面挺清晰的。"

李学锋介绍说："这个视频跟我们手机电视公司的频道概念是完全不一样的，我们的频道要提供的是一种新的传播方式和沟通方式。我的理想就是，让每位手机用户都可以收看手机电视。"

邓薇制止了他的推销："学锋，你就先别推销手机电视了，我们的女主角还没发表感言呢！"

众人翘首期待着田原的感言。田原接过话筒说："我真的不知道该说什么，很感谢大家和我们分享这份幸福。我想告诉大家的是，我跟学锋结婚这十二年的日子里，我很幸福。"

说完，田原泪流满面。众人没想到田原会这样激动，都有点傻眼了。

邓薇马上接过话筒说："原子，让我来帮你们宣布好消息吧！田原就要做妈妈了，学锋也要当爸爸了！"

现场的亲友们愣了一下，随即欢呼起来，唯独李学锋的神情竟然有点紧张。

宴会厅外，那个戴翡翠镯子的女人正坐在沙发上。她纤细的手指在手机里寻找着视频，调出文件，然后，轻轻地摁动了发送键……

丰盛的自助宴开始了，田原不停地和身边的来宾寒暄。她听到手机消息抵达的提示音，走到一个相对安静的角落，打开手机，消息的名称让她在瞬间发蒙了——李学锋偷欢性爱视频。她点击播放键，短短几秒钟的性爱视频随即映入她的眼帘。她难以相信她看到的一切！她重新摁了播放键，几秒钟的画面再次飞快闪过。田原不知道这个视频和自己有什么关系，也不清楚是谁发给她的，她慌张地又看了一遍，然后，整个世界的声音全部消失了。田原眼前的世界，全都黑了。她什么也看不见，只有黑暗。她似乎听到，视频里面的那个年轻女人不断地娇嗔地叫着"学锋、学锋"……

邓薇的喊声把田原从漆黑的世界唤醒了回来："原子，你怎么了？是不是太累了？"

田原挺直了身子，木然地看着邓薇。她知道，她要用整个身心的力量让自己挺住。她知道，整个世界正在坍塌。她不能倒下，否则就再也站不起来了。

聚会已近尾声，客人纷纷告辞，现场气氛依然和谐、欢快。李学锋频频和来宾们干杯，微醉的他和大家说："今天和诸位喝完，我就不再喝一口酒了。"

来宾们应和："对啊，有了小孩子，要戒烟戒酒啊。"

学锋把田原拉到一个安静的角落，特别甜蜜地小声说："老婆，今晚我们不回家，我要给你一个难忘的浓情之夜。"

田原整个人如同遭受了重创，她想掰开学锋的手，却没有力气。她什么也没有说，将手上的杯子里的冰水泼到了学锋的脸上。学锋被泼了一脸的水，似乎清醒了一些，他连忙掏出手帕擦拭。

此时邓薇挽着王志远走来，他们并没有注意到这对童话世界里的公主和王子已经不对头了。

"原子，学锋，我给你们介绍一下，这位是凯视文化公司的总经理王志远。他对学锋的手机电视频道节目很感兴趣。"

李学锋应声道："好啊。"

王志远亲热地与两人握手："我还以为幸福的婚姻都是书里写的呢，今天算看见一回真的了！"

李学锋有些尴尬："谢谢，谢谢。"

王志远又说："公司有事，我得走了，对不起。"

田原："没关系。"

李学锋转身要去招呼别的客人，被邓薇一把拉住："学锋，你先别走，刚才志远听你讲到你们要搞一百个手机短片，特别兴奋，我也觉得挺好的。什么时候上马？"

李学锋半开玩笑地说："嗬，邓总，挺有眼光啊！"

邓薇委婉地说："你觉得我们两家公司有没有扩大合作的可能啊？"

李学锋顿了顿道："这个再谈吧。"

邓薇说："也好，改天我到公司找你，好好聊聊。"

田原趁着他们说话的工夫逃出了宴会厅，失魂落魄地朝停车场走去，仿佛梦游一般。

王志远从田原身边走过，热情地招呼她："哎，田原。"

田原充耳不闻，毫无反应。

王志远纳闷："怎么了，田原？女主人不该溜号啊！"

田原也不答话，径直走到自己的车前，打开车门，上了车。瞬间引擎轰鸣，车箭一般地开走了。

王志远看着远去的汽车一脸不解。

李学锋在宴会厅门口应酬着告别的客人，但他明显心不在焉，一直在人群中寻找田原的身影。

邓薇带着韩璐璐走来，李学锋见到韩璐璐时脸上闪过一丝尴尬，但很快就掩饰住了。

"学锋，田原呢？"

"我也找她呢。"

邓薇大大咧咧地说："田原让我把璐璐介绍给她，我把人找来了，她倒没影儿了！"

学锋委婉地说："田原今晚要应酬的客人太多，回头再介绍吧。"

"那不行！今晚的party能大获成功，多亏了我们璐璐，田原说要当面向她道谢呢！"

韩璐璐看着李学锋，解围道："邓姐，没事儿的，我去取DV带的时候已经拜访过田原姐了。"

"那你不早说。今天你弄的那个片子真好啊，学锋和田原真该谢谢你。"

韩璐璐话里有话地说："谢什么，关键是李总和田原姐表现得出色……"

邓薇插话："璐璐，他们可不是表现，那些都是真的，是纯粹的真情流露。我说得没错吧，学锋？"

李学锋微笑着点头。

韩璐璐叹道："真羡慕啊，我要是能像田原姐那么幸运就好了！"

邓薇说："放心吧，你这么漂亮能干，一定会找到好老公的！"

韩璐璐和李学锋对视一眼，他们的目光中满含深意。

"对了，学锋，你觉得今天的party怎么样？"

李学锋似乎急于结束这个谈话，简短地回答说："谢谢你们！"

韩璐璐盯着他说："李总，我敢打赌，今晚的party一定会让你终生难忘！"

邓薇兴奋地说："别说他终生难忘，连我都终生难忘。实在太完美了！"

田原一脸木然地驾车在马路上疾驰，前方路口黄灯闪烁并迅速变为红灯。田原对红灯视若无睹，车子一点不减速地冲过路口。正常行驶的车辆纷纷急刹车，刺耳的喇叭声响成一片。

手机响了，田原看都不看，直接把电话转为静音。不知道开了多久，田原一个急刹车，车子停在了空旷的湖边。浓黑静谧的暗夜里，她关掉车灯和引擎，独自坐在车里，泪流满面……电话又在闪亮，提醒有来电，田原关掉了手机。她不知道自己在车里坐了多久，只觉得似梦似真。田原再次双手握住手机，合上双眼，认真做了几次深呼吸。终于，她鼓起勇气打开手机，她的脸被手机屏幕发出的微光照亮，显得异常苍白、紧张。她再度播放了那段视频。视频里的声响回荡在整个车内，田原终于忍不住放声痛哭……

李学锋驾车在茫茫夜色中寻找，他不停地拨打田原的电话，但始终无人接听。

忽然，李学锋的手机响了，他赶忙在路边停下车，急切地问："原子吗？"

电话里传来一个男声："李先生，您好，我是玉湖中心岛酒店的领班，告知您一下，您预订的房间我们已经按照您的要求布置完毕，欢迎您和您太太今晚入住。"

李学锋没有回答，像是自语，又像是发泄："知道了，知道了！"随即烦躁地挂断了电话。

忽然，他注意到副驾驶的座位上摆着一个包装精美的礼品盒，他打开盒子，从里面取出一件漂亮、性感的红色女式睡裙，从裙子里掉出一张小小的贺卡，上面写着："祝婚姻愉快。"看到这几个字，李学锋猛地把睡裙狠狠扔在地上。他感到那个幽灵每时每刻都在盯着他，他的情绪几乎要失控了。他想疯狂地发泄，毁掉一切！

醉醺醺的学锋回到家，筋疲力尽地瘫坐在沙发上。灯忽然亮了，赵静雅从房间里出来了。

学锋强打起精神："对不起，妈，把您吵醒了。"

"我没睡，怎么样？今天晚上热闹吧？知道你今晚要喝酒，怕你肠胃不舒服，特意给你准备了夜宵。等着，我给你拿过来。"

"妈，太麻烦您了。"

赵静雅到厨房把夜宵拿来："趁热喝了。"

学锋支支吾吾地说："田原，她……"

"田原来过电话了，说要加班。这么重要的日子还去加班，我刚才在电话里说她了。"

学锋看老人没有产生怀疑，放心下来："噢，没什么。"

赵静雅埋怨地说："你就不该放她去加班，生儿育女是人生大事，万一有点儿闪失，就是一辈子的遗憾。你和田原结婚十几年才有了这个宝贝，应该珍惜呀。如果她无所谓，你也无所谓，那可怎么行啊！反倒是我这老太婆整天提心吊胆，吃不香睡不着的。"

"您放心吧，我一定好好劝劝田原。"

赵静雅叹息着："从现在起，田原就应该加强营养，好好吃饭，好好休息。今天我是给她熬了粥、煲了汤的，可她一加班，我算白忙活了！"

"我明天一早给她送到单位去，您看行吗？"

"好啊，你顺便再给田原带点儿水果过去。"

"好！"

赵静雅笑了："这还有点儿当爸爸的样子！"

4

信任的坍塌

清晨的雾气中，田原的车孤零零地停在玉湖边。阳光照进车内，被噩梦紧紧纠缠了一夜的田原走到湖边，轻轻舒展身体。她仰起头，让清晨的阳光洒在自己脸上。少顷，泪水再次不受控制地从眼角滑落……

田原面色冷峻地走进办公室，晓鸥吃惊地看着上司，试探性地小心问："田总，早啊……您想喝点儿什么吗？咖啡、豆浆还是茶？"

田原面无表情，甩下"咖啡"两个字就走进了自己的房间。

晓鸥端着咖啡送进田原的办公室，好像突然想起了什么："对了，田总，昨天的party怎么样？一定特别成功吧！"

田原抬起头，冷冷地盯着她："你话真多！是不是太清闲了？"

晓鸥被说得一愣，不敢再多话，垂头离开。

田原继续面无表情地工作。

晓鸥又推门进来："田总，我刚才忘了……"

田原不客气地说："你以后别这么随便，进来之前记得敲门！"

晓鸥被批评得不知所措，结结巴巴地说："我刚才忘了问您，今天下午的面试要不要取消，我觉得您好像……"

田原不耐烦地说："按原计划安排！"

晓鸥得到指示后吓得立刻离开，一脸莫名其妙的神情。

田原的手机显示邓薇来短信了，田原觉得自己对短信有了心理恐惧，于是马上删除。没料到邓薇把电话打了过来："田原，你昨晚干吗去了？我刚知道学锋找了你一夜，我们都担心死了！"

田原平静地说："没什么，我加班来着。"

邓薇惊讶地说："你没事吧！昨天什么日子啊，你还加班？真没见过像你这样的工作狂！"

"邓薇，我现在很忙，以后再聊吧。"

邓薇着急地说："别挂，正经事儿还没跟你说呢。"

"快说。"

邓薇委婉地说："学锋公司最近有个项目，我觉得挺棒的，想跟他商量商量合作的事情……"

"他的事儿你找他去！"

邓薇纳闷地说："哎，你怎么说的话？"

话筒里传来"嘟嘟"声，田原已挂断电话。

邓薇奇怪地盯着电话，忍不住嘟囔："这是怎么了，受什么刺激了？"

李学锋拎着大包小包推门走进田原的办公室。田原以为是晓鸥，刚想发火，一看来人，就瞥了一眼，不再理会，低头继续工作。

学锋努力控制着情绪，亲热地跟田原打招呼："老婆，这是妈给你做的营养餐，让我给你送过来。妈还特意准备了水果，她说你从现在开始要加强营养。"

听学锋提到孩子，田原的表情变得异常痛苦，她强撑着敷衍了一句："放下吧，你先走吧。"

学锋和颜悦色地说："田原，妈准备这些吃的花了不少心思，我放下一早要开的董事会，专门给你送来……"

田原冷淡地说："我没胃口。"

学锋压制着怒火："没胃口就少吃点儿，为了孩子，你得吃东西啊！"

田原烦躁地提高了嗓音："你想让我说几遍？我不想吃！"

学锋极力忍耐着说："田原，你太过分了。你到底是怎么了？有什么事情不能告诉我啊？！"

田原愤怒地盯着学锋："过分的是你！"

学锋冲动地走到田原身边："你别再闹了，我不是来跟你吵架的！你可以随便发脾气、使性子，只要你说出原因来，我都能忍。"

田原冷笑："因为我怀了你的孩子，你就都能忍了，是吗？"

看着咄咄逼人的田原，学锋感到无比陌生："你别这么说话行吗？到底出什么事了？"

田原愤怒地说："什么事？那要问你自己！"

学锋终于爆发了："我怎么了？应该道歉的是你！你昨天晚上去哪儿了？你说加班是在撒谎吧！"

田原挑衅地说："撒谎又怎么样？"

"你为什么这么做？昨天我到处找你，担心得一夜没睡，现在还要小心翼

21

翼地来哄你，你觉得这样有意思吗？"

"我没心情折磨你，我甚至不想看见你！"

"田原，你疯了吗？昨晚在party上，我觉得我们俩是世界上最幸福的一对，可现在你就像变了一个人！"

田原的眼睛红了："我是变了！因为昨天晚上我突然发现，自己是个白痴！我在假象和谎言里生活了十二年，四十岁了才明白，我视为生命的东西，早就被别人践踏得一文不值了！"

"我听不懂你的话！"

田原再次冷笑："李学锋，别再表演了，真的永远假不了！"

说着，她调出那段视频，并把手机塞到学锋手里。学锋看着视频，表情不断变化，直到彻底傻掉。田原拿回手机，冷冷地看着他。

突然，学锋惊醒过来，开始拼命解释："田原，你相信我，那个男人不是我，我绝对没做过对不起你的事！"

田原打断他的胡言乱语："那个女人是谁？！"

学锋慌乱地说："什么女人？我不知道！我不认识她！"

突然，手机响了，学锋看都没看马上掐断。

田原轻蔑地说："不敢接？是她打来的吧？"

学锋的电话再度刺耳地响起。田原受伤的眼神让学锋觉得可怕，他仓皇离开了。

李学锋穿过杂志社长长的走廊，手机响个不停。他看了看来电显示，一接听便狂怒地对着电话咆哮："你到底想干什么？！"

对方的声音年轻、柔软，显得从容不迫。此时，她就站在大厦外面的廊柱下，颇为得意地晒着秋日暖暖的太阳，握着电话的手纤细、白嫩，手腕上醒目地戴着一只翡翠玉镯。她假惺惺地安慰李学锋："你不用这么生气，我不过是想为我们留个纪念。"

李学锋独自在电梯里说："你怎么能干出这么卑鄙邪恶的事？你简直下流无耻到极点！我警告你，立刻把那些乌七八糟的东西删掉，否则我饶不了你！"

"放心吧，只要你离婚，我保证让这段视频永远消失！"

"你做梦！这不可能！"

"我要的很简单，我要你离婚，然后娶我！你不是刚找过田原吗？难道她没跟你提离婚的事吗？！"

女人的话让李学锋顿时紧张起来。他出了电梯开始四下张望、寻找，但一无所获。他惊疑地问："你在哪儿？你在跟踪我吗？"

电话里传来女人的声音："我已经没什么耐心了，你要是还不离婚，我只能再想别的办法了。"

李学锋稳定了一下情绪："这样吧，我们见面谈。"

女人干脆地回绝他："没必要，我不想跟你吵架。"

电话被挂断了。李学锋茫然地看着大厦里匆忙走过的人们，他好像突然看见了熟悉的女人的背影，又好像看到好几个重重叠叠的女人的背影，这些背影都在他面前一闪而过。他想追去看个究竟，却感到自己的腿沉重如铅，步履维艰。

一个年轻男子慌慌张张冲进大厦，几乎要撞到李学锋的身上，他抱歉地笑了一下："对不起对不起，您知道《美丽·家人》杂志社在几层吗?"

李学锋的恼怒还没有平缓下来，恶狠狠地自语："该死的美丽佳人!"

年轻男子被他无理的回答搞得一头雾水，走开了，直奔电梯。

楼上，《美丽·家人》杂志社的会议室里，田原疲倦地按摩着太阳穴。晓鸥翻看着手里的资料："田姐，其实我今天约了三个人来面试，还有一个没到，从简历上看他很适合做您的助理。"

"那就算了，今天就到这儿吧。"

正在此时，门突然被推开，刚才那个差点撞了李学锋的年轻男子气喘吁吁地跑进来。

田原冷冷地打量着莽撞的来客。他喘息着向田原、晓鸥深鞠一躬："对不起，我来晚了。"

晓鸥："你是高飞吧? 非常抱歉，面试已经结束了，有机会我们再跟你联系。"

田原头也不回地起身往外走。

高飞急迫地冲到田原身边："主编，请给我一次机会好吗? 我做了大量的准备工作，《美丽·家人》创刊六年来的每一本杂志我都认真研究过。我还专门写了一份报告，里面有我对杂志风格和定位的分析，也有对杂志未来发展的一些构想和建议，还有……"

田原冷冷地盯着高飞："不用再说了，我对你的报告没兴趣!"

高飞恳切地说："我迟到是不好，可我已经道过歉了。您能不能宽容一点儿，哪怕只给我五分钟都行!"

"想在这里工作，守时是最起码的要求。一个连面试都迟到的人，让我没信心和他一起工作。"

高飞被说得哑口无言，尴尬地愣在那里……

中午，田原神情落寞地走出电梯。她想到街上走走，也许直面阳光能让她感到一丝温暖。一直等在大堂里的高飞见到田原，马上惊喜地冲了过去："主编，我能跟您谈谈吗？"

田原瞥了一眼高飞，冷冷地说："你怎么还没走？别浪费时间，没什么好谈的。"

高飞执著地跟在田原身后走出了大厦："我想向您介绍一下我自己。五年前，我大学毕业，学的是图片摄影专业，做了两年摄影师，然后我被人从幕后推到台前，成了一名超模。拍了无数大片和广告之后，我觉得厌倦了，两年前我去了法国，进修服装设计，上个月刚刚回国。经过比较，我选中了《美丽·家人》，我很想来这里工作，而且我敢保证，我会是一名出色的助理。"

田原停下来，回头盯着喋喋不休的高飞："你说够了吧？你可以走了。现在是我的私人时间，请不要打扰。"

高飞激动地说："为什么？就因为您今天心情不好？"

田原无动于衷地说："你不走？对不起，我要叫保安了。"

高飞愤怒地说："傻瓜都看得出来，您今天心情很不好！可是您想过吗，今天来应聘的人是无辜的，您不该迁怒任何人，这不公平！我因为您的坏心情而失去工作机会，这太可笑、太荒谬了！"

田原面无表情，返回大厦。

高飞气恼地猛踢一脚旁边汽车的轮胎，汽车的警报器刺耳地响起。大厦外的一名保安闻声向这边张望，高飞无奈地走了。

邓薇坐在办公桌前，看着对面的李学锋，试探性地问道："学锋，你就别兜圈子了，你能主动登门，一定是发生了什么大事。"

李学锋此时此刻的心情很矛盾，他还没有决定向邓薇说清楚自己和田原之间这两天发生的翻天覆地的变化。一方面，他有每个男人都有的自尊，即便是自己错在先，也不愿意主动承认什么。另一方面，他觉得现在不得不吐露一些真实情况给邓薇了。她既是田原信任的女友，又是以前的自家人，李学锋觉得，在自己孤立无援的时刻，只有面前这个大大咧咧的直爽女人有可能帮助自己。但他一时真不知道该从何谈起。

邓薇是个没有多少耐心的人，见李学锋像个闷瓜一样不吭气，便猜测起来："你不说我也大概知道，今天早上我给田原打电话，批评她不该昨晚party之后还去加班，结果她不听我说完，居然把我的电话挂断了！这可是从来没有过的。学锋，我生过孩子，我能体会到，怀孕的女人脾气会变的，就像任性的小孩子。她又是高龄孕妇，得小心照顾她的情绪，免得她得上抑郁症。这点你得特别宽容她。"

李学锋一听邓薇完全想得不对路子，就打消了马上告诉她实情的想法。他的表情松弛了下来，频频点头。

邓薇以为自己猜对了问题所在："别看我离开了这个家，还是我这个嫂子了解你们吧！对了，学锋，就是一百部手机电视短片的事，昨天在party上听你一讲，我觉得挺有意思的。我们公司……"

学锋见她引入了另外的话题，感觉一时间轻松了起来，干脆地答道："你放心好了，活动的推广和宣传还是交给你们公司做。"

邓薇婉转地说："做了这么多年公关宣传，我也想让公司转转型。"

学锋有些意外地看着邓薇："你的意思是……"

"我们现在有实力了，我打算往影视制作方面发展发展。想来想去，我觉得要是能先做几部短片就好了，可以积累点儿经验和人气。"

"怎么？你想做手机电视短片？"

邓薇热切地说："对呀！你觉得怎么样？"

学锋沉吟了一下："邓薇，我跟你直说吧，不过，你听了可能会不高兴。多年来我一直有个原则，不希望我的亲人朋友参与公司的任何业务，我到现在都没破过例，因为我不想惹麻烦，不想让董事会对我有一丝一毫的猜疑。你能理解吗？"

邓薇一下子泄了气："亲爱的弟弟，你别那么古板行吗？我是和你合作，不是拖你下水！"

李学雷带着丹丹来到邓薇的办公室，丹丹见到学锋非常高兴，举着气球开心地说："叔叔快看，爸爸给我买的，漂亮吧。"

邓薇一把拉开丹丹，敷衍着："嗯，好看！你找家妹姨玩去吧。妈妈正跟叔叔谈工作，你别打岔。"

邓薇说着在电话上摁下了呼叫键，姚家妹很快进来把丹丹带走了。

学雷提着很多水果递给邓薇，体贴地说："邓薇，我给你们买了点儿水果。听丹丹说你最近特别忙，没时间出去买东西。"

邓薇冷淡地说："谢谢。"

学锋看着眼前这个老实巴交、挣钱不多，还想着给物质条件比他好很多的前妻送水果的哥哥，心里有点酸楚，借机起身告辞。

邓薇没拦住学锋，于是埋怨起学雷来得不是时候："李学雷，看你把我们公司的好事给搅和了……"

学雷憨厚地问："怎么了？"

邓薇看着他无辜的表情，又觉得无可奈何："我总想，你跟学锋是亲兄弟吗？你们俩一个窝囊一个精干，一个婆婆妈妈一个说一不二，一个是邮递员一个是企业家，一个地下一个天上，实在没一点儿相像的地方！"

学雷无语。

邓薇愤愤地说："学锋挺让我吃惊的。这么多年我求过他什么呀？找他谈合作吧，跟我端架子，说他要坚持原则。可笑，我又不是找他要饭的！"

学雷温和地说："可能学锋有难处，你别生气。"

看着老实巴交的学雷，邓薇突然灵机一动："对了，学雷，你帮我去跟学锋说说，怎么样？你们毕竟是兄弟，你要是说句话，学锋肯定给面子。"

学雷为难地说："你不是都说过了吗？我说肯定也一样，还是算了吧。"

邓薇一下火了："算了？李学雷，你真是个废物，连句话也不敢说！学锋是你弟弟，你还怕他吃了你呀！"

"他有自己的想法，就别为难他了。"

邓薇冷笑："你说得轻巧！这么多年我一个人拉扯丹丹，没向你多要过一分钱，你怎么不想想我难不难啊！现在让你帮我说句话，你推三阻四，什么意思啊？"

学雷拼命解释："我是觉得我说话没用。"

"李学雷，从我认识你的那一天，你就没帮我办过一件事！当初，我在工厂里当出纳，每天五点半起床，六点就得出门挤公共汽车，晚上八点才能到家，让你帮我调工作，你却让我忍着，让我坚持！这么难，我还给你生了丹丹。现在想想，我真是傻透了！"

学雷委屈地说："当时我帮你张罗的都没成啊，你不都知道嘛。"

邓薇发泄地说："我就是明白得太晚了！要是早擦亮眼睛，我压根儿不会嫁给你！"

学雷烦了："过去的事儿别再提了。"

邓薇气急败坏地说："以前你没本事就算了，现在，好容易摊上一个有能耐的弟弟，让你帮我运作运作吧，你还说不行！你存心的是不是？"

老实的学雷越急嘴越笨："不是！我不是那个意思，我就是觉得……自己说不上……"

在隔壁听到了他们的争吵，刚才还很活泼的丹丹立刻沉默了。家妹善意地想用小球变戏法让丹丹开心，但是无济于事。家妹搂过丹丹："丹丹，我们不管爸爸妈妈的事好吗？阿姨教你变魔术！"

"阿姨，我不想听爸爸、妈妈吵架，妈妈老是很凶。"

"最近妈妈心情不好，所以才会跟爸爸嚷嚷。可是爸爸会安慰妈妈的，他们一会儿就会和好的！"

"真的吗？"

家妹点头："阿姨不会骗你的，当然是真的。阿姨还会很多很多魔术，你想学吗？"

丹丹露出欣喜的目光。

邓薇出现在门口，匆忙地说："家妹，麻烦你再帮我照顾一会儿丹丹，我得赶紧走了。丹丹，听阿姨的话！"

家妹追到门口："去陪客户？"

邓薇眉飞色舞地贴近家妹，小声说："不是，志远让我跟他一起去看电影。"

丹丹假装没有听见，但是她的眼神告诉家妹，她什么都明白。

5

离婚不离婚

夜色下，田原的车静静地停在幽静的玉湖边。车内，田原痛苦地再次观看了那段视频。几经犹豫，她终于拨通了发送视频的手机。

电话通了，传来一个年轻女人的声音："喂?"

田原拼命稳住情绪："你是谁?"

对方不回答。

田原痛苦地说："你为什么要发那段视频? 为什么?"

年轻女人："不为什么，我只要你和学锋离婚。"

田原久久没有回答。

女人继续说："你听着，我爱学锋，我要跟他结婚! 只要你们离婚，我就让那段视频永远消失!"

天空飘起了秋雨，田原再次以泪洗面。开车回家的路上，她的眼泪像开闸的水流。看着雨刷器在车窗上来回晃动，她多么希望自己的双眼也有一对雨刷!

回到家，田原蹑手蹑脚地直接上了楼。李学锋端着粥进来，小心地把粥放在床头柜上。看到田原和衣躺在床上，两眼空洞地盯着天花板，李学峰伸手拉住田原的手，却被她一把甩开了。

"田原，你真的误会我了，我没做过对不起你的事。"

"你别嚷嚷好吗? 我不想让妈妈知道。"

学锋压低声音："田原，你太固执了。你宁肯相信一个浑蛋视频，也不愿意相信我吗? 你要我怎么样? 就这么不明不白被你冤枉下去?"

田原愤怒了："我真佩服你，到现在还能理直气壮地撒谎!"

"我没有。"

田原看着学锋决绝地说："请你自重一点吧! 我和她通过电话了。"

学锋很吃惊，但还强撑着作最后的努力："声音可以合成，对懂电脑的人来说，这种小把戏一点儿都不难。"

田原鄙夷地说："李学锋，你还算个男人吗？敢做不敢当，出了事儿就想赖，赖不掉就撒谎，撒谎不成就打死不认账，你也太没劲了吧?!"

学锋终于低下头，无力地说："这一切都是误会，我可以向你解释。"

田原冷漠而无力地说："我们离婚吧。"

李学锋无言以对，他看着田原的眼神，那眼神里充满了寒意。沉默良久，他站起身，要往外走。

田原叫住他："等等，还有一件事。"

学锋站住，但没回头。

"我这几天想在外面住，但我跟妈说的是我明天出差。你明白吗？无论如何别说漏了，我不想让妈担心。"

学锋没说话，拉开门出去了。

一直从容不迫的田原再也无力支撑下去，泪水渐渐溢满她的眼眶……

第二天，田原早早来到办公室。现在，除了拼命工作，没有让她觉得能给自己带来安慰的事情了。恶心伴着干呕等妊娠反应影响着她的心情，总是把她从工作的愉快状态拉回现实当中。

晓鸥把一本杂志藏在背后，滑稽地走着模特步来到田原的办公桌前，她特别得意地突然把杂志摊开在田原的桌子上展示出来："请看！"

田原被吓了一跳："什么？"

"您看，您和您老公的专访！"

田原努力控制着情绪："知道了。"

晓鸥觉得田原的态度不够兴奋，特意上前指着相关内容："您快看啊，照片拍得特别漂亮！"

杂志上登着田原、学锋夫妇的甜蜜合影，大字标题写着："CEO+出版人=一生一世的幸福！"

田原瞥了一眼，立刻"啪"的一声合上了杂志，严厉地说："你出去吧。"

看着田原难看的脸色，晓鸥只好离开。田原猛然拿起杂志疯狂地撕扯，把登着合影的那一页撕得粉碎。透过门缝，晓鸥震惊地目睹了这一切。

外面大间办公室里的编辑们正聚在一块儿热火朝天地议论着刚才看到的杂志上对上司的报道，晓鸥走过来神经兮兮地对大家说："嘘！她太吓人了！你们是没看见，她那样子就跟疯了一样！她就这样，这样……"她说着夸张地模仿田原撕杂志的样子。

编辑们都很惊诧，一个女孩说："主编这几天是有点儿奇怪，还乱发脾气。

其实什么事都没有，她就是找碴！"

晓鸥努力表示理解："事业成功、婚姻美满，该知足了啊！也许这就是怀孕的反应？"

田原忽然从自己的办公室里出来，朝大伙儿走来，一脸冰冷。众人吓得立刻噤声，飞快地回到自己的座位上。

李学锋面无表情地枯坐在车里，一动不动仿佛雕塑。终于，他摸索着掏出手机，拨号，电话通了。李学锋恨恨地问："田原跟你通话了？"

年轻女人受宠若惊，声音娇嗔："学锋，真的是你！昨天，她给我打的电话啊。"

学锋咬牙切齿："你开心了吧？"

"只要她肯离婚就行。"

"她知道你是谁吗？"

"她肯定不知道，但我随时可以告诉她。"

"这件事情到此为止吧。你马上销毁那段视频，不要再骚扰任何人。只要你答应，我可以给你补偿。"

女人继续撒娇："学锋，我想你。"

学锋怒了："我没空跟你说废话！"

"看来你心情不好。我就再问你一句话，你们打算什么时候离婚？"

学锋愤怒地说："我已经告诉过你很多遍了，离婚绝对不可能，你死了心吧！"

女人依然镇静："那我怎么办？"

"除了离婚，你要什么都可以谈。"

"亲爱的，我现在越来越喜欢你留给我的烟斗了，它带着你的味道，看着它，我就想起你。"

"你不要这样好不好?！我们不是说好了吗，一切都过去了！"

"过去了？怎么可能呢？我那么爱你！亲爱的，我的忍耐也是有限度的，你别逼我想别的办法！"

"你以为你是谁？你以为我会被你吓倒吗？事情如果曝光，对我没好处，对你更没好处！别忘了，你是女人，做了不光彩的事还四处宣扬，所有人都会瞧不起你的！到时候你身败名裂，就会尝到生不如死的滋味！"

李学锋一脸疲惫地来到公司，没料到被邓薇和王志远堵在了门口。邓薇挽着王志远说："学锋，怎么才来上班啊？你还记得志远吧？"

"当然，快请坐。"

"田原最近怎么了？电话永远转到秘书台，给她留言也没回音。"

学锋掩饰道："她在外面开会，接电话可能不方便。"他看看手表，"对不起，二位，五分钟以后公司要开董事会，我必须参加。咱们长话短说，找我什么事？"

"既然李总这么忙，我就直话直说吧。邓薇跟我说，你们公司准备做一百部手机电视短片，我听了以后很感兴趣，想来问问有没有合作的可能。"

邓薇介绍说："志远自己开了一家广告公司，拍过很多广告，在制作上绝对是一流的。学锋，志远绝对够水准，田原都说想跟他合作呢。"

学锋略微尴尬地"噢"了一声。

王志远补充说："以前跟田主编见过两次。"

学锋想了想："合作的事现在还不能马上定，因为启动资金目前还没完全到位，合作的具体细节也还在讨论中，所以，你们可能要耐心等一等。"

王志远谦和地说："没关系，我们可以等。"

邓薇着急地说："学锋，怎么这么麻烦呀？让我们等到什么时候啊？"

学锋微微一笑："邓薇，你放心，跟志远合作的事我会认真考虑的。"

开完了董事会，处理完手头的工作，李学锋最后一个离开公司。他开车在街上转悠了半天，不知道自己去哪里才好。这个原本熟悉的城市，一下子变得陌生了。这两天的狼狈，让他精神备感紧张，觉得自己回天乏术，这种挫败感是他从来没有过的。

他漫无目的地开着车，不知不觉来到了田育之老人家门口。

保姆小周像是见到了救星，连忙迎了出来："您来得正好，家里出情况了，我正想给您打电话呢。"

田育之阻止道："小周，叔叔是客人，不要给他添麻烦。"

小周从厨房拿出一只烧得漆黑变形的水壶递到学锋面前："您看看这个。"

学锋有些惊讶："这是烧的吗？"

"爷爷不让我说我也得说，万一再出事，我想说都说不清。下午我出去买菜，等我回到家，满屋子都是烟，什么也看不见了。我吓坏了，以为着火了，折腾了半天，发现还挺幸运的，除了水壶烧坏了，别的都没事。"

学锋担心地看着田育之："爸，您没伤着吧？"

"爷爷一点儿事儿也没有，出去散步了。等爷爷回来，我给他看这个水壶，他才想起来，下午想喝茶，发现没开水了，就自己烧，结果转身就把烧水的事忘了。邻居都说后怕，因为厨房里的柜子都烤得烫手了。还有，上个礼拜，我去超市买东西，爷爷没锁门就走了。这要是赶巧了，坏人来了怎么办？"

学锋担忧地说："爸，这些事可不是闹着玩的。"

"要说爷爷记性不好吧，可有些事他又记得特别清楚。就说这水壶吧，爷爷非要一个跟以前一样的，我看着都一样，可爷爷就说不对，这都换了两次了。"

　　小周一定要学锋留下吃饭，她希望有个人能多陪陪老爷子，免得自己做饭的时候他又闹出什么事情来。李学锋答应了，他拿出了围棋。田育之这下子高兴了，两个人对弈起来。

　　没下多久，学锋的心思就明显不在棋上了，他开始和老爷子聊天："爸，您心里是不是有什么事啊？不然怎么这么健忘啊？"

　　"你别瞎猜，人老了爱犯糊涂，自然规律嘛。"

　　"那妈也老了，一点儿都没糊涂啊。"

　　田育之乐呵呵地停下棋子："她年轻的时候脑子就比我好使。田原也随她妈，特别聪明！"

　　学锋若有所思道："性格呢？原子的性格像谁？"

　　"也像她妈，母女俩都厉害，都有股得理不饶人的劲儿！"

　　学锋苦笑："我觉得妈妈比田原温和多了。"

　　"其实一样，平时都温文尔雅的，可是碰到她们看重的事儿立刻就不一样了，变得特别追求完美，特别爱较真，不能容忍一点瑕疵。"

　　"人这一辈子怎么可能没有一点儿毛病啊。您现在还想着妈妈吗？"

　　田育之苦涩地一挥手："不说这些了，都是些陈谷子烂芝麻的事儿喽。咱们还是好好下盘棋吧！"

6

他的忏悔是她的痛苦

　　田原的车驶进酒店停车场，刚停稳，一个人从黑暗中冲出来，一把拉住车门。田原大惊："谁?"

　　学锋说："别怕，是我。"

　　田原下车，厌恶地推开学锋："你到这儿来干吗?"

　　学锋抓住田原："我查了一整天，才查出你住在这家酒店。今晚我已经等了你很久了，不为别的，就想跟你谈谈。"

　　"我真的很累，什么都不想谈。"

　　学锋冲动地说："我想谈，我想立刻谈！我快疯了，你明白吗?"

　　说着，他激动地把田原拉上了自己的车。沉默良久，学锋终于开口："对不起，田原，非常非常对不起。你的猜测都是对的，我确实背叛过我们的婚姻。"

　　田原的手开始颤抖。

　　"我发誓，从这一秒钟开始，我说的每句话都是真的，我不会再对你隐瞒任何事。一开始不承认，并不是想赖账，而是我不愿意相信，这么卑鄙龌龊的事情会发生在自己身上！这件事也让我受了很大刺激。在一无所知的情况下，生活中最隐秘的时刻被人偷偷记录下来，可以随时随地供人观看，甚至成为威胁我的武器！

　　"是那个女人一手策划了这一切。现在，她的疯狂已经无法控制，她想置我于死地。我常常想，这个女人到底有几张面孔？因为现在的她和我第一次见到她时已经完全判若两人。

　　"第一次见到她是在公司里，因为我们要做一场新闻发布会。从走进公司的第一分钟起，她就吸引了所有人的目光，她显得那么与众不同。不能否认，她也吸引了我，因为第一眼看到她，我甚至有一刹那的恍惚，她太像大学毕业时候的你了。我这么说，有点儿像电视剧里的台词，但是，这的确是真的。她

33

不仅漂亮，还很能干，这些听起来真像天方夜谭。

　　"第一次发布会因为有她的帮忙而大获成功，公司所有人都对她刮目相看。很快，她又参与了第二次发布会。一个谁也搞不定的场地，她却轻易搞定了，到现在我也不知道她是怎么做的。好像她一出马，没有办不成的事情。我完全被她的办事效率征服了，我甚至想把她挖到公司来。

　　"可能是工作太辛苦，她突然病了。可是她不停地给我发短信，有些话说得含含糊糊的。公司的一位副总专门去看她，回来告诉我，情况良好，完全不用担心。可是不知道为什么，我就是心神不宁，感觉怎么也管不住自己，非要去看她不可。犹豫再三，我还是去了。

　　"以后，她又回来上班，协助公司做一个项目推广活动。我们变得跟以前不一样了，很微妙、很亲近，表面上还要假装若无其事。做那次的项目推广会，我压力很大，因为要说服参加活动的投资方给手机电视短片投资，否则这项业务很可能会夭折。活动开幕的前一天晚上，我还在拼命修改发言稿，改到凌晨终于完成了，我特别高兴。

　　"她一直在公司，不知道从哪儿找来了红酒。我们痛快地喝了好几杯，我觉得有点儿醉了。她好像也喝多了，忽然一下子抱吻我……"

　　田原痛苦地打断他的讲述："够了！我不想再听下去了！"

　　"我不知道她偷拍了整个过程。从你的手机里看到那段视频以后，我真的疯了。我质问她为什么这么做，她说是想自我保护。"

　　田原激动地说："她说得不对吗？如果没有这段视频，你会承认对她动过心吗？会承认那次一夜情吗？你只会把她一脚踢开，继续过你的好日子，不是吗？"

　　"事情发生以后，我很痛苦，不知道该怎么办。觉得很对不起她，也觉得伤害了你。最重要的是，我很快发现自己并不爱她；曾经有过的，只是朦胧的欣赏和好感，仅此而已。可是出轨把所有美好、浪漫、纯真的感觉都毁了，我每分每秒都觉得羞愧、后悔甚至无地自容！"

　　田原刻薄地说："李学锋，天下没有白吃的午餐，她不会放过你的！"

　　"她一步一步把我逼进死胡同，我越痛苦她越得意，她觉得自己胜利了，可以随便控制我。不管我怎么解释，怎么道歉，她都听不进去。"

　　"你活该，你应该为自己犯的错误埋单！"

　　"她变得越来越疯狂，想方设法让我就范。我不想撒谎，只好直截了当告诉她，那天的确是我的错，我愿意给她赔偿，多少都可以，但我不会伤害我的婚姻。她被激怒了。我怎么也没想到，她会在结婚纪念日那天把视频发给你，而且这招很厉害，我们的婚姻好像真的快完了！"

　　"没必要再说了，我们离婚吧，这样大家都可以解脱。"

"田原，看在我们共同生活了十二年的分上，给我一次机会吧。我向你发誓，那次出轨是唯一的一次，而且这样的事以后永远都不会再发生了！"

田原浑身发抖，泪水不受控制地夺眶而出："一次跟十次一百次有区别吗？！不都是赤裸裸的欺骗和背叛吗？！我现在时时刻刻生活在这件事的阴影里，觉得过去的十二年就是一场骗局！"

"原子，我们分居一段时间好吗？这样可以冷静下来，好好想想。"

"我不需要再考虑了。如果你觉得对不起我，就请你放过我，跟我离婚。你要是不同意离婚，我只好去法院起诉你了！"

田原推开车门离开了。看着田原远去的背影，学锋感到说不出的痛苦和绝望……

田原回到酒店房间，不停地深呼吸，让自己的情绪稳定下来。她打开笔记本电脑，飞快地敲击着键盘："亲爱的宝贝，这是妈妈第一次给你写信，因为我想告诉你一个坏消息，妈妈和爸爸就要分手了……"

她停下来，对着屏幕木然良久，继续写道："这个决定对你是不公平，让你一降临人世，就必须面对不完整的家，让你不得不在一个单亲家庭里长大。但我向你保证，妈妈会把全部的爱给你。为了你，妈妈想过委屈自己，好给你一个完整的家。但是承受屈辱和痛苦实在太难了，妈妈真的做不到。所以妈妈只能为你祈祷，希望你足够勇敢，不会被命运小小的捉弄吓倒……"

田原实在写不下去了，她走进浴室，打开淋浴，闭着眼睛站在花洒下，任凭水流冲刷自己。衣服紧紧地贴在她的身体上，她低头抚摸着自己的小腹。"哗哗"的水声中，那段视频里的声音和画面突然再度浮现眼前，交替跃进她脑海的是"人工流产"几个字。田原猛地睁开眼睛，拼命摇头，好像要甩掉那一切，但伤心的眼泪又夺眶而出……

田原脱去淋湿的衣服，用毛巾裹住身体，再次坐在电脑前，继续书写。她似乎做出了一个决定："亲爱的宝贝，妈妈真的快要崩溃了。你本来是爱的结晶，可现在等待你的只有恨。你看到爸爸的疯狂了吗？你觉得伤心和难过吗？你一定觉得不公平，为什么让你承受大人之间的怨恨；让你面对爸爸背叛妈妈的丑恶，却不让你有任何选择的机会。妈妈刚刚想过了，也许不把你带到这个世界上来才是对你的尊重，才是最正确的选择。"

次日上午，田原又一次来到妇科诊室，迟疑地坐在患者中间。护士叫号，田原起身走进诊室。那位医生一眼就认出了她，吃惊地投来疑问的目光。田原考虑良久，终于点了点头。医生理解地叹了口气，示意她跟她到手术室去。

医院的走廊里洒满阳光，田原觉得脚步异常沉重。医生回过头来恳切地劝慰她："田主编，请您再考虑一下吧！"

田原终于停住了，她听到自己的内心在对孩子说："对不起，我的孩子，我不能那么做，无论如何我没有伤害你的权利！也许你将来会怪我软弱，可是没办法，我舍不得你，我是那么爱你！"

医生似乎全然了解了她的内心，几乎是搀扶着田原把她送了回去。

王志远百无聊赖地在邓薇的电脑上玩游戏。邓薇走过来，亲昵地揽着王志远的肩膀："志远，璐璐今天病了，有笔业务我只能亲自去办了。"

王志远说："去吧去吧，生意就是你的命。"

邓薇撒娇："陪我一起去吧。"

"不行，我约人了。"

邓薇继续纠缠："你答应了陪我的，怎么变卦了？"

王志远理直气壮地说："我有正经事儿！我约了几个编剧和导演一会儿见面，想让他们帮着策划手机电视的项目。"

邓薇兴奋地说："真的？你现在就开始准备了？"

王志远得意地说："那是，我这人就这样，不干则已，一干就惊人。"

邓薇甜蜜地说："咱们一起走吧！晚上我早点儿回来，给你做饭吃，补补脑！"

和邓薇分手后，王志远驱车来到一个小区里。他站在车门处抬头望着一扇窗口，拨通了手机。

电话那边是个年轻的女人，用懒洋洋的声音问他是不是打错了。她既没有看出这个熟悉的号码，也没有听出王志远的声音。王志远有些失望："璐璐，连我这么富有磁性的声音都听不出来了？听说你病了，我特意来看看你。"

璐璐急了："你到底是谁？再不说我挂了。"

王志远忙说："你站到窗口来看看，就知道我是谁了。"

璐璐有些吃惊，她从床上爬起来，走到窗子旁边往下看。只见楼下王志远正靠着自己的车子打手机，还潇洒地朝她挥了挥手。

挂上电话，璐璐为王志远的突然出现感到格外高兴。她换好衣服，迅速地来到甜品店和王志远会面。王志远点了各式甜品，足足摆了一桌子。

璐璐假装没精打采说："要这么多干吗？吃不完会浪费的。"

"我记得你以前最爱吃甜品了，多点几种，还不是想让你高兴点儿啊。"

璐璐奇怪地问："你怎么找到我家的？"

"我是谁呀，想找就一定找得到。"

"邓总告诉你的吧？你现在跟她是不是……"

王志远深情地探过身子："对我来说，什么女人都没办法跟你比，因为第一次总是最美的嘛！"

璐璐打量着王志远："你好像跟以前不一样了，漂亮话说起来一套一套的。"

王志远骄矜地说："我现在比以前混得好，拍拍广告、做做活动，过得还不错。不过你没变，还像从前一样情绪化。怎么，感情出问题了？"

璐璐被说中心事："你怎么知道？"

"只有感情才会让你发愁，别的事你根本不会放在心上。"

璐璐烦闷地说："他跟别的男人不一样，不管我怎么求他、逼他，他就是不愿意离婚，还坚持要跟我分手。可是这一次我动心了，真的想嫁给他。"

"他为什么不离婚？"

璐璐觉得总算找到了倾诉对象，也就不瞒着王志远了："因为他对现在的妻子有感情，舍不得放手。我们之间虽然什么都发生过，可他一直觉得后悔，只想给我补偿，把一切都了结掉，好继续过他的安稳日子！"

"他越拒绝你就越想得到他，是吧？我了解你，在感情上你是个疯子！"

璐璐恨恨地说："我无论如何要得到他，我要让他娶我！"

"固执的男人是很难对付的，我劝你不要太钻牛角尖，省得自己受苦。"

"你等着瞧吧，我有的是办法让他乖乖听话。"

"我们打个赌吧，输的人必须满足赢的人一个条件，怎么样？我赌你得不到那个男人！"

璐璐被王志远激怒了："他一定是我的！"

说着，他们两个人的手掌击在一起，即成约定。

7

意外流产

放学了，丹丹独自走出校门，几个淘气的男同学大呼小叫着把她团团围住。一个小男孩模仿电影里警察的姿势，从上到下对丹丹"搜身"。他翻出一卷零钱，开心地大叫。丹丹低着头，吓得一动不敢动。另一个男孩从丹丹的书包里翻出小灵通，不客气地拿走了。

丹丹胆怯地说："这个不能给你，不然妈妈会说我的。"

小男孩："不给？我偏要！有本事你来拿呀！"

他说着把小灵通扔给另一个同学，男孩们跑着、跳着，把小灵通扔来扔去，丹丹可怜地追在他们后面。

田原在车里看到了这一幕，她从车里跳下来，高声喊着："你们这些小浑蛋想干什么?!"

丹丹好像看到了救星："婶婶！他们抢我的电话！"

男孩们见到田原追来，把小灵通丢在地上四散跑开了。田原穿着高跟鞋一步没站稳，左脚从马路沿上滑了下来，身子一歪；她觉得身体被抻了一下，脚踝崴得钻心的疼，瞬间失去了重心，摔倒在路边。

丹丹跑过来想扶婶婶站起来，但是田原突然感到小腹绞痛，实在站不起来。丹丹看到她的额头上渗出了汗，惊恐地叫着："婶婶，婶婶……"

田原好不容易挤出几个字："快送婶婶到医院！"

瘦小的丹丹立刻拨通了李学锋的电话，抽泣着："二叔，婶婶摔倒了！你快来送她去医院！"

医院里，田原从昏迷中醒过来，好像知道自己已经彻底丢失了一个宝贵的东西。李学锋端着一杯水推门进来，看到田原醒了，急切地问："田原，你还好吧?"

田原扭过头去，无声地流下眼泪。她感到彻底的绝望，全身僵硬地躺在病床上。

学锋痛苦地说："孩子没有了。"

田原失声恸哭起来："是我不好，是我对不起他！"

学锋也流泪了："你为什么故意这么做啊？为什么?! 你不希望他来，是因为你不想跟我再有任何牵连吗？可你为什么不问问我呢？我可以同意离婚，我什么都可以答应，可孩子是无辜的，你怎么忍心……"

田原知道学锋误会了自己，但是她也不想解释什么了，也没有力气解释："别说了，我们就要分手了，何必再牵连孩子呢？我觉得这样对大家都好！"

学锋低声而苦涩地说："你没有权利这么对他！我告诉你，我永远都不会原谅你！"

已经是深夜了，赵静雅坐在客厅的沙发上细心地裁剪着小孩子的衣服，茶几上有几块尿布，茶几边上只开着小脚灯。屋外雷声大作，一道闪电过后，雨倾盆而下。风雨交加，窗户被吹打得噼里啪啦直响。电视里正播放着新闻："近日，十级台风横扫南方各省，造成特大降雨，灾情十分严重，造成重大损失……"

赵静雅到电话机边，想给学锋打个电话，电话铃声却先响了起来。她拿起电话，里面传来一个年轻女人的声音："亲爱的，刚到家吧？"

赵静雅愣了："你打错电话了吧？"

对方把电话挂掉了。赵静雅正纳闷着，听见有停车的声音，车灯反射在窗户上一闪而过，令屋里瞬间亮了一下。赵静雅连忙起身，把门打开，浑身湿透的学锋跌跌撞撞地进了屋，眼睛里布满了红色的血丝。

"下这么大的雨，怎么也不打伞啊？学锋，你工作也别太玩命了。你看你，都累成什么样了。"赵静雅找来干毛巾，让学锋把淋湿的头发擦干。学锋的心里很是酸楚。赵静雅并没有意识到已经发生了什么，仍然和颜悦色地唠叨着："肚子饿不饿？妈去给你弄点吃的？"

"妈，我不饿。"

"学锋，不是妈说你，你和原子都结婚十二年了，以前还好，自从你要搞手机电视之后，这一年多，你天天晚上都回来这么晚。妈是过来人，两口子老不在一起，也会影响感情的。"

学锋竭力忍住失去孩子以后锥心的伤痛："妈，您知道，我父母都是在唐山大地震中走的，跟田原结婚以后，我就把您和爸爸当成再生父母一样。"

"妈知道，你在妈眼里就是亲儿子。这次原子怀上了，妈真是为你们高兴。女人怀了孩子，脾气和心情跟以前就不大一样了。妈不是对你不放心，你工作再忙，也要尽量多抽一些时间陪原子。原子已经休息了，你进去的时候轻点声，别吵着她了。"

"妈，我想问个问题……"

"你说。"

"有些东西是不是失去了就永远找不回来了？一场海啸、一场地震或者像今天这样的一场台风，就可以让很多人家破人亡、一无所有？"

"你怎么了？不要胡思乱想了，妈对你一百个放心！"

"那我上去了。"

赵静雅有点放心不下似的，关了电视，回屋去了。

来到楼上，学锋推开卧室的门，卧室里床边的灯仍然开着，红色的光映照出一种焦虑的气氛。田原背对门躺着，闭着眼睛，佯装睡着了。学锋眼睛红红的，脸上一副挫败感，平时的潇洒尽失，像只孤独的受了伤的疲惫的狮子。他放轻脚步，慢步绕到田原那边对着床的沙发上坐下，直勾勾地看着田原睡觉的样子。田原翻了身，背对学锋，睁开眼睛，泪水在眼眶里打转。田原意外流产后，夫妻俩陷入了僵持的冷战之中。学锋抱了枕头和被子在沙发上躺下。屋子里沉默得令人窒息。

睡梦中的学锋辗转反侧，迷迷糊糊中突然大叫一声，从沙发上掉到了地板上。他爬起来，借着夜光望去，田原已经不在床上。学锋看看手表，深夜三点。他迅速打开手机，给田原拨打电话，听到的却是："对不起，您拨打的电话已关机。"学锋的脸上掠过不祥的神情，他迅速起身。

车行驶在街道上，学锋拿出手机，拨号，同时戴上蓝牙耳机。电话接通中，搞笑的彩铃声响让学锋很不耐烦。电话里传来邓薇的留言："我是邓薇，现在不方便接听您的电话，有事请在滴声后留言。"学锋留言道："邓薇，是我，田原不见了，给我回电话！"

学锋一边开车一边自语："原子，你可别干傻事啊！一切都是我的错，孩子没了，没关系，我们还可以再生的……我们还可以像以前一样……我知道你恨我，才那么做的……我跟她并没有感情……我只爱你，你知道的……"

学锋的手机响了，他赶紧接听，却发现是一个陌生电话。学锋摁下接听键，话机里传来一个年轻女人的声音："你为什么不接我的电话？我换了个号码你就接？你太无情了！"

学锋再也无法忍受心中的愤怒："你是个魔鬼！"

田原开着车，醉意已经让她感到晕眩了。漆黑的道路上，她找寻着前进的方向。婴儿的啼哭声从黑夜中传来，显得很凄厉。这时，她突然看见前面好像有一位清洁工人，本能地猛踩刹车，没想到后面的车追了尾。田原感觉自己的车被撞了一下，她的醉意却没有让她停下来，她重新踩了油门。

后边的车主大叫："怎么回事啊，这人绝对疯了！"

田原已经无法控制车速，速度表上显示车速已超过八十迈，她还在继续加速。婴儿的啼哭声从黑夜里传来，越来越响亮。田原的车子在马路上飞一样疾驰而过。夜间值勤的交警盯着车子看了一会儿，立即对着对讲机说："发现超速行驶车辆，往光华路东口驶去，请拦截！"说完，交警骑上摩托车，拉响了警报，朝田原车子行驶的方向追去。

田原从后视镜里看到看交警，依然我行我素地开着快车，直到突然看见前方不远处同样也有交警出现了，这才减速下来。

交警下车，走到田原的车窗边，示意田原吹口气检测酒精含量。田原没有辩解，束手就擒。

时钟指向清晨六点。在交通执法站里，田原的精神很不稳定，喃喃自语："孩子不是我杀的，孩子不是我杀的……"

董志兴在跟交警解释："她受了点刺激，请多多包涵。"

交警问："你是谁？她爱人呢？也不好好把老婆看好，大半夜满世界乱跑。"

董志兴面带尴尬地说："对不起，我是他们的朋友，她爱人出差了。"

交警开着罚单："算她命大，没有车毁人亡就是万幸！田主编让我们很为难啊，酒后驾车应该拘留的，但是……这次就算了吧……下不为例！"

董志兴接过单子连说："是，是。"

交警打了个哈欠："赶紧吧，天都快亮了！"

田原无助地看着董志兴，稍微清醒一点的她也被自己夜里的行为给吓坏了。

邓薇帮丹丹把书包弄好，随后顺手给田原打电话，手机还是处于关机状态。她正准备要开车，看见王志远笑脸盈盈地提着个大包走了过来。

邓薇大大咧咧地说："你怎么来啦？真不知道田原两口子在玩什么。田原也真是，跟我一般大，做起事还跟个小孩子似的。都怀孕了，还不管不顾地玩失踪。"

"失踪?！估计是李总在外面有情况了吧！"

"呸，你不要瞎说啊。他们俩的感情绝对坚不可摧。结婚都十二年了，我就没见他们红过脸。学锋人很好的，哪个女人找到他就算找到幸福了。"

"那你当年怎么没挑李学锋？"

"你这是说到哪儿去了……"

丹丹根本不看王志远，自己背着书包往前走。邓薇追了几步："丹丹，赶紧上车，不然要迟到了。"

丹丹很倔强地说："我不跟他坐一辆车。"

邓薇哄着丹丹："王叔叔不跟我们坐一辆车，他有车的。"

丹丹这才转过身来，上了妈妈的车。

王志远把大包递给邓薇，说是送她的东西，然后知趣地走了。

去学校的路上，邓薇想起来李学锋的留言，便让丹丹帮她拨二叔的电话。丹丹拿出自己的小灵通，犹豫了一下，突然开口道："田原婶婶和二叔在医院吵架了，妈妈。"

"什么时候?"

"小弟弟没有了。"

邓薇脸都差点白了："丹丹，不能乱讲大人的事!"

丹丹特别委屈："我没乱讲。婶婶摔跤把小弟弟摔没了。"

看到丹丹的表情，邓薇惊讶极了。她知道一定是发生了什么事情，这才明白了为何学锋深夜给她打电话。

8

陷入僵局

台风过后，与世隔绝的寺院里显得异常清凉。时间在这里似乎都停滞了。清晨，僧人们将寺庙清扫得干净整洁。董志兴和田原在院子里散步。

和昨天夜里相比，田原的情绪已经缓和了许多。她语气平和地对老朋友说："他认为是我故意把孩子弄掉的。"

董志兴问："他怎么会这样认为？"

"在我二十多岁的时候，我就有做母亲的机会。可是那时候，对孩子没有感觉，因为我不是那种一直渴望小孩的人，我觉得自己的人生还没有确立，尤其是物质条件不够好。这样不仅孩子养不好，反而给自己增加负担。可是学锋很喜欢孩子。他的家庭背景你也知道一些。不过，他也没有勉强过我。一不留神，十多年过去了。这十年我们俩努力奋斗，日子的确也非常充实，最后似乎就缺一个孩子了，也到了非要孩子不可的年龄了。"

"是的，有点背水一战的感觉。"

"志兴，刚刚知道有了孩子的那几天，我几乎每个时刻都是小心翼翼的。真的，因为学锋，我妈妈，他们比我都还紧张这个孩子。"

"要孩子也讲究缘分，还会有机会的。"

"志兴，谢谢你。我们也是二十年的老朋友了。虽然你是学心理学的，开导过很多人，可是，我从没觉得我也会遇到心理上的问题。"

董志兴用非常放松的语气说："我知道你还有别的困扰，说给我听听吧。"

田原无可奈何地摇摇头："嗯，我也只能和你说说了，我和学锋的婚姻已经破裂了。"

董志兴这下真的愣住了。田原搀住董志兴的胳膊，她戴着深色的墨镜，但仍然掩饰不住憔悴的脸色。她对还没缓过劲来的老友说："走，咱们烧香去。"

董志兴站在一边看着田原虔诚地拜佛像，完全糊涂了。他本以为昨晚田原向他发出求救的原因真的是李学锋出差了，他本以为田原酒后驾车的真实原因只是意外失去了孩子。他从没有料到田原和李学锋牢不可摧的婚姻出现了裂缝，甚至开始倒塌。

田原借用董志兴的手机分别给赵静雅和晓鸥打了电话，谎称临时去香港出差。然后她默默地拉着董志兴进了寺庙里的宾馆小院。

"志兴，陪我在这里住一天吧。"

董志兴没有作答，掏出证件到宾馆前台作了入住登记，然后两人来到竹林里的茶座继续聊天。

"田原，你们的婚姻真的无法挽回了吗？"

田原答非所问："志兴，你说我们这辈子到底是想要什么？一份爱情，一个爱人，和这个爱人居住在同一个屋檐下，然后还有一个迟到的孩子？可是当你有一天发现这一切都是建立在精巧的谎言之上的时候，你该怎么办？尤其是你还计划要跟他一起度过余生的每一天？"

董志兴看着田原，他从她的话里，仿佛明白了原因。他不想再追问任何一点细节了，他明白那样会再一次伤害她。

"你怎么不说话了？"

"我不想问了。我没有这个权利。"

"你是心理医生啊。"

董志兴很诚恳地说："我是你的朋友。"

田原望着竹林，思绪回到了久远的学生时代，想起了他们的往事，于是嫣然一笑："志兴，当年我在美国留学的时候，你追我，我因为心里有已经在国内打拼事业的学锋，没给你机会。如果我当初和你一起留在了美国，我嫁给了你，现在会是什么样的生活呢？"

董志兴茫然了。这么多年来，他知道自己对田原仍然保有一份特殊的感情，这种情感超越了一般意义上的老朋友之间的友谊，但是他从未有过更多的奢求。田原的这番话触动了他平静多年的心，让他的内心深处泛起了小小的涟漪。

可是，身为一名出色的心理医生，董志兴太懂得田原此刻内心深层的困惑和失落了。职业素质使他在短暂的茫然后迅速恢复了理智，他理性地打破了片刻的尴尬和沉默："田原，这个假设很多年前就不成立了。"

李学锋拖着疲惫的身体匆匆进了电梯，没想到后面跟进来一个女人。李学锋发现电梯指示往下，按开关要出去，却被戴翡翠镯子的手挡住了。

李学锋抬头一看，竟是韩璐璐，他厌恶地说："跟你说过了，不要到我的公司来了。你要注意影响！"

"注意影响？你当初不是说要把我招进公司来吗？"

"那个时候我还不了解你的为人。"

韩璐璐挑衅地说："我的为人怎么了？我给你做每一个推广活动的策划！我没有背着你去找别的男人！"

"你这样做没有意义。我失去了她，你也得不到我。"

"是吗？咱们走着瞧！"

电梯门开了。李学锋想甩开韩璐璐冲出去，却被韩璐璐拽住了。李学锋使劲挣脱了她的纠缠，夺路而逃。

李学锋匆匆走进会议室，满脸阴云的合作伙伴钱总正准备拂袖而去。李学锋急忙阻拦："钱总，对不起！我处理了点急事，让您久等了。"

钱总愤愤地回答："李总，我也是没办法，合作总要有诚意，如果你还想跟别的公司联手，脚踏两条船，我们就不妨碍你的好事了！"

李学锋显得很窝火，也很尴尬，不过他仍赔着笑脸道："钱总，这怎么可能呢？我一直都坚定地要和您合作的。"

"可我听说别的公司已经开始帮你们生产剧本了。"

李学锋解释着："这绝对是谣言。这样吧，咱们还是先吃饭，一边吃饭一边谈吧。"

钱总还没有消气："李总，上次承蒙你邀请我参加你和你夫人的十二周年结婚纪念party，看到你们夫妻俩恩爱有加，比翼双飞，我就感觉你是一个值得信任的合作伙伴。可是我约了你两次，你都让我吃了闭门羹，你说我该怎么想？"

"钱总，您消消气，今天咱们去吃大闸蟹，算我个人给您赔礼。您总不能驳我的面子吧？"

在一旁等待的秘书乔卫赶紧上前接过话茬："李总，包房已经订好了。钱总，您一定赏光啊！"

邓薇在办公室楼下，心急如焚。她对刚刚赶到的李学雷说："田原不见了！流产了！"

学雷很惊讶："人找到没有？"

邓薇摇摇头："找一天了。"

"学锋呢？"

"他昨天找了一晚上，现在在公司开会。要是田原有个三长两短，我可跟你们两兄弟没完！"

学雷着急地说："人命关天，我这就去找学锋。不管他开多重要的会议，我都把他弄出来！"

这时，邓薇看见韩璐璐匆匆往公司走来，急忙叫住她："璐璐，你上哪儿去了？今天家妹有点急事，你能不能值个夜班？还有，我们要一起去找学锋，你先帮我带着丹丹，晚点儿我回公司接她。"

韩璐璐痛快地答应了："没问题。"

韩璐璐在邓薇的办公室里找到丹丹，把她带到自己的座位上，两人分别在不同的电脑前上网，摄像头对着她们俩。丹丹看着视频里出现的韩璐璐，感到很有趣，她笑嘻嘻地说："阿姨，我看到你了！"

韩璐璐问："丹丹，田原阿姨怎么不见了呢？"

丹丹说："妈妈不让说。"

韩璐璐又问："李叔叔和田阿姨不是很要好的吗？"

丹丹点了点头说："嗯，那我告诉你，你不要让别人知道啊。"

"阿姨答应你。"

"婶婶摔了一跤，小弟弟没有了。二叔和婶婶生气了。"

"好惨啊。"

"璐璐阿姨，你下了班能送我去叔叔家吗？婶婶上次答应我，带我去看《哈利·波特》。"

"你真的想去你叔叔家啊？"

"嗯。婆婆肯定在家，婆婆每次都给我做好吃的。"

"好，晚上阿姨送你去。"

湖光山色酒楼里，满桌的大闸蟹，盘子里只剩下壳了。李学锋和钱总干了一杯，说："钱总，你今天真是吓了我一跳呢。咱们都草签合同了，你又变卦的话，我可只有跳楼去了。"

钱总笑道："你们的计划的确很好，但是，现在我们公司不只收到了你们公司的计划书。有几家公司找到了我们，给我们看了他们的计划。我觉得人家的想法也不乏可取之处。"

学锋赶忙说："我了解。现在的行情大家都很清楚。想做手机短片甚至手机电影的公司可谓多如牛毛。做广告的、IT公司、媒体，甚至电信运营商都蠢蠢欲动，想分新媒体这一杯羹。"

钱总笑着说："嗯。你是专家。"

学锋顿了顿，接着说："可您要知道，我们公司有着很多别的公司不具备的优势。首先我们公司有着丰富的电信业务运营经验，与各大电信网络公司都有长期良好的合作。其次，我们也是国内最早介入手机平台内容开发的公司。从彩信、彩铃到电视节目的手机播放，再到现在的手机电影制作，我们一直走在行业的最前沿。现在我们已经拿到电信方面和国内几家最大的电视台以及影视公司的独家合作授权，您可以看一下。"

学锋示意了一下，乔卫将文件递给了钱总。钱总接过去，打开，仔细翻看着。

李学锋显得信心十足，继续说道："我们拿出现在这个手机短片的制作计划，也是经过长期周密的准备的。您知道影视投资制作一直是个风险很大的领域。为此，我们针对手机平台的视觉体验进行过市场调查，也征求了很多专家的意见，得出究竟什么样式的节目才最适合在手机平台播放。我们也为此吸收了影视专业人才到我们的团队当中。我给您介绍一下，这位就是刚从电影学院毕业的高才生，乔卫。"

乔卫礼貌地起身和钱总握手，递上名片。

李学锋又说道："基于这些，我才能保证您投资的每一分钱不会打水漂。可能您觉得我们计划的投资回报率不高，但我想说的是，只有我们公司提供的数据是最可靠、最有保证的。钱总啊，我们把合同带来了，咱们就把字签了吧！"

钱总大笑起来："李总，你是有备而来啊！佩服！"

李学锋和钱总言谈正欢，李学雷和邓薇贸然地进了包房。学锋吃了一惊："大哥，邓薇，你们怎么来了？"

"老婆都不见了，你还在这里心安理得地应酬！"

邓薇赶紧拽住学雷。他平时看起来挺蔫的，可一旦发起火来就是直接动手。

学锋说："大哥，回头咱们再说，我正在谈重要的事情。"

钱总也被突如其来的情景吓了一跳，不过他很快就明白过来，来者是学锋家里人，便很知趣地对李学锋说："李总，你家里好像有点事，你先忙。合同我拿回去，没什么大问题，签好我就给你送过来。"

"这……好的，真是不好意思。"

"没关系，今天我很受启发。"

"乔卫，你代我送送钱总。"

李学锋送走了钱总和公司的同事，招呼服务员："来两碗阳春面。"

李学雷说："我不饿，你先跟我说到底是怎么回事？你跟田原之间到底怎么了？"

学锋还是有些惧怕大哥的，低头说："她不见了，跟谁都没打招呼就不见了。"

学雷又问："孩子呢？孩子怎么回事？"

学锋再也抑制不住自己的情绪，哭了起来："大哥，我不知道到底发生了什么事情。我那天赶到医院，她躺在病床上，孩子就没了。你知道的，我盼这个孩子盼了好多年！"

邓薇上前劝解学锋："说到这个事情，我应该跟你道歉。你不要误会田原了。那天该我去学校接丹丹的，我有点事耽误了。田原给我来电话，说她帮我去接。我也没想那么多。今天我才知道，田原去接丹丹的时候，遇到男孩子欺负丹丹，去帮丹丹抢小灵通回来，结果崴了脚，摔在路边了。"

学锋顿时傻在了那里："原来是这样啊！孩子丢了，田原肯定跟我一样难过，加上我又误会了她。一时半会儿，她肯定不会原谅我。"

邓薇叹道："可她需要人照顾啊。"

学锋也哀叹道："你这样说，我就更加罪孽深重了。尤其是回家，我真不知道该跟妈怎么解释。"

邓薇说："你还是说她临时出差了吧。"

学锋为难地说："只能这样了。"

9

沸沸扬扬的社会舆论

清早，李学雷在邮局批发站和同事们一起分发报纸，一个工友突然用胳膊肘捅了捅学雷："哎，学雷，看你弟妹又上报了。"

顺着工友指的方向，李学雷看到报纸上赫然印着的文章标题："著名出版人田原午夜酒后驾车，神秘董姓男友出面担保"。学雷马上拿起报纸看个究竟。

都市的上午，街道上车水马龙，李学锋狂躁地一路按喇叭，驾驶着高级轿车直接冲进了报社的小院。李学锋按捺不住心里的怒火，一路奔进编辑部，几位年轻的编辑看到他都有些不知所措。

李学锋挥动着手中的报纸："你们主编在哪儿？"

一位女编辑镇定地问："对不起，都不在。请问您有什么事情吗？"

李学锋："你们有没有跟当事人了解情况？我是田原的丈夫，你们未经调查就写出来是要负法律责任的！"

女编辑听出了他的来意，更加镇定了："原来是李先生，您怎么知道我们没调查呢？我们的记者在发稿前去交通部门进行了核实的。"

李学锋怒气未消："你们不知道这样会给别人的生活带来麻烦吗？！"

女编辑对他的无理取闹有些不耐烦了："那就请转告田主编，不要犯事！"

李学锋怒不可遏，随手操起桌上的茶杯把里面的茶水泼到了编辑的脸上。闻讯而来的两名保安过来抓住了愤怒的李学锋。他没有注意到的是，报社的摄影记者已经把他泼茶水的一幕拍摄了下来。

下午，秋日的阳光斜照进客厅的落地窗，赵静雅瘫坐在沙发上，面前放着一份晚报，上面社会版的头条是："IT精英李学锋大闹报社，茶泼编辑，被威胁编辑索要精神赔偿。"

赵静雅双手哆嗦地拨了女儿的电话，关机。她又给学锋打电话，电话一直占线。赵静雅感觉到心脏很难受，她强撑着找到速效救心丸吃下，然后躺在沙发上，看着报纸上的标题，默默垂泪。

田原在董志兴的陪同下回到家，看到母亲躺在沙发里的样子，不由得一阵揪心。她轻轻问道："妈，我回来了，是不是心脏不舒服了？"

赵静雅勉强撑着坐起身："原子，到底发生什么事情了？以前都是在报纸上看到你和学锋的正面报道，今天怎么都是这样的消息？"

赵静雅把报纸举到田原眼前："你没出差？你是骗我的？你真的出了车祸？"

田原点头，像个受了委屈的孩子："嗯，我怕您担心，跟您扯了个谎。那天晚上谈事情，喝了点酒，结果开车就晕了。要不是志兴赶去帮我解决问题，我真不知道该怎么办了。"

"孩子呢？孩子没事吧？怀孕怎么能喝酒啊！"

田原看着赵静雅，欲言又止。

董志兴赶紧岔开话头："伯母，您先休息休息吧。"

赵静雅预感到有不好的消息："原子，到底发生什么事情了？你要跟妈说实话。"

田原抱着妈妈："妈妈，对不起，我没把孩子保护好……"

赵静雅禁不住哭了："可怜的孩子！"

田原也忍不住了，和母亲抱在一起，放声大哭。赵静雅捧着女儿苍白的脸。"孩子没了，还会有的。女儿，别太难过了。"

田原接过董志兴递来的纸巾递给妈妈："妈，您别担心，您看我，这不好好的嘛。"

赵静雅起身要去厨房给田原做吃的："不行，你脸色这么差，妈去给你做点好吃的，补一补。从今天起，你就别上班了，在家好好养着。妈陪着你。"

"妈，我没那么娇气。"

赵静雅有点生气了："你也太不懂事了，女人这个时候身子最虚了。俗话说，丢个娃，等于丢了半条命啊。依我说，学锋这个时候也应该请假，在家陪着你。"

"妈，不要打搅他。"

"怎么了？你是担心学锋误会你？不会的，你们都是十二年的夫妻了。志兴，你说是不是？"

董志兴道："没想到媒体这么无孔不入。我会跟学锋商量一下，怎么来解决。需要我出来解释我就出来。"

韩璐璐在地下车库里截住了正要开车的李学锋。李学锋被最近工作和生活上翻天覆地的变化搞得精疲力竭，第一次觉得这么无力和无助，就是对面前突然出现的这个女人，似乎也恨不起来了。他平静地说："我告诉你，你不要再跟着我了。手机短片的投资泡汤了。我随时都可能从公司卷铺盖走人。"

"你就是一无所有我也要跟你，我不是为了你的钱。你那么爱田原，可是她呢？她都给你戴了那么大一顶绿帽子，你醒醒吧，是她不要你了！"

"都是被你害的。你放过我吧，你要什么我能给你的都可以给你。"

"是吗？我说过多少次了，我只要你这个人！学锋，别生气了，我是觉得现在对我们来说是个好机会。既然田原红杏出墙，那你就有理由跟她离婚了。我对你一心一意，难道你就看不到吗？"

"请你收手吧，我的生活现在已经混乱不堪了！"

"你还是赶紧决定吧。我想，你并不希望我出现在田原的杂志大楼底下，也不希望我去你的豪华别墅拜见你的岳母大人吧。"

李学锋脸色大变。

为了平息连日来沸沸扬扬的舆论，在一个午后，田原不得已和李学锋一起举办了针对媒体的致歉会。因为他们夫妇多年来都是这个城市里风口浪尖上的人物，这次田原的酒后驾车和李学锋大闹报社，都产生了很大的负面影响。

田原说："在这里，首先向大家致以深深的歉意。因为我酒后驾驶，给家人，给单位，给社会都带来了很不好的影响。"

一名记者问："请问，你和董姓男子是什么关系？"

田原说："董先生是我和我爱人多年的好朋友。当时我没联系上学锋，就只好让他来帮我处理情况，请大家不要再去打扰他。他跟整个事件没有直接关系。我和学锋的关系非常好。"

李学锋补充说："我在这里也要向《江南晨报》的编辑道歉。"

李学锋郑重地鞠了一躬，赢得了记者们的掌声。这时，他的手机响了，屏幕上面显示着："你们俩真能装！"

李学锋抬头看见了韩璐璐的身影，他感到自己的身心马上就要彻底崩溃了。

致歉会后，在黄昏的街上，两人在车上沉默不语。田原主动打破沉默："谢谢你今天能来。"

李学锋说："其实我还真希望你跟董志兴有点什么，这样我也不会那么内疚。"

"我的事情你就别操心了。"

"孩子的事情我误会你了。真的很抱歉。"

"是天意吧。"

田原掉头看着车窗外，这一瞬间，她突然对往昔的生活有了一丝眷恋。尽管阴影还是那么深重，可她似乎产生了想试一试的念头。她在想，是不是能够挽回失去的美好？

李学锋开着车，他的手机又接到了韩璐璐的短信："我的车就跟在你的后面，我想去你们家拜访拜访。"

快到家了，看着疲惫的田原靠在副驾驶的椅背上，学锋想，她是那么需要呵护，可是他明白，田原不再需要他了。他给田原盖上一件衣服，田原惊了一下，没有转过头来，依然望着窗外。

"原子，我想跟你说……"

"你说，我听着呢。"

"我们还是离婚吧！"

随着李学锋的话音，汽车戛然而停，来到他们的别墅前，他们的婚姻城堡之前。黄昏的阳光金灿灿的，无限美丽，却又无限伤感。

10

离　婚

　　李学锋来到佟越律师事务所。佟律师是他多年的朋友，也是公司的常年法律顾问。

　　佟律师问："你都想好了？"

　　学锋答："对。"

　　佟律师又问："双方签字后，文件就生效了。你觉得有必要这样吗？"

　　学锋说："佟越，从我开公司以后，你一直都是我的律师。你知道我这个人是一个很讲原则的人。"

　　"你跟田原商量了吗？她要是不接受这些条款怎么办？"

　　"这就需要你帮我说服她了。"

　　晚上，李学锋鞋子也没脱，疲惫地倒在沙发里。田原进了屋，也很小心。

　　学锋的语气很客气："你回来了。"

　　田原"嗯"了一声。学锋坐起身来，从公文包里取出一份文件递给田原。田原接过来，看见"离婚协议书"几个字，立即将文件塞了回去，脸色一下就变了。

　　"你好好看看，如果没有意见，就签字。"

　　田原故作镇定："我们不要在家里谈这个事情可以吗？我还不想让妈知道。"

　　"我也是这么想的。等我们办完手续，我就跟妈说要到国外出一趟长差。等大家都平静了一些的时候，再让她知道也不迟。"

　　学锋的电话响了，他看了看电话，不想接。

　　"你接吧，需要我回避的话我走开。"

　　"你为什么不问她是谁呢？"

　　"我不想知道。"

"你还是看看协议书吧。"

"我看看，没问题的话我们这两天找个时间去把手续办了。"

李学锋累得很快就微微打鼾了，田原在浴室里茫然不知所措。她躺在充满水的浴缸里，呆望着天花板。她用滴水的毛巾，盖在泪水满面的脸上，痛苦地用双手捂住脸，沉到水面下。田原的手连带着身体禁不住地颤抖，她大声地哭泣，夜变得更加安静了。

等她平静下来，从浴室出来，发现屋内空无一人。田原再度陷入受骗的感觉打击中。

夜晚的马路边上，远处的路灯发出昏暗的光，地上摆满了空啤酒罐。韩璐璐要去抱李学锋，被李学锋推开。李学峰略带醉意地说："你这个魔鬼，不要附体在我身上。"

韩璐璐着急得快哭了："学锋，我是真的爱你，一点都没有保留地爱着你。"

"我告诉你，你什么都得不到的。我跟田原离婚，我什么都不会要的。房子、财产，全都给她。"

韩璐璐又想抱学锋，结果被学锋使劲推开。韩璐璐脚一滑，掉到了路基下。只听她惨叫一声，然后什么动静也没有了。学锋有些清醒了，他蹲下看着路基下面，这才意识到他们的旁边是个黑糊糊的坑。仔细一听，下面传来韩璐璐的哭声和"哎哟哎哟"的呻吟声。

十几分钟后，李学锋抱着韩璐璐冲进了医院急诊室。韩璐璐虽然忍受着疼痛的折磨，但是学锋的怀抱让她很受用。她夸张地"哎哟"个没完，希望引来别人的注意。学锋则是不得已而为之，他警觉地看着四周，生怕有人认出他来。

忙活了一阵，他们被医生告知，韩璐璐左手手臂骨折，腿部多处有软组织挫伤。韩璐璐左臂绑了绷带，依偎在学锋的肩膀上："陪我回家吧。"

学锋无语，起身搀扶着韩璐璐离开医院。他觉得今晚自己真是窝囊死了。

次日，田原在自己的办公室里，再次将离婚文件取出来。这时，手机响了，号码显示是李学锋。

"我正在看协议书，你觉得自己很慷慨吗？"

学锋那边不做声。田原继续说："我告诉你，房子你不要可以，不过按照现在的市价，我折半给你现金。"

"我不想解释什么。如果你不同意我的全部条件，那我们就不要离婚。"

"你威胁我?!"

54

"如果你认为是，那就是。"

"好！李学锋，我已经签了字。办完手续，咱们就再也不要见面了！"

这时，晓鸥兴冲冲地闯了进来，门都没敲就高兴地说："主编，法国来的传真。时装设计大师周奇要来国内做一场秀，邀请我们做协办方！"

田原见状赶紧用杂志把离婚协议盖上，气冲冲地对晓鸥说："我没叫你进来，你进来做什么？"

晓鸥对自己的又一次冒失表示歉意："噢，很抱歉，您有事，那我先出去。"

田原的目光又落在离婚协议书上，她翻到最后一页上，签了名，字迹干脆而坚决。

太阳从窗户射进来，让田原感觉有些晕眩。田原把百叶窗拉上，坐在椅子上，沉默地看着眼前的协议书。

《美丽·家人》的大厦顶层室外露台上，田原双手抱怀，若有所思地踱着步。她不时试探性地站到护栏边上往下看看。她想，现在往前走一步，是不是所有的痛苦都会随之消失？生活到今天，一切都变成了一个巨大的讽刺。

正在胡思乱想的时候，田原看到助理晓鸥从台阶口冒出来，不由得叹口气："我真是逃不出你的手掌啊，想安静一会儿都不成。"

晓鸥没有理会上司的打趣，而是一脸迷惑："主编，我到处找您。刚才有个女的来找你，手臂上缠着纱布，说要送你这个烟斗。"

田原接过烟斗，脸上掠过一丝嘲讽的微笑："没事的，以后这样的神经病就不要理了。"

"我看也是。"

"晓鸥，我这个人是不是很凶？我知道你们都在背后议论我。"

"没有的事，您最近休假，大家的工作积极性都不够高，好像失去了动力。"

田原哈哈大笑起来："好！我看要给大家点压力了，一个个都像受虐狂。"

傍晚，李学锋带着水果等食品来到韩璐璐家门口。他本不想进屋，却生生被韩璐璐拽了进去。

李学锋站着把东西递给她："这是我最后一次来，以后我们就是普通朋友。"

韩璐璐接过食品放到桌子上，拉学锋陷进了沙发："我还没好呢，你怎么这么忍心啊！你是不是就想害我死啊？"

学锋被她弄得很无奈，起身要走，韩璐璐突然大喊胳膊疼，学锋信以为真，韩璐璐趁机在学锋脸上亲了一口。学锋烦躁地从门里逃出来，一路小跑跑出楼道。

此时，正在路边邮筒里取信的学雷看到了学锋，大声喊道："学锋！"

下班人流中的李学锋没听见叫声，钻进了一辆出租车。李学雷蹊跷地看着学锋刚刚出来的那幢旧旧的居民楼。

李学锋乘坐出租车来到了田育之家，还没进屋，就听到屋里传来弹奏《喀秋莎》的手风琴声音。学锋有钥匙，打开门，屋子里乱糟糟的。

学锋问："爸，保姆呢？"

田育之沉浸在音乐声中。

学锋声音加大："爸，小周呢？屋里这么乱，她几天没来收拾了？"

田育之结束了演奏，显得很沮丧："她把我的日记本偷了，跑了。"

学锋不解道："跑了？爸，跟你说了，有急事给我打电话啊。这两天怎么吃的饭啊？"

田育之抱着手风琴说："自己动手，丰衣足食！要保姆做什么，把我的日记本也偷了。"

李学锋开始打扫房间的卫生。他看到在电脑桌上就放着个翻开的绿皮旧日记本，觉得有些纳闷，便说："爸，您又冤枉人家小周了，您的日记本不是在这里吗？"

他把日记本拿给田育之，老人的眼睛立刻放出了光。田育之兴奋地说："我找了三天了！"

学锋将棋盘摆上，泡上了一壶热茶："爸，下盘围棋吧。"

下到中盘，田育之看着女婿："学锋，今天状态不对啊，才下到中盘，你就已经输了。"

学锋叹了口气："爸，我记得您说过，人生就是一盘棋。"

田育之道："当局者迷，旁观者清。变幻万千，又万变不离其宗。想要赢棋，就全身心地投入，心无旁骛，否则不论棋艺多么高超，都会落得满盘皆输的下场。"

田育之喝了口茶，顿了顿，接着说："学锋，下一步棋你打算怎么走？"

学锋答道："事已至此，我自觉难有回天之力了。"

田育之又说："观棋勿语真君子，解铃还须系铃人。我是过来人，已经输得什么都没有了。"

学锋继续摆上一枚棋，放了上去又收了回来。

"不能悔棋。"

"好，好，不悔棋……"

在最近这段日子里，陪田育之下棋吃饭，对李学锋来说是最为惬意和放松的事情了。他想沉浸在老人的世界里，不用在事业上奋战，也不必在生活上再纠缠什么，但是，他清楚，那是田育之的世界，不是他的。

回到家，赵静雅端上八宝粥，李学锋百感交集，眼泪差点掉下来。"妈，我最爱喝您煮的粥了，还有煲的各种汤。我晚上去看爸爸了，爸爸的手风琴拉得真好。"

赵静雅说："终究不是小伙子了，你们不知道，以前他拉得特别好。"

"妈，您有时间去看看他吧。"

赵静雅叹了口气："都好多年没见过了，没那么方便的。"

学锋也不好再继续说下去。

赵静雅问："学锋，我觉得你和原子最近好像有点神神秘秘的，老在房间里嘀咕。你们是不是又想要孩子了？"

学锋掩饰着："妈，您想到哪儿去了……"

赵静雅说："好，我不问，我不问。"

"妈，还有个事情要跟您商量。最近公司比较忙，接下来一段时间，我要去国外出差，估计时间比较长。决定得匆忙，很快就要走。"

赵静雅问："原子知道吗？"

"我已经跟原子说过了。对了，我把下半年的水电费和煤气费都预交好了。"

两人正说着话，田原也回来了。李学锋借口上楼整理东西，离开了客厅。

在整理日用品的时候，学锋发现了影集。他小心地擦拭上边的灰尘，翻开来。从前他与田原一起的幸福时光，一幅幅映入眼帘。学锋把影集合上，放在了箱子里。

田原沉默地来到卧室，看着学锋把必备的几件衣物放进空荡荡的箱子里。

"学锋，虽然这是你在这个家里的最后一个晚上，可是我还是有句话想跟你说，不然梗在喉咙里难受。"

"你说。"

"你太君子了。我们生活在一起十二年，你把一切都安排得那么完美，让我失去对生活还可能遇到麻烦的判断力。我在你面前，不像个妻子，而是像个需要父爱的女儿。你什么东西都不想带走，你当然可以一走了之，可是你想过没有，我一个人要面对多少过去的记忆？"

学锋说："那就封存起来吧，总不能一把火烧了吧！需要打包的，我来弄。你以后就把这些当成投进深海里的石头，让它们沉下去吧。"

田原问："妈妈那边呢？"

"我刚才跟她说了，要去国外工作一段时间，是临时决定的，请她谅解我走得匆忙。"

"你这个谎言太容易被识破了。难道你们公司的手机频道要开到国外去啊?"

"她不会想那么多的,我走的时间越长,她就会越适应。我担心的是你,你没有独立生活的能力。你在美国读书的时候,也是被志兴照顾得好好的。"

田原无语。

"周边的朋友,我们也暂时不告诉他们离婚的事情吧。早点休息吧,对了,你的车可以从交警队取回来了,以后开车小心点儿。"

田原点点头。

　

第二天一大早,田原和李学锋一路无话来到了民政局办理离婚处。

民政员问:"你们对财产分割有意见吗?"

学锋答:"没有。"

民政员问田原:"你呢?"

田原答:"没有。"

民政员又问:"你们是自愿离婚的吗?"

学锋说:"是。"

田原也说:"是。"

11

分　居

晚饭后，李学雷身披床单，腿中间夹着扫帚，陪丹丹玩《哈利·波特》的游戏。丹丹也一身哈利·波特的打扮，戴着魔法师的帽子和黑框眼镜。父女俩正大吵大闹表演得尽兴，突然响起了敲门声。

丹丹打开门一看，在昏黄路灯的映照下，李学锋拎着箱子，落魄不堪地出现在门口。丹丹惊奇地喊道："二叔！"

学雷也很惊讶，问学锋："怎么了？"

学锋无语，挺拔的身体还在强撑着，两行热泪却禁不住落下来："哥！……"

学雷看着看着，仿佛明白了什么，他操起手中的扫帚劈头盖脸地朝学锋打去。学锋也不躲，任由大哥暴打。丹丹尖叫起来："爸爸别打二叔，爸爸别打二叔！"

打归打，毕竟是亲兄弟。学雷把学锋的床铺安顿好，还给弟弟做了碗炸酱面。学锋把面条"呼噜呼噜"一扫而光。

学锋的手机响了，他看了一眼来电显示，把手机转成振动，放在一边。关成振动的手机持续不断地响着，发出让人恼火的"嗡嗡"声。

学雷说："学锋，你不能接一下电话吗？你不接它就一直响，烦不烦哪！"

学锋只好拿起电话走进另一个房间。他把门关好，接听手机，并忍不住对电话怒吼："你到底还想干吗？"

对方回答道："我在楼下花园里，你最好马上下来，不然我就上去找你！"

灯光幽暗的小区花园里，韩璐璐站在婆娑的树影中，手上的翡翠镯子闪着幽光。

学锋愤怒地问："你怎么找到这儿来了？你跟踪我？"

韩璐璐说："我只能这么做，因为我想见你。打电话你不接，发短信你不理，我只好自己找上门来，不然我该怎么办呢？"

"我一点儿都不想见你，我们已经没什么好谈的了！"

"求你，别总躲着我行吗？我希望还像从前一样一起工作、一起喝酒、一起快乐……"

"可我宁愿什么都没发生过，我宁愿根本就不认识你。在我看来你就像无处不在的噩梦！性爱视频、电话骚扰还有无休无止的跟踪，我被你折磨得已经够惨了。"

"别忘了，是你先伤害我的！"

"我是做过对不起你的事，可是，我已经付出代价了。"

韩璐璐马上敏感地问道："什么意思？你离婚了，对吗？"

"无论如何你达到目的了，我的家庭毁了。你觉得满意了吧？"

韩璐璐高兴起来："终于离婚了！这对我来说是个好消息。"

学锋愤怒地说："变态，你比我想像得还可怕！"

"爱情都是自私的，我爱你，希望你只属于我，这没什么不对。"

"可是我不爱你！"

"别说气话！不过我不会当真的。"

"让这一切都结束吧。你受过伤害，我付出代价，两清了。"

"那你说过的补偿呢？我想过了，我不需要钱，我只需要一个职位。给我一个每天能陪伴在你身边的职位，就是对我最好的补偿。所以，我想做你的私人助理！"

学锋冲动地说："不可能！"

韩璐璐说："还是考虑一下再答复我吧。你知道我是一个爱冲动的人，如果真生气了，也许我又会乱发短信或者邮件，你不希望我那样做吧！"

茫茫夜色中，李学锋忽然感到一丝寒冷和恐惧。

第二天上午，李学雷偷偷约了田原。他骑着自行车，车两边还驮着邮包。车都没停稳，他就推开了咖啡厅的门。田原似乎明白学雷的来意。

田原问："大哥，急着找我有什么事？"

学雷说："昨晚学锋去我家了，你们俩是怎么了？怎么这么快就离婚了呢？"

田原语塞。

"学锋把你们的事告诉我了。他浑蛋，我打他了！"

"男人犯了这样的错，哪个女人都不能原谅。请大哥理解我。"

"学锋确实对不起你，我做大哥的先要给你赔罪。"

"大哥，这不关你的事。"

"学锋本质上是好的，毕竟你们在一起都十二年了，不应该那么草率。"

"我已经想清楚了，我们回不到以前了。"

学雷试着做最后的挽留："我是觉得你们这样匆忙离婚，将来也许会后悔的。你能不能给学锋一个改正的机会？"

田原坚决地摇了摇头："覆水难收，你跟邓薇要是能回去不也早回去了吗？"

学雷显然被这句话刺伤了。告别了田原，李学雷觉得弟弟和弟妹的事情并没有听上去那么简单，他想应该问问邓薇。

下班后，学雷买了一束鲜花。他记得，今天是邓薇的生日。他骑车来到邓薇公司门口，把车推到角落里停好。

这时，邓薇亲昵地挽着王志远从公司里出来，看上去两人如胶似漆、浓情蜜意。邓薇根本没注意到学雷，她坐进了王志远的车子，汽车风一样开走了。学雷看到这一幕，脸上的表情变得复杂难言。

学雷尴尬地拿着鲜花走进邓薇的办公室，他被眼前的景象惊呆了。办公室成了花的海洋，到处都是鲜花，百合、玫瑰、郁金香、太阳菊……正在写作业的丹丹看到爸爸特别高兴："爸爸！"

姚家妹进来了，跟学雷打招呼："您来了。哟，还带了花儿。"

学雷有些难为情地把花递给家妹，家妹热情地说："您心真细，还记得邓总的生日。您等一下，我把花插好再拿过来，就放在邓总桌上，这样她明天一来就能看到。"

家妹拿着花走了。丹丹起身故意把一些花打得七零八落："这些都是那个王叔叔送的，还说花了好多钱。"

学雷抓住丹丹的手："走吧，跟爸爸回家。"

丹丹小大人似的说："他有什么了不起的，等我长大了，也可以给妈妈买！"

邓薇和王志远一路飞车。王志远讨好地问邓薇："薇，今天是你生日，想怎么庆祝？"

"我听你的。"

"先去看看我送你的礼物？"

邓薇兴奋地说："什么礼物？让我猜猜……"

王志远笑了："你猜不到的！不是钻戒、玫瑰、烛光晚餐，那些都太俗了。我送的礼物与众不同！"

邓薇甜蜜地依偎到王志远身边："志远，我觉得太幸福了，简直像做梦一样。"

王志远的车子飞速驶进了一所美丽幽静的校园，邓薇还没有明白王志远带她来此的目的，感慨了一句："这学校太漂亮了。"

王志远说："不仅漂亮，教学水平也是一流的。"

邓薇问："学费很贵吧？"

王志远说："当然！但是为了孩子，花多少钱都值得。你觉得丹丹到这儿上学怎么样？"

邓薇很吃惊："丹丹？"

"我已经跟校长谈过了，他说随时欢迎丹丹入学。"

"真的？志远，你太好了！"

"我知道你一直为丹丹上学的事操心，所以很想帮你。跑了大概十几趟吧，总算找到了，我觉得这所学校是最好的。"

邓薇感动地看着王志远："我都不知道该说什么了。"

"什么都不用说。如果缴学费有困难，就告诉我，我可以赞助一部分。"

邓薇感动地拥抱王志远。王志远问道："喜欢我的礼物吗？"

邓薇幸福地流下眼泪："喜欢，太喜欢了！"

李学锋搬出来后，不用每日面对田原和岳母，自觉压力减轻了不少，就想尽快把耽误的工作时间夺回来。这天，他主动提出陪伴董事长到湖边钓鱼。

学锋把鱼饵挂在鱼钩上，董事长老练地把鱼钩甩进水中。学锋坐在董事长身边，享受着湖光美景感叹道："好久没跟您一起钓鱼了。"

"是啊，公司太忙，你辛苦了！"

学锋诚恳地说："我不觉得辛苦。能带领公司从通信行业转型到手机电视领域，我感到很兴奋，多苦多累我认为都值得。早就想向您表示感谢的，可一直没找到合适的机会。如果没有您的鼎力支持，我不可能完成对公司的改造。"

董事长淡淡一笑："支持你的决策，我的压力的确很大……"他顿了一下，问道，"项目开展得怎么样了？你在董事会上可是立过军令状的，可不能让周群那帮走掉的人笑话啊！"

"您放心吧。虽然时间紧张，但我觉得筹到全部资金不成问题。"

"有的董事说，融资困难说明市场对这个项目的接受程度比较低，他们觉得现在搞手机电视有点儿不合时宜。"

学锋急切地说："说这种话的人太保守，董事长……"

董事长摆手打断学锋："你不用说服我，这没有意义，关键是你要用行动说服那些反对的人。"

"我向您保证，一定尽快让资金到位，争取提前启动项目。"

董事长沉吟了一下道："有些事我想还是应该告诉你。有几位董事一直对公司转型持否定态度，他们的想法、言论甚至是行动，对你非常不利。包括你和田原上次对媒体做的事，大家都颇有微词。你提议让公司转型我可以支持你，可是，如果迟迟看不到业绩和效益，有些事我也会无能为力，得加油啊！"

董事长鼓励地拍了拍学锋的肩膀。

李学锋带着董事长钓上来的鱼回到哥哥家，和学雷、丹丹一起把鱼清蒸了。学雷收拾厨房的工夫，学锋坐在桌旁自斟自饮起来。学雷从厨房出来，看到学锋喝酒，便过来陪他。

学雷观察着学锋的脸色问："出什么事了？"

学锋解嘲地一笑："我现在是虱子多了不咬。老婆没了，家没了，工作也不顺，还有个莫名其妙的女人成天跟我找事儿，件件都堵心！"

"老话不是说嘛，家和才能万事兴。你一离婚，肯定得乱一阵子。不过慢慢会好起来的，别急。"

"哥，不是我说你，有些事可以不急，有些事必须急！你那么想跟嫂子复婚，怎么一直不表示啊？嫂子现在有新男朋友了，发展得好像也不错，你怎么还能沉得住气呀！"

学雷苦涩地说："当初，我是邮递员，你嫂子是工厂里的出纳，她就嫌我窝囊、没本事；现在，我还是邮递员，你嫂子已经是邓总了，她更不会把我看在眼里了。有时候想想，我觉得她做得也对，女人嘛，应该嫁个优秀的男人，过幸福的生活。"

"哥，你就是最优秀的男人，哪个女人嫁给你是她的福气。"

学雷苦笑道："别光说我，你呢？找田原了没有？"

学锋说："现在，工作才是我的头等大事，如果项目再不启动，我这个李总就该回家了。"

学雷不解地问："什么项目？"

"跟你说你也不懂，反正，从明天开始我要全国各地到处跑，以最快的速度找到投资，这件事我只能成功不能失败。"

"明天开始？"

"对，明天早上我坐头班飞机飞海南。"

学雷一把夺下学锋手里的酒杯："那你还在这儿瞎折腾？赶紧睡觉去！"

忙完了一天的商务会谈，李学锋拖着行李疲惫地走进酒店的大堂。咖啡座里，一个女人朝学锋热烈地挥挥手，她的手臂上醒目地戴着翡翠玉镯。李学锋非常惊讶，他走到女人面前，不太友好地问："你居然跟踪我到海南?!"

韩璐璐得意地说："别忘了，我跟你公司里的人很熟，想弄清楚你的行程易如反掌。你不是躲着我吗？我就证明给你看，你躲不掉的！"

"无聊！你不觉得自己有点儿不正常吗？"

韩璐璐疯狂地说："我是不正常，因为你对我太无情了。"

"我现在还有工作，有事回去再说。"

韩璐璐开始撒娇："从现在开始我就做你的助理，协助你工作，好不好？"

学锋径直向电梯走去："我们之间发生过很多不愉快，不适合在一起工作。再说，我的公司不录用心理有疾病的员工。"

韩璐璐很伤感地问："你就这么讨厌我？"

"璐璐，清醒清醒吧，我和你之间没有情，你是在浪费自己的时间。"

韩璐璐被激怒了，挡住电梯说："学锋，你该对我客气点儿，别忘了我随时可以让你身败名裂！"

学锋看着她，毫不示弱："我身败名裂？那你也会臭名远扬，绝对半斤八两！"

12
大家的忧虑

赵静雅戴着老花镜，拿着学锋的名片在拨打电话。话筒里传来"您拨打的用户已关机"的提示音。赵静雅继续拨打李学锋办公室的号码，乔卫接起电话："您好，这里是总裁办公室。"

赵静雅说："你好，我是李学锋的岳母，我叫赵静雅。我想问问，学锋什么时候回国？"

乔卫觉得阿姨问得有些蹊跷："伯母您好，李总一小时前还在公司。现在他应该在飞机上。"

赵静雅着急了："他什么时候从国外回来的？"

乔卫礼貌地回答："您可能记错了，李总最近没有出国，只是在国内出差。他刚从海南回来，今天去武汉一天，明晚就回来了。"

赵静雅惊讶地"哦"了一声。

乔卫问："您还有别的事吗？"

赵静雅忙答："没有了，谢谢。"

赵静雅震惊地挂断电话，努力想理出事情的头绪，但感觉徒劳。打这个电话，她完全是凭着直觉。虽然表面上看，这个家风平浪静的，但自从学锋提着箱子走后，她总觉得女儿和女婿之间出现了微妙的问题，可是两个孩子都不向她透露。赵静雅回味着刚才的电话，对面的墙上，田原和学锋在合影里对着她微笑。

傍晚，田原带着一身疲倦回来。赵静雅等在客厅里，她严厉地问田原："我问你，学锋在哪儿？"

田原小心地说："他去国外学习了，您不是知道吗？"

赵静雅急了："你还撒谎！我给学锋公司打过电话了，他根本没出国！"

田原坐到母亲身边，揽住她的肩膀，试图安慰她："妈……"

赵静雅盯着田原："你们闹别扭了？"

田原故作轻松："没有，我们挺好的。"

"别以为我看不出来，你们两个最近都不对劲儿。到底怎么了？"

受不了母亲的逼视，田原低下了头："其实也不是什么大事……"

"闹别扭可以谈，学锋为什么要离开家？"

田原努力强撑着："我们都需要冷静，有时候分开才能解决问题。"

赵静雅说："这样吧，你让学锋明天回家一趟，我跟他谈谈。"

"妈，我们的事您就别掺和了。"

赵静雅有一种不祥的预感："不让我掺和，还合起伙儿来骗我，到底为什么？"

田原："有些事瞒着您是不想让您伤心……"

赵静雅："你们到底瞒我什么了？肯定不是闹别扭那么简单！"

田原无语，她无法面对母亲的质问。赵静雅明白了，泪水夺眶而出："你们是不是离婚了？你老实告诉我。"

沉默良久，田原终于点点头。

赵静雅受不住打击，昏厥过去。

田原做了一桌饭菜，苏醒过来的赵静雅在沙发里不停地叹气流泪。田原知道母亲遭受了很大的打击，所以她今天必须让妈妈轻松起来不再为自己担心。她搀扶着母亲坐到饭桌前，强打起精神："妈妈，咱们以茶代酒干一杯吧！"

赵静雅端起杯子，跟田原轻轻地碰了一下，疑惑地问道："原子，你真的这么高兴?!"

"难不成您要我和别的离婚女人那样一哭二闹三上吊啊。妈，您的思想也要解放解放了，我们杂志社里单身的女人多得很。"

赵静雅还是叹气："我可不想你一辈子就这样单身下去。"

"妈，尝尝我做的菜。以后我天天做给您吃，好吗？"

"啊？"

"以前……不就我们俩一起过的吗？"

"话是这么说，可是你现在……唉，我还是不说了。"

田原看到母亲的情绪稳定下来了，心里踏实了一些："妈，这有什么不好呀？以前都是您照顾我，现在轮到我照顾您啦！"

邓薇家。

门铃响了，邓薇过去开门，是李学雷来接丹丹。

"丹丹还没吃完饭呢，你进来等会儿吧。"

学雷站在门边。

邓薇说："丹丹要转学，我已经联系了新学校。"

学雷问："好好的干吗转学？"

"好什么好？那些大孩子老欺负丹丹，田原为了保护丹丹，孩子都没了，多可怕！"

"那你也不能选寄宿学校。"

"寄宿学校怎么了？有人想上还上不起呢！学校环境好，教学质量也高，从小学一年级起就有外教教英语，还有网球课程。"

学雷缓和了一下语气说："这样吧，邓薇，你要是没空带丹丹，就让她跟我住吧。"

邓薇火了："李学雷，你少废话！给丹丹转学是为她好，是为了让她能受最好的教育，从小就眼界开阔，省得长大了像你，窝窝囊囊的没出息！"

"邓薇，你别说气话，丹丹的事儿我们应该好好商量。"

邓薇不耐烦地打断他："商量什么？新学校需要一大笔学费，跟你商量有用吗？只怕你把积蓄全拿出来都不够呢！你放心，为了丹丹，花多少钱、费多少心我都乐意，不会跟你多要一分钱的，你别跟着瞎搅和就行！"

学雷窘迫了。"这不是钱的事儿，丹丹不适合那样的学校。"

丹丹看着争吵不休的父母，难过地跑出家门。学雷见状连忙追去，邓薇也跟了出来，责怪地说："丹丹，你人不大，脾气不小！"

"我先带丹丹学琴，有事回头再说吧。"

邓薇气冲冲地说："孩子都让你惯坏了，一点儿规矩也没有！"

学雷不语，默默地把丹丹抱上自行车后座，然后熟练地把书包、琴盒收好。

邓薇嘱咐学雷："学完琴早点儿把丹丹送回来。"

丹丹说："爸爸，你还是让叔叔回去跟婶婶一起住吧，我想……"

学雷想阻止丹丹说下去，已经来不及了。

邓薇觉得有点奇怪："丹丹，你刚才说什么？"

丹丹有些畏惧地看着妈妈，邓薇瞪着学雷："这到底是怎么回事？学锋跟你们挤在一起住？"

学雷压低了声音："我以为你都知道了。"

邓薇一头雾水："我知道什么了？"

"学锋和田原分了。"

"分了？什么意思？"

"我没开玩笑。"

邓薇完全傻掉了，一脸不可思议的神情："怪不得昨天我在超市遇到田原，以前都是学锋上超市买他们家的日用品。李学雷，你怎么不早点告诉我！"

邓薇被这个突如其来的消息震惊了，她放下其他事情，立刻把田原约到她们经常光顾的咖啡厅。她不能理解田原的自作主张，更不能相信自己心目中的这一对儿爱情榜样就这么分开了——田原和李学锋的美满婚姻一直以来都是她不断追求新感情的原动力。

见田原急匆匆走进来，邓薇堆起满脸笑容，仿佛是鼓足了很大的勇气才说出来："你和学锋出什么事情了？"

田原一听邓薇是为了这事约自己，脸色大变，起身就要走。邓薇拉住田原，要她坐下。

"邓薇，我不想谈这个。"

"好，我们不谈。你告诉我，是真的吗？"

田原想尽快结束这个话题："是真的。"

"原子，离婚这么大的事儿你居然瞒着我，还把我当朋友吗？"

"朋友？好，你把我当朋友，就不要再问我这个事情了。"

"有这么严重吗？"

"你今天就是为这个来的啊。邓薇，是不是我身边的每个人都有权利要求我重复讲述我遇到的倒霉事？"

"原子，我不是这个意思，我只是想关心你。你放心，我不会便宜李学锋的，你这么好的女人，他为什么要抛弃你？"

"作为一个现代女性，在遭遇分手的时候，还自认为被抛弃，以弃妇自居，那也太轻贱自己了。我们在经济上能够独立，为什么要依靠男人呢？况且感情本来就是两相情愿的事情，缘来则合，缘去则散，在他之前我属于我自己，在他之后仍然如此，又何来一个弃？"

"我没你强，我总是被男人抛弃！你不讲，我就去找李学锋。他们两兄弟也太欺负人了。"

"不要去找他，我跟他商量好的，暂时不告诉大家。我妈为了这个，都跟我闹起了绝食。"

"如果你不想让我急死、担心死，就跟我把话全部说清楚！你们什么时候出的问题？"

"你还是在想着法子要知道个究竟，满足你那无穷膨胀的好奇心。"

"那个女人是谁？"

"这重要吗？"

邓薇冲动地说："原子，你干吗这么大方？那个女人毁了你的生活，凭什么白白放过她？告诉我她是谁，我要让她明白，抢别人的老公必须付出代价！"

"我不知道她是谁，我也不想知道她是谁！"

"原子，看你这样我心里难受，你为什么要装得那么坚强？我没你那么大度，我恨不能现在就抓住她，杀了她，啃她的骨头！"

田原显得出奇的冷静。

"原子，我一定帮你教训那个坏女人！"

邓薇的性格里面有很执拗的一面，无论对自己还是对别人，她总是不依不饶，一定要把所有的事情都搞个水落石出才能甘心。相比田原的洒脱，邓薇显得更加愤世嫉俗、敢爱敢恨。她的眼睛里揉不得沙子，心里存不下事情。田原不说清楚，她就来找李学锋当面对质。

李学锋刚刚送走来谈手机短片制作的王志远，见到兴冲冲来找他的邓薇，以为她是来谈合作的，便轻松地说："邓总，你来晚一步，我刚送走志远。我们董事会决定，制作的部分交给志远去做，不过，前期只能付给他们一部分资金，等片子拍摄完成后，再按质论价收购。也就是说，志远前期必须有资金投入，而且还要承担一定的风险……"

邓薇把门关上，显得并不高兴。

学锋问："怎么，不高兴啊？没拿给你去做，是怕你担风险。"

"没有我们公司，没有璐璐协助你们作宣传推广，有那么多人知道你这个手机电视吗？我看你就是个忘恩负义的人。"

学锋被邓薇的话给惊着了："这从何说起？"

"装，你还跟我装？李学锋，我今天是来问你的，你为什么要跟田原离婚？"

"谁告诉你的？离婚的事我和田原不想告诉大家。这是我们俩共同的决定。"

邓薇盯着学锋："我就觉得奇怪，从你们俩举办结婚十二周年纪念party之后，你们俩就没消停过。我现在突然明白了。你告诉我，那个第三者是谁？"

"没有什么第三者。"

"李学锋，你不要嘴硬，我一定会把那个人查出来的！"

"邓薇，别这样。原子都没问过她是谁，你就更没必要追问了。"

"原子是原子，我是我，我可没她那么好欺负！你不说也可以，反正纸包不住火，我早晚能把她查出来！"

"你相信我，邓薇，知道她是谁，对我们所有人都没好处。"

"是对你没好处吧？学锋，你等着瞧，我会找到那个女人的！我现在就可以转告她，我饶不了她！"

"嫂子，你别管了。"

"我不是你嫂子，我跟你哥现在没什么关系！"

李学雷靠着自行车默默等在楼门外。邓薇的车驶过来，她从车里下来，问学雷："你给丹丹做通思想工作了吧？"

"还闹别扭呢。"

"这样我们也省事点，一周接回家一次。"

"我还有点事儿跟你说。"

"我让你问学锋的事儿怎么样了？"

"我问过学锋了，他还是不愿意说那个女人是谁。他让我劝你，别再查下去了，说那样会让大家更痛苦。"

邓薇冷笑："你们兄弟俩倒是一个鼻孔里出气！那田原呢，不明不白的，老公被人抢了，你想没想过她的感受？"

"邓薇，别钻牛角尖儿了，就算知道那个女人是谁又能怎么样呢？什么也改变不了，学锋和田原已经离婚了。"

"做了缺德事儿，别想躲在一边偷着乐。我就是要把她找出来，好好整治整治！"

学雷犹犹豫豫地说："那，有件事我想告诉你，我本来不想说的。"

邓薇咄咄逼人地盯着学雷。

学雷嗫嚅道："有一天我送信的时候看见学锋了，他跟你们公司的一个女的在一起。两个人拉拉扯扯的，在一栋居民楼里，好像是那个女的住在那里。那个女的好像还哭了，最后学锋把她甩开走了。"

邓薇惊疑地问："谁？"

"韩璐璐。"

邓薇惊得说不出话来。看着惊愕的邓薇，学雷劝慰："我知道韩璐璐是你派到学锋公司帮忙的，他们认识甚至有些来往。这都是猜测，也许是误会。"

邓薇倒抽一口冷气："韩璐璐？隐藏得真够深的！学锋和田原的结婚纪念聚会还是她帮忙搞的。"

晚上，学锋从外面回来，发现学雷的房间里酒气冲天。见他酩酊大醉，学锋赶紧找了一杯凉水给他喝下，说道："大哥，我好多年没见你喝这么多了。"

"学锋，人犯了一次错，是不是永远都没机会弥补了？"

"大哥，你是个大好人。"

"我是个坏人！当初邓薇从小工厂辞职，不当小会计了，不顾我的反对单枪匹马做起了生意。有一回，我去小烟店买烟，听到街坊的风言风语，说邓薇是靠姿色赚钱，从此，我对她就有了很深的猜忌。听说她跟一个老板走得很近，我就出手打了她。我也没想到自己会出手那么狠，解下皮带就抡了起来。她带着丹丹头也不回地走了。"

学锋劝道："大哥，都是过去的事情了。你不要再折磨自己了。做夫妻也得有命啊，我跟田原在一起十二年了不还是要分？"

学雷问："你告诉我，是不是那个韩璐璐？"

学锋愣了。

"学锋，要想人不知，除非己莫为。你在韩璐璐家门口和她暧昧地拉拉扯扯，我看得一清二楚。"

学锋恼火地说："你认错人了！"

"嘴硬没用的！你听好了，如果真是韩璐璐，邓薇绝对饶不了她的！"

"大哥，你别再火上浇油了，我已经受够了！"

"我有什么不对的？我是为了你们好！学锋，你要是不把田原追回来，你会后悔一辈子的！"

别墅里，赵静雅正在收拾干洗店送来的衣物。她拿起李学锋的一条领带和一件衬衫，叹了口气。老太太打开抽屉，里面都是一些DV带，标题写着"敦煌留念"。老太太自言自语："这到底怎么了？真是的。"

她拿起电话，拨通了学锋的手机号码："喂，学锋呀！"

"妈？"

赵静雅装糊涂："妈现在打你的电话是国际漫游吧？妈也没什么事，就是想你了。"

学锋尴尬地回答："妈，我已经回来了。"

赵静雅带着责怪的语气："回来了也不回家看看？你成天住公司啊？晚上回来吃饭吧，今天原子下班晚。"

李学锋答应了。

赵静雅像接待客人一样做了一大桌子的饭菜。

赵静雅问："好吃吗？还要米饭吗？"

李学锋莫名其妙中带一点拘谨："不用了，妈，您以后别做这么多菜了，多辛苦呀，我又不是外人。"

"不是外人还这么客气？让我别做这么多，你还吃这么多？你们这些孩子，就是……让人怎么说呢？"

李学锋不知道老太太是什么意思，只好傻笑。

"我这套本事都使了几十年了，现在也就只会做菜了。你看我们家原子，养得那么好。她从小啊，就是我一个人带大。人家都说我不容易，其实原子才是不容易哪。人家说生在单亲家庭里的孩子，都会有一些怪癖，可是原子心理很健康。"

"妈，我知道。"

赵静雅起身收拾饭桌，李学锋连忙搭手帮忙。

"你还记得原子第一次带你来家里吗？"

"记得。"

"我做的都是什么菜?"

"有……黄豆炖牛腩……"

"唉,你不记得啦。你的记性还不如我这老太婆。你数数,今天做的菜,跟那天是一样的:黄豆炖的是猪手,还有爆炒腰花,南瓜小鸡,香菇青菜。今天少做了一个海鲜汤。那天,你也是这样,连忙起身帮我收拾东西。我就偷偷跟原子说,女儿,你有眼力呀!"

李学锋忽然有点儿哭腔:"妈,我记得的。"

"你这次出国,有什么收获呀?"

"噢,其实也没有太多的学习内容。参加了一个美国的手机电影展,见了几个创作者。"

赵静雅问:"噢,你在国外经常跟原子通话吧?"

李学锋揣摩不出老太太问话的用意,只得顺着说下去:"经常通。"

赵静雅:"你怎么就不能说句真话呢?!你们俩都觉得我这个老太婆没用了,想怎么骗都行,是吗?"

李学锋这才明白赵静雅已经知道了真相:"妈,不是的,是因为……"

"你说到底怎么回事?咱们家今年到底是冒犯了什么啊,先是原子丢了我的小孙孙,然后你们又离了婚。我都不知道是该打你还是该打原子。"

李学锋再次感到压抑袭来:"妈,对不起!"

这时,田原推门进来,看见李学锋在帮妈妈收拾饭菜,立刻不悦,对李学锋说:"你在这儿干吗?"

李学锋:"我……"

赵静雅说:"是我叫他来吃饭的,我想他了。"

田原继续说道:"我们不是说好以后不再影响对方的生活了吗?"

赵静雅斥责女儿:"原子,你这是干吗?"

"妈……你不知道……"

"我不知道,我是不知道,我只知道他是我女婿!"

田原生硬地对学锋说:"你赶紧走吧,我不想因为你和我妈发生什么不快。你是个君子,就应该为自己说过的话负责。"

赵静雅生气了:"原子,你太不讲理了!学锋一分钱都没要,把房子也留给你了,他来家里吃顿饭你都不允许?"

田原说:"妈,我是不讲理,有谁跟我讲理呢?你知道他跟别的女人在一起吗?"

赵静雅问:"你说什么?"

田原嚷起来:"在我们结婚十二周年的纪念 party 上,那个女人送了个大礼给我!"

72

13

败　露

邓薇和王志远亲热地抱在一起。王志远显得很兴奋，邓薇却是心事重重的，王志远问邓薇怎么了。

"我就是不明白他们为什么要离婚？他们在一起都十二年了，谁人不羡慕啊？"

"好啦，你多安慰安慰田原，多陪她吃吃饭、聊聊天。"

"志远，我也想跟你一起做手机短片，正好我们公司也可以借这个机会转型。"

"好啊，我们一起做啊，绝对是强强联手。我这两天约了编剧和导演见面，就是谈手机短片的事。不过，我们一开始也要花点钱。"

"好啊，算我一股，我很看好这个行业的。"

王志远突然接听了个电话："哦，好，我马上就过来。"

邓薇问："这么晚了，还要出去啊？"

王志远说："谈业务去。"

离开邓薇家，王志远来到一个酒店，他穿过酒店略显破旧和阴暗的走廊，到了地下室，那里的气氛十分诡秘。王志远轻轻敲了一扇门，挂着门链的房门开了一道缝，里面一个男人问："找谁？"

王志远说："九哥在吗？"

停了一会儿，门开了，一个脸上有刀疤的男人警觉地盯着王志远，把他让进了房间，然后，刀疤男人探出头看看空荡荡的走廊，轻轻地关上门。

李学锋全身心地扑在事业上。通过前一阵子的四处奔波，他的诚意和项目的吸引力促成了今天的签约仪式。

酒店会议室里，合作气氛浓烈，高悬的横幅上写着"华乐集团独家冠名赞助手机电视短片签约仪式"。学锋和投资方老板赵总飞快地在文件上签名，然后热烈握手，并举杯庆祝。学锋身边的董事长乐得笑开了花。

董事长拍着学锋的肩膀："学锋，做得不错，资金如期到位，你没有食言！"

"华乐集团非常看好这个项目，所以才会全额投资冠名赞助，我想您对手机电视的前景应该有信心。"

董事长说："学锋，拿到启动资金只是万里长征走出了第一步，这一点你应该心里有数。"

学锋自信地说："您放心吧，项目启动后，我会让您尽快看到效益的。"

话音未落，学锋的手机响了起来，是一条短信："亲爱的，祝贺你签约成功！"

李学锋厌恶地删除了这条信息。

回到办公室，李学锋认真地查看了几份重要文件，少顷，他按响了桌上的对讲："乔卫，进来一下。"

乔卫敲门进来，学锋说："合同拟写得不错，有几处我作了改动，你马上调整一下，做好签约准备，制作短片的公司就会陆续过来签了。"

乔卫略显为难地说："我的电脑突然坏了，修的人还没到。"

"办公室里不是有台闲着的电脑吗？"

"那台电脑以前是韩璐璐用的，她设了开机密码，别人没办法启动。"

听到这话，李学锋的耳畔忽然响起韩璐璐轻快的声音："学锋，这台电脑的密码是你的生日和我的生日，我想把你在MSN上对我说的每一句话都保存下来。有了密码，别人就不可能看到我们的聊天记录了！"

李学锋镇定地对乔卫说："她走之前把密码告诉我了，我忘了通知你，我去给你开机。"

李学锋支开乔卫去找杀毒软件，趁着乔卫走开的工夫，来到那台电脑前，输入密码。电脑启动了。他快速查看电脑里的文件夹，找到了"聊天记录"文档，立刻删除。忽然，学锋看到一个叫做"客户名录"的文件，打开一看，他的脸色变得很难看。

乔卫拿着杀毒软件回来了："李总，杀毒盘找到了！"

学锋起身，也不说话，脸色阴沉地回到自己的办公室。他拨通了韩璐璐的号码，严厉地质问："韩璐璐，你为什么悄悄保留我们公司的客户名单？这份资料本来在我的电脑里，为什么你的电脑里也有？你是不是已经copy走了？"

璐璐被问得哑口无言，她本来以为李学锋主动给她打电话是有回心转意的意思，结果是来质问她偷偷复制公司客户名单的事。学锋从电话里听到她微微的哭泣声。

李学锋依旧不依不饶："你听好了，如果我公司因此有什么损失，我们的相关法律部门会找你算账的！"

韩璐璐有点儿怕了："学锋，你得相信我！你别生气，我不会的！当时我copy文件就是想熟悉客户，当好你的助理……"

没等韩璐璐解释完，李学锋愤愤地挂断了电话。

韩璐璐一脸倦怠地来到公司。邓薇给了韩璐璐一个亲切的笑容，示意她坐下："璐璐，你最近是怎么了？老请假，还总是无精打采的……"

韩璐璐瞪大眼睛："邓总，我没犯什么错吧？"

邓薇笑了："瞧你想哪儿去啦。你知道，在我心中，我们公司最能干的职员是谁吗？"

"这个……"

"是你韩璐璐呀！"

"邓总过奖，邓总过奖。"

"你别谦虚了，我呀，是要奖励你的！"

"我做的事情，都是分内的。不过，邓总，我最近状态很差，我想调整一下。"

邓薇仔细审视着她问："你是不是遇到麻烦了？别总自己扛着，有些事儿说出来，也许大家可以帮忙。"

璐璐苦笑道："没人能帮我，感情的事只能靠自己。"

"前一阵子你经常请假，胳膊还受了伤，也是为了感情吗？"

"邓总，我想提前休年假，您放心，我会把私事处理好的。"

邓薇牢牢盯着璐璐，好像要从她脸上看出什么破绽："最近公司的业务不太忙，你休息一下也好。对了，休假前，你最好把我们公司跟李学锋公司的账结了。"

"学锋今天不在。"

她意识到自己失言，又马上改口："我是说，李总今天出去开会了，全天都不在公司，没他的签字，不能领支票。"

邓薇有点纳闷，但还是不动声色："你跟学锋很熟吗，怎么什么都知道？"

韩璐璐镇定地说："前几个月我一直在帮李总他们搞活动，跟他手下的人都很熟。"

邓薇试探地说："你觉得学锋怎么样？"

韩璐璐说："李总人不错，公司里好多女职员都把他当偶像。"

邓薇开玩笑似的说："你也喜欢他吗？他可是有家有口的……"

韩璐璐严肃地回答："没有，邓总，想也没想过。"

"我是开个玩笑。其实有空多跟他们公司联系一下也是没错的。我们公司最近正在策划转型。你也知道，在我们这样的城市，光做公关业务，利润不稳定，我们这里比不得北京上海啊。我对李学锋他们的手机电影很感兴趣，想跟他们合作，你可是我们之间联系的桥梁啊！"

"嗯，我一定竭尽所能为公司服务。邓总还有别的事情吗？"

"如果你现在休假，对公司是一大损失呀。这样，你的休假推迟一个星期好吗？公司的一些事情还真得靠你才行。"

韩璐璐说："好的，没问题。"

"不过身体更重要，不忙的时候好好休息。你这么优秀的姑娘，不愁找不到好的男朋友。"

"好的，谢谢邓总！"

韩璐璐的请假虽然没有被批准，但是从邓薇的话里她肯定自己没有被领导怀疑什么，于是放心地告辞走了。邓薇却感觉到了什么，若有所思地看着璐璐的背影……

韩璐璐不慌不忙地回到自己的办公桌前打开电脑，手机收到一条短信："下午在百货大楼等你，请你归还我的烟斗。"她立即面带喜色。

下午，韩璐璐在百货大楼甜品店等了好一阵子，李学锋才来，还戴着太阳镜。不过，李学锋和韩璐璐都没有料到的是，有人正在跟踪他们。尽管这个场景在意料之中，但是眼见为实，一边把报纸举得很高挡住自己的邓薇还是非常惊讶！

"太阳从西边出来了，难得你主动约我。"

"我想把以前的事情作个了结。"

"了结？这种事情，也是可以了结的吗？"

李学锋不想再说废话了："你……把烟斗还给我。"

韩璐璐哪里掏得出他的烟斗，她早就把烟斗当成刺激田原的武器了。韩璐璐上前贴近学锋："学锋，你先告诉我，我到底哪里不好，我改，可以吗？"

李学锋无奈地往后退："用不着。你认为咱们之间是什么？"

韩璐璐肯定地回答："是爱情。"

李学锋咬牙切齿小声地说："老天，那是……那是一夜情知道吗？"

"不对，我要你娶我做妻子，我会是一个贤妻良母。我肯定不会像田原那样，连孩子都保不住。"

"你太恶毒了。"

"我……只知道自己很努力。我都是为了你，我问心无愧。"

邓薇在角落里小声地自言自语："太恶心了，不要脸。"

韩璐璐继续纠缠："你告诉我，我哪里不好，我真的可以改，好吗？"

"不还给我拉倒！你以为你用这个讹诈我，我就怕你了？"

"你不怕我拿这个作为证据跟媒体公布……"

"你威胁我？！"

韩璐璐软了下来："不是，学锋，不是的……"

李学锋不等她说完，头也不回地离开了。

一旁偷听的邓薇似乎是疑惑初解了。她想再试探一下田原，找个借口约会。因为她自己一心想让公司转型，和王志远商量好分别找些钱来启动新项目。为了避免承受支付借款利息的压力，机灵能干的她不打算从银行贷款。她打算约田原一起做头发，一方面谈借钱的事，一方面探听田原的态度。

田原看起来心情很好，让师傅给她做一个新鲜的发型，邓薇借机打趣道："原子，你有新动向了？"

"哪儿跟哪儿啊？我每天要见很多客户，不能总是以一个样子出现吧？有人说，青春年少的时候，女人可以随性灿烂，素面朝天；青春过后，女人就像是秋天的花圃，不修修剪剪，就会显得邋遢了。"

"嗯，你说话好深奥啊。"

田原笑着自嘲："呵呵，在杂志社待久了，都不会说人话了，你别介意。"

"原子，别怪我又提你和学锋的事，你难道真的不想知道那个坏女人是谁吗？"

田原拉下脸来："我和你说过的，如果你还是我朋友，就不要再问了。我不知道，也没兴趣知道她是谁。"

邓薇觉得无趣，也算是摸清了她的态度，赶忙进入下一个话题："那好，不说了。另外有件事情我想求你帮忙。"

田原态度缓和了下来："和我还客气什么，你说。"

"我准备跟志远结婚了。"

"要我参加你的婚礼？这可是第三次了！"

"不是的。我看上了一处房子，环境很好，我想买了房子再跟他结婚。"

"要我帮你求开发商打点折？"

"这个我都搞定了，我多少也是开公关公司的，这方面不会吃亏的。我现在还缺点钱，想跟你借一点。"

"哦，多少？"

"十五万。可以吗？"

"嗯，好，我考虑考虑吧。"

"谢谢你，原子。"

"丹丹已经转学了吧？"

"明天送去。老说要送去贵族学校，其实，真要送去读寄宿学校，心里还有点空呢。"

"你呀，丹丹现在都不跟你亲了。"

邓薇的脸一下子沉下来："都是他爸给调教的！这次寄宿学校还不是志远给帮忙联系的，李学雷拼命阻止，气死我了！"

邓薇对田原处理婚姻的态度并不赞同，她认为田原就应该揪出韩璐璐并恶惩之。俗话说得好，恶有恶报，哪能这样纵容破坏自己家庭的坏女人呢！经过昨天下午的跟踪，她十拿九稳认定这个坏女人就是韩璐璐，并决定代田原出这口恶气。邓薇让姚家妹打印了自己起草的辞退信，然后让家妹直接交给了韩璐璐。韩璐璐遭此意外，觉得如五雷轰顶。处处不顺，如果再丢了工作……她不敢往下想了，难道是邓总发现了她和学锋的事？可是前一天邓薇对她工作上的肯定还依稀响在耳边呢。

韩璐璐疑惑地找到邓薇，想问个究竟："邓总，您为什么要解雇我？"

邓薇话里有话："你在我们公司绝对是大材小用了。我雇不起你啊。"

"您的意思是——"

邓薇说："你不是遇到感情上的麻烦了吗？"

"邓总，我们不谈这个好吗？"

"你不想谈？可是我想谈，因为我了解你的心事。你爱的那个他，最近一直忙着手机电视的事，没空理你，你很烦，对吧？虽然他离婚了，可是并不打算娶你，你很绝望，对吧？你把什么都给了他，他却一点儿不稀罕，你很愤怒，对吧？你从来没遇到过这样的男人，所以又恨又爱，但就是舍不得放手，对吧？"韩璐璐被邓薇的一席话说得无言以对。

"我从来没见过像你这么可悲的女人！因为那个男人不爱你，一点儿都不爱。你们之间的关系一定让他感到后悔和羞耻。他和妻子离婚也不是为了你，他是觉得自己有污点，没脸再跟妻子那么优秀的女人生活下去……"

韩璐璐抑制不住了，激动地说："你胡说！学锋对我是有感情的！"

邓薇也冲动起来："韩璐璐，你终于承认了！我真是错了，居然把你介绍到学锋的公司去！你明知道学锋是有妇之夫，还想方设法勾引他，你这样的女人简直比鸡都不如！"

韩璐璐已经泣不成声了，在邓薇连珠炮一样的咒骂声中几乎崩溃了。

"韩璐璐，你听好了，你被解雇了！从今天起，公司收回给你租的房子，给你两天时间，你收拾东西给我走人！"

"好，我走。你们一起来逼我！我希望你把我这半年的奖金给我结了。"

邓薇："奖金？你还好意思找我要奖金！你拆散了我最好朋友的家庭，我没找你要赔偿就不错了，你赶紧从我眼前消失！"

下班后，田原的电话响了，话筒里传来邓薇的声音："田原，你在哪儿？我们去撒野吧！"

邓薇和田原经常去拳击馆练习拳击，为的是缓解工作带来的压力。而邓薇这回约田原，是为了告诉她事情的真相。

在更衣室里，一见面，邓薇就迫不及待地说："原子，我给你报仇了！"

田原被邓薇的兴奋弄得一头雾水："你别吓唬我，你给我报什么仇啊？"

"我查出那个人来了。"

"她是谁我没兴趣知道。拜托你做点正事好不好？邓薇！"

邓薇执意往下说："是韩璐璐！她跟学锋见面，被我逮了个正着！"

田原面无表情："你还打不打？"

邓薇不再说了。她们全副武装到场地上做准备活动，邓薇为难地说："原子，我还没活动开，让教练陪你练吧。"

田原斩钉截铁地说："不行！"

邓薇无奈："好，我舍命陪君子！"

裁判哨声一响，田原和邓薇就打在一处。田原神情专注，进攻凶狠，每一拳都很凌厉。邓薇很快落了下风，几乎没有还手之力。田原越战越勇，渐渐把邓薇逼进死角。猛然，关于韩璐璐的点点滴滴涌入田原的脑海——性爱视频、第一次见面、偶然相遇、邓薇说她是第三者……众多场景凌乱地交织在一起。田原好像失去了理智，连续出拳猛击邓薇。邓薇摔倒了，田原还不停手。邓薇的嘴角渗出了鲜血。裁判冲上前，拉住了几乎疯狂的田原……

她们回到更衣室，屋里空荡荡的。挂了彩的邓薇又愤怒又委屈，摔摔打打地收拾东西。

"对不起，是我没控制好，刚才我也不知道怎么了……"

"你不用解释，我能理解！为了保护丹丹，你流产了。你离婚了，第三者是我介绍给你老公的。所以你心里怨我、恨我，觉得我是罪魁祸首，觉得是我害了你，你想好好教训教训我，不是吗？！"

"不是！"

"其实我也很难受，好像所有倒霉事儿都是我带给你的。要是你不认识我，要是我们不是好朋友，没准儿你现在还过着幸福的生活，有个好老公，有个人人羡慕的家庭。可是，一切的不幸都发生了，还跟我有关系，我觉得冤枉！"

田原冲动地说："你为什么自作主张把韩璐璐找出来？你觉得过瘾了吗？

别忘了，离婚的是我，痛苦的是我，我想把一切都忘了，可你非把事情捅破不可！"

"你是无辜的，大家对你只会是同情！"

田原愤怒地说："用不着！我不需要！"

"韩璐璐就应该受到惩罚！"

田原痛楚地说："你这样只会让我更难堪。"

"你刚才差点儿把我打死！"

"没错！我想打死你，你以后再也不要来掺和我的生活了。你不是我的朋友！"

田原发泄完了，挑衅地看着邓薇。

换完衣服的邓薇头也不回地走了。

14

自 杀

　　李学锋刚下车，就看见韩璐璐在公司楼下等他，于是装作没看见。他正要走开，韩璐璐追了上来。学锋看着她，也只能无奈地问："你又想干什么？"

　　韩璐璐面露可怜之色："我被邓薇开除了，工作没有了，住的地方也要被她收回。"

　　李学锋惊讶了："邓薇？她为什么把你开除了？"

　　"她想跟你一起做手机短片，不是你唆使她来打压我的吗？"

　　"韩璐璐，我已经被你弄得够狼狈的了……"

　　韩璐璐打断他："你为我考虑过吗？为了你，我连工作都丢了，还让邓薇给羞辱了个够。我想好了，我要告诉你，即使你还想跟田原在一起，那你也不能不要我。她当老大，我当老二，我也愿意！"

　　李学锋几乎要大吼了："你该进疯人院了！"

　　韩璐璐自觉走投无路，回家流着眼泪吃下半瓶子安定片，然后和衣静静地躺在床上，沉沉地入睡了。

　　王志远拿着手机来到韩璐璐家门口，不停地拨打韩璐璐的手机，但始终无人接听。忽然，王志远听见手机铃声清晰地从房间里传出。他挂断电话，按门铃。门铃久久响着，但无人应答。王志远有些不安，重重地敲起门来，喊着："璐璐！"

　　没人回答，也没人来开门。王志远试探着扭动门把手，门竟然没锁，他小心地走进房间。韩璐璐依然沉睡，王志远来到她身边，轻声地说："璐璐！"

　　韩璐璐没反应，王志远疑惑地拍拍她："你怎么不锁门啊，别人把你卖了你都不知道！"

　　韩璐璐还是一动不动，王志远不解地四处查看，忽然地上的药瓶引起了他的注意。他捡起药瓶，看到上面写着"安定片"，顿时慌了，赶紧抱起璐璐冲出房间。

药液顺着导管一滴滴落下，虚弱苍白的韩璐璐躺在病床上，双眼空洞地看着天花板。王志远在一边守候多时了："璐璐，你怎么那么傻呀？什么事也不值得你这样做！是为了李学锋吗？"

韩璐璐没有回答，痛苦地合上双眼。

"要是为他你就更不值了，没准儿他正想摆脱你呢。"

泪水从韩璐璐的眼角滑落。

"哭什么？你都是死过一次的人了，还放不下他？"

韩璐璐哭得更伤心，索性把头扭向一边。

王志远无奈地说："要打电话告诉他吗？"

犹豫良久，她微微点头。王志远长叹一声，拿出璐璐的手机拨通了李学锋的手机。

李学锋站在韩璐璐的病床前。王志远不想让他看到自己，借口出去买水果了。

韩璐璐虚弱地问："我还活着，你高兴吗？"

李学锋略有内疚地说："你是聪明人，何必干这样的傻事儿呢？"

韩璐璐惨然一笑："活着太痛苦。学锋，我要是真死了，你会难过吗？会感到良心不安吗？"

学锋拿出一个信封放在璐璐枕边："你好好休息，补养身体。"

韩璐璐摸了摸那个信封："你就想这样把我打发掉？"

"不管发生什么事，我对你的态度不会变。你就是恨我，我也没办法。"

韩璐璐痛苦地说："为什么？就因为我拍了那段视频，你就永远不肯原谅我吗？"

李学锋转身往外走，璐璐忍不住哭出声来。

《美丽·家人》杂志即将迎来创刊五周年纪念，田原为此颇费心思。一位女编辑被田原叫进办公室，一脸的忐忑不安。

田原严肃地说："我看了你的选题。"

女编辑忐忑地问："您有什么意见吗？"

"意见？我没有意见，因为它不值得提意见。"

女编辑蒙了："您的意思是——"

"你有没有考虑过，这是我们五周年的特刊？随便找个明星来拍个封面照就打发读者了？我觉得你对工作的态度是有问题的，这已经不是一天两天的事情了。你自命资格老，有经验。别人的想法都是如何让杂志新颖好看，你的经验只会教你自己如何对工作敷衍了事。"

女编辑委屈地说："田主编，我觉得，您不要把私人生活的压力转移到工作当中！"

田原很干脆地说："好的，那你另谋高就吧，也不用在这里承受我的坏脾气了！"

女编辑擦拭了一下眼角，离开了田原的办公室。田原蹙着眉头开始翻看一沓简历，突然，一张简历吸引了她的注意。这是高飞的简历，标准照中，他的目光自信而坚定。这让田原立刻想起了那个中午，他跟着她在大楼外一路争辩的样子。

晓鸥敲门进来："主编，印厂来电话催封面。他们说片子三天之内必须发，不然出刊的日期就只能延后。"

田原说："我知道了。不管有什么困难，这期一定要准时出，还要出得漂亮，出得让人眼前一亮！"

晓鸥支吾起来："可是，现在封面没人盯着……"

田原沉着地把高飞的简历递给晓鸥："我觉得他可以解决这个麻烦。你马上给这个叫高飞的人打电话，就说我们录用他了，让他立刻来上班。"

晓鸥答应着离去，与风风火火赶来的邓薇撞个满怀。

田原有些歉疚地问邓薇："怎么，找我算账来了？"

邓薇似乎早就忘记了田原拿她出气的事："原子，告诉你件大事！韩璐璐自杀了，不过没死成。你说报应来得多快！"

田原烦躁地说："你说完了没有？我不想听这些。"

"我是特意来告诉你的！"

"她的事跟我没关系。你是不是闲得没事干了？"

"怎么没关系？她破坏了你的家庭，结果自己的如意算盘落空了，下场比谁都惨！这是老天有眼！"

"邓薇，这里是办公室，我在工作。你先走吧。"

邓薇恼火地说："你对我这么冷冰冰的到底为什么？除了韩璐璐的事，是不是还有钱的事儿？不就是十五万块钱吗？你放心，我会很快还你的！"

"邓薇，你真无聊。"

邓薇越说越急："对，我是无聊，我还缺心眼儿呢，不然我干吗对你这么好？我以为你现在很痛苦，所以总想帮你，想找时间陪你。可你呢？好心当成驴肝肺，把我当成出气筒。你这么做，还把我当朋友吗？"

"我的事你以后少管。"

邓薇伤心地说："田原，你怎么了？我也离过婚，可我不像你那样整个人都变了。真的，你现在跟从前判若两人！你对所有的事情都很冷淡，对我、对朋友很苛刻，对学锋简直就是冷酷！"

"你提他干吗？"

"有些话我非说不可！学锋背叛过你，确实不可原谅，可你怎么能不准他看你爸妈呢？他们之间的感情你不知道吗？别说是学锋，连我听了都觉得不是滋味儿，你太不近人情了！"

"你走吧。"

邓薇长叹一声："该说的我都说了，怎么做是你的事。你可以继续折磨学锋，也可以折磨我，谁让我们都欠你的呢！"

田原没有料到高飞当天中午就跑到杂志社来办入职手续了。看到他对工作这么积极，她暗暗欣喜。

田原告诉他："为了这期封面我已经炒了一个编辑的鱿鱼。不管有什么理由，完不成工作我都不能容忍。如果你有勇气接手做这期的封面，最好要有思想准备。达不到要求，我会让你立刻走人。接不接受这份工作，你自己决定吧。"

高飞爽快地说："我接受，而且您放心，封面的事我一定会想出好点子来做封面的。明天一早我就可以把方案交给您。"

田原又说："时间非常紧，三天之内必须把片子发到印厂，不能有任何闪失。"

田原递给高飞一沓材料："这是五周年特刊的策划案，里面有关于这期杂志的全部构想，你好好看看。封面的创意既要新鲜别致，又要和杂志的内容吻合。"

高飞认真地说："好，我马上看。"

黄昏的光线映照着《美丽·家人》杂志的办公大楼。田原匆匆走出办公楼，等在门口的田育之迎上去，老人心情复杂地看着田原。田原吃惊地问："您怎么来了？有事吗？"

田育之缓缓地说："学锋都告诉我了，我就是想来看看你。原子，你受委屈了。"

田原烦躁地说："您找我就想说这个？"

"学锋辜负了你，我狠狠骂他了！他跟我说，是你坚决要求离婚的；不管他怎么认错，你都不肯原谅他。"

"有些问题不是道歉就能解决的。"

田育之感慨地说："原子，你妈妈当年也说过这样的话。想不到，我们的不幸居然又延续到你身上。离婚是件很痛苦的事儿，我想，你比别人承受的痛苦更多一些，因为从小你就在单亲家庭里长大，现在自己的家也毁了……"

田原打断他："这件事情已经过去了，我不想再提，我送您回去吧。"

田育之把一个塑料袋递到田原手上："你小时候，不管发生什么事，只要看到这个，马上就会开心地笑起来。你不用送我，注意身体，我先走了。"

田原打开塑料袋，里面是几块传统式样的点心。看着田育之衰老的背影，田原上前叫住他："我送你。这么晚了，您又不认识路。"

父女俩一路默默无语。多年以来，田原没能抹去从小留在心里的阴影，她从来不去探望父亲，父亲的情况都是通过学锋的转述了解的。她把父亲送到小院外，看着里面的破败凌乱，心里觉得不是滋味。田育之下了车，向女儿摆摆手，示意让她走。

田原回到家，赵静雅正在把凉了的饭菜端进厨房："你回来啦？今天怎么这么晚？"

"爸来杂志社找我，我送他回家了。"

赵静雅奇怪地问："他找你？"

"他知道我离婚了，特意来安慰我，还送了我一包点心，说我小时候一见点心就什么都忘了。"

赵静雅说："他能记着你爱吃点心，还买了给你送过去，说明他真是心疼你。我跟他生活了十几年，他连根针都没给我买过。"

"妈，过去的事就算了，别老想着那些不愉快的事。"

"我也就是和你说说，妈都习惯了。"

"那你多出去走走，要是碰见合适的，再找个伴儿陪着您也好啊。"

"我都多大岁数了，早没这心思了。倒是你，应该多为自己打算打算。"

田原笑笑："妈，您说我还敢结婚吗？哎呀，妈呀，我快饿死了！"

赵静雅赶紧热好了饭菜，田原坐到餐桌前大吃起来。

夜晚，母亲睡下后，田原上楼打开电脑写日记。她飞快地敲击着键盘："今天是混乱的一天。上午得到韩璐璐自杀未遂的消息，我为她感到悲哀。女人为一个男人而死，是最傻的选择吧？很庆幸和学锋离了婚，不管他和韩璐璐的关系如何错综复杂，都与我无关了！从现在开始，我只想好好生活、好好工作，远离一切混乱和纠纷。真的要和以前的婚姻说再见了，彻底地、毫无留恋地与之告别。也许只有这样，才能得到真正的快乐！"

15

危机暗伏

田育之拿着报纸回到小院。大门锁着，他在口袋里掏钥匙，没有找到。老人家浑身上下摸着，神情渐渐焦急起来。他确定自己的钥匙不见了，便沿路返回书报亭，快步走上前，问："哎，小伙子，看见一串钥匙没有？"

报贩忙着整理手头的杂志："没有。"

田育之晃晃手里的报纸："刚才我在你这里买报纸来着，钥匙肯定落在这里了。"

报贩不耐烦地看了田育之一眼："真的没有啊，老人家！"

田育之和报贩一起翻动报纸，没有发现钥匙。报贩有些烦了："我还在做生意呢，您赶紧上别处找吧。"

田育之一脸认真地说："我非找着不可。没钥匙我进不了门，要是让女儿知道了，又得说我，那麻烦可就大了。"

报贩叹了口气，继续找："卖您一份五毛钱的报纸，还得搭上半天工夫帮您找钥匙，我怎么那么倒霉啊！"

田育之不理，开始一本一本检查摊位上的杂志。

李学雷载着丹丹从远处过来，丹丹看到田育之便惊讶地叫道："爸爸，阿公。"

学雷转过头一看，真的是老田："叔叔，您买报纸啊？"

田育之有些陌生地看着学雷："我找钥匙呢。"

"您不认识我了？我是学锋的大哥学雷呀。"

田育之稀里糊涂地点头："哦，想起来了。"

"钥匙找着了吗？"

田育之摇头："到处都找遍了，没有！"

"要不我先陪您回家吧，我拿备用钥匙马上给您配一把新的去。"

田育之着急起来："没有钥匙进不了门……这是哪里啊？我都有点儿搞不

清方向了。"

学雷拿出手机："我给田原打电话，让她来接您。"

田育之慌乱地说："不用不用，你别打，她工作挺忙的……"

"那我通知学锋吧。"

田育之想想说："行，你告诉学锋，他有我家大门钥匙。"

学锋很快找到了老人，沿途还配好了钥匙。他细心地把钥匙链拴在田育之的腰带上，叮嘱着："爸，您记着，以后出门就把钥匙链拴在身上。"

"唉，人老了就是糊涂，净给别人添麻烦。"

"今天多悬哪，要不是碰上学雷，您可能就走丢了。您怎么走那么远买报纸啊？"

田育之："我也不知道怎么走到那里的。那个卖报纸的态度不好，以后不去了。学锋，咱们很长时间没下棋了，我手都痒了。"

学锋为难地说："爸，我最近太忙了，您要是觉得一个人太闷，可以让田原来陪陪您。"

田育之叹道："算了，你们都忙。"

"田原毕竟是您女儿，不管怎么说……"

田育之感伤地说："因为我和她妈妈离婚，田原从小心里就有创伤。我知道她一直恨我，不愿意见我。"

学锋冲动地说："田原以前恨您，但她现在更恨我。"

田育之的眼睛湿了。"别说了，学锋，我看错你了。我以为你可以跟原子一生一世、白头到老，想不到……我心疼田原啊。从小到大，她生活的家庭就不完整、不幸福，她对婚姻肯定失望透了。"

学锋痛苦地说："是我不好。"

"学锋，一切都彻底结束了吗？你们的婚姻真的无法挽回了？"

"我不配跟田原一起生活，她离开我就是对我最大的惩罚……"

王志远接韩璐璐出院，提着行李直接把她带到自己家。璐璐好奇地打量着房间里的陈设。王志远说："房子不大，你先委屈一下。很快我就能拿到一笔钱，换大房子不成问题。"

韩璐璐问："我住哪儿？"

王志远说："你住大房间吧，舒服一点儿。我睡另一间。"

韩璐璐走进房间，看见柜子上醒目地摆着一张王志远和她的黑白合影。她抚摸着照片，有些感动："这张照片你还留着？"

"当然，这是我的宝贝。看着照片，就能想起我们在一起的日子，我觉得很美好。"

"谢谢你，志远。现在是我最难的时候，只有你肯帮我。这份情意我永远都不会忘的。"

王志远把一串钥匙塞到璐璐手里："没事儿多出去走走，别老闷在家里。我有事出去一趟，你别拘束，把这儿当自己家好了。"

韩璐璐温柔地说："那你早点儿回来。"

安顿好韩璐璐，王志远开车来到打印社，花钱把移动硬盘里面的一份合同打印出来。然后，他来到即将拆迁的棚户区，走进一栋阴暗的平房。

王志远说："我姓吴，来取货。"

屋里的一个男人取出一枚印章递给王志远。

王志远说："借一下你的印泥。"

王志远在打印好的合同上盖上了鲜红的"彩虹手机电视公司合同专用章"。

半个小时后，邓薇翻看着这份合同，一脸开心的表情："想不到学锋这么帮忙，第一次就给了五十部。"

"还是你的面子大呀！"

"他才不管面子不面子呢，要是我去，他一部都不会给我！还是你的公司有实力，他才会这么信任你。给，资金已经全部到位了。"

说着，她打开抽屉，拿出一张支票。

王志远说："真的？"

"整整一百万，一分都不少！"

王志远兴奋地说："亲爱的，你太能干了！我早就看出你有才能，绝对是个天生的制片人！"

邓薇得意地说："我四处借了一部分，还有一部分是我们公司上上下下的心血钱哦，刚好凑够了一百万。"

"你放心，五十部手机短片很快会做好的，到时候赚的钱都归你！"

邓薇甜蜜地说："我们还分什么你我啊……"

王志远深情款款地说："薇薇，做完片子我们结婚吧！"

田原认真地聆听着高飞的封面创意："我想请最有号召力的五对明星夫妻一同上封面，既可以纪念杂志五周岁生日，又跟《美丽·家人》杂志的主旨非常合拍，可以充分表现出家人之间的和谐幸福，以及家庭生活的美好。形式可以仿照这本外刊，把封面做成精美的拉页，每对夫妇占据单独一页，但全部打开后，他们就形成一个非常完美的组合。"

田原接过外刊看了看说："创意不错！很大气、华丽。可时间这么紧，来得及吗？"

高飞说："昨晚我已经打过电话了，联系了很多对明星夫妻，找到了同意配合的五对。具体的拍摄时间和地点，我还要统筹安排。"

"三天拍五组片子，工作量很大啊！"

"是很辛苦，但肯定能完成。"

"你有把握吗？如果完不成或者做得不理想，都会给杂志造成无法弥补的损失，你明白我的意思吗？"

高飞自信地说："我保证完成好。"

"那你开始工作吧，杂志社会全力支持你的！"

"第一对儿今天下午进棚拍摄。"

"摄影师、化妆师呢？"

"都已经落实了。"

田原对高飞的高效率有点吃惊："非常好。我一会儿要接待广告客户，稍后会去影棚看看。"

摄影棚里，照明灯依次亮起，摄影师指挥助理们忙碌地布光、测光、调整背景纸。化妆师在化妆间里细致地为明星夫妻打造时髦的造型。服装师在一排借来的名牌衣饰中精心挑选，把一件件服装、饰品、鞋帽巧妙配搭在一起。高飞穿梭在几组工作人员中间，不时提出专业的建议。

准备工作结束后，高飞打开CD。在动感的音乐中，拍摄正式开始。摄影师用数码相机拍了几张样片，立刻输入笔记本电脑。他和高飞一起讨论了一下片子，作最后的沟通。他们和明星夫妻确定了几组姿势造型，然后，闪光灯频频闪亮。两个小时飞快地过去了，所有人都渐入佳境，拍摄异常顺利。

在造型师为两位明星换第二组化妆造型的时候，田原来了，高飞连忙从电脑里调出拍好的小样给田原看。片子在电脑屏幕上一一闪过，高飞观察着田原的脸色。不料，田原看了一遍后，没有一句赞赏，反而恼火地说："高飞，你还记得我们的杂志叫什么吗？"

高飞不解地看着田原。

田原激动地说："我们是《美丽·家人》杂志，我需要男女主人公亲和而不是扮酷，我需要温馨幸福的感觉，不要肆无忌惮的张扬；我需要暖调子，而不是冷冰冰的金属色！开拍之前，我以为你明白这些要求，想不到你完全南辕北辙！"

高飞也急了："我以为我们可以把夫妻拍得更另类更时尚一些，我希望杂志体现国际化的水准。"

田原气势压人地说："你拍得的确很时尚，但是跟那些时髦杂志里的大片如出一辙。要酷并不表示就是国际化，如果你这么理解杂志的国际化，我觉得你不要再做了。我告诉你，《美丽·家人》不需要这样的片子。我们主打的是'家人'两个字，要展示主人公最自然、最甜美、最幸福的瞬间，只有这样的片子才符合杂志的气质。别的片子即使再好，我也只能枪毙掉。"

高飞被田原机关枪式的反驳噎得哑口无言："对不起，主编。"

田原感觉到刚才自己的态度有点儿过激了，语气低沉下来："你不用跟我说对不起，还是赶紧作决定吧，是立刻重拍，还是……你最好现在就决定。"

高飞执著地说："我重拍！"

"那好，谢谢。"

工作中的其他人好像被惊动，他们不约而同朝高飞看过来。田原主动上前和大家打招呼，高飞在一旁诚恳地对大家说："对不起，各位，刚才的那一组我们得返工，主编对之前的片子不满意。我们得调整思路，重新开始。"

两位明星有些不解和不悦："说好拍到八点的，我们后面还有事情。"

田原知道这次拍摄对高飞来说是个巨大的挑战，她能体会到那种无形的压力。但是她不想帮助他，她凭直觉认为自己对高飞的近乎盲目的信任是有道理的。于是，她借口还要回社里加班，礼貌地一一问候完，就和大家道别了。

田原走后，众人面面相觑。高飞向众人深鞠一躬："请大家帮我个忙好吗？再有两三个小时肯定能完成。我敢保证，这组片子登上杂志以后，各位都会感到满意和骄傲的。这是我进入杂志圈接手的第一份工作，只许成功不许失败，否则，我可能就再也没有机会了。"

两位明星被他的真诚打动了，爽快地说："好吧，我们可以坚持到十点。如果还完不成，我们就坚决不奉陪了！"

高飞激动地一把抱住明星丈夫："谢谢！"

大家重新忙碌起来。

田原疲倦地回到办公室，打开灯。房间里堆了几个大包裹，田原从包裹上拿下字条。她想起了下午晓鸥送过来时说的话："主编，下午摄影师Alber来了。他说这些礼物早该给您送过来的，因为他出国，所以耽搁了。快打开看看吧，Alber说您将收到一份超大的惊喜！"

田原不以为意地笑笑，把包裹拆开，原来是些大大小小的相框，里面镶着田原、学锋和朋友们的各种合影，都是在结婚纪念party上抓拍的甜蜜镜头。田原看到一张巨幅照片，是学锋亲吻她的瞬间。当时的情景再次浮现在她眼前。一幅照片忽然倒了，田原把相框扶起来，原来是学锋和她碰杯的画面，后景中可以清楚地看到韩璐璐。田原好像要躲避什么，马上把照片朝下扣到地上。

田原就这么一个人呆呆地坐在椅子里，看着这些相框，默默想着"多事之秋"几个字。

她不知道自己发了多久的呆，当敲门声把她惊醒的时候，她一看表，是夜里十一点半。敲门进来的是高飞。田原面无表情地站起身，把照片扣倒不让高飞看到。

高飞兴奋地说："我刚补拍完，明天上午就能拿到片子，这回的效果不错！您要不要现在看看小样？"

田原没有接高飞递给她的移动硬盘，贸然地问："高飞，你一会儿有其他安排吗？"

高飞意外地说："没有。怎么？"

幽暗的酒吧里，田原豪饮，没人能看清她的表情。高飞担忧地说："主编，您喝得太多了。"

田原对他一摆手，再次自顾自地把杯子里的酒一饮而尽。夜里两点，田原喝得已然成了烂泥一样。酒吧打烊了，高飞不得不背着田原出来。他实在搞不懂田原怎么一下子变成了这样，住址都说不清楚。

因为顾虑到自己也喝酒了，想了想，高飞没有开田原的车，而是就近找了家酒店，这样可以尽快休息。

走进房间，他小心地把田原放在床上。醉醺醺的田原躺着，嘴里不时咕哝着什么。高飞拿来湿毛巾敷在田原额头上。田原一把扯下毛巾扔掉，含混地说："学锋，你不用这样，别忘了，我们已经离婚了！"

高飞捡起毛巾，重新敷在田原的额头上："主编，我是高飞。"

田原似乎没有听到高飞的话，自言自语着："喂，你就这么走了？"

高飞细心地给田原脱鞋，随口应付着田原："我没走。"

田原忽然笑了一声，清楚地说了句："那你过来最后亲我一下。"

高飞慌了，一时不知道怎么办才好。此刻，田原突然起身，一把揪住高飞的衣领，亲吻起来。

高飞被突来的亲吻憋得喘不过气来。他瞪着近在眼前的田原，发现田原一直没有睁开过眼睛，这才放松下来，明白她不是故意的。

田原吻过了高飞，满意地再次躺倒："你给我滚吧！想不到我会败在那个女人手下。"

高飞以为自己听错了，吃惊地靠近田原身边："主编？"

田原没有反应，好像已经沉沉睡着了。高飞轻手轻脚走到沙发旁坐下，心情复杂地看着熟睡的田原……

扎着围裙的王志远把一盘盘菜端上桌。韩璐璐坐在桌旁，默默看着他。王志远坐下，斟满两杯红酒："来，璐璐，我们干一杯。"

　　韩璐璐接过酒杯，高高举起："谢谢你，志远！为了我重获新生！"

　　王志远谦虚地说："我就会做几个家常菜，赶鸭子上架，估计我这手艺有点儿对不起观众。"

　　璐璐感慨着："志远，你变了，变成熟了，跟以前不一样了。能再次遇见你，我觉得挺幸运的，要不然我现在肯定很惨。"

　　王志远说："这说明我们有缘，跟我你不用客气。"

　　"今天我想通了一件事。以后我不会再和李学锋纠缠了。一个连我的死活都不放在心上的男人，我却苦苦地爱着他，实在太蠢了。"

　　"你真想明白了？"

　　"我以前觉得李学锋是个金龟婿，所以拼命想把他抢到手。可是他实在太难把握了，不管我怎么求他、逼他、威胁他，他都不肯就范。我的心早被他伤透了，可我就是咽不下这口气。"

　　"算了，璐璐，退一步海阔天空，李学锋这种男人你斗不过的！"

　　韩璐璐冷笑："那可不一定！我随时可以整他，而且会把他整得很惨。那天晚上发生的一切我都拍下来了。"

　　王志远大吃一惊："真的？"

　　"这段视频就是我的撒手锏，只用了一次，田原就和李学锋离婚了。如果我再用几次，你说李学锋会怎么样呢？"

　　"那李学锋死定了。你只要把视频放到网上，李学锋立马身败名裂！"

　　韩璐璐狠毒地说："我不会这么便宜他的，我要一点一点折磨他，让他痛苦让他生不如死！"

　　王志远夹了口菜问："你舍得吗？"

　　韩璐璐说："反正得不到他，那还不如毁了他！"

　　王志远举起酒杯："如果需要我帮忙，你尽管说！"

　　二人碰杯，韩璐璐说："现在我们是搭档了，目标只有一个，就是把李学锋整垮！"

16

爆炸性丑闻

　　冬日的南方，清晨静谧而清冷，阳光照映出惨淡的光芒。韩璐璐轻松地把手里的信一封封扔进了邮筒，让人印象深刻的是这一沓信封都是干净的淡蓝色。

　　上班时间，田原快步走进电梯，恰好高飞迎面走来。见到高飞，田原脸上闪过一丝尴尬，但她很快掩饰住了。电梯里只有他们两人，高飞主动问候她："主编，早。"

　　田原微微点点头："你早。"

　　高飞犹豫了一下，关切地问："昨晚喝了那么多酒，还好吧？"

　　田原迟疑着问："昨天的事，对不起啊！对了，我有没有乱说话？"

　　"您一直睡得很香，我就先走了。"

　　田原不看高飞，直直地看着电梯的楼层显示灯，低声地说："谢谢你。一会儿你到我办公室来，我把房费给你。"

　　说完，没等高飞开口，她快步走出了电梯。高飞有意放慢脚步，默默地看着田原的背影……

　　晓鸥送来一天的信件和报纸，把一杯咖啡摆在田原桌上："主编，您的咖啡，没加糖。"

　　"谢谢晓鸥。"

　　田原拿起信件随手翻看，一个淡蓝色的信封引起了她的注意。田原打开信封，里面有一页纸的打印信件，信纸里裹着几张图片。她的脸色一下黯然下来，充满了焦虑和不安……

　　晓鸥敲门提醒田原到会议室开封面讨论会。高飞已经在会议室里，把一张张精美的照片贴到展示板上了。

　　"按照我的构想，五对名人夫妻的封面各有各的主题，但最后呈现在封面上，要给人和谐的整体感。所以拍的时候，我尽量追求影调的统一，对服装色彩的选择也很谨慎。我希望能给美编的后期制作创造最好的条件。"

与会编辑甲："片子不错，特别是代表运动主题的那对夫妇，既活泼又清新，感觉非常好。"

与会编辑乙："这期封面肯定能把同行都震了！"

与会编辑丙："三天拍五组片子，还都是名人，实在太不容易了，一般编辑绝对办不到！"

田原脸色阴沉道："别光说好话，有什么问题没有？"

众人不解地面面相觑，高飞也感到有些意外。

田原皱着眉头说："都怕得罪人啊，那我说！我觉得周剑飞和丁瑞这对夫妻知名度比较低，虽然片子拍得不错，但他们没有市场号召力，上这期封面明显不合适。所以，应该找一对够资格的明星夫妻，重拍！"

会议室里一片沉寂，大家都是一副不可思议的表情。

良久，与会编辑甲开口道："可是时间来不及了，主编！最迟明天晚上必须把片子发给印厂。"

"事在人为，我们还有二十四小时。对手杂志都用巩俐、章子怡这样的当红巨星上封面，我们别无选择。想要在竞争中生存，就不能有一丝一毫的松懈。"

与会编辑丙："那您觉得谁合适啊？"

"名导张思菲和明星翁倩。我觉得没找他们拍是个失误。"

与会编辑乙："找他们太难了，听说其他刊等了他们一个月都没拍成。我们非要这么较劲吗？"

高飞考虑了一下，果断地说："我马上跟张思菲联系，尽量达到社里的要求！"

大家神色各异，显然高飞的话让他们感到诧异。田原流露出一丝欣赏的神态。

"如果他们没时间一起进摄影棚，就只能分头拍了，后期再用电脑合成。您觉得可以吗，主编？"

"可以。好了，各个部门必须全力配合高飞的工作。散会。"

李学锋匆匆向办公室走去，乔卫紧跟在他身后。乔卫急切地说："李总，刚才孙总来电话，说今天不过来了。"

"天中公司的孙总吗？为什么？"

"是的，本来约好今天签投资意向书的，突然取消了。"

学锋惊讶地停住脚步，皱起眉头："这个孙总，搞什么名堂。"

"他说，稍后会送一份材料过来，您看了以后就什么都明白了。"

李学锋坐到电脑前，打开一封邮件，突然响起诡异、刺耳的音乐，屏幕上跳出一行大字："大礼送出，敬请笑纳！祝你惊喜不断！"署名是"一个被你伤害过的人"。学锋立刻关闭视窗，点了"永久删除"。

财务拿着一沓报表敲门进来："李总，奖金的表我做好了，六个月的。"

学锋翻看并签字："尽快发给大家吧。"

"可是华乐集团的钱一直没到账。"

学锋感到意外地说："按合同规定，前天就应该到账的。"

乔卫敲门进来，手里拿着个大信封："李总，天中公司的孙总给您的快递。"

"我倒要看看，他失约有什么理由！"说着打开大信封，从里面取出一个拆过的淡蓝色信封。看到信的内容后，他一下呆住了。

乔卫疑惑地问："李总，怎么了？"

学锋强作镇定："你们先出去。"

乔卫和财务不解地看看学锋，离开了。学锋仔细看着信的内容，脸色越来越难看。他闭上眼睛深吸一口气，尽量平复心情。良久，他睁开眼睛，拿起电话。电话通了，话筒里传来韩璐璐接听的声音。学锋愤怒地说："韩璐璐，你寄了多少封信？"

"终于轮到你主动给我打电话了。"

学锋质问："都寄给谁了？"

"该寄的都寄了，反正我有你客户的地址。我只是想让更多的人知道你是怎样一个伪君子。"

学锋急切地说："你这样做是违法的，你知道吗？"

"违法？照片里的人难道不是你吗？我没编造什么吧！"

她说着挂断了电话，李学锋立刻再拨，却传来"您拨打的用户已关机"的提示音。学锋恼火地猛踢桌子一脚。

学锋面色凝重地坐在办公桌前，财务再次进来汇报："李总，我和华乐集团联系过了，他们说，老总不签字，所以不能打款。"

学锋问："为什么？"

"据说老板的态度挺坚决的，就说不能签。"

学锋蹙起眉头："这样吧，明天一早你就把奖金发给大家。"

"李总，这么做是违反公司规定的。最多一周，这笔广告费就要打给各家报纸杂志，动那笔钱……"

"你别管那么多，出了事我担着。"

财务为难地说："李总，这件事一旦败露，我的饭碗就保不住了。"

"你放心，几天之内我一定会让资金到位的，你就当什么也没发生过。"

财务无奈地走了。

中午，李学锋走进员工餐厅。大家都在吃午饭，不时地轻声交谈，见李学锋进来，向他投去各种复杂的目光。乔卫端着餐盘坐到学锋身边，学锋闷闷不乐地吃饭，满腹心事。乔卫边吃饭边偷看学锋的脸色，一副欲言又止的神情。

学锋问："有事吗，乔卫？"

乔卫犹豫地说："我怕您不高兴……"

"别婆婆妈妈的。"

乔卫压低声音："公司半年没发奖金，很多人有意见。今天听说要把钱一次性发下来，大家都很高兴。可是，这两天又在传华乐撤资的消息，说奖金可能又要泡汤……"

"嗯，还有什么？"

"他们去找董事长，说您不懂管理；还说半年不赢利，说明您带领公司转型到手机电视领域是个错误。"

学锋尽量控制情绪："还有吗？"

"他们还在搞联合签名，准备上书董事长，要求……要求罢免您。"

学锋强作镇定："知道了，我会处理的。你尽快跟华乐公司的赵总约一下，我一定要跟他面谈。"

这顿午饭让李学锋感到压力重重，饭后，他第一时间约见了董事长。办公室里，董事长点燃烟斗，深吸一口，没有直接询问李学锋的来意，而是轻松地问道："我记得你也喜欢抽烟斗。"

李学锋谨慎地说："是，不过最近很少抽了。"

"抽烟斗需要心情啊，你现在恐怕没这份闲情逸致了。"

"手机电视短片的项目刚启动，工作确实比较紧张。"

"我听说，华乐公司的启动资金至今都没到位。"

"这只是暂时的，合同已经签了，不会有任何问题的。"

"签合同的时候我也在，那天我很高兴，因为你没有食言，为手机电视找到了投资方，而且是很有实力的投资方。可是资金迟迟不到位，让很多董事又开始议论纷纷，有人甚至说，这笔投资是假的。"

学锋有点恼火："董事长，说这种话的人肯定别有用心！因为华乐集团财务部门的小疏忽，资金到账晚了几天而已，没有什么复杂的原因。"

董事长意味深长地说："不管怎么说，资金不到位，风言风语就永远不会停止的。"

"我向您保证，两天之内，华乐的启动资金一定到位。我一会儿就去找赵总。"

董事长一笑，不动声色地说："学锋，我跟你谈这些就是想提醒你，什么事都怕夜长梦多。虽然跟华乐签了约，但也不要掉以轻心。你不要多想，我始终是信任你的，我等你的好消息。"

乔卫紧急联络了华乐集团的总裁赵总，陪李学锋赶往华乐总部。李学锋和赵总握手寒暄了几句，两人表面平和，但言语之间总有种剑拔弩张的味道。

"李总，你可真沉得住气，现在才来找我。"

李学锋开门见山："赵总，华乐违反合同规定，迟迟没有打款，为什么？"

赵总从他的办公桌上拿起一个淡蓝色的信封交给李学锋："原因在你，不在我！李总应该看过了吧！"

学锋接过信，稳定了一下情绪："想不到你就这么轻信一封匿名信，这封信我也收到了。这是别有用心的人在故意整我，而且，照片里的人根本不是我。"

赵总一笑："是真是假我不太关心，但我想知道，为什么有人会用这种下三烂的手段来对付你呢？我做生意这么多年，还从来没遇到过像你这样的合作伙伴。"

学锋说："估计是竞争对手搞的鬼。可能我得罪了小人，他们不择手段……"

"这种事儿是说不清楚的，所谓无风不起浪。我本人最讨厌这种丑闻，觉得特别无聊。"

"赵总，时间会说明一切。"

"可是，谁有时间整天纠缠这些乌七八糟的事儿呢？据我所知，很多公司的老总都收到了这封信。虽然大家一笑了之，但不能否认，很多人从此对你有了很深的成见，你的人际关系已经严重受损。这是一种危机，说不定什么时候，在哪一件事情上就会爆发。"

"可我是冤枉的。"

"有些问题不是说说就能解决的。信的末尾有句话，你注意到了吗？受害者说要永远跟你较量下去，而且要不断曝料，彻底揭穿你的真面目。"

学锋冲动地说："她撒谎！"

赵总说："我们都是生意人，又不是拍电视剧，谁受得了整天曝料、炒丑闻呢？这件事一旦闹大，负面影响不可估量。换成你，你会蹚这浑水吗？"

"李总，私生活与工作无关，没必要混为一谈。"

"怎么会无关呢？私生活有污点是件很麻烦的事，如果主人公有一定的社会知名度，就会更糟，因为媒体会穷追猛打，把所有阴暗面都翻腾个够！用这种办法毁一个人太容易了，连他的事业也会跟着一块完蛋，这样的例子还少吗？"

"私事我会处理好的，但这次的合作我希望无论如何都要进行下去。现在正是手机电视发展的关键时刻，如果我们能及早占领市场，将来就会从这项新兴产业中获得惊人的利润。如果错过眼下这个最佳时期，可能就永远没有机会了。"

"生意的成败在于人，看准了人我才会投资，因为我要为花出去的每一分钱负责。"

"合同已经签了，希望您尊重我们之间的约定，不要被那些鸡毛蒜皮的小事干扰。"

李总一笑："我的律师已经研究过了，在这种情况下，华乐不怕跟你对簿公堂。"

下午，杨明君走进纷乱拥挤的编辑部，刚在办公桌前坐下，主任就拿着稿子过来找他，交代道："主编让你改改这稿子，尤其是标题：'社区里的一股清风——记户籍民警黎静'。"

杨明君接过稿子翻翻，抱怨着："本来就是没劲的事儿，再改也难看。"

主任说："没辙，让你改你就改吧。开会的时候不是说了，哪怕题材不吸引人，也要千方百计找到吸引眼球的看点！"

二十出头的杨明君自从大学毕业被分配到《快报》当记者也有两年了，不过，每天采访和报道的基本都是让他看起来婆婆妈妈的琐事。他总是慨叹自己的新闻敏感性在一天天地被乏味的现实扼杀着。他烦躁地把稿子扔在一边，忽然，看见桌上有封淡蓝色的信，写着"编辑部记者收"。他随手拆开信，里面掉出了几张照片，他先是惊讶，继而喜形于色。

这封蓝色的信唤醒了杨明君的新闻梦和记者的使命感、他在电脑前忙碌起来，忽然觉得干劲十足。他在搜索栏里键入"田原和李学锋"字样，然后轻轻一点"搜索"，大量资料出现在网页上。杨明君点开一篇文章，出现了田原、李学锋的甜蜜合影，标题是"幸福是没有止境的"。杨明君嘲讽地一笑，点击了"打印"。打印机徐徐吐出印有田原和李学锋大幅合影的纸张。

姜主编从主编室出来，经过杨明君的办公桌，他愣住了，关切地说："小杨，忙什么呢？可以下班了。"

杨明君兴奋地说："主编，这次我可抓到爆炸性新闻了，您就等着瞧好吧！"

姜主编问："什么新闻？"

杨明君得意地说："现在保密！我要追踪作深度报道，等稿子出来，立马交给您！"

姜主编鼓励道："好好干，稿子好，我就给你上头条！"

忽然，他看见了打印出来的田原的照片："怎么？你想采访田原？"

杨明君问："您认识她？"

姜主编说："何止认识，我们还是大学同学呢。念书的时候，因为有了李学锋，我只能给田原当哥哥，默默伤心了好长时间呢！"

杨明君笑了："主编，您到底有几个好妹妹呀？"

姜主编笑着往外边走边说："开玩笑。不过你要是想采访田原，只要提我，她肯定给面子。"

杨明君冲着姜主编的背影喊："您就等着看我的稿子吧！"

杨明君一张张翻看信里的图片。图片是从视频上截取的，虽然不够清楚，但可以看出是一男一女的激情瞬间。他又打开信，信上写着："您看到的男主角叫李学锋，他是彩虹电视公司的CEO，不仅事业成功，同时还拥有一段人人称道的童话般的婚姻。可是，照片里的女主角却不是他的妻子，而是一个平凡的白领女孩儿。为了爱，她毫无保留地献出自己，可最后没能逃脱被抛弃的厄运……"

17

山雨欲来

　　田原一夜睡得很差，几乎无法摆脱那封蓝色信件带来的纠缠。她整夜都在反复思考："离婚了，我以为可以一身轻松，以为可以彻底摆脱出轨的丈夫和他的情人，可是我错了，我连起码的安宁都无法得到。越想摆脱，那些人和事越是把我紧紧缠住，就像蚊子见到鲜血，纠缠不休、叮住不放。我想过很多次了，自己没有过错，可是为什么要遭受没完没了的伤害呢?"

　　整洁的美编室里，墙上挂着数张巨幅《美丽·家人》杂志的海报，高飞和一位美编正坐在电脑前认真工作。

　　田原走进来轻声地说："早啊。"

　　高飞疲倦地说："您来得正好，合影我们刚合成完，您看行吗?"

　　田原走到高飞身后，关切地问："通宵没睡?"

　　高飞说："没关系，您先看片子吧。"

　　田原很感动："说实话，这组片子一点儿都不像合成的，比实拍的还漂亮。"

　　高飞欣喜地说："真的? 您满意就好!"

　　"高飞，到我办公室来一下。"

　　高飞跟着田原来到主编办公室，田原认真地说："高飞，你的试用期结束了，欢迎你成为我的助理。"

　　高飞与田原握手："谢谢，我很荣幸。"

　　田原说："希望你一直像现在这样努力工作，希望我们合作愉快。"

　　高飞满腔热情地说："我会尽力的。"

　　"我是个说话做事都很直接的人，有人说我苛刻，希望你不要介意。"

　　高飞一笑："我不介意。事实证明，您这次对封面提出的意见非常棒。尽管强人所难，但效果确实很好。"

"关于新职位，你有什么希望和要求现在也可以提出来。"

"我没什么要求。就是希望您不要总那么严厉，这样大家工作起来也会轻松点儿。"

田原苦笑，看了一下手表："对了，现在你跟我一起参加新品推介会，中午跟他们的中国区负责人谈投放广告的事。然后你回家休息。"

高飞爽快地说："好。"

大厦外的马路边，杨明君坐在车里，百无聊赖地盯着办公楼出口。看到田原和高飞交谈着走出大楼，他立即兴奋地坐起身，举起相机狂拍。

邓薇的公司里显得有些冷清，她正在给职员们开会。最近的 Chanel 新品推介会等活动的承办权他们公司都没有拿下，只获得了当地媒体发布的工作。邓薇对此很不满："公司最近的业务很不景气，各位的业绩都在大幅度下滑，我想知道为什么！像Chanel新品推介会的承办权我们也没有争取到。"

姚家妹说："这样大牌的活动，往往都是客户委托给上海的公关公司承办，我们能拿到媒体发布已经不容易了。"

另外一位女职员说："要我说，关键是咱们的主力韩璐璐走了……"

"提她干吗，地球离了谁都照转！"

李学锋匆匆进来，急切地说："邓薇，打扰一下，我有事和你谈！"

邓薇站起身说："到我办公室来吧。"

学锋关好办公室的门，直截了当地问："你知道韩璐璐住在哪儿吗？"

"你就为了问这个才打断我的会议？"

"我有事找她，你有她的新地址吗？"

"以前她住的房子是公司租的，我让她走人了。现在她住什么地方我真不知道。"

"你公司的员工呢？有没有跟韩璐璐接触比较多的？"

"没有，韩璐璐一直都很'独'，跟谁都不来往。"

学锋气愤地说："她发狠了。"

邓薇吃了一惊："怎么，出事了？"

学锋犹豫了一下："算了，还是我自己来处理吧。"

邓薇说："你什么时候有空，我请你吃饭。你跟志远签约，让他做手机电视短片，无论如何我该好好谢谢你。"

学锋转回身问："王志远同意做样片了？"

邓薇说："他最近忙着筹备呢。五十部片子，对他来说，有压力！"

学锋觉得莫名其妙："什么五十部？我让王志远做样片，他说考虑考虑就没消息了。"

"你是不是昏头了？你们公司跟志远都签过合同了，规定半年之内制作五十部短片！"

"邓薇，我们没跟任何公司签约，说好了都要先做样片的。"

邓薇打开抽屉取出合同塞到学锋手里："你看看，这不是合同吗？你怎么稀里糊涂的！"

李学锋看看合同，神情复杂地看着邓薇，欲言又止。

邓薇好像觉察到了什么："怎么，有问题吗？上面可盖着你们公司的章呢！"

学锋说："这合同是假的，你被他骗了！"

邓薇犹如五雷轰顶，颓然坐下。

邓薇的车几乎是冲进了一个高档社区。她心急火燎地跑到一套公寓门前，拿出钥匙开门。折腾了好半天，根本无法开门，她急了，对门又踢又打。忽然，门开了，一位少妇惊讶地看着近乎癫狂的邓薇。邓薇看着少妇，轻蔑地问："你是谁？在这儿干吗?！"

少妇觉得莫名其妙："这话应该我问你吧？这里是我家，你想干吗？"

邓薇气急败坏地一把推开少妇，闯进房间，大叫："王志远，你给我出来！"

一个男人从房间里出来，惊讶地看着歇斯底里的邓薇。

少妇走到男人身边："老公，你认识这个疯女人吗？"

邓薇大叫："你才疯了呢！这套房子的主人不是王志远吗？你们怎么进来的？"

男人说："这房子是我们租的，才住了一周，房东姓朱，是个老太太。"

邓薇急了："不可能！王志远一直住这儿，他把房门钥匙都交给我了。"

少妇说："我想起来了，房东说过，有个姓王的人欠她两个月房租，钥匙没交就跑了，所以她才换了锁！"

邓薇一听，忽然没了力气，喃喃地说："你胡说。"

男人好心地说："你去物业问问吧，房主是谁一查就清楚了。"

邓薇被击垮了，她转身失魂落魄地往外走。少妇看着邓薇的背影，同情地对男人说："唉，她肯定是被那个姓王的骗了。"

王志远接到邓薇电话的时候，正在从银行的窗口取出数万元人民币。他边接电话边把一捆捆钱放进包里："我现在在广州，正跟客户谈事儿呢。他们对我们的项目非常感兴趣，也想投资，所以我就立刻赶过来了。哦，过几天我就回去了，朋友还给我介绍了几个广州的编剧，我想跟他们好好聊聊，争取弄几个像样的故事……什么，你见过李学锋了？"

王志远走出银行，假装没听清，故意提高声音："什么？亲爱的，我这儿信号不好，听不清了，等我回去以后再细说吧。"

王志远来到一个地下室入口处，警觉地看了一眼身后，确定没人后才下楼。幽深、狭长、静谧的地下室走廊里，王志远不紧不慢地走到尽头的一个房间前面，有节奏地反复敲了三次，门才打开。王志远进去后，门又立刻神秘地关上了。

李学锋的办公桌上放着一份"客户名录"，他面色阴沉地在多个客户的名字前面打了叉，没打叉的客户寥寥无几。他把笔一扔，长叹一声。

乔卫敲门进来："李总，有位《快报》的记者想采访您。"

李学锋说："我没时间。"

乔卫坚持道："那位记者说，他收到一封奇怪的信，信的内容与您有关。他说一定要和您面谈。"

李学锋听了，一惊："你带他去会客室，我一会儿过去。"

会客室里，李学锋戒备地看着杨明君，杨明君拿出那封淡蓝色的信件："李总，最近我们报社收到一封奇怪的信，内容很大胆，是关于您的。"

李学锋没有把面前的这个毛头小伙子放在眼里，但是他拥有的媒体话语权让李学锋心里非常难受："这封信我也收到了，里面的内容通通是假的。"

杨明君说："可是信的内容看起来很真实，里面提到很多关于您的细节，都很具体，而且还有照片。您怎么解释那几张裸照呢？"

学锋冷静地说："我可以告诉你，那些照片是我的竞争对手弄的，他们想搞垮我。"

"那您有明确的怀疑对象吗？您觉得是哪家公司操作的？"

"这个要调查清楚以后我才能说。"

"还有一个问题，您跟夫人田原生活得好吗？"

学锋敏感地说："你问这个干吗？"

"我准备作一篇全面的报道，想多了解一些情况。我会尽量客观的，让读者自己判断。"

学锋恼火地说："你有什么权利写这些？你一个字都不准登！"

"您的反对无效，新闻媒体有报道的自由。"

学锋恶狠狠地说："我警告你别登，不然你就等着收传票吧！"

杨明君很镇定："您可以起诉，但是我想我会继续调查下去的！我会设法找到寄照片的人！"

杨明君起身走了，乔卫表面平静地看着这一幕。李学锋再一次感到心力交瘁。突然他的手机响了，他看看来电显示，马上接听："妈，您好……"

傍晚，赵静雅送学锋到别墅门口："你把箱子搬走，里面都是你的毛衣和冬衣，天凉了，这些衣服马上该穿了！"

学锋感动地说："谢谢您帮我收拾。"

赵静雅叹了口气："学锋，找个时间把你的东西都搬走吧，省得想用的时候不方便，也省得田原看见这些东西心里不痛快。你说呢？"

学锋点头道："好，我尽快过来搬。"

学锋把两个大塑料箱放进汽车的后备箱。不远处，躲在车里的杨明君连续按动快门，拍下李学锋落寞的身影。

"妈，其实我早想回来看您的，可是……"

赵静雅淡淡地说："你和原子毕竟分手了，我们的关系不可能还跟从前一样。有空呢，你就回来看看，没空就算了。"

学锋问："她——还好吧？"

"她特别忙，每天都早出晚归的，很辛苦。行了，你走吧，田原快回来了。"

李学锋的车驶出别墅区，开往闹市里李学雷家，杨明君的车尾随其后。

邓薇呆呆地坐在沙发里，田原陪在她身旁。邓薇突兀地说："原子，怪不得我最近老是心神不宁，我可能出大事了。"

田原问："怎么了？"

"王志远说跟学锋签了合同，今天学锋来了，说那个合同是假的。"

田原见状，关切地拉住邓薇的手。

"拍手机电视的资金我已经给他了，总共一百万，他全提走了。"

"你们签合同了吗？哪怕他给你写过欠条也行啊！"

邓薇流下眼泪，摇头："我是准备和他结婚的，怎么会让他写欠条呢？"

田原把纸巾递到邓薇手里。

邓薇说："原子，还记得你借给我的十五万吗？我没买房，都给王志远了，我不仅骗了你，还抵押了自己的房子。现在一分钱都没了，我怎么办啊？"

"咱们报警吧。"

"学锋也让我报警。可是抓住王志远又能怎么样呢？如果他都花了，进了监狱，我的钱就彻底追不回来了。"

说着，她绝望地痛哭起来。田原把邓薇拥在怀里："那就先把他找出来，让他归还你的钱。"

邓薇抽噎着："我知道你现在心里也很烦我，可我实在没办法了，我只能找你，因为你一直都是我最好的朋友。"

田原说:"别这么说,你在男人身上已经吃过亏了,不要再那么轻易地相信男人了。"

邓薇又痛苦又感动,索性抱着田原大哭起来。

夜深人静,整个《快报》的编辑部只有杨明君在工作。他精神百倍,满脸兴奋,飞快地敲打着键盘。电脑屏幕上出现了大字标题:"昔日模范夫妻,如今各结新欢,幸福婚姻原是逢场作秀!"

清晨,田原正开车前往杂志社,就在这时,手机响了,电话里传来《快报》姜主编的声音:"田原,我是老姜啊!有件重要的事我必须马上跟你说,越快越好!"

田原惊讶地问:"老姜?你从哪儿冒出来的?"

姜主编着急地说:"一会儿你有时间吗?我们就在你们大厦对面的咖啡馆见吧!"

田原带着疑惑来到咖啡馆。

几年没见了,老姜一点儿寒暄的话都没说,而是直接把一篇图文并茂的稿子放到田原面前:"你先看看吧。"

田原一看稿子,神情骤变,脸色越来越难看。她不知对老同学说什么好。

老姜点燃一支烟:"是我手下的一个编辑写的,说实话,写得很精彩,唯一遗憾的是,主人公居然是你。"

田原说:"老姜,这稿子你不能发。"

"理智地说,我应该发。因为这种新闻很吸引眼球,而且我们是独家报道,报纸的销量肯定会猛增。"

田原苦涩地说:"你真要发,我拿你有什么办法呢?"

姜主编问:"你和李学锋到底怎么了?为什么闹出这么多故事来?"

"话已至此,我也不隐瞒你什么了。我和他离婚了,已经很久没见面了。稿子上写的,所谓我的新欢,很不属实,其实他是我的助理,把他扯进来实在是冤枉他。"

"那几张照片呢?"

"寄照片的人连名字都不敢署。你觉得她的动机是什么呢?这是一种赤裸裸的讹诈。上面是不是李学锋,我不敢说。退一万步,即使跟他有关,也不该遭受这样的惩罚和羞辱。这篇稿子发了,会彻底毁了他。"

姜主编说:"看来是他有错,你何必帮他呢?毕竟是李学锋自己种下的苦果,理应为此付出代价。"

"何必把人斩尽杀绝呢?我也不想牵扯到这个荒唐的事件当中去。我不是娱乐明星。每天在报纸上看自己的绯闻，那样的感觉太荒唐了。"

姜主编："田原，看在你的面子上，这篇稿子我暂时不发。但是，你要有思想准备，我不发，不能保证别的媒体不发。"

田原不知道该如何回答。她有种山雨欲来的感觉，她想阻止更大的不幸发生。但她明白，谁也不是上帝，也许什么都阻止不了。

老姜没有拿走稿子，田原拨通了李学锋的电话，把他约了过来。李学锋看到田原摔到他面前的稿子，表情显得很难堪。

田原说："我不想每天被这些莫名其妙的破事骚扰！一会儿匿名信，一会儿记者偷拍，一会儿媒体曝光，我受够了！你想出个解决办法来好不好？能不能让这件事情彻底平息？"

李学锋低垂着头："对不起，我给你带来这么多的困扰。"

"现在不是说这些的时候。"

"不瞒你说，我真有点儿筋疲力尽了。韩璐璐一心想置我于死地，你应该看得出来。"

"这事不解决，你永远别想安宁，我也不会安宁，麻烦会像雪球那样越滚越大，最终到无法收拾的一天。"

"我会让她收手的，你放心。"

"稿子暂时不会见报，因为碰巧撞到了老姜的手里。"

"哦，那还得谢谢老姜。"

"有些问题可能很棘手，我也帮不了你。我该走了，杂志社还有事情。希望这是我最后一次管你的事。"

田原起身，头也不回地走了，留下李学锋独自一人握着稿子又气又恼。他忧心忡忡地喝了一杯咖啡，闭上眼睛，用手轻轻按摩太阳穴。良久，李学锋强打精神，拿起手机拨通了电话，说道："嫂子，是我，我想请你帮个忙，找两个人，去警告一下韩璐璐……"

一名大汉按响了王志远家的门铃。

韩璐璐在屋里问："谁呀？"

大汉："查煤气。"

韩璐璐打开门，两个戴墨镜的大汉趁机闯进屋内，吓得她惊恐地连连后退。

一个大汉指着她："怎么，害怕了？我告诉你，你这条小命儿说没就没！"

韩璐璐被这突然的袭击吓倒了，无处可藏，恐惧地瑟缩在沙发一角。

大汉接着说："你在社会上才混了几天啊，以后为人处世小心点儿。年纪轻轻的，别总得罪人，省得最后死都不知道怎么死的！"

另外一名大汉笑起来："看你长得挺机灵，脑子应该不笨，我劝你做人老实点儿，别无法无天，不知道自己几斤几两！社会上的事比你想的复杂，你一个打工妹想跟大老板较劲，还嫩了点儿！见好就收吧，真把人家惹急了，随便就能让你永远消失，到时候连尸首都找不到，你爹妈想哭你都没地方哭去！不信你就试试！"

韩璐璐又惊又吓，脸都发白了。两名大汉话音刚落，旋风似的就没影儿了。

王志远一进门，看到惊恐万状的韩璐璐，心疼地把她揽在怀里，问她怎么了。韩璐璐哆嗦着说了刚才的经过，王志远恨得咬牙切齿："他以为找两个人就可以把我们吓倒？李学锋，你不是很有身份的人吗？居然也用起了下三滥的办法，你等着瞧吧！"

18

兴风作浪

　　韩璐璐戴着一副太阳镜，走进了彩虹大厦一楼。本市的各路记者已经云集在此，大家不太清楚到底发生了什么，只是听说这场临时召开的发布会是一起桃色事件引发的。除了媒体记者，大厅里往来上班的人也不知道发生了什么。围观者不少。杨明君不悦地站在人群中，这两天，他正为主编扣压了他的稿子而不快。他估计这个发布会是同一件事情的升级，但是如此公布于众了，他的独家暗访也就毫无价值了。

　　韩璐璐站到话筒前："媒体朋友们，大家好。请允许我自我介绍一下，我叫韩璐璐。有人会觉得，我开这次新闻发布会，是为了炒作自己。我想告诉大家，真的不是的。现在，我，已经无路可走了。"

　　乔卫正好路过，他对看到的情景难以置信，挤进了人群。

　　韩璐璐开始从太阳镜后面擦拭眼泪："我相信，我的故事你们会有兴趣的。说真的，现实逼迫我不得不放弃一些平时大家都顾及的东西，来维护我更重要的一些……我想说的事情，就是，李学锋先生，他现在就应该在这栋办公楼里上班，他一直不敢对自己的行为负责。"

　　有记者忍不住开始发问："他对你做了什么？"

　　韩璐璐泣不成声："大家也许好奇，他究竟做了些什么？我告诉大家……我曾经……曾经数次被他性骚扰！"

　　人群中一片哗然和骚动。

　　韩璐璐的哭声更加痛楚："我在做他助理的时候，兢兢业业，工作一直很努力。他喜怒无常，有时候让我不能忍受。在别人面前，他总是显得高大、正面，可是，大家却不知道，他背后都干了什么事！"

　　一名女记者扶了扶眼镜，认真地说："你说的就是彩虹集团的李学锋吗？请问韩小姐，你能拿出什么证据说明他对你进行了性骚扰？"

　　"证据？证据首先在人的心里。当然，适当的时候，我会拿出有力的证据；

如果他还继续破坏我正常的工作和生活的话，我还会诉诸法律。"

女记者继续问："有没有跟李先生私下交涉过？他是什么态度？"

"我刚才说过，他根本就不承认。我打过很多次电话，他都不敢接听。他发给我的这些电子邮件，我打印出来了，都是证据。还有医院的X光片，我的手臂受伤，也是他的所为。更可恶的是，我辞职之后，向数家公司求职，都被拒绝。据我所知，这也都是因为李学锋通过人际关系对我进行封杀。"

一名男记者问："性骚扰在法律上很难界定，你咨询过律师吗？"

韩璐璐想了想回答："我还没有请律师，我希望首先得到媒体的支持。我真不知道，这是为什么。他已经占了我的便宜，难道还要灭口吗？为什么连条活路都不给我留？我选择开新闻发布会，也是迫不得已！"

另一边，戴着墨镜的王志远把装有红包的信封塞给几名记者。杨明君接过信封，向王志远要了韩璐璐的手机号码，直觉告诉他这件事情没有那么简单。

乔卫没有继续听下去，他想赶紧找到李学锋，不让他下楼来，免得尴尬。他跑上楼，在楼道里撞见了李学锋，李学锋叫住他："我正找你，我们今天有两个重要的会要在外面开。带上材料，我们马上出发。"

乔卫说："好的，李总，不过请您等等，有几份文件我得打印出来。"

李学锋没有多想，回到办公室坐下来，看见手机上面有未接电话，是韩璐璐打来的。他打开一条短信："学锋，我们开始PK吧！"

乔卫磨蹭了半个小时，最后在李学锋的催促下，和他一起来到了车库。顿时，他们被面前的场面惊呆了。李学锋的车惨不忍睹，车身被划了无数划痕，划得很重，漆都掉了，而且还泼满了红色的颜料，看起来就像猩红的血。

李学锋登时暴怒："保安！保安！"

车库保安闻声冲过来。

学锋叫道："这是怎么回事？把你们的经理叫过来！"

保安用对讲机通知经理。

"你们是怎么看管的？这是谁干的？我操你妈的！"

乔卫用手机拍摄着车身被破坏的现场。

保安经理赶来，看了一下车子，也慌了："李总，对不起！是我们的工作没做好，您息怒。"

李学锋暴怒："你们只收停车费，不负责保管吗？你们不是有摄像吗？你马上给我查！"

保安经理："我们一定会查的。"

乔卫："李总，我们打车去吧，回来再处理这边的事。"

李学锋怒吼："不去了！"

就在这个时候，李学锋发现有闪光灯在某处闪了一下。

乔卫转过去，大声呵斥："谁？"

杨明君不得不从角落里走出来："李总，您好，我是《快报》的记者。"

李学锋认出了他："又是你！你拍什么？谁让你拍的？谁允许你拍的！"

杨明君："我是想来采访你的，以前跟你合作过的韩璐璐小姐刚才在一楼大厅开了发布会……"

李学锋没等杨明君说完："请你立即从我面前消失！你想当狗仔队是不是？给我滚开！"

乔卫劝杨明君赶紧离开，杨明君不走："你这是什么态度？"

李学锋抄起乔卫手上的文件夹就往杨明君身上扔去，没砸到，但是这下把杨明君激怒了："好哇，李学锋，你还打人！"

李学锋跟杨明君推搡起来，他揪住了杨明君的衣领。保安经理见状，急忙命令保安过来将两人拉开。

杨明君愤愤地大声说："我告你殴打记者！"

李学锋也大声说："告去吧，告去吧！有本事你就去告！"

杨明君被保安拉着往外走，边说："干了坏事，还在这里牛。你牛什么牛呀！"

乔卫无奈地捡起文件夹："李总，您先上楼休息一下，我去保安部处理车的事。"

李学锋疲惫地回到办公室，拨通了韩璐璐的手机。手机铃声一阵阵响个不停，韩璐璐坐在王志远的车里，拿着手机，得意地笑了："以前都是我找他，现在终于反过来了！"

王志远开起玩笑来："也该让他尝尝找不到人的滋味儿了！好戏刚刚上演，广告时间，一会儿回来！"

"哈哈，请不要离开，一会儿回来哦！"

两人相视大笑。

赵静雅正在看电视，午间社会新闻播报道："……韩璐璐小姐指责李学锋曾对其进行多次性骚扰，并用不负责任的方式对待她。发布会上，韩璐璐多次泣不成声。最新消息，李学锋并没有对此事作出回应，但与采访记者发生冲突。不管这件事情是真是假，都引起了巨大的社会反应。我们希望此类事情不要再发生……"

赵静雅关了电视机，有点儿不太敢相信自己的眼睛和耳朵。她穿戴好出了家门，打车来到杂志社楼下，在大厅里遇到了田原。

田原看到母亲十分惊讶："妈，您怎么大中午跑过来了？"

"嗐，还不是为了学锋的事情……"

"啊，您也知道啦？"

"我从电视里看到的，这是怎么回事啊？是不是和你们离婚有关系啊？"

"妈，您别着急。您吃饭了没有？咱们到茶楼坐坐。"

田原拉着赵静雅的手来到街上的茶楼。

赵静雅说："我相信学锋不是那种人，他是被陷害的。"

"他没有那么大的能耐，可以让所有公司都不录用一个人。"

"那个韩璐璐，怪不得有段时间老上咱们家来，她没安什么好心啊。"

"妈，是她骚扰学锋，不是学锋骚扰她。"

"那可怎么办呀？这不是要把你们俩都毁了吗？人一辈子，清白很重要啊。"

"没您想的那么严重。您呀，少操心。"

"不行，我怎么能眼看着有人在你头上撒尿呢。那个韩璐璐，她住哪儿？我去找她！"

"您可别冲动。您好好待在家里。嗯，这样吧，我找她谈谈。"

"真的？"

"试试吧，她还不一定肯出来见我呢。"

送走了母亲，田原在手机里找到了韩璐璐的号码。这个曾经给她带来晴空霹雳的号码，如今再也威胁不到田原什么了。现在，她终于知道了它的主人是谁。田原拨通了号码，镇定地约见韩璐璐。

到了约定的时间，韩璐璐并没有按时出现在她们约好的咖啡厅。田原怕她溜号，看着手表，有些焦急地再次给璐璐打电话："你到哪儿了？怎么还不来？"

韩璐璐回答道："李学锋放我那么多次鸽子，为什么就不能让我失约一次？你以为你是我领导，叫我做什么就做什么？"

田原耐心地说："我想跟你谈谈，这也是为了你好，懂吗？"

韩璐璐："我不想去了，我没心情见你，你应该懂得被侮辱的女性的心态。"

田原说："那好吧，我走了。"

田原挂了电话，收拾东西正要走，邓薇赶来了，同时田原收到了韩璐璐发来的短信："在百货大楼楼下的美甲屋等我吧，半个小时后到。"

田原怔了一下："这个韩璐璐，还留了一手。"

邓薇说："我要让她交出王志远来。"

田原惊诧地问："王志远？"

邓薇："我也是刚知道这两个人混在一起了。我算是瞎了眼，看错了两个人。"

"你先别打草惊蛇了。一百万，不是小数字。"

"要是追不回来，我的公司就垮了。"

"别着急，我们现在要一致对外。"

"你后悔跟学锋分手了吗？"

"才不是。我是不想让我的家人都卷进来。我妈，你知道的，她一直把他当亲生儿子。"

"我找了两个人去警告过韩璐璐，没想到她狗急跳墙，反咬一口。"

"你还真行！找打手！薇薇，这样的蠢事以后别干了。"

"我知道分寸。就许他骗我钱，不许我找人讨债吗？"

劝住了邓薇后，田原一人来到美甲屋，一眼就看见了韩璐璐坐在红色的沙发上，服务员正在给她涂指甲。

田原走过去，韩璐璐主动招呼她："你好！难得你还认得出我。"

田原说："你现在很出名，全城的人都认识你。"

"哈哈，是吗？多谢夸奖。我的脸上不是写的'第三者'，而是'受害者'！"

"你心里清楚你是什么。"

"知道我为什么约你来这里吗？李学锋以前陪我到这里来做过好几次美甲呢。"

"是吗？还有什么细节想告诉我的？"

见田原不上套，韩璐璐自觉无趣了："你自己去想像吧，说多了不就太直白了吗？你找我有什么话要说？"

田原劝道："你就此罢手吧，退一步海阔天空。我希望你澄清一下事实。"

韩璐璐回答："田主编，谢谢你的好意！可是，究竟什么是'事实'呢？我只记得，我今天上午说的事情就是事实。事实是，你的老公，不对，你的前夫，骚扰了我，又不负责任；事实是我不停地联系他，都没有结果；噢，现在又多了一个事实，他的贤惠前妻，上门求我了。"

"你别得寸进尺，我没有求你的意思。我只是好言相劝。人不能活得这么自私，不能只为自己的私欲而活。你这么做，自己得不到半点好处。"

"那又怎样？你们可以对我斩尽杀绝，我为什么不可以先出手？得不到他，我就毁掉他！"

"你不要把你个人的力量想像得那么大！"

"我告诉你，天天都有记者来采访我，我会让他们知道你来求过我！"

田原本想作为女性好言相劝韩璐璐，没料到她这么撒泼，全然不像当初工作状态里的那个韩璐璐了。田原为了顾及自己的面子，只有快步离开了。

韩璐璐变本加厉地在田原身后嚷着："哈，李学锋，你也有今天，把你的前妻都叫来求情了！"

彩虹集团的几名员工正在看当天的《快报》，头条标题是"性骚扰丑闻曝光 IT精英怒打记者"。看到李学锋走进来，职员赶紧把报纸放入纸篓里。

等李学锋和大家打过招呼后，乔卫叫住他说："李总，薛总找您。"

学锋好像有些不清醒似的问："薛总？"

乔卫点点头说："是的，他在办公室等您。"

薛文是彩虹集团的合伙人之一，除了董事长，算是集团内部力挺李学锋的人了。李学锋敲门进去，看见薛文刚放下昨天的报纸。

"学锋，你应该知道我找你的原因吧？"

李学锋的目光斜向报纸："你是说……"

"嗯，这么说吧，我对你的私人生活不感兴趣，我关注的，是我们公司的声誉和前程。"

李学锋垂下头低声说："对不起！"

"你跟韩璐璐到底发展到什么程度，谁都说不清楚；听谁的一面之词，也是不可靠的。但是我相信，这绝对不是无中生有，肯定是有一些原因的，对吧？这件事情你一定要处理好。"

学锋说："薛文，你放心，就算我辞职都不会毁坏公司的声誉的。"

"这话说不得。你辞职了，难道要让刚刚起步的手机频道停下来？"

学锋抬起头，有些惊讶地看着薛文。薛文继续说道："昨天下午部分董事开会讨论另外一个项目，没想到大家最后提出了这件事。大部分董事对你的印象都是正面的，但是一些人也已经对你表示了不信任。"

学锋叹了口气。

"可是，出于对公司眼前业务转好的状况的维护，我想，无论如何，我们会支持你渡过这个难关的。需要律师出面，就尽量让律师出面。"

学锋的眼神里透露出些许感动："薛文，谢谢你！我已经跟佟律师谈过了。"

"别谢我，这是大家的意见，是因为你给大家的好印象。他们说得太假了，我可不相信你有能力阻止韩璐璐找工作；而且据我的观察，你也不是那种能够做出骚扰行为的人。"

"谢谢！"

李学锋下班后到一个小区看了套房子，然后回到学雷家收拾起自己的东西，学雷有些不解。学锋解释道："麻烦你这么久了，哥，我自己租了个房子。"

学雷急了："你很有钱是不是？"

"不是的，大哥。最近这么多事情，我不想让你也被牵扯进来。"

"你是说韩璐璐？她敢到我家来？"

"说实话，我不仅仅是想搬出去，我想一走了之，现在还有点儿钱，办个加拿大的签证，或者澳洲的也好。"

"混账话！你留个烂摊子给谁？学锋，你别让人瞧不起。你是跟她韩璐璐发生过性关系，难道就该下地狱吗？"

"我是该下地狱。哥，她不光骚扰我，还骚扰田原。我已经给田原带去太多痛苦了，现在她还要跟着承受。"

"我知道你的心情。"

"韩璐璐把自己当成公众人物了，天天接受记者的采访，胡言乱语，血口喷人。"

"他们就让她说个够？"

"报纸还不是为了图赚钱，良心给狗吃了！"

19

风暴的中央

韩璐璐正在电脑前上网。她一边啃着苹果，一边打开好几个网页。网上都在说李学锋的事情，她漫不经心地把那些新闻报道粘贴到一个文档里。这时候手机响了起来。

话筒那边传来声音："您好，韩璐璐小姐吗？我是《妇女与法》节目的制片。"

韩璐璐停止了吃苹果："嗯，我是。"

对方接着说："关于性骚扰案，我们想录一期节目，请您现身说法。不知道您是否同意？"

韩璐璐相当高兴地说："可以的，没问题！"

这个制片人听上去松了一口气："那太好了！因为我们是新闻性节目，讲究实效性，所以希望明天就做这期节目。明天我们派司机去接您吧！"

"好，我会全力配合你们的。"

韩璐璐挂上电话，兴奋地扭了扭身体，忽然，又听到了敲门声。她以为是王志远回来了，就直接把门打开了："志远，这么早就回来啦？"

门外站着的却是杨明君。杨明君自我介绍后，韩璐璐把他请进了房间。韩璐璐拿起报纸，空出沙发让他坐下。

杨明君说："韩小姐，我对你的遭遇，真的是万分同情，并且对你的行为，也是非常支持。你看，你手里的这份报纸就是我们的，这篇文章是我写的。我觉得，一个正直的人，无论从哪个角度看，都会站在你这边的。"

韩璐璐感激地说："真是太谢谢你了。其实，我召开这次发布会，也不是为了达到什么效果，就是想讨个说法。我真的走投无路了。"

杨明君说："可以理解，真的。也许别人对你的行为会有各种各样的议论，但是作为媒体，我们是读者的良心，一定是毫不犹豫地站在弱者这一边的。我可以录音吗？"

杨明君掏出录音笔，韩璐璐点头表示可以开始了。

杨明君清了清嗓子，开始采访："你觉得，这个新闻发布会之后，你的生活改变大吗？"

"挺大的吧。主要是对于生活，我看见了希望，看到那么多人关心我，我挺欣慰的。"

"你自己怎么看李学锋的问题呢？"

"现在光听说娱乐圈有潜规则，其实在IT界，这种事情也随处可见。为了升职，或者仅仅为了保住工作，很多像我一样的女孩儿，都把自己奉献出去了。李学锋也不是第一次干这种事情。"

杨明君有点惊讶了："是吗？你知道还有其他的受害者吗？"

"这个……如果她们愿意，我很支持她们也站出来说话。"

"好像大众对你手里掌握的李学锋骚扰你的证据都很感兴趣，你打算什么时候让这些证据曝光呢？"

韩璐璐故作深沉地回答："嗯，在适当的时候，我会拿出来的。"

晚上，王志远回到新住处。近来，他就像是韩璐璐的导演，总要对她当日的表现作一番指点："璐璐，我觉得你表现得还不够委屈。"

韩璐璐说："我又不是演员……"

"错了，你现在就是演员，你的舞台是这个偌大的社会，李学锋是男主角，田原是女二号，所有的人都等待着你们精彩的对手戏。璐璐，你一定要占足戏份，才可以赢到最后！"

韩璐璐觉得王志远有些夸张了："瞧你说的。"

王志远信心百倍的样子，说："棋差一步。你以为李学锋他们就这么干等着被你摆布？他们现在有钱有势，你得考虑下一步的行动了。"

"你这么说，没准哪天我们被他们暗杀都不一定。"

"哼，我还就专治有钱有势的人！我是绿林好汉，专门劫富济贫。"

"下一步应该怎么办啊？"

"一不做二不休，咱们管他要钱！"

"要钱？我不是为了钱的。"

"你以为真的像电视上说的'为尊严而战'？璐璐，你不是这么傻吧？"

韩璐璐的语气娇嗔起来："你的意思是说我没尊严？"

"说哪儿去啦！别在这里跟我较真。现在时机刚好成熟。你想想，现在如果跟他说，要是不拿一千万出来，我就把视频公布到网上……"

韩璐璐不高兴了："我决不把视频放上去，那样我就身败名裂了！"

"我没说要真放啊，我是说这样可以威胁李学锋，好向他要钱。"

"志远，我现在可是百分百地信任你了……"

大厦保安部请李学锋去看车库的录像资料，学锋叫上了佟律师。资料里，一个男人提着颜料桶鬼鬼祟祟地走进地下车库，来到了李学锋的车旁边。他有意避开摄像头，学锋无法看清楚那个人的面孔。富有经验的佟律师要求查看当日电梯里的记录。

在上下电梯的人当中，李学锋终于认出了一个人："王志远。这个人我认识！"

佟律师说："可我们无法证明这个人就是那个破坏车的人。"

"肯定是他，他一直想骗我们公司跟他合作发展手机电视，没有得逞。"

与此同时，王志远正在一个地下赌场玩兴正酣，周围非常嘈杂。他接到了韩璐璐的电话，他怕璐璐说他沉溺于赌博，赶紧打岔："我在菜市场买菜哪，嘿，黄瓜多少钱一斤？"

电话那头的韩璐璐没有受骗："行了，行了，你不要蒙我了。我是想告诉你，我没办法找李学锋要钱！"

王志远急了："怎么回事？"

韩璐璐说："打电话他不接；我刚才去了彩虹集团，被保安认出来了，根本不让我上楼！"

王志远摸了张臭牌："操！"

王志远从赌场败兴而归，气急败坏地打电话约李学锋见面。在彩虹大厦的楼下咖啡厅，王志远开始了他的套钱大计："自从我第一次看到杂志上关于你的报道，我就觉得，你呀，将来一定是成大事的人！可是，现在的道路，可真是曲折悠长呀！李总，这几天，我都看报纸啦。"

李学锋道："噢？看来今天你不是来和我谈工作的。"

"谈的是工作！当然是工作！是关于你前途的重要生意呀！"

"除了手机电视，我目前还有什么大生意？"

王志远小声地说："我也是替别人谈。不瞒你说，你和璐璐的事情，我全知道。"

李学锋："你是来要钱的吗？"

王志远一听李学锋主动提到了钱，乐了："李总可真是爽快人！你也知道璐璐那个人，性子急，而且粗心大意，万一不小心，把你们的小电影发到网上去了，那可怎么办呀？那岂不是所有的人都知道你李总是个轻浮的人了吗？闹得满城风雨的话，可太不好了吧！"

李学锋冷笑：“你要多少？”

王志远做了一个“7”的手势，嬉皮笑脸地说：“我这个人吧，比较喜欢凑整数。你后面再给我加个零就可以啦！”

李学锋说：“你不怕我告你勒索吗？”

王志远：“我是替你着想，万一视频一不小心落到网上去，你告我，就无可挽回了……这是很正当的赔偿，对璐璐小姐的精神——和肉体损失的赔偿！”

李学锋严厉地说：“我告诉你，王志远，我的事情用不着你管，先管好你自己吧。你做假合同骗邓薇的钱，你还往我的车上泼油漆，该支付赔偿的是你！”

王志远一听李学锋提到了邓薇，立刻害怕了：“你是不是通知邓薇我来找你了？行啊，李学锋，你够阴的！”

不等李学锋回答，王志远仓皇离去。

小巷里，邓薇和自己的两位拳击教练正尾随着一个戴太阳镜的男人。邓薇突然大声叫道：“王志远，你站住！”

那个男人开始装作没听见，然后突然拔腿就跑，邓薇让教练们赶紧追。没跑几步，王志远就被他们追上了。王志远一看这个架势，不能吃眼前亏啊，忙拣好听的话说：“薇薇，你是怎么了，生这么大的气？”

邓薇叫道：“还给我装傻，挨揍了就清醒了！”

话音一落，两个拳击手对着王志远就是一顿乱揍。王志远连呼带叫求饶。邓薇让教练住了手。王志远借机赶紧解释：“薇薇，你不知道，我一直还都想着你哪。可是，因为欠了你的钱，我不敢去找你，但是我真的是迫不得已。我很想跟你一起……”

“放屁！他再说这样的话，你们给我往死里揍！”

王志远慌忙捂着头部：“我错了，我错了！薇薇。”

“你说，钱到底哪里去了？”

“我给输了……我要是有钱，怎么会不还你呢？”

邓薇气得脸发青：“你拿我的钱去赌？看我不把你给废了！”

两人又要开打，邓薇让他们住手：“把他打残了，反而是我理亏。王志远，我现在只要你跟我说，什么时候还我钱。以前你那些狗屁甜言蜜语，我都扔到垃圾箱里了，你这个恶心下作的狗东西！”

“薇薇，你念点儿旧情吧。”

“我怎么相信你？你这辈子还会有钱吗？再去骗另一个女人？”

“给你写字据、借条。”

“谁稀罕，我不相信一张借条能让你还钱。”

"你不信我，起码你得信法律吧？"

邓薇想了一下："好，给你笔和纸，马上给我写！"

找不到李学锋，韩璐璐也没闲着，她又把杨明君约了出来。在茶馆里，她开始了胡编乱造："小杨，这个事情，我只想跟你一个人讲，你怎么处理，就随便了。"

杨明君受宠若惊："璐璐，我敢保证，在所有媒体里，我们《快报》对你的关注和呵护是最早的，也是最多的！"

"我和李学锋发生关系……其实是他逼我的。我没办法拒绝，因为我想保住饭碗……有一次，我们还……还在他的逼迫下，和另外一个女孩，我们三个人……"

"璐璐，你别这么激动，不是不报，时候未到！"

"我觉得到了这个地步，我几乎是一个毫无廉耻的女孩了！真的，我把尊严已经抛到一边了。"

杨明君同情地看着韩璐璐："别这么说，很多人都很关心你的。"

"可是，我这恰恰是为了挽回我的尊严，你知道吗？相信吗？"

"当然相信，当然相信！"

田原看到了最新出版的杂志，面露满意之色，对高飞大加赞赏："你的时尚触觉真的很敏感，毕竟做过模特，还在法国待过。我感觉我们的杂志在变化。"

"您过奖了，这个变化还是取决于您的整体判断。"

"有个模特大赛要在三亚开，让我们杂志去做评委，我想派你替我去。"

高飞："这可不行，我是助理，级别不够。我觉得您应该亲自去，也顺便散散心。有些事情如果解决不了，还不如逃避一下。"

田原听出了高飞话里有话："逃避能解决问题？"

高飞道："当然能。我觉得逃避是解决问题的方法之一。一种迂回。"

田原若有所思："好，我想想吧。"

两天后，田原采纳了高飞的建议，决定自己去三亚。高飞开车送田原去机场，路遇红灯，车停在路上。卖报纸的妇女走过来，边走边吆喝："卖报卖报，快看IT精英玩弄女下属，女演员揭露潜规则……"

田原的脸色立刻很难看。

"到了三亚，暂时忘记这些事情好吗？"

卖报的妇女凑过来："要报纸吗？"

田原要了一份报纸，看见上面的标题是"《美丽·家人》女主编前夫李学锋百般玩弄女下属，受害人韩璐璐无处择业痛不欲生"。看着看着，田原的两眼充满了愤怒。几分钟后，社长打来了电话。田原听着电话，目光越来越严峻，最后她说："好，我回来。"

高飞担心地看着田原。田原平静地说："在前面掉头回社里，先不去三亚了。"

高飞开着汽车直入市区，一路两人无话，各自心事重重。到了社里，田原直奔社长办公室。

社长劈头盖脸就问："田原，这究竟是怎么回事？不管真假，文章的标题都把我们的杂志给扯了进去！投资方、广告商不断打电话过来，我都不知道如何应对才好！田原，杂志创刊五年来，还从来没跟负面新闻沾过边。你要知道，就这一篇文章，足可以毁掉我们大家！"

田原拿起社长摔在桌上的《快报》说："社长，真是对不起，我的个人生活给杂志的声誉带来了不好的影响。我会尽快消除不良影响的。"

田原拿着报纸，满脸怒气来到《快报》编辑部，对老同学老姜毫不客气地说："这就是你们报纸的追求？把别人拉来做垫脚石？"

姜主编委屈地说："你说这话太过分了。"

"老姜，你们才太过分了！我来找你，希望你们立刻对我们的杂志作出道歉。"

"为什么我们要道歉？难道李学锋不是你的前夫？虽然我们是老同学，可是我们有权利把我们调查出来的事实刊登出来！"

"你可以这么做，但是你把我们杂志的名字放在标题里是何居心？"

"你们杂志是靠广告，我们报纸是靠销量。"

"那好吧，我还是请我们的律师来跟你们报社交涉。告辞了。"

说罢，田原摔门而去。

开车回家的路上，城市的建筑匆匆掠过田原眼前。她给李学锋打电话，但是对方的号码已作废。田原的神色显得更加凝重。

赵静雅的晚饭做得无可奈何，母女俩吃得无滋无味。田原劝母亲休息后，一个人上楼打开电脑，写道："当我正准备踏上去三亚的路途时，以为可以借这个机会远离风暴，到天涯海角放松心情。可是，社长的电话把我召回，我不得不重新回到这个城市。我明白了，我无法逃避无处躲藏，因为，我正在风暴的中央！"

第二天，周末。李学雷正在听丹丹断断续续拉小提琴，田原敲门进来。学雷感到非常意外。

"大哥，今天是星期天，我以为学锋会在。"

"他把手机关了，可能想一个人静一静。"

"大哥，你也一定很烦心。"

"我怕学锋扛不住，那个韩璐璐太可怕了。"

"是，她在制造弥天大谎！"

从大哥家出来，田原独自来到湖边，她看见有一个身影很像李学锋，就喊了一声："学锋！"

果然是学锋，他转过头来回应："田原！"

"我看到今天的报纸了。"

"……他们昨天去公司找我了。"

"他们提出什么要求？"

"要一千万。"

"你准备怎么办？"

"我——"

"李学锋，你以前不是这么一个矛盾和犹豫的人。都已经这样了，你还不敢站出来……这个事情，影响到的不仅仅是你一个人，而是你的公司，还有我们的杂志。如果不是影响到了我们的杂志，我是不想来找你的。"

"如果只关系到我一个人，我真的什么都豁出去了，什么名誉，什么事业……全都是狗屁，全都是报应！我活该！如果我打这场官司，你知道吗，媒体的关注会升温，无辜的你将成为大众谈资。我怕把你也拉进来！就像一出肥皂剧，没完没了，你早晚会陷进去的。"

田原沉默许久之后说："学锋，我谢谢你这么关心我！可是，你想想，如果你继续保持沉默，只会让伤害更加深重，知道吗？你得面对伤害，要不然，你只会被伤害打倒。我已经被打倒了一次，我不希望你再次被打倒。"

"田原……"

"学锋，我们……在这个地方有过很多回忆，如果你还记得的话。我……希望你……能够为了你自己，也是为了我们大家，马上做一个决定。"

"嗯，我明白。如果我永远不敢正视自己所犯的错，不抛去自己内心的恐惧，将在黑暗的深渊中万劫不复……"

田原看着学锋说："这个世界的那种原始的信任已经越来越遥远了，甚至在消失。我希望看到你的行动！"

"……我决定起诉韩璐璐！"

王志远和韩璐璐正在看晚报，王志远惊呼："璐璐，你现在的演技越来越厉害了！"

经不起王志远的夸赞，韩璐璐也觉得自己找到了感觉。每天都面对不同的媒体，为了满足大家的好奇心和同情心，她已经真的把自己当做受害者在表演了，她似乎体会到了当演员的乐趣。

深夜，王志远看韩璐璐已经睡着，便偷偷起床，打开电脑，登陆到一个人气很高的网站发帖。他打出了标题："惊爆：传说中IT精英李学锋的性爱视频！"通过附件，他把视频传到了网上，又添加了一些李学锋和韩璐璐的照片，并注明"如假包换"的字样。

操作完成后，他在视频文件上点了一下"播放"，于是，紧接着就听到了男女喘息的声音，还看到了那个烟斗，看到了那个让李学锋付出惨重代价的激情风雨之夜……

20

致命的打击

 网络，无形中网络着人们的新闻视听。是夜，千万双不同的手敲打着键盘，屏幕上BBS论坛的聊天记录在不断地滚动着、刷新着。同一条帖子在这张无形的网上被传来传去，散布开，扩大开；点击数在--夜之间发生着巨大变化。一句话、一张图片、一条视频，飞速地在网络中遨游，走家串户，从一个市区到达另一个市区，从一个城市飞至陌生的远方。

 男人的手在敲击键盘……女人的手在移动鼠标……网民们议论着，在论坛上纷纷发言：

 "李学锋的身材好棒！看不出都四十岁了！"

 "他就在我们这栋大楼的十六层呢，大家去考察考察！"

 "凭什么说那个是李学锋？根本就看不到脸！"

 "说不定是他们公司炒作手机电视呢？"

 "第一次看真人秀，有反应的举手哦！"

 "变态！"

 "毛片是演的，这个是偷拍的。"

 "那个女的到底是他老婆，还是他的情人？"

 "斑竹给删除了？"

 "靠！"

 "李学锋的做爱视频哪里有下载啊？跪求！"

 "我就知道要给删掉的，抢先保存了。需要的话MSN联系。"

 "是从哪个论坛上传过来的？"

 "好像是IT动态？"

 "你是几分钟版本的？"

 "三分钟的。"

 "还有更长版本的吗？能看清楚人脸吗？急求！"

……

一夜之间，各大论坛的帖子在飞速地更新着！

李学锋最后一个走进电梯。电梯狭窄拥挤，却给他空出颇大的一个空间。很明显，大家都装作若无其事，却又跟他保持一定的距离。气氛显得很诡异，李学锋有所察觉，但是不知道发生了什么事情。他走出电梯，看到几个人在楼道里等候，却并不是上电梯的。他从这些人身边走过，察觉到他们都在偷看他。那些人个个都红光满面，兴奋地窃窃私语着什么……

李学锋一进公司，员工都冲他客气地点头问候，可是每个人的笑容都显得僵硬和尴尬。他能明显地接收到这样的信息——又出事了。

来到自己的办公室，他打开电脑，开始浏览网页上的重要新闻。猛然间他明白了一切！那些关于性爱视频的网页相继跃入眼前！看到帖子上铺天盖地的谩骂，李学锋瘫陷在椅子里，顿时脸色苍白，大汗淋漓。他站起来，感觉天昏地暗。

他拨打了内线电话："乔卫，你帮我通知一下佟律师，我要马上见他。"

"好的，李总。薛总让您现在去他的办公室一趟。"

他觉得自己像个跌跌撞撞无人扶助的孩子，公司的走廊瞬间变得又长又宽。他好不容易走到了薛文的屋里。薛文请他坐下，然后甩出一份打印的文件，相当不高兴地说："你自己看看吧。学锋，你到底在搞什么名堂？现在网上全部都是你的新闻！你可算是为公司作了大宣传。"

"很抱歉，我真的很抱歉！"

"我现在已经被这件事情搞得焦头烂额了！今天早上已经接到很多电话了。"

李学锋叹了气，无力地辩解道："薛文，我……"

薛文打断他："好事不出门，坏事传千里。说实话，韩璐璐说你性骚扰，我不信，可是这个呢？人家连视频都登上来了。你看看这个网页，你看看这些东西。凡是被转载的帖子，下面都成了公共厕所。你看看这个帖子，说：'骚扰员工不光是李学锋一个人的问题，我以前在这家公司的时候，发现只要是领导，全都是老色狼。'还有这个，说：'这种公司，烂作一团了，现在到处都是黑幕呀！'这已经由攻击你个人转向攻击我们公司了！我真没想到，你能做出这种事情。可是现在，学锋，我跟你说，这已经不是你一个人的事情了，公司的形象毁了，彻底给毁了！"

李学锋只有不断地重复着："薛文，我实在抱歉！实在抱歉！"

薛文："唉……可是你现在真的担不下来了。你也没办法还我们公司的清白了。"

124

李学锋已经无力承受这前所未有的打击："薛文，你让我走吧，让我走吧。"

学锋完全不知道薛文在说什么了，他起身就直直往外走去。他穿过办公室，感觉什么都看不见了。乔卫赶紧跟上去。员工们都非常吃惊地看着他。

李学锋走出公司大门，外面黑压压的人吓了他一跳，他本能地用手挡住自己的脸。可是闪光灯仍然不停地闪着，其中居然还有用手机拍摄的人。乔卫大声喊："不要拍了，不要拍了！"

乔卫赶忙护住李学锋从电梯到地下车库，然后他开车。不料到了大街上，乔卫发现后面竟然有车跟踪上他们了。乔卫在马路上不停地兜圈子，李学锋用衣服蒙着脑袋，觉得自己从来没有如此狼狈不堪过！

杨明君和姜主编在《快报》编辑部讨论采访的事情。杨明君年轻气盛，对主编上次为了照顾老同学的面子而扣压了稿子愤愤不平，这次就据理力争了。"主编，现在已经不是一个性骚扰的报道了，李学锋的性爱视频都已经被传到互联网上去了！我们不报道，也会有别的媒体报道。我们不能再落后了！"

姜主编说："现在还无法证明视频上的男主角就是李学锋。"

杨明君同意："对，所以才有必要揭开真相。李学锋是成功人士，属于强势群体，韩璐璐是无名小卒，属于弱势群体。田原是李学锋的前妻，她可能对这个视频还一无所知。"

"那些照片就是从视频上截取的，我想她一定略有所知。"

"所以田原是我们的突破口，您不能再拦着我了，我一定要采访她。"

田原正在社里看一组广告图片，发现彩虹公司这次的手机电视广告版面居然没有排进去，便连忙询问高飞，高飞说是对方要求把合作先停一下。

高飞说："他们说现在主攻电视媒体，平面广告也主要做公交车站牌的；杂志这方面，目前收益不多。"

田原正在思忖客户撤销广告版面的事，老姜的电话打进来了。田原一听又是报道李学锋的事情，口气立刻很冷淡："老同学，你不是答应我不发吗？"

姜主编说："我们的文章并没有针对你的地方，希望你能够理解。网上现在流传着一个李学锋的性爱视频，你看过了吗？"

田原很吃惊："哦，我不清楚。"

"那你赶紧上网看看吧。"

田原放下电话，呆了半天，不知所措。突然，她好像想起了什么，迅速坐到了电脑跟前，搜索"李学锋"三个字。铺天盖地关于性爱视频的文章被搜索了出来。她吃惊地迅速浏览着，其中一个帖子写着："这个李学锋，肯定家庭

125

性生活不和谐，要不然怎么能这么饥渴。"

回帖："他老婆据说是《美丽·家人》的主编。我觉得这其中一定有蹊跷。"

另一个帖子："性爱视频的女主角是田原吧？"

另一个回帖："不会的，看身材就是韩璐璐。"

另一个回帖："反正都是色情狂。"

帖子标题："田巫婆，你连老公都看不好，去跳楼吧。"

田原气得浑身发抖。下班时间，她刚下楼，发现好几名记者已经等在门口。一看见她，他们都冲了上来。有记者大声提问："田主编，请您谈一下对性爱视频曝光的看法吧。"

还有的问："李学锋的行为让你失望吗？"

田原见状，赶紧回到大厅，记者们被保安拦住了。田原干脆又上了楼。她给学锋打电话，对方的手机已经关了。

田原在办公室一直待到天黑下来，这时窗外已是车水马龙，她还是不敢下楼，但又坐立不安，什么事情也做不下去。联络不上学锋，她忍不住给学雷打了电话："大哥，我联系不上学锋，我担心他出事。"

"我也联系不上他。你别着急，他肯定会主动联系我们的。"

田原无奈地放下手机，这时高飞端进来一些餐点："主编，您一天都没吃东西，赶紧吃点吧。"

"高飞，我……台风已经来了。"

"什么台风？"

"唉，我现在很狼狈，连家都不能回，快要走投无路了。"

"其实每个人都有自己的烦恼，无所谓'走投无路'。你现在看来巨大无比的麻烦，将来回头一看，也许不过如此，这个麻烦并不会绊住生命前进的脚步。"

"你说得真好！可是做起来，还是有困难。"

"塞翁失马，焉知非福。人生是一次旅程，有的人顺风顺水，一路攀到荣耀的顶峰，有的人却忙忙碌碌，一生都难得享受片刻的清闲风景。"

"我就是这样的劳碌命。将来，等这些事情过去之后，我想用自己的钱和杂志的影响力，做一些公益事业和慈善事业。"

"好想法，希望这些想法都能实现。"

王志远带着韩璐璐换了新的住处。韩璐璐曾经对王志远对她的照顾非常感激，但是，今天她是真的要和他翻脸了。他们激烈地争吵起来。

韩璐璐大叫："谁让你发上去的？你怎么背着我干这种事情！你知道这样也是让我丢脸吗？"

王志远说:"璐璐,我是为你报仇!"

韩璐璐哭着说:"那我也不能不要脸了呀?"

"脸皮值几个钱呀?"

"你这话是什么意思?"

王志远看韩璐璐真的生气了,语气又变温柔了:"璐璐,别这样。你想想,我们不发这个视频,李学锋就会更嚣张。"

"志远,你还是把视频删除了吧。"

"你知道网络的力量的,就算我删除了也没有用啊,早就被人复制下来了。你不要乱了自己的阵脚啊。我们这个地方,没人知道的。"

"可是记者有我的电话,他们今天给我发了很多的短信,问我是不是那个视频的女主角。你知道我的压力有多大吗?"

"那你就不要承认啊!反正我们的目的是要让李学锋身败名裂!"

"我有点害怕。我们闹得也差不多了,不然我们走吧?离开这个城市……"

"要让李学锋赔偿你的精神损失。"

"他是应该赔偿我的,我现在什么都没有了。"

"哈哈,我告诉你啊,网上很多帖子还说视频上的女人是田原呢。"

学雷和佟律师来看学锋,他们谨慎地观察四周有没有跟踪的记者,之后迅速进入了李学锋的临时住处。学锋看上去完全变了一个人,满脸的胡子都没刮。

佟律师很焦急:"李总,从现在开始,你不能再隐瞒什么了。你只有告诉我更多的实情,我才可能帮你把官司打赢。"

"我完全没想到他们会这样做。现在我觉得不管是我的外在、内在,甚至我的思绪、我的念头都一览无遗,我好像是一个暴露在大众眼光中的透明人。即使我穿上再多蔽体的衣服,包裹得再紧;即使我藏身天涯,钻进鼠洞,我还是一丝不挂。"

佟律师劝他:"可是你不能躲起来不见人,一点辩白都没有。"

"我感觉自己走在马路上都被扒光了一样,所有人都在用眼睛扒我的衣服。"

学雷说:"嘻,学锋,哪有那么可怕!"

佟律师说:"李总,你现在首先要做的事情就是跟公众坦白,你跟韩璐璐到底有没有私情。"

学锋犹豫了,忽然转移话题:"嗯……大哥,田原她现在还好吧?有没有受到骚扰?"

学雷回答说:"记者把杂志社楼下都堵住了。她都不敢回家,怕影响她妈妈。"

学锋很痛苦地叹气："我欠她的这辈子都回报不了啦。"

学雷鼓励他说："学锋，你赶紧吃点东西。你要勇敢去面对。"

第二天一早，李学锋出现在公司，让大家感觉很意外，一些员工流露出十分欣喜的表情。乔卫忍不住挥了挥拳头，为李学锋的出现暗暗叫好。

薛文拉着学锋走到走廊的一角："什么都别说了，学锋。我真的不愿意做落井下石的事情，要不是我极力保你，恐怕你真要休息一段时间了。"

李学锋说："嗯，我了解。薛文，谢谢你对我的信任和照顾！"

"别这么客气了，赶紧想想怎么渡过这个难关。你如果需要，我帮你介绍最好的律师，并且公司愿意承担一部分律师费，毕竟这也是为了公司的声誉。"

"谢谢，薛文。"

"手机电视，暂时先不用做了。"

李学锋吃惊地问："怎么——"

"这对公司的损失也不算大，只是先把后期制作停下来。等你的事情平息了，我们再商酌处理方法。"

李学锋急道："薛文，手机电影的事情不能耽搁的。"

薛文说："你能帮我找个可以代替你的人来做吗？唉，都是这个韩璐璐闹的。你怎么就让人抓住把柄了呢？"

李学锋无言以对。

薛文："对了，你和田原已经离婚的事情是真的吗？"

李学锋长出一口气："是真的。"

佟律师事先没有打招呼，直接来到了田原的办公室。"田原，我的当事人不让我来找你，但我还是冒昧来了。也许你会不高兴，但我还是要说，我希望你能出庭为学锋作证。"

田原问："为什么非要找我？"

"我之前找过几位他的朋友，他们都在想方设法回避，不想跟丑闻沾边儿，怕把自己卷进去。"

"你还是设法说服他们吧，我不想去。"

"你如果能出庭作证，对他来说是非常有利的，会给判决结果带来非常好的影响。"

"我恐怕没时间。"

高飞敲门进来："对不起，打扰一下。主编，距离名品香水展的开幕礼还有一个小时，现在必须走了。"

田原答应着站起身。

佟律师最后说："无论如何考虑一下好吗？如果你同意作证，请尽快给我打电话。"

高飞专注地开车，车速很快，周边景物一闪而过。田原降下车窗，任凭风把自己的头发吹乱。

高飞知道田原又被搅得心烦了，宽慰道："事情很快会过去的。现在是快餐时代，大众对一件事情的兴趣持续不了多久；记者必须不断找到新的热点，才能抓住人们的眼球。"

田原苦笑道："在旁观者看来可能很快，对于当事人来说却是度日如年。"

"看得出来，最近你的心情很差。"

"是，有时候我根本没心情工作。"

"就算是这样，我们杂志也是最好的。"

田原一笑："谢谢你，幸亏有你帮我，不然真不知道会出什么事。有时候我觉得让你给我当助理有点儿大材小用。"

高飞笑道："你再表扬我，我真晕了。"

学雷骑着自行车穿街走巷送信。经过电脑城时他拐进小巷，小贩很神秘地冲着路人兜售光盘："李学锋性爱光盘，要不要？绝对真人秀。"学雷把自行车停下，靠近小贩："你有多少张？"

小贩很兴奋地说："你要多少？"

"全部都要。"

"你要批发啊？"

"你别问那么多了。你知道谁手上还有，都帮我收过来。"

学雷从小贩们手上买回满满一纸箱李学锋性爱光碟。他找出家里最大的一把剪刀，认认真真把光碟逐一剪碎。门铃响了，学雷跑去开门，是学锋来了，手里提着一堆食品。

学雷意外地说："你怎么来了？"

学锋进屋："我来看看你，不欢迎啊？"

学雷抓起几张报纸扔在纸箱上："你吃饭了吗？"

学锋把报纸拿开，百感交集地看着一箱子光碟，说："哥，跟你说多少回了，别买那些烂碟，你是买不完的！"

学雷执拗地说："我愿意买，这事儿你别管！"

"人家机器一转就能出来几百张几千张，你一张一张往回收，有什么意义呢?"

"只要我看见了，就不能让别人买走。你是我弟弟，别人可以不帮你，我不能不帮!"

"哥，对不起，让你为我操心了。"

"你等着，我给你做饭去。"

学锋指指带来的一堆塑料袋:"别麻烦了，我都买好了，装到盘子里就行。哥，有件事儿我想告诉你，不过你可千万别急啊!"

学雷不经意地说:"你说。"

学锋含糊地说:"嫂子——就是邓薇，最近遇到点儿麻烦。"

学雷猛地抬起头，紧盯着学锋:"她怎么了? 你快说!"

学锋拉着学雷坐到餐桌旁: "没什么大事，你别紧张。你先坐下，稳稳神儿!"

办公室里乱哄哄的，很多人来办事。一个角落里，工作人员在和邓薇谈话:"您为什么提前退租? 对我们的服务不满意?"

邓薇说:"不是。"

工作人员又问:"您仔细看过合同吗?"

"看了。"

"合同里对提前退租有明确规定，我们只退您百分之八十的租金，扣掉百分之二十算违约金。"

"我知道。"

工作人员劝说:"您租的办公室还有三个月就到期了，现在退租不合适，而且也退不了您多少钱。"

"我都想好了，您给我办手续吧。"

工作人员看了邓薇一眼，开始飞快地填单子:"等会儿您拿着单子和本人的身份证去一下财务室。"

邓薇手里拿着三个信封。她把信封分别递到小徐、小林手里。邓薇说:"这是上个月和这个月的工资，你们拿好。"

邓薇把最后一个信封给家妹，家妹躲闪了一下，没接。邓薇拉起家妹的手，把信封塞到她手里，说:"最近公司生意不好，我也觉得很累。想来想去，我决定把公司关了，好好休息一段时间。"

家妹等三人表情惊讶。

"如果没什么事，你们最好今天就把自己的东西收好。明天物业会找我收钥匙。"

邓薇神色凝重，把办公桌上的东西一件件收进纸箱。

家妹敲门进来："邓总，您是不是遇到难处了？我发现您好长时间都闷闷不乐的！"

邓薇故作轻松答道："没有，我挺好。"

"那是丹丹不听话，惹您生气了？"

邓薇苦笑："我现在哪有心思管丹丹啊。幸亏她上了寄宿学校，有老师帮忙带。"

"那您干吗解散公司啊？姐妹们都挺舍不得的。"

"你们都很能干，离开这儿去别的公司，会有更大的发展。"

"那可不一定。像您这么好的老板，不好找！我来打工两年了，在很多公司工作过，您对员工是最好的。我也没什么大本事，但省吃俭用的，手里有点儿积蓄，只要您有用，随时可以拿去！"

"谢谢你，家妹，我真的不需要。"

"如果您将来再开公司，我还想跟您一起干，行吗？"

邓薇感动地说："当然行！到时候我一定去找你。"

学锋和佟律师相对而坐。佟律师说："已经两天了，田原还没来电话，不知道她会不会来？"

学锋问："你找过田原？"

"对。如果她出庭作证，对判决结果特别有利。"

"我告诉过你别去找她，你干吗不听？"

"无论如何打赢官司要紧！我觉得你应该找她好好谈谈，最好能说服她出庭。"

"不可能，我说过不再打扰她的。"

"如果没人出庭作证，这场官司你能不能赢，就很难说了。"

"韩璐璐寄了那么多匿名信，散布那些裸照，还把视频放到网上，难道这些还不能说明她侵犯了我的名誉权吗？"

"证据呢？韩璐璐根本不承认这些事情是她做的！"

"你的意思是说，我有可能会败诉？"

"我不敢保证官司能赢，除非拿到更强有力的证据。开庭以前也许还可以再努力努力，争取能说服一位证人到庭。还有件事我想提醒你，一旦开庭，有些你拼命想隐瞒的事情会彻底曝光，媒体会再掀起一阵狂潮，议论这个案子、议论你和韩璐璐的关系等。以前你一直否认和韩璐璐发生过关系，到时候这个谎言会不攻自破，你最好有心理准备。"

学锋心情复杂地点点头："我明白。"

"如果你真明白了，在有些事情上就应该争取主动，不要等别人曝光了，才出来收拾残局。打官司不是件容易的事，很多难堪的问题你必须面对。"

学锋若有所思地点头："我会好好考虑的。"

佟律师的忠告触动了李学锋，他约田原到茶室。但是明显地，田原落座后很不耐烦："有什么事你就快说吧，我下午还要开会。"

"打扰你了。我来是想告诉你，我的案子明天上午开庭。"

"你想说服我出庭作证？"

"你千万别误会。律师找你出庭作证实在太冒失，你别放在心上。"

"没什么。"

学锋苦笑道："为了给这个案子找证人，律师碰了很多次壁。没人愿意出庭作证，谁都不想和一桩丑闻搅和到一块儿。所以律师急了，才会贸然来找你。"

田原问："还有别的事儿吗？这两天我被记者围追堵截，耽误了不少正事，我真要走了。"

"今晚，我会到《焦点新闻》做嘉宾。他们跟我联系很长时间了，我一直犹豫，因为这个节目是直播的，观众非常多。现在我想通了，观众多也好，我可以在节目里公布一些事情，让所有人亲耳听到我自己的说法，这样报纸上那些瞎编乱造的谣言就再也没市场了。"

"这个节目也找过我，想让我和你一起做嘉宾，我拒绝了。"

"你做得对！麻烦是我惹的，我应该自己解决。但是，田原，我要先跟你说对不起。今晚在节目上为了把事情说清楚，我可能会提到你，希望你别介意。"

这回轮到田原苦笑："介意又有什么用呢？就算你不提我，那些报纸、杂志也会提！不把这件事炒烂，他们是不会放手的！"

学锋低声说："对不起，田原。"

田原起身往外走："说对不起没用，我只希望这件事能早点儿结束，我也可以早日解脱！"

当夜，电视里正在播放广告，邓薇孤零零的一个人在沙发上吃着方便面看电视。

门铃响了，邓薇跑去开门，是学雷，邓薇不太高兴："你怎么来了？"

学雷也不说话，从包里拿出一个报纸包着的东西递给邓薇："这个你收下。"

邓薇接过东西看了看："钱？"

学雷点点头："嗯，两万。昨天学锋都告诉我了，说你最近……"

邓薇把钱塞回学雷包里："我的事你少管！"

学雷问："那么大的窟窿，你一个人怎么填啊？"

邓薇说："填不上就不填，我绝对不连累别人！要杀要砍我一个人顶着！"

"邓薇，我不是别人！我们过去……"

"我们早离婚了，你和我现在没关系，用不着来可怜我！"

忽然，电视里传来主持人的声音："各位观众朋友，晚上好。最近一段时间，一位女职员在新闻媒体上曝光男老板对她进行性骚扰，而男老板以侵犯名誉权为由，起诉了女职员。这起案件在社会上引起巨大反响，今天我们就为您请到案件的男主角——李学锋先生，请他给我们讲讲整个事件的经过。"

邓薇和学雷不再争吵，聚精会神地看电视。

电视台主持人："李先生，您好。您维护名誉权的案子目前已经成为本市最受瞩目的大事件之一，作为当事人，您有什么感受？"

电视屏幕里的李学锋自信而诚恳地回答道："在回答您的问题之前，我想先对广大观众说几句最想说的话。各位关注这起案件的朋友们，我想先跟你们说声对不起，请你们原谅我一直隐瞒了这件事情的部分真相。事实上，我跟韩璐璐小姐确实发生过超越常理的关系。之前我竭力否认，是想让这件事情尽快平息，同时也想给自己保留最后一点隐私和尊严。但是事件的发展让我感到深深的痛苦和羞辱，所以我选择说出真相。另外，我还要向一位女士诚挚地道歉，因为她是整个事件中受伤最深的人，希望她能早日摆脱阴影，重新幸福地生活……"

21

法　院

　　终于到了法院开庭的这一天。李学锋焦灼地在法庭外的走廊里等待着，耳边隐隐传来法庭里法官抑扬顿挫的宣读声，庄重而紧张的气氛让他有些局促不安。这时李学雷匆匆赶到了。

　　李学锋赶紧迎上去："哥，你还为我专门请半天假。真是不好意思。"

　　"别说这些客套话了。看你在电视上勇敢地承认自己所犯的错，哥佩服你！"他顿了顿，左右张望了一番，"怎么不见佟律师啊，今天韩璐璐会来吗？"

　　"应该不会，她找了律师代理。佟律师去接田原了。"

　　"学锋，你真把田原害苦了。好好接受教训吧！学锋，你每次出庭我都会到场的，哥永远支持你。"

　　学锋握住哥哥的手，感激地叫了声"哥"。

　　还有十五分钟就要开庭了，两兄弟焦急地望着窗外的街道，盼着田原出现。一辆出租车停在了法院门口，佟律师一个人从车上下来，跑进了法院大门。田原没有来。李学锋愣了愣，微微叹了口气，眼睛暗淡了。

　　佟律师喘着气从楼梯跑了上来："田原刚才说不能来作证。"

　　学锋很沮丧："这……是的，她不应该来的。这个事情本来就跟她没关系。"

　　"你现在先把情绪稳定下来。我也不妨说，证人做这个选择，也是她的权利，于情于理都是可以理解的。我接手的一些案子，也出现过这种情况。我们现在的任务就是，尽量把我们目前所有的证据提交给法庭……"

　　李学锋的脑子很乱，佟律师的声音渐渐模糊起来，他什么也听不进去。是自己太自私了，让田原出庭等于在她的伤口上再撒一把盐。为了打赢官司而让自己最爱的女人在大庭广众之下承认被背叛的侮辱，这样做就算最终打赢官司，也对不起田原。

李学锋的手机开始振动，是田原的短信："非常抱歉。可是……我真的不能上这个法庭。"

李学锋又叹了一口气。自己闯下的祸就自己一个人扛吧，无论结果如何也不能连累田原。

佟律师说："开庭时间到了。"

李学锋有些悲壮地进入法庭，背后的大门随之关上。

韩璐璐在家里挂掉电话，哈哈大笑。

王志远正在浴室刮胡子，满脸泡沫地跑出来问："什么事儿啊？你这么高兴？"

韩璐璐说："律师刚刚给我来电话了。李学锋的老婆都不帮他，他以为他可以告倒我？"

王志远说："他以为他先出手，告你侵犯他的名誉权就能赢。网络上的东西太多了，都是匿名的，谁能查出是谁干的啊。"

"对，我们不会输这场官司的，还要反诉他侵犯我的名誉权。"

"说得好。璐璐，你给我拿点钱，我有急用。"

韩璐璐从钱包里拿出银行卡来："嗯，你自己去取吧。"

李学锋初次的庭审并不顺利，缺乏证据的情况让案子的发展不乐观。好不容易摆脱了法庭外记者的包围圈，李学锋钻进车里，想找个地方静一静。

此刻，他不愿再去想官司的事。韩璐璐想怎么闹就尽量来吧，一切听天由命，等法院的最终判决。目前最让李学锋放不下心的是公司的运营状况。他个人的丑闻已经闹得满城风雨，公司的手机电视拓展项目相应也受到了影响。现在正是手机电视行业起步的关键时期，彩虹公司能否保持住业内领先的地位完全取决于是否能先于其他公司占领市场，建立行业标准。此役一损俱损，一荣俱荣，他的身上担负着全公司的前途以及巨额的银行贷款。

手机响了，李学锋有点心烦，没去接。隔了没多久电话再度响起。学锋看了一眼，是田育之家的电话。他深深地调整了一下呼吸，按下了接听键。

"爸，您找我有事啊？"

保姆小周的声音传来："叔叔，是我。爷爷他不知怎么了，在家急得直跳脚，连饭也不吃。吓死我了。"

"好，我马上就到。"

李学锋走进田育之家的门，忙问："爸，什么事情把您急成这样？"

"唉，手风琴坏了，拉不成调子了。我明天要去公园拉给大家听。你看，这边好几个按键都不灵啦，按下去声音小得像蚊子哼哼，我寻思着这琴都用了……都用了多少年啦……学锋，我记得你会修吧？"

李学锋接过琴，摁了几下，果然不灵了。"爸，您忘啦，会修手风琴的是我大哥。不过我看这琴该换了，改天我去乐器行给你买新的。"

田育之忙摆手："别，别，新的没有旧的好。新的比旧的差远了。这老掉牙的琴正合适我这老掉牙的人用。"

"瞧您说这话。我看您是用出感情了。明天我去买几个替换的琴键，咱们先把饭吃了好不好？"

田育之顺从地坐在饭桌旁，小保姆赶紧端出重新热好的饭菜。田育之问："学锋，你好几天没来啦！忙什么哪？"

李学锋有点不好意思："没什么，在打那个官司。"

"啊，你什么时候打官司啦？跟田原打官司？"

"爸，您糊涂了吧，我怎么会跟田原打官司。是我告别人。"

"我这记性，忘事情可真快。我好像看见报纸上说那个女的告你啊。你们到底谁骚扰谁啊？你可别让田原生气啊，她脾气可倔。"

"爸，田原没去法庭，没去也是应该的。我这事就不给她添麻烦了。"

"你跟我说，到底是怎么回事……"

几天后，天已经黑了，杂志社里还是一幅热火朝天的景象。田原正在和几个编辑讨论杂志的版式设计，这时她的手机响了，是田育之的电话。

放下电话，田原有点意外。父亲约她出来吃饭，这可是第一回。田原想了想，拨通了家里的电话："妈，我今晚不回家吃饭了，您自己吃好啊。"

田原来到楼下的餐馆，田育之已经点好菜等着她了。宫保鸡丁、炒菜苔、猪手藕片笋丝汤，都是田原爱吃的。

田原有点感动："爸，您点这么多菜做什么？我们俩吃不完的。"

田育之说："天天吃保姆做的饭，没胃口。"

"那您多吃点。"

"爸有事求你。"

田原惊讶地放下筷子："啊……您……什么事儿？您说，别用那个'求'字儿。"

"唉，学锋打官司，你就不能帮他一把吗？"

田原恍然明白了："爸，您这摆的是鸿门宴啊。"

田育之惊愕地坐直了身体。

田原说："爸，在这件事情上，我有自己的考虑。"

"学锋现在正是需要帮助的时候，你得拉他一把。不是这个道理吗？你得多替他想想，可不能只顾自己。"

"您现在就知道向着李学锋。我已经跟他离婚了。您自己想想，当年您是怎么对妈的。我小时候跟我妈长大，吃过您几次饭，十根手指头就数过来了。您像个父亲吗？那个苏联女人，搞得我们家四分五裂。妈妈孤独了这么多年，究竟是谁的责任？"

"原子，不是这样的，那是误会……"

"误会？可是现在呢？您说我只顾自己，可您正在替别人说话，知道吗？李学锋已经不是您女婿了。"

田育之感觉被敲了一闷棍，不说话了。

"爸，我还有事，您自己慢慢吃吧。服务员，埋单。"

田育之失落地看着田原离开。

深夜，田育之在床上辗转难眠，女儿的话似乎还在耳边重复着。原子真像年轻时的静雅啊，要强、认死理。

他起身摸索着开了灯，披上一件外套，打开一个个抽屉，终于找到了几张旧照片。有几张是他年轻时候的单人照，还有几张合影，被剪掉了一半，只剩他自己。

田育之抱起手风琴试了试音，学锋帮忙换上的新按键手感很好。他拉了一首哀婉的苏联曲子，琴声如诉。

一周过去了，彩虹集团还没有从总经理的丑闻的打击中恢复。上周陆续有一些人因为担心公司前景而辞职，然而在这场风浪中，乔卫忠实地履行着总经理助理的职责，维护着日常运营，稳定了军心，成为公司的"定海神针"。

学锋匆匆走进公司，员工们默默坐在各自的座位上工作，没人敢和他打招呼。乔卫迎上去说："李总，早。"

学锋停下脚步，环顾办公室内士气低落的员工，感激地对乔卫点了点头，吩咐道："今天开个会吧，我要跟大家说说。"

在公司的大会议室里，学锋坐在首位，感慨地看着会议桌两侧就座的二十几个部下。他们静静等待着李学锋的发言。

李学锋向众员工道歉："让大家受牵连了，不好意思。"

众员工沉默着。

学锋说："现在正是我们公司最关键的时期。我们开通的手机电视频道预计在下个月就可以赢利，而我这边却发生了让公司蒙羞的事情。本来我应该引咎辞职，可是想到我们一起开辟的战场就要丢失，我不甘心。我相信大家之所以会选择留下来，不是因为我李学锋个人的表现，而是因为对手机电视的前景有信心。我向大家保证，绝不辜负大家对公司发展的信心，希望我们能共同渡过难关！"

员工李冰说："李总，公司转型以后，该走的也走得差不多了，该留下的一个都没走。您的工作能力我们是有目共睹的，我们对您有信心，对公司有信心。"

李学锋由衷地说："谢谢你们！"

晓鸥敲门进来，忧心忡忡地把一份传真送到田原桌上。"主编，刚刚沙曼服饰的广告部经理发来的传真，说要取消和我们的广告合作。"

田原吃了一惊。沙曼服饰是《美丽·家人》最大的广告客户之一，客户关系一直维护得不错，怎么突然提出取消合作呢？杂志一旦失去沙曼的广告业务，就意味着总广告收入减少三分之一。

田原拨通沙曼服饰的广告经理的电话："周总，我是田原。听说您要取消合作，我想我们之间是不是有什么误会？"

"不瞒您说，田主编，我们不想因为您个人的负面新闻，导致沙曼服饰在商业利益上受损失……"

田原说："我理解您的想法，但整件事情实际上和我们杂志是完全不相干的。我们已经要求有关报纸向我们杂志刊登报道歉信息了。而且，这个季度我们杂志的销量比上个季度又增长了十个百分点。我们杂志有稳定的读者群，正是贵公司的目标顾客。我诚意地请您再考虑考虑，在版面费方面我们也可以给您进一步的优惠。"

周总说："我真的很抱歉。我们集团的董事会已经开会讨论了，暂时终止跟你们的合作。不是我不理解您，但是我们也不想冒这个风险。您前夫的丑闻闹得满城风雨，我想不光是我们……"

"我明白了。谢谢您。"

田原无奈地放下了电话。商场无情，利字为先。以前合作的时候，沙曼服饰整天追着要版面，上广告。现在为了把自己撇清，马上翻脸。田原可以理解广告商急于和传出负面消息的杂志撇清关系的举动，可是这件事情一时半会儿无法落幕，必须要尽快化解杂志社的负面形象，做好危机公关，尽量留住广告客户。

高飞敲门进门后说："主编，我听说了沙曼服饰的事情。"

田原问："你怎么看？"

高飞说："他们既然都那么决绝了，我看，没什么好谈的了。咱们赶紧寻找新的广告支持吧。不过，这样一来，下个月的杂志运营可能就要出现赤字了，董事会那边会施加很大的压力。"

"很惨，是吧？你不知道，五年前，我刚接手的时候，这还是个行业杂志。我们跟时尚挂钩，不也是这样做起来的吗？那时候连你这么个帮手都没有……我怎么觉得自己好像又重新开始创业了似的。"

高飞没有说话。

田原："……这就是生活！陪我去超市吧，我今天要去我爸那儿一趟。"

李学锋开着车，尽量压抑着兴奋的心情，向田育之家赶去。半个多小时前，老人给他打电话，说今晚田原要来家里吃饭，催促学锋赶紧过来。学锋放下手头正在看的市场分析报告，开车就奔向田育之的小院。左转右拐，汽车很快开到了小院门口，学锋看到前面不远处的那辆车正是田原的。他心里一热，正想找个地方停车。这时，田原的副驾驶座的车门打开了，高飞从车上下来，转到左侧优雅地为田原开了车门。两人有说有笑的，从后备箱里拿出一袋袋的食物，田原还顺手帮高飞拍打了几下后背的灰尘。

李学锋悄悄拉了手刹，神色凝重地看着他们进了小院。他重新发动车子，掉转方向盘，眼神复杂地回头看了一眼院门。宝马划出一条怅然的弧线，悄声离去。

学锋疲惫地来到哥哥家，肚子和心都是空落落的。学雷正在厨房做饭，传出阵阵炒菜的香味。李学峰的心飞回到了他和田原曾经的家中，仿佛闻到了赵静雅最拿手的鸡汤的香味，还看见了原子最爱吃的红烧肉，这些烟火气息就是他此刻最需要的——家的味道。可是，一切都晚了，田原看起来已经开始重新出发，有了新的男人陪伴。他虽然努力想赶上去抓住田原，但心里也隐隐感觉到，自己是怎么追也追不上了。

学锋软瘫在沙发上，望着天花板。这时候丹丹写完作业走过来。

"叔叔，你又难过啦？我给你背首诗吧，这样你就会忘掉不高兴的事了。"

学锋慈爱地摸了摸她的头发，说："好呀，就听我们丹丹背一首最拿手的吧。"

丹丹小身子站得笔挺，认真地背着："月落乌啼霜满天，江枫渔火对愁眠。姑苏城外寒山寺，夜半钟声到客船。"

学锋看着丹丹，像看着自己的孩子一样："丹丹，你知道寒山寺在什么地方吗？"

丹丹摇头："老师没跟我们讲。"

"寒山寺就在苏州城西边的枫桥古镇，门口有条千年运河经过。"

"叔叔带我去玩，可以吗？"

"好啊，咱们明天就去吧。我记得古寺里有一副对联给人印象很深：'大肚鼓圆，能容天下难容事；满腔欢喜，迎接世间有缘人。'"

学雷把菜端上来，担心地看着学锋。

第二天一早，学锋如约带着丹丹驱车来到寒山寺。寺内，信徒与游人交织在一起。大雄宝殿里香火缭绕，上方提着五个金笔大字：度一切苦厄。

丹丹好奇地四处张望，又学着信徒的样子跑到香炉前的垫子前有模有样地磕了个头。李学锋跟上去，跪在丹丹旁边，虔诚地闭上眼睛，祈祷自己和田原能再续前缘。睁开眼，竟然发现田原也在旁边点燃香火。

丹丹开心地大叫："婶婶！"

李学锋和田原被突如其来的见面搞得不知所措，各自表情尴尬地点了点头。是世界太小了吗？他们竟然都选择了到同一个地方来祈祷心灵的平安。

学锋问："你也来了啊？"

田原答："嗯，你也来了啊。"

这一瞬间，两人好像又回到了过去。以往的每一年，他们都会结伴来到这里，祈祷事业发达、婚姻美满。而现在，两个曾经最亲密的人，彼此相对却不能牵手。一切都成了前尘往事、过眼云烟。上天弄人，却这么让人痛彻心扉。

两人礼貌地告别，各自随着人流走出大殿。

丹丹突然停了脚步，转头对学锋说道："叔叔，刚才我也许愿啦。"

学锋问："是吗，小丹丹许了什么愿望啊？"

丹丹扭过小小的笑脸："我想让爸爸妈妈重新在一起！"

学锋怜爱地握紧了丹丹的手。

22

旋　涡

公司倒闭后，邓薇暂时还没有出路，每天无所事事地逛超市打发时间。她仔细地观察着价签，购物篮里都是些便宜而没营养的垃圾食品。

一个熟悉的人影在货架后面闪过，邓薇听见那边有人问："哎？你是不是韩璐璐呀？"

刚才的红衣顾客十分肯定地说："就是被老板骚扰的那个女的！"

邓薇转过货架一看，真是冤家路窄，对面的人正是韩璐璐。韩璐璐对着"观众们"大大方方地承认："我是韩璐璐！"

"你真是韩璐璐？我们支持你！"

韩璐璐说："感谢大家的关心！这场官司，我一定要打赢！"

邓薇看着韩璐璐，气不打一处来，推着购物车，正好挡在了韩璐璐的购物车前。韩璐璐看见邓薇，很惊讶，但还是镇定了下来："邓总，您好！"

"韩璐璐，你还真把自己当芙蓉姐姐了？你就不怕有人往你脸上吐口水啊。"

看到有好戏要上演，"观众们"聚得更紧了，好奇地看热闹。

"我？谁该被吐口水？是李学锋吧？大家都知道，我是无辜的！"

"你……我真不知道用什么词形容你！厚颜无耻还是不要脸？"

一个看客替韩璐璐打抱不平："你是谁呀？怎么说话的啊？"

众人纷纷帮腔："就是，就是！"

韩璐璐看到有人撑腰，更加嚣张："邓薇，本来这件事跟你没关系，你非得插一脚！他是你小叔子，你当然要帮着他。等着瞧吧，我也要你好看！"

"要我好看？我还要你好看哪！"

说罢上前愤怒地扇了韩璐璐一个耳光。

"你……敢打我？"

"我打的就是你！"

韩璐璐开始扮楚楚可怜状，哭泣着说："你们看看，这就是他们李家的一条母狗。李家都已经不要她了，还在这里帮着主人咬人、欺负人！"

邓薇扑了上去，被众人拉住。"我还没跟你清算王志远的事情哪！他藏到哪儿去了？"

"你的男人你不看好，倒赖上我了。"

邓薇挣脱了众人的劝阻，狠狠地对着韩璐璐说了声"下作"，然后趾高气扬地转身离去。

有人报了警，警察很快就来了。韩璐璐兀自坐在超市的地上撒泼，扯乱了自己的头发大哭，对着警察喊："你不认识我？我可是韩璐璐！那个遭到性骚扰的韩璐璐啊！你们怎么连个人都抓不住啊！"

警察无奈地摇了摇头，互相小声交头接耳："这人是谁啊？死活不起来。"

邓薇回到家里，马上给田原打电话："原子，我刚才遇到韩璐璐了，抽了她一顿。"

"你就不应该理她，还是还款的事情重要。现在情况怎么样？"

"坐吃山空，每个月还要交五千元的房贷。我的压力很大。"

"那就赶紧起诉王志远。"

"你以为我不想啊，可是我找律师打听了一下，即使法院以诈骗罪判了他十年八年，钱也是追不回来的。怪我瞎了眼睛，他的那个广告公司也是皮包公司。"

"这样吧，我想想办法。你先找个工作干上，省得闲得发慌出去打架。你还像个妈妈吗？"

"你太了解我了，原子！我真不知道说什么好……"

"我对你只有一个要求，马上起诉王志远！"

"你放心吧，原子，这次我一定不会放过这孙子的！"

李学锋在办公室里仔细地审阅着报表，薛文没敲门就直接闯了进来："学锋，公交车站和广场的灯箱广告怎么都被撤了？还有杂志那边，你都投了几期？"

学锋说："薛文，我实在抱歉，没有把这个事情直接跟你说。你不知道，咱们已经拖了员工半年的奖金了。"

"我不是跟他们解释了吗？公司现在处于非常时期，等渡过这个难关，一定补给他们……怎么？你把广告费拿去发了？"

"是的。"

"学锋，让我说你什么好呢？善良？纯真？这年头……钱这东西，能拖一天是一天，拖住一天，它就能在你这里生钱……你真是傻呀！你这样做，只会让公司没有翻身之日。"

"可是如果员工走了，我们更没有翻身之日。"

"你……你也不跟我商量一下，你把我这个合伙人放在眼里了吗？你擅作主张，觉得公司是你的吗？你还把我放在眼里吗？算了，算了，你做你的决定去吧。我不管了！"

薛文头也不回地离开了。

李学锋徒然坐在椅子上。没有广告就意味着客户资源的流失；特别是像手机电视这种针对年轻人的消费项目，没有广告打开市场对公司的成长来说是致命的。李学锋理解薛文的愤怒，然而公司到了紧要关头，不稳定军心又怕遭遇釜底抽薪的绝境。左右思索良久，他决定再去找田原谈谈。

李学锋走进《美丽·家人》杂志社，前台小姐显然认识他，马上给主编办公室打了内线："田主编，李总来找您。"

田原正在办公室跟高飞商量事情。李学锋进门，看见了高飞。这是学锋第一次近距离地面对田原的新助理，他们互相暗自打量了一番，三个人都略显尴尬。高飞善意地向学锋点了一下头，出去了。

想到办正事要紧，李学锋收敛心神道："今天真是迫不得已过来的，是为了广告的事情。"

田原马上明白了学锋的来意，做了个打住的手势。

"学锋，不是我不帮这忙，是真的帮不上。你不知道，我们的杂志都快被广告商封杀了。个中原因，你应该清楚。沙曼公司跟我们合作了那么多年，忽然把资金全撤了。你说我……就是因为现在广告商对我们谨慎，我们才更不可能把版面让给你们。你想想，我们现在得降广告费，如果再把几个版面交给开空头支票的客户，说不准这一期要赔多少。"

学锋点着头，长出一口气："嗯，我知道你的难处！"

"你知道就行。我们现在正在试图寻找新的广告商，但是前提是人家可以马上付费，哪怕便宜一些。"

"你再考虑一下，如果恰好有合适的版面，我还是希望你能帮我！"

"很抱歉，我不能答应你。"

学锋颓然起身："对不起，给你添麻烦了。"

田原看着学锋离去，拨通了高飞的分机，说道："他希望我们能帮他们刊登一期手机电视频道的广告。我想听听你的意见。"

高飞思忖了一下说："如果咱们真的找不到合适的广告商，可以搏一下。现在资金还算流通，如果李总可以在付下一期的广告费时结算了这一期的，还是挺理想的。"

"如果他们根本就不会再登下一期了呢？"

"关键是，现在这是拯救彩虹公司的唯一办法了。"

"他从来都不需要我拯救，而且我也不会把不清不楚的个人关系，放到工作当中。"

"好吧，你有你明确的选择，也是对的。"

学锋没有回公司，他要好好想一想如何向薛文争取信任，如何推进业务的发展。他开车直接来到大哥家，发现学雷的自行车也停在门口。今天是学雷的公休日。

学雷见他来了，高兴地拿出一份材料："学锋，快看看，是田原写的！我今天早上去找她一说，她马上就同意了。"

学锋接了过来，是田原写的一份书面证明，证明韩璐璐在他们结婚十二周年纪念聚会上，给她发了那个破坏他们婚姻关系的视频。看着落款处田原的亲笔签名，学锋觉得心里一暖。最终，田原没有完全放弃他。

重新叠好材料，学锋对学雷说："哥，你知道吗，我带丹丹去寒山寺那天，田原也去了。也许这就是我生命中的劫难吧。我以前太不懂得珍惜了，所以上天才让我失去一切。哥，我觉得现在又回到了从前，父母双亡后，你是我在这个世界唯一的亲人。"

"别这么说。咱哥俩都是从大地震中死里逃生的，咱们的父母在天上也一定会保佑咱们。咱哥俩还有丹丹要一块儿好好活着！"

中午，赵静雅像往常一样打开电视，发现常看的法制节目改成了现场直播，采访主题正是这次的性骚扰案的一审宣判。

李学锋面色沉重地从法院大楼里走了出来。记者们一阵骚动，镜头上下颠簸着冲向李学锋。透过拥挤的人群，不断地有记者问李学锋："李先生，一审败诉，请问您会上诉吗？"

"没有证据证明视频是韩璐璐发布的，是不是说明您在借机炒作？"

还有人问佟律师："判决结果在您的意料之中吗？"

李学锋和佟律师都拒绝了采访。这时韩璐璐出现了，她正在亢奋地对记者说："我相信法律的公正，今天的结果完全在我的预料之中。我决定要对李学锋进行反诉。我就想要讨一个公道！我要对李学锋先生说，不是不报，时候未到。今天的判决结果证明了这个道理。我还要呼吁受性骚扰的白领女孩们，像我一样，站出来，控诉他们！"

赵静雅看着看着，再也忍不住，哭了起来。哭了一阵，赵静雅像是想起了什么，擦了擦眼睛，起身走进厨房。一会儿工夫，厨房里飘出了鸡汤的香味。

煨好了鸡汤，赵静雅没有午睡，而是手里提着一个保温桶和一袋子水果，打车进了城。她忐忑地来到李学雷家的门口，敲了门。

李学锋打开门："妈！您这是……"

赵静雅肿着眼睛说："学锋，妈给你煨了锅鸡汤。"

李学锋请赵静雅进来。家里只有他一个人，很乱。

赵静雅问："学雷呢？"

学锋说："送丹丹去学小提琴了。"

赵静雅把保温桶搁下，马上就要帮李学锋收拾："你们两个大老爷们，还带着个小孩，也不知道怎么过的。"

"妈，您别动，我自己来！"

"好，你收拾屋子，我一会儿给你烧几个菜，你们晚上吃。"

还没到傍晚，赵静雅就按捺不住了，一桌子的菜没一会儿就出炉了。赵静雅摘下围裙："好久没吃我做的菜了吧？"

李学锋在桌边深深地弯腰闻了一下："嗯，真香。"

赵静雅的眼圈又红了："学锋，官司的事情就这样了？"

"您别担心，我肯定还要上诉的。"

"学锋，上一次是我不让原子出庭的，真的很抱歉。"

"您别这样说，她已经给我做书面的证据了。即使她要出庭，我也不想让她为我的事情抛头露面。"

"唉，真是造孽啊，原子又走了我的老路。"

"原子肯定会幸福的。"

赵静雅表示惊讶："你的意思……你是说，原子在跟别人交往了？"

学锋没有往下讲。

门外传来敲门声，学锋过去开门，以为是丹丹他们回来了，看到的却是田育之捧着一盆马蹄莲站在门口。

学锋叫着："大冷天的，爸，您快进来。"

赵静雅看着田育之，显得局促不安。

学锋说："妈，您今天真赶巧了。"

两位老人四目相对。自从田原和李学锋的婚礼之后，两人一直没有见过面。算算时间，已经有十二年了。田育之百感交集，一时不知该说什么才好。

还是赵静雅首先打破了沉默："老田，你来了。"

田育之说："老赵，你也来了。"

"来，等会儿我们一起吃饭吧。"

赵静雅说:"学锋,我该回去了。"

李学锋马上拦下了赵静雅:"妈,您也难得过来一次,吃完饭我送您回去。"

赵静雅只得重新坐下,学锋同时将田育之安顿在餐桌边。三人围坐一起,一时大家都不知道说什么好。

赵静雅细细地端详田育之:"你保养得不错,气色挺好的。"

田育之一摆手说:"什么不错,都老得不成样儿了。"

田育之突然想起了自己带来的礼物:"学锋,我给你买了盆马蹄莲。好看吗?"

学锋说:"谢谢爸,很好看。"

田育之问:"嗯,老赵,我记得你最喜欢马蹄莲,也不知道现在变了没有。"

"这么一大盆,带过来,多沉啊。"

"咱们年轻的时候,没那么多鲜花。我记得,我给老赵送过几回花,都是盆花。要我说,盆花比鲜花好,虽然笨点儿,但是长远,花开的时间长,花落了还可以看叶,多好。"

赵静雅说:"老田,十几年不见,你真是一点儿没变,还那么认真,买个花也能分析半天。"

田育之不好意思地笑了。

学锋看着两位离异的老人,心头涌起百般滋味。

第二天,李学锋像往常一样来到公司。刚出电梯门,就看见乔卫焦急地等在电梯口,张嘴就说:"李总,薛总昨天连夜把他的东西都搬走了,他说自己已经赔了很多钱了,不想再陪你继续玩下去。现在他的办公室都空了。"

李学锋大步流星走到薛文的办公室,里面空空如也,一片狼藉。他连忙给薛文打电话,电话已转到秘书台。

乔卫说:"薛总已经把交接事宜委托给律师办理。他说您做事情不跟他商量,所以,他也不会跟您商量的。"

李学锋恼怒地捶了一下桌子,转身回到自己的办公室,办公桌上放了整整一沓辞职报告。李学锋目光疲惫地在辞职信的人名上匆匆掠过,抬头说:"乔卫,如果你愿意,也走吧。"

乔卫坚定地说:"李总,我不会走的!"

李学锋疑惑道:"你留在这儿?他们都走了。"

"李总,我相信您一定能东山再起!现在您只不过面临着一些个人问题,我相信手机电视的前景!还有翁佩,苏明哲,霍斌和李冰,他们都不打算离开。"

李学锋从百叶窗向外面望去，还有几位员工守在办公桌前。学锋既感动又忧虑，对乔卫说："谢谢你留下来，可我要跟你摊牌，薛文把资金撤走，等于是釜底抽薪。你们的工资，公司的房租，还有银行的贷款……我跟你说实话吧，现在公司随时都将破产！这可能就是明天报纸的头条消息！"

晚上，田原和母亲吃着饭，电视上播放着新闻。

"一审判决败诉之后，李学锋在事业上陷入低谷。据悉，其合伙人单方面宣布决定撤资，另立门户，这对彩虹电视公司来说无疑是雪上加霜。"

母女俩同时震惊地看着电视机。

23

峰回路转

在李学锋的办公室里，佟律师和李学锋正在分析诉讼案的前景。学锋感慨地说："一步走错，满盘皆输。我知道，很多的人在等着看我的笑话，看我的公司怎么垮掉，看我的人生就此完结。如果我从大楼上跳下去，估计会成为更轰动的新闻。"

"所以……"

"所以什么？你直说。"

"现在公司陷入困境，人心惶惶，你最好放弃这场官司，或者跟韩璐璐寻求庭外和解。"

"和解？那不就等于是放弃吗？我绝不会放弃的。如果我的名誉得不到恢复，公司也不会再有正面的形象，我的家人也将永远不会安宁。佟律师，即使明天银行来封存公司，冻结资产，我也要坚持打这场官司。"

"我理解你的心情。最早发布视频的是哪个网站？"

"具体情况我不太清楚，不过我肯定记得是哪一天。"

"我们先找到最早发布视频的网站。查到上传者的IP地址，就可以查出是不是韩璐璐使用的电脑发布的。"

"如果她是在网吧发布的呢？"

"那也应该有线索。现在上网都要进行实名登记的。"

"那我们马上开始查。"

"估计有一定难度。我们无法去韩璐璐的住处查IP地址。"

"向公安部门提请申请可以吗？"

"当然可以！我立即向公安部门提出申请查出发布性爱视频的IP地址。另外，我听说市里的领导也很重视这个案件，不管怎样，散布这样的视频是违法行为。我们也还可以向网络信息管理中心举报。"

"嗯，韩璐璐住处的IP地址应该可以查到。"

"很好，我们尽快将补充的材料准备好。"

"我们一起去公安局。"

韩璐璐送走前来采访的记者，略显失望地返回家中。距离轰动性的电视采访已经有半个月了。公众对性骚扰案的热情正在减弱，法学家们也将社会舆论转移到发布淫秽视频对社会的危害的层面。与一个星期前的热闹相比，现在韩璐璐的家中显得特别冷清。本地比较有影响力的报社记者不再登门了，零星还跟进采访的都是其他县市的小报记者。十几天被公众支持、被记者簇拥的梦幻般的生活居然就这样无声无息地落幕了。

和被媒体抛弃的不公相比，韩璐璐更担心钱的问题。失去工作已经一阵子了，而电视台给的车马费也都是杯水车薪，不知道存款还能撑多久。想到这里，韩璐璐上网查看自己的账户余额，发现又少了，心想一定又是王志远干的！

韩璐璐回头冲着在沙发上看报纸的王志远喊道："前两天你又取了三千？"

王志远假装糊涂："噢？嗯，对！"

"这么多钱你都干吗用了？"

"……有很多事情都得用钱。光打车费都得多少了？还有经常在外面请朋友吃饭。以后我都写个清单，开个发票给你看吧。"

"志远，你是不是又去赌了？"

"是社交工作，不是赌！"

"志远，今天有家出版社来找我，要我把我跟李学锋的故事写成书。"

王志远一听乐了："不得不说的故事？你答应了？"

"他们要我出个提纲。"

"我看你可以试一试！反正稿费是你挣。再配上李学锋的那个烟斗的照片，绝对热卖！"

韩璐璐有点失落地说："那个烟斗对我也没什么意义了，现在全都成了痛苦的记忆了。我怕我写不出来。志远，我们还是离开这个城市吧，我感觉它已经不属于我了。"

"璐璐，你傻啊。现在我们要告李学锋，要他赔偿你精神损失！等拿到这个精神损失费以后再走也不迟。"

"估计他赔不了啦。公司都要垮了，他拿什么赔我？"

"你后悔了？"

"我只是想吓唬他，也没想弄成今天这个样子。你还我钱吧，我看你也不想好好跟我过日子。"

"怎么可能呢？你瞎想什么啊？"

"志远，在你身边，我越来越没有安全感了。"

王志远信誓旦旦道："璐璐，我一定尽快弄到钱，然后跟你一起离开。"

韩璐璐迟疑地望着他："我再信你一次！"

"那我出去了，亲爱的。"

"你去哪儿？"

王志远嬉皮笑脸地拧了一下韩璐璐的脸蛋："听说李学锋要宣布破产了，我去瞅瞅。我有个朋友想接手呢。"

韩璐璐不放心地说："你别去找他，邓薇到处找你呢！"

"她找不到我的，你放心。我会隐身术。我又找了个地方，我们住到那边去，他们就很难找到我们了。"

说罢他轻薄地亲了亲韩璐璐的嘴唇，开门扬长而去。

李学雷挂掉邓薇的电话，回头对学锋说："刚才邓薇说，今天带丹丹回她那里，正好咱哥俩好好聊聊吧。你能不能告诉哥实话，你的公司现在是什么情况了？"

李学锋正在屋里收拾东西，听到这话停了手上的活，坐到学雷身边，说："大哥，你也看了电视报道了吧？"

"嗯，你知道的，我是从来不过问的，可是……"

"大哥，我实话告诉你吧，现在资金链断了。一个星期后，我们公司最大的一笔贷款就要到期了。再归还不了，彩虹真的就要宣告破产了。"

学雷又懊恼又着急："这……这可怎么办呢？大哥无能，不能帮你什么。"

学锋宽慰学雷："大哥，你已经帮我很多了。至少我在离婚以后还有安身之处，至少在我失去一切的时候，你还信任我。"

"你是什么样的人，大哥心里最清楚。"

"别让丹丹知道我的这些事就好了。大人听到了还可以分辨，小孩子就不知道该怎么办了。"

"放心，她上的是寄宿学校，是封闭式的。资金的事情，你能不能找田原想想办法？"

"我跟她已经不是夫妻了，我再也不想打扰她了。"

外面传来敲门声，李学雷赶紧去开门，站在门外的居然是田原。学雷有些意外，连忙向屋里喊："学锋，田原来了！"

学锋有些茫然失措地看着田原。

学雷知趣地找了个借口，说话间带上门就出去了。

学锋站在原地不知该如何是好。田原看着李学锋，他的眼睛透出红血丝，胡子也有几天没刮了，长出硬硬的胡茬儿。一个多星期没见，李学锋看起来又瘦了。可是，自己又何尝不是呢？

田原在沙发上坐定，见学锋还在发愣，指着椅子说："你坐下，我有话跟你说。"说着，从包里掏出房产证，"学锋……这些钱，其实本来也应该属于你的——先把房子抵押出去，然后向银行贷款。"

学锋明白了田原来的意图，心里一暖。"原子，这是……房子已经是你的了，我不能要。"

"我真不知道该怎么说你，现在是争论的时候吗？"

"你为了我这么做，不值得。"

"那你要我做什么？让我看见你从此消失？让我看到你掉到水里了，从一边经过都不拉你一把？"

"是的，我快要淹死了。可是……我没有脸接受。"

"学锋，你知道我是为了什么吗？"

学锋摇头。

田原脱口而出道："心安。"

学锋不知道该说什么了。

田原说："明天我们一起去办理贷款，就算我给你做的担保。我知道现在道义上的支持是没有用的，你最需要的就是钱。还有，我这边已经找到了新的广告商，我会给你们留出广告版面。至于费用，我尽量给你争取优惠的价格。"

"你知道你这么做会有很大的风险吗？"

"我知道。学锋，我知道你是不会被打倒的。我告辞了。明天上午九点，我们一起去高行长那里。我已经给他打过招呼了，八百万应该没问题。"

田原独自走出巷子，回到自己的车上。高飞坐在驾驶座上等着她。两人默契地对视一眼，高飞发动了车子。田原的神情很安详。

李学锋独自愣了很长时间，似乎还没有从田原"雪中送炭"的行动中反应过来。突然，他蹲在地上，号啕大哭起来。突然来到的支持和帮助让他完全失去了控制，这也是他第一次哭得这么伤心这么脆弱。

李学雷拎着一条新鲜的鱼和一袋菜回来，看到这情景吓了一跳，赶紧放下手中的东西，着急地问："学锋，你怎么了？出什么事儿了？"

学锋摇着大哥的手臂，放声哭着，哭得惊天动地。这些时日以来，他的委屈、他的无奈、他的犹豫、他的愤怒、他的懊悔都随着泪水像火山喷发一样倾泻而出。四十岁男人的尊严在被大肆张扬的桃色事件面前一直勉强支撑、顽力抵抗着，却在前妻伸来的善意的援助之手前面完全崩溃瓦解了。

翌日，田原和李学锋办好了抵押贷款。告别了李学锋之后，看时间还早，田原开车接上邓薇和丹丹去公园玩。两个离婚的女人坐在游乐场边的椅子上，看着丹丹一个人玩得不亦乐乎。

邓薇叹道："要是学锋的公司还不上贷款，你现在的大别墅没准就不是你的啦。"

田原说："本来也不是我一个人的。"

"原子，我相信百分之九十九的人不会理解你。"

"我又不是证明给谁看的。我看到学锋现在这个样子，真是于心不忍。在墙倒众人推的时候，我想拉他上岸。对了，我想要我们杂志和学锋公司合作发展手机电视，把平面的内容转化为主流媒体。"

"你准备送佛上西天啊，天下怎么会有你这么好的女人呀。"

"得了吧！我要是好人，就不会老是倒霉了。"

"就是呀！怎么老是好人倒霉？你看韩璐璐那个样子，现在还成天上电视、报纸……我都不想开电视机，看到她就想吐。"

"眼不见心不烦。用她的话说，不是不报，时候未到。"

"你心里还有学锋吗？"

"别瞎说，我们早没爱情了。分开之后，感觉关系无论怎么破裂，都好像有了血缘了似的，是亲人。你跟学雷有这种感觉吗？"

"什么亲人啊，学雷就是孩子她爸而已！"

"其实刚刚发生那些事情的时候，我真的恨死他了，恨不得他明天就一无所有。可是现在他真的几乎一无所有了，我发现这并不是我想看到的。"

"原子，我觉得你对学锋肯定不是亲人的感觉那么简单。"

"别管是什么感觉了。你想想，房子当初是我们俩挣出来的，总有他一份。对了，你的事呢？起诉王志远了没有？"

"你操心的事真多！放心吧，我已经找好律师了，就这两天提出起诉。"

办妥抵押贷款的这个晚上，李学雷做了一桌子的菜，又满上了两杯酒，庆祝学锋公司的绝处逢生。学雷先喝了一大口："学锋，你比大哥的命好啊！我跟邓薇恐怕是没机会复合了。田原和你就不同了。"

"大哥，田原不是为了跟我复合才帮我的。"

"可你要主动啊，你要拿出你的诚意来。既然犯错了，就要去赎罪，要争取跟她复婚。"

学锋默不做声。

"你现在就得跟哥表态，一定要把田原争取回来。"

"大哥，只要她给我机会，我一定竭尽全力挽回生命中最重要的女人。经历了这么多的挣扎和混乱之后，我明白了一个道理，我必须付出更多才能消除和原子之间的裂痕，才能和她真正成为朋友。"

"朋友？"

"我并不幻想原子重新成为我的妻子。在我看来，能够成为好朋友就心满意足了。"

学雷放下酒杯，拍了拍学锋的肩膀："无论你打算怎么样，公司的业务一定要翻身，不能再害了田原。大哥相信你，你肯定能成功！"

第二天，李学锋精神抖擞地走进公司。抵押房子的资金已经到账，终于可以没有后顾之忧地大干一场了。

这时佟律师的电话打了进来："学锋，好消息！公安局终于查到了最初发布那个视频的IP地址，就是王志远的住处，而那台电脑是韩璐璐的。"

"王志远是韩璐璐现在的男朋友。"

"这是个巨大的收获呀。"

"这对我很有利吗？"

"相当有利！"

"对了，我还想起来，我有一个重要的录音可以作为证据，是王志远找我要一千万、要挟我的时候录下来的。"

佟律师说："这个恐怕就难了，我们国家的法律对无双方认定的证据支撑的录音并不采纳。不过，只要查出来确实是从韩璐璐的电脑上发布的视频的话，这场官司她必败无疑。"

学锋兴奋地挥了挥拳头，看来厄运要过去了！

王志远从地下赌场回来的时候，已经是下午三四点了。开门进屋，看见韩璐璐坐在客厅沙发上发呆。凭着多年的经验，王志远感到事情不妙。他故意打了个哈哈："璐璐，晚上吃什么啊？"

韩璐璐的声音听起来惊魂未定："你是不是又去赌博了？警察刚才来了，你知不知道？"

说罢把茶几上的一个信封丢给王志远，"法院的传票！还有，他们把我的手提电脑查封带走了！"

王志远急扯白脸地数落韩璐璐："你笨啊！你怎么就让他们把电脑抱走了呢！"

"他们是法院的还是公安局的，我也搞不清，烦死啦！还有我的官司，他们有新的证据啦！要不是你在网上乱发……都怨你！"

王志远打开传票看了一眼："邓薇告我诈骗？放屁！是她自己主动要给我的，现在要我吐出来，没门儿！"

"咱们还是赶紧走吧。"

"怎么走？他们已经限制让我离开这个破地方了。"

韩璐璐颓然地躺下，像一条缺水的鱼。单薄的睡裙浅浅地透出乳房的形状，修长的双腿因为缺乏运动而有些浮肿，看上去竟然十分肉感。王志远望着韩璐璐深陷的乳沟，突然觉得一阵欲火烧身，当下也管不了许多，压在她身上，一边从脸吻到胸，一边摸索着掀开裙子跟她亲热起来。

韩璐璐厌烦地推开他的手："讨厌！"

王志远舔着韩璐璐的耳垂挑逗她："大难临头，还不如及时行乐嘛！"

韩璐璐挣扎了两三下，只好任王志远为所欲为。沙发上，两个人抱作一团。随着难耐的喘息声，两个人越来越投入了……

经过公安局证物鉴证科的鉴定，韩璐璐的笔记本电脑果然是上传色情视频的源头。在铁证面前，李学锋的二审过程峰回路转了。又是法院开庭的日子，这一天，聚集在法院门口的记者比以前要多。见李学锋和佟律师出来，人群立刻骚动起来。学锋没有戴墨镜，头一次他在阳光下坦然地走着。

有记者问："您认为自己胜诉的原因是什么？"

还有记者问："您会向韩璐璐追加赔偿吗？"

学锋依然不说话，钻进了自己的车里。一旁的佟律师简短地答道："我们非常高兴法庭作出了公正的判决！"

判决消息传来后，在彩虹大厦楼外，乔卫点燃几挂鞭炮，大家高声叫好，其他部门的员工好奇地打探着消息。笑容写在每一个彩虹员工的脸上，终于等到扬眉吐气的这一天了。胜诉的判决以及总经理名誉的恢复给彩虹注入了一针强心剂。鞭炮声中，城管人员闻声赶来，乔卫扔下手中的鞭炮，撒腿就跑。众人在一片嬉笑惊呼声中奔回了写字楼。

次日，李学锋诉讼案胜诉的消息成了各大报纸的社会版头条。街头巷尾都在议论。韩璐璐去街头的小饭馆买外卖，听见食客们聊天："没想到那个韩璐璐竟然是这种人，这么有心计，之前都被她给骗了！这种人没有好下场。"

另一桌也在讨论："就是因为有这种不要脸的小三存在，现在的离婚率才会这么高。要我说，应该让韩璐璐赔偿，罚死她！"

没有等外卖做好，韩璐璐就迅速地逃了。

同一天，学雷用自行车拉着丹丹回家，经过报摊时，卖报纸的人跟学雷打招呼："李师傅，你兄弟打赢官司了！"

"谢谢！谢谢！"

丹丹问："爸爸，叔叔以前是被冤枉的吗？"

学雷回答："叔叔是好人，法院都说了。"

与此同时，田育之戴着老花眼镜翻看报纸，看到醒目的标题："韩璐璐以诽谤他人名义败诉，各大网站第一时间清理性爱视频。"

田育之喃喃自语，两眼润湿："学锋，我相信你会赢的！"

抹了把泪，田育之似乎下定了决心，转身拨通了赵静雅家的电话。电话那头传来赵静雅的声音，田育之激动得一时不知如何开口。

赵静雅问："喂，怎么不说话啊？"

田育之说："老赵，是我。"

赵静雅显得很惊讶："哦……有事吗？"

"学锋胜诉了！"

"我知道了。他终于熬出头了！"

"老赵，我们都老了。咱俩的恩怨就不提了……"

"我明白。"

"我想，咱俩得想办法让原子和学锋复婚。不能让他们走咱们的老路。"

赵静雅犹豫了一下说："这个……还是尊重孩子们自己的选择吧。"

田育之略显失望，放下电话，转念想了想，还是很高兴，打开了琴盒。保姆小周惊讶地看着老头伴着手风琴，竟然欢快地跳起舞来了。

24

绑架

法院二审判决后，风波似乎一下子就平息了。人们很快被新的市井新闻八卦吸引，渐渐淡忘了这件丑闻。

邓薇的新公司开张了。虽然只有她一个人跑业务，虽然公司注册地址暂时挂在一个小库房下，好在她干起来轻车熟路，先接了一些力所能及的小活儿。不为赚钱，只为了能积累客户资源。但是她起诉王志远的官司一时还没有进展。

《美丽·家人》杂志社正式和彩虹公司签订了合作协议，新一轮的时尚动态资讯即将以杂志社提供内容和冠名的形式在手机电视频道开播。李学锋仍然和李学雷住在一起，周末两个人经常带着丹丹和邓薇、田原碰面。李学锋分外珍惜他和田原目前维持的友谊。王志远和韩璐璐像噩梦一样终于从他们的生活中消失了，谁也不再提起这两个人。

一个周末，李学雷照例带着丹丹送信。丹丹乖巧地站在自行车边上等着学雷往信箱里投信，因为有点累，没忍住打了个哈欠。学雷见状，数了数邮包里剩下的信对丹丹说："丹丹，我还有几封远道的信要送，爸爸先送你回家玩儿，然后再去送好吗？"

丹丹听话地说："好的，那我在家等二叔。"

父女二人有说有笑回到家，李学雷随即出门推了车继续工作去了。丹丹搬了把小凳子，坐在门口看漫画书。他们谁也没注意到，就在不远处的报摊旁，站着一个戴墨镜的男人，他正是消失了一段时间的王志远。

王志远见李学雷已经走远，左右又没人，悄身闪进了学雷家的大院。见丹丹一个人在门口坐着看书，王志远上前招呼道："丹丹，还记得叔叔吗？"

丹丹戒备地看着他叫了声："王叔叔。"

"丹丹，你叔叔呢？"

"他还没回来。"

"叔叔带你去找妈妈。"

丹丹摇着头回身进屋，正要把门关上，王志远一下用脚卡住了门。丹丹想要喊人，他一下子捂住了孩子的嘴巴。任凭丹丹怎么挣扎都无济于事，王志远把孩子抱起来迅速塞进一辆停在街边的面包车里，开车走了。

车子穿过繁华的城市，路两边的景色渐渐荒凉起来。成片的农作物连成了一片深绿浅绿，空气中飘过牛粪和烧麦秆的味道。丹丹半躺在车厢里，两只小手被反绑在背后。由于颠簸和害怕，小女孩吐了一身。这会儿哭得累了，她竟然睡着了，睡梦中犹在惊恐地挣扎抽泣。王志远从后视镜里看了她一眼，嘴里发出一声咒骂。

车子终于停在了城市周边某个村子的一处四层小楼下。几天前王志远用剩余的钱租了楼上一个二居室。欠了一屁股赌债的他遭到了黑社会的追杀，走投无路，决定绑架丹丹偿还赌债。

王志远抱起睡着的丹丹，直接上了二层，打开门，把丹丹随手扔在了沙发上。丹丹受惊醒了过来，神色惊慌地左右看看，终于明白自己不是在做梦，随即爆发出害怕的哭闹声。

王志远拿了根粗绳子，搬了张椅子，把丹丹绑在椅背上。又找了一条小毛巾，恶狠狠地向丹丹说："要是再哭就把毛巾塞到你嘴巴里！"

丹丹马上害怕地闭了嘴巴，但仍忍不住抽泣着。过了一会儿，她怯怯地问："你把我带这儿来干吗？我们家没钱，我要爸爸，我要妈妈！"

王志远哄着丹丹："待会儿叔叔给你妈妈打个电话，如果她愿意，就会来接你！"

"你是坏蛋！"

"胡说，我不是！"

"你就是，你就是！"

"闭嘴！我倒要看看你们家拿得出多少钱！"说着开始拨打邓薇的电话。

邓薇带着职业性的热情的嗓音从耳机里传了过来："新钟点女秘公关公司，请问您是哪位？"

"我！"

邓薇好像听出来了："你？"

王志远："是我呀！"

邓薇惊讶地说："哟，王志远，收到传票了吧？"

"什么传票啊？咱们都是老朋友了，你在忙什么？"

"闭上你的臭嘴，你把还我的钱准备好了吗？"

"对不起，小弟最近手头有点儿紧。你再借我一百万吧？"

"王志远，你脑子发热，疯了吗？"

"你会借的。"

丹丹隐约听到了妈妈的声音，大声哭了起来："妈妈！妈妈救我！"

王志远说："丹丹，给你妈背首诗。"

邓薇的声音急得变了调："丹丹！真是丹丹吗？你不是在爸爸那里吗？"

"妈妈！妈妈！"

"丹丹！丹丹！"

王志远把电话又放到自己嘴边："你的宝贝女儿真的很想你呀！"

邓薇叫道："王志远，你怎么什么都干得出来？"

"我也是被你逼得走投无路了。"

"你不要乱来。你要一百万？我哪儿有！"

"你没有，他们有呀！让李学雷去找李学锋，拾掇拾掇，就够了。"

"你听我说，别这样，咱们有话好商量，你别伤害孩子。你好歹看在以前的情面上……"

"你别说那么多废话了，马上把钱送过来，我不动这小兔崽子一根毫毛。你要是敢怠慢了或者报警，我绝对不客气！"

王志远挂了电话："丹丹，听见妈妈的声音了吧？"

"我要妈妈！我要妈妈！"

王志远叫道："烦不烦？翻来覆去一句话。你饿了吧？我去找点儿吃的！"

丹丹确实饿了，不说话了。

此时，在彩虹公司的会议室里，李学锋、乔卫、田原、高飞等人正在开会。李学锋在发言："换个角度看，手机电视频道的前景又有另一方面的优势。节目内容的设置，都不同于普通的电视台频道，尤其是我们的手机短片，也区别于其他媒体播出的影片。手机特色，是非常重要的……"

话音未落，李学锋和田原的手机同时开始振动。两人疑惑地相互看了一眼，打开手机短信，是邓薇发来的："丹丹被王志远绑架了，救我！"

李学锋大吃一惊，看了看田原，她也是一脸的紧张神情。他马上站起来宣布："对不起大家了，目前有紧急情况，我们明天继续。"

田原向高飞交代了一下，匆匆走向电梯。李学锋追了上去，同时拨打邓薇的电话。

"喂，邓薇，你在哪儿？先别着急。我马上过来。"

"丹丹被王志远绑架了。"

"什么时候的事？"

"我也不知道呀。丹丹这两天不都在学雷那边吗？"

"这事情我哥知道了吗？"

"就是他把丹丹给弄丢的。孩子要有什么事，我跟他拼命！"

"你待在公司别走，我和原子现在马上去你那边。"

挂断电话后，李学锋转头对田原说："无论如何，不要慌，咱们首先得报警。"

"万一王志远撕票怎么办？先别报警，等见到邓薇再说。"

"这个时候，为了丹丹，咱们的意见要保持高度统一。咱们四个人都是一家人，要有一条心。"

田原说："好！我听你的。"

两人冲出电梯。

韩璐璐从床底下拉出一个旅行箱，打开，开始把衣服和细软一件件放进去。这个城市已经抛弃了她，她只能选择离开。只是，她不明白，为什么最终什么都不属于她。只因为在爱情上一意孤行，她失去了工作失去了尊严，甚至还被王志远卷走了户头上的所有积蓄。大街上，似乎每个人都认识她，每个人都在对她指指点点："知道吗，那个就是坏女人韩璐璐。"

"不！我不是坏女人！我爱他有什么错！"韩璐璐在心里大声为自己辩解着。可是，闹到现在，她自己也不知道是不是真的爱过李学锋。

韩璐璐的电话响了起来，是王志远打来的："璐璐，你赶紧打车过来，记得带上几个汉堡。"

"志远，我现在已经身败名裂了，我不想再待在这个城市了。"

"好，我们一起走。我在这儿等一个朋友给我送钱过来。你赶快来我这边，待会儿我发短信给你地址。我先挂了啊。"

"唉，你到底干什么啊？"

韩璐璐听见电话那头有孩子的叫喊声，然后发出"嘟嘟"的忙音。那孩子的声音韩璐璐很熟悉，是丹丹！韩璐璐感到一阵心惊：王志远这个浑蛋，究竟做了什么啊？

手机短信的声音响起，是王志远发的，里面写着他藏身的地址。韩璐璐盯着手机屏幕愣了一会儿，然后起身四处找东西，最后找到一个电话本，查到了李学雷的电话号码。

李学锋和田原驱车赶到邓薇家里，邓薇正抱着电话四处借钱。见他们俩来了，邓薇抱着田原痛哭。

"原子，你说这不是让我死吗？丹丹要是有个三长两短，我也不想活了。"

李学锋劝道："邓薇，你要挺住，我们一起想办法。王志远不敢怎么样的！"

邓薇说："学雷的手机一直没人接听，他怎么看孩子的！这一百万现金哪里凑得齐呀！"

"我也没找到大哥。你别着急钱的事。来的路上，我已经让财务先把公司的备用金借出来用，然后我们又发动朋友在银行关门前每人取五万，大家凑一凑。可是我们还得报警！"

邓薇哭着说："我怕王志远伤害丹丹。"

"邓薇，我也觉得我们现在应该马上报警，时间一点也不能耽误了。"

邓薇颤抖着拿起电话，拨了110："喂，您好，我的孩子被绑架了……"

李学雷替同事跑了很远的路送包裹，回到家时看见门是开着的，屋子里也没有了丹丹。他忽然意识到事情不妙，一摸额头，全是冷汗。他想打电话给邓薇，问问是不是她临时把丹丹接走了，一摸口袋才发现手机没在身上。正在这时，沙发缝隙里响起了手机铃声，是一个陌生号码发来的短信："丹丹现在高田村13号405房间，赶紧去救她。韩璐璐。"

李学雷明白大事不好，飞奔出门，蹬上自行车，冲着高田村的方向飞奔。

韩璐璐打了一辆出租，三绕五绕来到了高田村，找到那幢小楼。405 的门开着，但没有人。韩璐璐进了房子，发现里屋的房门锁着。正要使劲把门打开，突然一串钥匙在她眼前晃悠。韩璐璐一惊，回头一看，是王志远。

"你要吓死我呀！"

"你要是把门打开了，我们的财神不就跑了吗？"

"你绑架丹丹？志远，你怎么能干出这种事！"

"别怕啊！有什么好怕的。想想，咱们拿到钱，就马上躲到外地去……"

"可是，万一失手了呢？"

"怎么可能？他们才不敢报警。"

"志远，要不……咱们把这孩子放了吧。现在放手，我们还来得及。"

"放屁！"

"你想想，邓薇是那么厉害的女人，肯定报警了。到时候警察找到这里……"

王志远狐疑地看着韩璐璐："他们怎么会找到这里？除非你把地址告诉了他们。"

韩璐璐叫道："没有！没有！绝对没有！"

是夜，李学锋和田原终于在银行下班前凑齐了一百万现金。由于一直联系不到李学雷，三人和负责办案的警察决定一道去学雷家。进了院门就看到家里黑着灯，丹丹和李学雷都不见踪影。

"也许韩璐璐知道王志远在什么地方。"

"对，她肯定是帮凶！"

"薇薇，你别着急。你还存着她的电话号码吧？我来打电话。"

田原拨通了韩璐璐的电话，没人接。

李学锋的手机响了，他看了一眼，马上接听。

"大哥，你在哪里？丹丹出事了……好，我知道，我们马上就到！"

邓薇愤怒地问学锋："他究竟去哪儿了？你跟他说，我和他绝对没完！"

"大哥说韩璐璐给他发了条短信，上面有地址，估计就是王志远现在所在的地方。现在大哥已经去那里了。"

"韩璐璐？这个女人太歹毒了！我把她从公司里开除了她，就这样来报复我。你们就那么相信韩璐璐，万一是他们故意发一个错误的地址怎么办？"

"现在还搞不清楚实施绑架的是一个人还是两个人。我给韩璐璐发短信试试。"

警察对李学锋说："不能放弃任何线索，你把地址写给我，我们马上派人过去探探。"

学锋、田原、邓薇同时说："我们也要去！"

夜色下，在通往郊区的路上，两辆车在黑暗中飞驰电掣。此刻，三个人的心都已经飞到了几十公里外的高田村。

韩璐璐拿出汉堡递给王志远，又想打开上锁的房间给丹丹送吃的，王志远拦下了她："我自己来，不麻烦韩大小姐。"

韩璐璐无奈地放下了汉堡，转进卫生间。王志远见她锁了门，马上翻看韩璐璐的包。突然她的手机来了一条短信，王志远立刻按了键。看了看卫生间里没有动静，他打开了短信。是田原发来的："你发的地址是真的吗？你别骗我们，绑架可是犯法的！"

韩璐璐从卫生间出来了。王志远虎着脸："璐璐，我给逼到今天这个地步，也都是为了你！没想到你竟然通风报信。"

"我没有，我要是通风报信，就不可能到这儿来了。"

王志远悄悄从身后猛然抄起一根木棒，把韩璐璐一下打晕在地。

不知过了多久，韩璐璐悠悠转醒，头痛欲裂，但她一点也不敢动，趴在地上装昏迷。她偷偷张开眼睛观察了一下四周，发现这是一个陌生的房间。这会儿王志远就站在她面前，背对着她气急败坏地对着丹丹大骂："你妈是个老骚货！你再哭，我就先剁了你！"

丹丹哭得声音都嘶哑了，韩璐璐看见王志远正把一块胶带贴在丹丹的嘴上。

王志远骂累了，拿了韩璐璐的钱包出去了。韩璐璐警惕地听着他锁门，确认安全后，马上翻身起来，替丹丹解开绳子，又示意她不要出声。韩璐璐试着去开门，门被反锁着；她撞了两下，没撞开；转身开窗户看了一下外面，发现楼很高，外面竟然是水泥地。韩璐璐不敢跳，更不敢让丹丹跳。

她就这样为难了半晌，忽然听见门外有动静。王志远回来了。没有时间再考虑了，想到王志远的心狠手辣，韩璐璐一狠心从窗户跳了下去。丹丹瞪大了眼睛，看着韩璐璐消失在窗口，吓得说不出话来。

"咚"的一声沉闷的重物坠地声，紧接着传来女人的惨叫，惊动了楼下的人。陆陆续续有灯亮了，有人发现了躺在外面的韩璐璐。她的周围是一团迅速扩散开的鲜红色的血，韩璐璐躺在血泊中，痛苦地呻吟着。她的腿以一个奇怪的角度交折在一起，看得出是严重骨折了。一个男人大声说："快叫救护车，有人跳楼啦！"

王志远开门进来，几步跑到窗户旁，看见韩璐璐躺在下面。他没有大声骂，嘴里念叨着："这个臭娘们！"

王志远从里面把门锁好，然后一把抓过呆住的丹丹。这时，就听楼下有人喊："警察来啦！快救人！"

警车本来准备悄悄靠近高田村的出租小楼，但急于救韩璐璐的村民们还是一眼看到了警车，纷纷上前拦车。眼见着侦查任务失败，刑警马上用对讲机呼叫增援。

王志远看到警察已经到了楼下，顿时慌了神。他打开窗户，一把抓过手头唯一的救命稻草丹丹，用单臂夹着瑟瑟发抖的小孩，作势要同归于尽。

王志远对下面大喊："都别上来，谁上来我就把她扔下去！大不了一起死！"

邓薇看着孩子的半个身子悬在窗外，顿时吓得瘫在地上大哭。

丹丹嘴上贴着胶布，叫不出声。她瞪圆了眼睛，恐怖地看着地面，身子拼命挣扎扭动。她憋了很久的尿，被冷风一吹终于憋不住了，尿了王志远一身。王志远狼狈不堪，气急败坏，一把撕开了丹丹嘴上的胶布。丹丹令人揪心的尖叫和哭声响彻夜空。王志远抓着丹丹的双脚把孩子头朝下悬在窗外，歇斯底里地向外面大喊："你们敢上来一步，我就把这孩子头朝下扔下去！"

楼下的居民没有想到会出现这样的场面，都吓得不敢出声，只有邓薇拼命地嘶声哭喊着："丹丹！丹丹！"

负责人质解救任务的刑警队长过来向唯一看起来还镇静的李学锋询问情

况：“我们现在准备上楼。你们确定王志远没有枪吗？”

“不能确定，他就是想要钱。”

刑警队长问：“钱准备好了？”

学锋说：“是的，准备好了。我可以跟着你们上去吗？我认识绑架者，我是孩子的叔叔，我上去可以先跟他交涉。”

邓薇哭着说：“我是她妈妈，我不能在这里待着，你们让我上去！”

刑警队长摇头拒绝：“不行，还是让孩子叔叔上去交钱吧。你情绪不稳，如果惊动了歹徒，我们就会前功尽弃。”

田原拉扶着邓薇：“咱们还是在这里等着吧。”

一名刑警递给李学锋一件防弹衣，学锋穿上了。田原和邓薇焦急地看着楼上。

突然，一名刑警拿着望远镜指给队长看，楼上王志远房间隔壁的空调上伏着一个人影。邓薇泣不成声地指着那个人影，对田原说：“学雷！”

李学锋走上前几步，举起手提箱，大声喊着：“王志远，你把孩子放了，我们什么都好说。邓薇答应不追究你的欠款；你要的钱，我也给你带来了……”

几名防暴警察已经到了楼顶，楼下的人们紧张关注着。

李学雷趴在四楼的空调机箱上，全神贯注地看着王志远的一举一动。丹丹近在眼前，可是李学雷不敢贸然行事；万一接不好，后果不堪设想。学雷止不住自责：“都是我不好！都是我不好！我怎么能把孩子一个人放在家里……”

负责突击的警察也已经注意到学雷正在接近405的窗户。他们都看到了彼此，互相配合着。

李学锋继续喊话：“王志远，你千万不要伤害孩子。你不就是要钱吗？我给你带来了！你先把丹丹放下……”

王志远光顾着注意楼下的人，没觉察到警察从楼顶突然出现。一瞬间他下意识地把丹丹往里一推，丹丹的大半个身子都缩回了房内。

见警察吸引了王志远的注意力，李学雷猛地从窗户外跳进屋里，扑向王志远和丹丹。王志远应声倒地，两人扭打起来。警察兵分两路从屋外和窗户冲了进来，一把擒拿住了王志远。

丹丹被眼前的状况吓得不停地大声尖叫，学雷一把抱住了丹丹：“丹丹，爸爸来救你了！丹丹，不怕！不怕！”

人质安全解救，王志远被警察押下楼，学雷紧紧抱着丹丹紧随其后。整个楼外面围观的群众都炸开了锅，大家对刚才的一幕心有余悸。见王志远出来，有人忍不住冲上去踹了两脚，被刑警拉开了。

邓薇从学雷手中抱过丹丹，疼惜地摸着她的小脸，哭着：“丹丹，丹丹，你吓死妈妈了！"

丹丹已经完全吓傻了，毫无反应。

李学锋看见王志远，也冲动地要上前揍他，被警察拦住了。

学锋大骂："王志远，你这个王八蛋！"

田原使劲拉住他："学锋，你冷静点。"

邓薇把丹丹交到田原手上，然后冲上去没命地抓扯王志远，王志远赶紧抱着自己的头。邓薇的声音已经变调了："王志远，我饶不了你！你连一个七岁的孩子都不放过，你就不怕遭天打雷劈啊！"

救护担架抬着受伤的韩璐璐经过，她被固定在担架上，动弹不得。韩璐璐看见田原和李学锋，愧疚地闭上了眼睛，流下两行泪水。

田原和学锋紧紧挨在一起，他们已经很久没有这样近距离地站在一起了。看着远去的韩璐璐和王志远，他们有一种梦魇终于过去的感觉。

25

复　苏

自从绑架案后，李学雷每天下班后都到邓薇家看望丹丹，可是丹丹的情况一点都没有好转，一直躲在邓薇的衣柜里一声不吭。学雷对着紧紧关闭的衣柜，轻声唤着："丹丹，爸爸来看你了，你跟爸爸捉迷藏啊。"

学雷坐在床边轻声讲着故事，可衣柜紧关着，没有一点要打开的迹象。衣柜里，丹丹蹲在角落里。黑暗给了她安全，她害怕光。

时候不早了，李学雷不舍地走出里屋。厨房里，邓薇正拿着一个碗，"锵锵锵"地打鸡蛋，瞥见李学雷走进来，对丹丹的担忧马上变成了一腔怒火，没好气地瞪着学雷。

学雷内疚地赔罪："邓薇，我没有把丹丹照顾好，她是在我手上丢的。我也没资格要求再带丹丹生活，以后她就跟着你吧。钱方面，我会想办法的。"

"要是她这回吓成了傻子，我绝对饶不过你！"

"是我的错，我每天都会来看丹丹，直到她好了为止。家里要是有我能帮上忙的，需要出力出钱你都尽管提。我知道你最近也没法工作，手头紧……"

邓薇不耐烦地打断他："你别在这里添乱了。说完了吧，说完了赶紧走，让我和女儿清静会儿。"

李学雷有点不舍，穿上外套，对邓薇说："那……我明天再来，明天中午把我带的酱牛肉吃了，哦，还有水果。明天下午我顺道买菜，你别操心了。"

邓薇转过身给他一个大后背，气呼呼的没理他。李学雷细心地锁好门走了。

市第三医院的外科病房里，摔成重伤的韩璐璐躺在病床上，全身多处打着绷带，仅有一只胳膊能活动。她绝望地看着来给她换输液瓶的护士。小护士巡视了一圈病房，推着器械车出去了。

见护士走开了，韩璐璐吃力地用还能动的手拔掉了另外一只手上插着的针头，然后用力一扯，将输液架打翻在地。韩璐璐侧过身在桌子上找到一块玻璃碎片，正要切割自己的手腕时，其他床的家属闻声马上跑到门口叫护工。几个护工七手八脚地按住她，从她手中抢过玻璃片。

毕竟下半身被固定在床上，韩璐璐动弹不得。伤口被护工一碰似乎又撕裂了，她声嘶力竭地喊着："我不想活了，你们成全我吧，我不想活了！"

其他病床的病人和家属们指指点点，似乎认出了她。护士收拾着被韩璐璐打翻的输液架，没好气地数落她："韩璐璐，你能不能消停点啊！都闹了两天了。现在后悔，早干吗去了？"

主治大夫过来查看了伤口，吩咐护士："给她打一针镇静剂。"

当韩璐璐再次从昏睡中转醒过来时，床头坐着一名女警察。见她醒过来，女警察宽慰她说："韩璐璐，你不要这样，我知道你也是受害者。你还要配合我们的调查，你平静点。"

护士说："她搞了好几次了。你们还是赶紧通知她的家人吧。"

女警察说："我们已经通知了，应该今天就到。"

镇静剂的效果似乎仍未消尽，韩璐璐无力地流着泪，喃喃道："不要啊，不要通知我的家人。"

不多时，一个长相憨厚的农民打扮的青年隔着病房的玻璃，从外面急切地打量着，似乎在找什么人。韩璐璐拼命扭过头去，不愿意被他发现。然而病房的门还是开了，青年提着一个破旧的旅行袋，径直冲到韩璐璐的床前。

护士问："你找韩璐璐？"

青年额头上都是汗，憨憨地点头："我是她哥韩炳庚。"

韩炳庚不敢相信地看着病床上遍体绷带的韩璐璐："小妹！"

璐璐的眼泪终于忍不住流了下来："哥……"

韩炳庚抓住韩璐璐的手，激动地抽泣着："十二年没见过面了，你还认得哥吗？"

韩璐璐哭着说："认得。那个时候，爸爸妈妈离婚的时候，我记得你十五岁，我十二岁，爸爸带走了你，把我留给了我妈。你老是偷偷回来看我们，每次回去爸爸都打你。"

韩炳庚问："璐璐，你这是怎么了？"

韩璐璐说："哥，我一直以为我在这个世界上已经没有亲人了。"

"怎么会呢？你永远都是我的小妹。"

"哥，是不是老家的人都在说我的闲话啊。"

"没有啊，你别想那么多。听说要不是你，那个孩子也许就没命了。"

"大哥，后来妈妈又找了个男人，他老是想欺负我。"

"我知道。妈跟我说过，她怕说出来让别人知道了，更看不起你。璐璐，他已经死了。"

韩璐璐仿佛从噩梦中初次醒来:"真的吗?"

韩炳庚说:"真的,他喝醉了酒掉进河里淹死了。"

韩璐璐发出了撕心裂肺的哭声。她终于从小时候的噩梦里解脱了,然而代价却是如此巨大。

第二天中午,邓薇家传来敲门声,邓薇从猫眼里看见了李学雷,便开了门,却发现学雷旁边还站着一个年轻男人。那人"咚"的一声跪倒在地,涕流满面,不住地给邓薇磕头,邓薇愣在了屋里。

韩炳庚说:"邓大姐,我是韩璐璐的大哥。她受伤在医院,不能亲自过来。我来代替她向你们全家,向你的孩子表示歉意。对不起!"

"这……李学雷,这是怎么回事?"

韩炳庚又说:"邓大姐,是我求李大哥带我过来的。请你原谅她!"

"你赶紧起来,我可真受不起。"

进屋后,韩炳庚说:"我们的父母在我们小时候就离异了。我和妹妹在两个家里长大。她后爹对她很不好,欺负她。璐璐吃了不少苦,请您多原谅她,她下半辈子也许再也站不起来了。"

"邓薇,你给小韩一句话吧。要不是韩璐璐给我发了短信,我们可能就见不到丹丹了。"

邓薇说:"冤有头,债有主,小韩,我邓薇是有分寸的人,我们不会再追究韩璐璐责任的。"

韩炳庚感激地抹着泪,对着邓薇深深鞠了一躬。

赵静雅始终不放心丹丹,周六起了个大早,亲自下厨做了几个丹丹爱吃的菜,放进保温桶,催着田原一道去看丹丹。田原看了看时间还早,决定绕道去商场给丹丹买些玩具。车子经过市三院门口时,田原看到路边有个衣着寒酸土气的男人背着一个一条腿上绑着石膏的女孩,手里提着行李包缓缓前行。汽车超过他们时,田原不敢相信自己的眼睛,那个女孩竟然是韩璐璐。

这个发现惊得田原手脚发软,慌忙把车子停在路边,回头张望。那个曾经身材曼妙的韩璐璐,如今整个人浮肿着,身体像一个残破的玩具娃娃,分外凄凉。一瞬间,田原几乎忘了韩璐璐给她的生活带来的打击,心里不禁为她感到惋惜。赵静雅担心地看着脸色发白的田原问:"原子,你怎么了?你认识那个小伙子?"

韩璐璐和韩炳庚招手上了一辆出租车,田原看着搭载着韩氏兄妹的出租车开远了,才重新开动车子,对母亲勉强一笑:"没什么,我看错人了。"

田原和赵静雅提着保温桶，还有大包小包的玩具、零食，敲开了邓薇的门。

赵静雅一进门就问邓薇："丹丹怎么样啦？"

邓薇做了个无奈的表情，带田原母女俩来到里屋。丹丹一个人坐在床上发呆，眼神很空洞，安静得有些可怕。

田原蹲在丹丹面前："丹丹，婶婶给你带了好吃的，你看看婶婶啊。"

邓薇也说："丹丹，婶婶和婆婆来看你了哦。"

丹丹似乎没看到眼前的三个大人，茫然地看着床角。赵静雅悄悄擦了一下眼角的泪，将丹丹紧紧抱在自己的怀里。丹丹顺从地让老人拥进怀里，没有挣扎，但还是没有任何反应。

邓薇示意田原有话要说，两人一起回到客厅。"原子，你知道吗，韩璐璐的大哥前两天来过我家道歉。真没想到韩璐璐在小时候就被她继父性骚扰过！"

田原听完邓薇的一番话，愣住了，没想到韩璐璐的童年竟然如此悲惨。

"你怎么了？是不是我又说错什么话了。"

"没有，我不知该说什么。刚才……我在路上看到她了，她哥哥背着她出院了，看样子是要回老家。薇薇，我觉得她很可怜。也许人在童年或者少年时代留下的阴影，一辈子都很难消除。韩璐璐的性格那么极端，应该和小时候的遭遇有关。"

"所以我很担心丹丹。出事后她外公外婆来看过我们，她也不跟他们说话，成天一个人藏在衣柜里。我这些天一直陪着丹丹没开工，可是总在家里也不是个事儿。"

"不如让丹丹到我家住吧。房子大一点，可能丹丹会觉得开阔点。我妈陪着她，你也可以出去工作，别在家闷着。"

邓薇："好啊，又得给你添麻烦了。"

临近晚饭的时候，田原和赵静雅带着丹丹上了汽车，准备一同回家。邓薇不放心，为丹丹整了整衣服，对她说："妈妈每天都会去看你的，乖乖听婶婶的话啊。"又轻轻亲了亲丹丹的小脸，关上车门。

路上，田原悄悄观察着丹丹的举动。小女孩就那样安静地坐着，好像一尊令人心痛的雕像。田原从心底怜惜这个沉默又孤单的孩子。在她和丹丹之间，仿佛有一道无形的大门紧闭着。在丹丹身上，田原好像也看到了小时候的自己。那时候，无论是走在路上，还是在教室里，总有人在背后戳着她的脊梁说："那个女孩儿，她爸爸不要她和她妈妈了。"田原不清楚，不完美的童年真的会造就不完美的人生吗？

周一，田原早早到了办公室。办公桌上放着一个快件。田原随手撕开快件信封，里面是一张李学锋的名片，还有纸折的便签。田原只觉得血往上涌，头脑一片空白。她展开便条，上面写着："田原，他是你的。韩璐璐。"

一刹那，田原好像又听到了刺耳的电话铃声。

晓鸥和高飞正在向田原汇报工作。田原的精神不太好，有些心不在焉，时不时瞟着桌上的手机。田原总是忍不住想起韩璐璐，想起结婚纪念的聚会上噩梦般的手机铃声，想起一直躺在她办公室抽屉里的烟斗。

昨晚，田原失眠了。医院外韩璐璐像破碎木偶一样的身体在她脑海里挥之不去。这些日子她一直在劝慰自己，风波过去了，是时候重新开始生活了。可是想到韩璐璐年少时的遭遇，想到自己幼年时的生活和丹丹现在的遭遇，田原没法说服自己像什么都没发生过一样地过日子。比谁都敬业的她，在工作时走神了。她一遍遍幻听到手机的声音，可是放在桌子上的手机丝毫没有来电的迹象。

"主编，主编！"

田原抬头，看到晓鸥正在提醒她："您的手机响了。"

原来这次的电话铃声不是幻觉。田原看了一眼屏幕，是董志兴打来的。

"田原，丹丹好点了吗？"

"丹丹在我家，还是没好转。我担心的是邓薇，她可能无法接受丹丹患上心理疾病的事实。"

"这个也还不能确定，哪天我去你们家看看小孩儿。目前她肯定是对人群有恐惧的，丹丹需要的可能还不是治疗，而是辅导。"

"这事情真得拜托你了。"

"你的事情就是我的事情。对了，田原……你还好吗？我前一阵子出差太久了，也没有帮上你什么……要是有需要我的地方，尽管开口。"

田原感激地道谢："我知道你忙，放心，我不会客气的，谢谢你。"

挂断电话后，田原振作了一下精神，对高飞和晓鸥说："抱歉，咱们接着开会。"

高飞看着疲惫的田原，露出担忧的神色。

快下班时，李学锋接到田原的电话，她约他一会儿在湖边见面。这是绑架风波后两人第一次见面，又是田原主动约他，想到这些，李学锋忍不住买了一束郁金香，放在后备箱里。

玉湖边，田原已经到了。见李学锋过来，她从车厢里拿出一个大信封递给他："我觉得现在应该还给你了。"

学锋打开封口，看见了自己遗失的烟斗。拿着烟斗，学锋心情很复杂：

"你来处理吧。"

田原说："我没有这个权力。"

学锋把烟斗拿起来，它在阳光下看起来有些刺眼。他平静地把烟斗扔进了湖里，回头看着田原："这是爸爸送给我的，但我还是要把它扔了。过去就像是梦一样过去了。"

迟疑了一阵，李学锋鼓足勇气对田原小声地说道："原子，我们复婚吧。"

田原似乎有悸动，但她很快又把情绪平复了下去。她沉默地看着湖水，最终神情凄然地望向远处："学锋，还是让我们给从前的生活画上最后一个句号吧。这不是梦，我永远都没法忘记。以后我们只做朋友吧，请你成全我，让我能过上崭新的生活。我也祝福你，走出黑暗的日子以后，真正恢复你的事业。"

李学锋无言以答，田原平静地上车远去了。

后备箱里，那束代表永恒之爱的郁金香仿佛在嘲弄他的贪心。李学锋不甘心，田原为什么不能给他个机会再续前缘呢？好不容易噩梦终于过去了，再也没有人和事挡在他们之间了……

这时，他的脑海里突然闪过高飞的脸，他的心又迟疑了。这个年轻人和他完全不同，英俊、洋派、有理想。他想起来，田原在他身边总是有笑脸。李学锋感到了一阵醋意。

26

心理重建

　　傍晚，邓薇正在和丹丹的外婆通电话："妈，您放心，我一个人行的。丹丹现在在学雷弟妹家里，你们放心吧……好，好，只要丹丹好了我就把你们接来……哎呀，您就别想了，我和学雷不可能复婚！"

　　正说着，门铃响了。邓薇好像遇到救星一样，和电话那头胡乱应付着："不说了，妈，我这儿有人来了，再见！"

　　邓薇打开门，田原站在外面。田原说："邓薇，我找董志兴了，让他给丹丹看看，你不会不高兴吧？"

　　邓薇拉着田原的手："我也没办法了。只要能治好丹丹，怎么样都行。原子，我感觉你像个天使，帮助了我们很多人。"

　　"你又来了。我可不是为了这个来的。现在和我出去一趟，我给你个惊喜！"

　　她们开车来到了一幢旧办公楼前，田原拉着莫名其妙的邓薇走进楼里，陈旧的楼道墙壁上贴着有些过时的墙纸，从某些屋子里传来嘈杂的电话铃声和谈话声。邓薇跟着田原向前走，沿路的每一个房门上都挂有印着公司名的铜牌。田原在一个房门前停下了，门上挂着名牌：新钟点女秘公关公司。

　　邓薇的心狂跳起来。田原回头冲她神秘一笑，打开了房门。房间不大，但摆放着简单的办公家具。田原说："虽然简陋了点，不过，还是可以展开业务了。"

　　邓薇激动得不知如何是好："原子，我还没还你的钱，你又帮我租了房子。"

　　"我也只能帮你这么多了。从现在开始，你就要好好干活还债了。对了，你的老部下都找到工作了吗？想办法把得力的再挖回来。"

　　"家妹已经找了新工作，听说我要新开张，马上就把工作辞了。"

　　"家妹是个好女人。"

　　"你说把她介绍给李学雷怎样？"

"你真是瞎搅和，哪儿有给自己的前夫介绍对象的啊。"

"嗨，那有什么不可以的。学雷那老实脾气说不定和家妹正合适。"

深夜，丹丹和田原睡在一起。

不知是几点了，田原被什么奇怪的动静弄醒了。她有些害怕，穿上鞋，循着动静出了卧室查看，然后听到了学锋的书房里传来窸窸窣窣的声音。

田原警觉地推开书房门，韩璐璐竟然站在书房中央，大方地对她说："你好！"

田原当时就愣在门口，吓得全身发抖。

韩璐璐带着初次见面时清纯的笑容："我是来拿DV带的，你和李总的。"

田原绝望地看着她："你不是走了吗？你不是摔成残废了吗？我亲眼看见你哥背着你走的。"

韩璐璐不说话了，脸上的笑容逐渐变成了嘲弄的神情。突然，韩璐璐狰狞地冲过来推搡她，大喊："你怎么还不离婚？"

田原哭着大喊："放开我！"

当田原清醒过来时，发现赵静雅正在拼命摇着自己。丹丹蜷缩在床脚惊恐地看着她。

田原长长舒了一口气，抱歉地对赵静雅说："妈，我做了个噩梦。"

赵静雅不放心，把丹丹拉走和她一起睡。田原看着丹丹，感觉自己和可怜的丹丹一样，依然被梦魇纠缠着。

次日清早，主编办公室的门虚掩着。高飞捧着一只密封水杯敲门，见没人答应，便推门进去。田原一脸疲倦地靠在沙发上，好像睡着了。

高飞把水杯轻轻地放在桌上，蹑手蹑脚地退出。

田原忽然开口："有事吗？"

高飞关切地问："主编，您怎么在办公室睡觉？不舒服吗？"

田原起身，振作一下精神："昨晚没睡好，刚才休息了一会儿，好多了。"

高飞问："吃早点了吗？"

田原摇头："没胃口，什么都不想吃。"

高飞把手里的水杯递给田原："尝尝这个吧，我亲手做的提神醒脑营养果蔬汁，喝了保证让你神清气爽。"

田原感兴趣地接过杯子喝了几口："挺好喝的。真是你做的？"

高飞一笑："其实是榨汁机做的。我把蔬菜、水果、酸奶、蜂蜜什么的都放进去，一按电钮就好了。"

"想不到你还挺会生活。"

"每天早晨我都做，又省事又方便。您要是真喜欢喝，以后我可以给你带，一点儿都不麻烦。"

田原委婉地说："高飞，你不用对我这么好。"

"这没什么，举手之劳而已。"

他顿了顿，试探地问："您最近总是闷闷不乐的，是不是遇到麻烦了？"

田原叹气："没什么，麻烦都过去了，就是还留了点儿尾巴，时不时会冒出来打扰我一下。"

"您应该去度假，彻底放松一下，很快就会把那些不愉快全忘掉。过两个月我准备去非洲，您愿意一起去吗？去散散心。"

田原回避着高飞的眼神："我恐怕没时间。"

高飞执著地说："没关系，我可以等，等到您有时间的那一天。"

此时，就在主编办公室外，晓鸥的分机电话响起。

"你好！哦，李总啊，我给您转主编。"

"不，我找你。"

"找我？"

"嗯，我找你有点事情，我们能不能面谈？"

晓鸥有些疑惑："那……好吧，我半小时后有空。"

"我在南门咖啡厅等你。"

半小时后，晓鸥迟疑地走进咖啡厅，服务员把她领到楼上的小包间。李学锋坐在包间里，搅拌着杯子里的咖啡。学锋说："晓鸥，今天请你来，是有一件事情必须麻烦你。"

"李总，什么事啊？"

两人在咖啡的浓香里展开了一场密谈……

"你把卡号告诉我，我每个月会按时把付给你的工资打给你的。希望你保守这个秘密。"

"钱的事还是算了，李总，如果能帮到您和主编就行。"

顺利渡过了资金链风波后，彩虹手机电视公司终于出现了首次赢利。李学锋坐在办公桌旁，认真翻看着上个月的财务报表，脸上带着意料之中的淡定神情。倒是一旁的乔卫高兴坏了，急着跑到公共办公区，把好消息告诉了所有人。

在李学锋看来，手机电视赢利并不意外。这些数字进一步证实了他之前的预想。免费试看半年后，绝大多数用户会留下来，选择付费收看的业务。而随着节目的丰富，新用户也在爆炸性地增加。李学锋庆幸自己选对了方向，为公司抢得先手，未来三五年内彩虹公司的行业地位更加巩固了。另一方面，对公司内部员工来说，虽然赢利的数目不大，但也在关键时刻稳住了人心。

想到这里，李学锋觉得应该好好犒劳一下为项目辛苦一年的员工。眼下的这些人都是和企业共过患难的，不能亏待了他们。

看着办公区正兴高采烈地庆祝的员工们，李学锋也加入进去，大声对乔卫说："我提议，咱们明后天找个时间，全体出去聚聚，好好庆祝一下。"

乔卫开心地说："好的，您放心，我会安排好一切的！"

学锋满意地转回屋里，急切地拿起电话向田原报告喜讯。

田原正在亲自监督拍杂志的封面大片。某家大型外资超市的果蔬柜台被临时当做拍片现场，地上是密密麻麻的电线，摄影助理调整着遮光板和柔光罩。

卖蔬菜的货架前，模特穿着时装，手拿蔬菜，摆出很酷的造型。摄影师按下快门，闪光灯骤然一亮。他从相机里拉出一次成像的样片。田原、高飞、摄影师传看着样片，讨论着。

"环境很有特点，效果不错。片子的感觉既世俗又时髦，很新奇。"

"背景里的蔬菜颜色太杂，应该调整一下。"

他过去重新摆放蔬菜，摄影师也指挥助理调整灯的位置。

手机响了，田原向大家做了个抱歉的手势，走到一边接听。话筒里传来学锋的声音："田原，你一会儿有时间吗？我想见见你，有事跟你说。"

"我正拍片子呢。蓝鸟酒吧怎么样，我可能晚点到。"

李学锋兴奋地说："好的，我等你。"

李学锋坐在蓝鸟酒吧楼上露台的位置。他已经等了一个小时，那种迫切想要告诉田原公司赢利消息的心情逐渐冷却了。但他今天一定要见到田原，因为他是那么想念田原的面孔。他又要了一杯酒。

夜风温柔，一辆车戛然停在酒吧门口。李学锋向下望去，只见高飞下了车，礼貌地为田原打开车门，两人说笑着告别。田原目送高飞驾车离去，然后才走进酒吧。李学锋把这一切尽收眼底。

田原走进来，在李学锋对面坐下。李学锋问："送你来的那个是你的助理吧？听说以前还做过模特。"

"你找我到底有什么事？"

"好事！我想告诉你，我们的手机电视开始赢利了。"

"祝贺你。"

"知道这个消息以后，我第一个就想告诉你！要不是你帮忙，公司早垮了，根本等不到这一天。所以，我一定要当面跟你说谢谢。"

　　"这么客气干吗？"

　　"在我最困难的时候，你把房子抵押了来帮我，我一辈子都感激不尽。"

　　"那栋房子本来也不是我一个人的，抵押出去给你救急是应该的。"

　　学锋真挚地说："田原，经过这件事，我对你的感情跟从前不一样了，变得更……"

　　田原冷淡地打断他："有些话我不想听。你还有别的事吗？"

　　学锋痛苦地说："我们现在只能谈公事，对吗？"

　　"你的私事跟我已经没关系了。"

　　田原起身要走，学锋急切地说："等等，还有一件事。"

　　田原重新坐下。

　　"我们公司欠你们杂志社的那笔广告费，已经拖了很久了，我想尽快还。"

　　田原考虑了一下："你现在还是求稳吧，不用着急还钱。"

　　"可那毕竟是杂志社的钱，如果老不还，会给你惹麻烦的。"

　　"那笔广告费我不是白送给你的，我是想把它作为杂志社的一笔投资，跟你的公司搞合作。上次我提到的在手机电视上推广《美丽·家人》杂志，你觉得怎么样？"

　　"我们可以坐下来详细谈。要是能合作就太好了！"

　　"回头我让杂志社的高飞跟你联系，他全权负责这个项目。具体的合作细节他会找你谈。"

　　"我们直接谈就可以，你何必找别人呢？"

　　"高飞很能干，我希望他接手这个项目。"说罢她站起身，"我还有事，先走了。"

　　学锋看着田原走出酒吧，犹豫了一下，然后拿出手机拨号，说："晓鸥，麻烦你明天出来一下好吗？我有事想问你。"

　　第二天，快餐厅的角落里，学锋与晓鸥对坐着。

　　学锋问："田原为什么老和他一起出去？"

　　晓鸥说："因为工作需要吧。我和高飞的分工不同。我负责杂志内容方面，高飞偏市场和广告方面。反正出席时尚圈的活动，主编都会带高飞一起去。"

　　"你跟高飞熟吗？"

　　晓鸥摇摇头："高飞挺神秘的，不太和杂志社的同事们来往，他好像只跟主编谈得来。"

　　"那高飞有女朋友吗？"

　　"好像没有。"

"以后你帮我多留意一下高飞，特别是他跟田原在一起的时候。"

"我尽量。"

"你去银行查一下吧，钱应该已经到了。"

晓鸥迟疑着说："李总，钱的事还是算了吧。我总觉得自己是在出卖田主编。"

"你不要想太多，我对田原没有任何恶意，只有……只有……将来你会明白的。"

自从丹丹来到田原家，田原越来越感到自己对孩子的喜爱。丹丹的情况一直没有好转。每当抱着小女孩瘦小温暖的身体入睡时，田原都会多了一份成为母亲的渴望。但是她不想再回到李学锋身边，也不敢想像自己还能爱上别人。

最近，她幻听的状况似乎更严重了，到了每晚必须关手机、拔电话线的地步。她开始害怕黑夜，害怕独处，就像另一个丹丹。

这晚，邓薇、董志兴齐聚在田原家，准备为丹丹做一次心理会诊。丹丹坐在窗前，愣愣地盯着窗外黑沉沉的夜色。董志兴坐在丹丹身边，耐心地说："丹丹，跟叔叔说几句话好吗？"

丹丹没有任何反应，一旁的邓薇、田原满脸焦急。田原安慰地握住邓薇的手。

董志兴："你告诉叔叔，现在是白天还是晚上？"

丹丹不说话。

董志兴打开电视机，调到一个播动画片的频道："丹丹，你想看电视吗？丹丹，你喜欢动画片吗？"

丹丹突然站起身，走到沙发前坐下，眼睛依然直直地盯着窗外。董志兴按遥控器，不停地变换电视机里的频道，但丹丹没有任何反应。

董志兴示意邓薇、田原跟他去别的房间。邓薇关上房门，急切地问："董医生，丹丹怎么样？"

董志兴说："实话实说，丹丹的状况不太好。绑架案已经过去很久了，可她的自闭症没有任何好转。"

邓薇着急地说："你说的我都做了。按时给她吃药，耐心跟她说话，一有空就陪着她。可是，丹丹怎么还是不说话呀？很多时候，她都喜欢藏在衣柜里。看着她那么可怜的样子，我都不知道背地里流了多少泪。"

"是的，这次的惊吓太大了。孩子因为受惊吓而出现一些反常现象，这种情况很常见，通常休息一段时间就可以自动恢复。可是丹丹的情况比较复杂，受了惊吓之后，不仅没恢复，反而渐渐发展成自闭症。这说明，她以前就有很严重的心理问题，绑架不过是引子，刺激了她发病而已。"

"那现在怎么办？"

田原说："志兴，在家给丹丹看病可能不合适，我明天送她去医院吧。"

"你说的正相反，带丹丹去医院，她的状态会更糟。在家她比较放松；我不穿白大褂，丹丹也不会觉得紧张，这样我比较容易接近她，了解她的病情。不管去哪儿，我都可以肯定地说，丹丹自闭症的症状会越来越严重。"

邓薇哽咽着说："丹丹太可怜了，她变成这样都是被我们这些大人害的！"

"抱怨没有用。邓薇，我劝你好好反思一下。丹丹在成长过程中，是不是受到过严重的打击和伤害？如果能找到丹丹心理问题的根源，她的病也许还有一丝希望。"

邓薇难过得哭了，田原安慰地把她揽在怀里……

田原把董志兴送出门，由衷感谢道："谢谢你，志兴，以后丹丹的事就拜托你了。"

"我会尽力的，但自闭症的治愈率很低，我也没有太大把握。"

"老天保佑，让丹丹早点儿好起来吧。"

董志兴关切地说："田原，你的气色很差，出什么事了吗？尽早找个时间去一下我的诊室，我要好好跟你聊聊，再帮你做几项检查。我觉得你现在的状态不对劲。"

田原苦笑："我得的是心病，不是打针吃药就能解决的。"

"那我更要好好跟你聊了，别忘了我是心理医生。"

"你真有耐心听吗？我都不知道该怎么对你说，都是些鸡毛蒜皮的小事。"

董志兴一笑："你还是现在说出来吧，小事情往往能说明大问题。来，上车，我带你游湖！"

董志兴为田原打开副驾驶座的车门，田原若有所思地坐了进去。董志兴打开车上的音响，轻松的音乐回荡在车内。汽车朝着湖滨大道的方向驶去。

夜晚的城市，如往常一样灯火通明。透过湖滨大道的灯火，玉湖像黑暗中沉睡的巨兽，传来有节奏的潮水声。董志兴按下按钮，打开车顶棚窗。瞬间新鲜空气涌进车内。田原扬起头，看着天上零星的残星，一时不知如何开口。

"田原，你不要觉得有压力，随便聊，聊什么都行。"

田原叹息："最近我几乎天天晚上做噩梦，总是争吵啊、绑架啊、追捕啊什么的，每次醒过来心都怦怦跳得厉害，然后觉得很累。梦里都是熟人，丹丹、邓薇、学锋甚至还有韩璐璐，他们就跟生活里一样，特别逼真。"

"看来刚刚发生过的那些事对你的刺激很大。"

"可是事情已经结束了呀！韩璐璐走了；王志远被抓了，判了二十年。我应该觉得安心才对，为什么会没完没了地做噩梦呢？"

"你需要时间，也许是很长一段时间才能平复。"

"我想尽快把所有的不愉快都赶走，但是，那些人和事却缠住我不放。我总听到电话铃响，总觉得有人在给我打电话、发短信，总觉得又有一些丑闻要曝光。我觉得特别紧张，可是越紧张越觉得电话铃声无处不在。"

"这种情况叫'幻听'，是由心理问题引起的。"

"我知道这叫'幻听'，可是怎么办呢？这种疑神疑鬼的状态实在太折磨人了！"

"出去度个假吧，分散一下注意力。"

"也有人跟我这么说，可我最近实在没时间。"

"还有，你可以尽快开始一段新感情，找到新的寄托，过去的不愉快就会不知不觉烟消云散了。"

他转过头看着田原，淡淡一笑："不过这种事可遇不可求。"

"我又不是高中生，几分钟就可以爱上一个人，几分钟又忘掉。"

董志兴用右手握住了田原的左手："至少你要赶紧走出来，努力开始新生活，尽量淡忘过去的事。当你真正释然的时候，各种心理问题就会自动消失。不然，你会一直被困住，情绪越来越焦虑，整个人的状态也会越来越差。"

田原握着志兴的手，看着车窗外："重新开始？对我这个年龄的女人来说，还可能吗？"

27

卑鄙的爱人

彩虹手机电视公司和《美丽·家人》杂志正式签订了合作合同。田原在签约仪式上露了个面，就匆匆离去了。李学锋失望地看着她离开会场，看来田原一点机会都不想留给他。

高飞拿着一杯香槟走到李学锋面前，就项目的想法开始侃侃而谈。学锋回过身，冷冷地打量他。

高飞说："我跟田主编商量过了，我们想利用您的手机电视平台，发布二十部短片，宣传《美丽·家人》杂志。我想，这些短片不能仅仅做成广告，最好结合杂志的特色内容，设计成一个个小故事，让人在喜欢看的同时又能记住杂志，从而达到提升杂志知名度的效果。"

"你说得很吸引人，有具体方案吗？"

"方案我已经提前发给您了，您没看吗？"

"你说的是那个'亲子'系列短片的方案？"

"对！因为我们杂志有一个特别受读者欢迎的栏目，叫'亲亲宝贝'。我准备从中选择一些小文章，改编成剧本，拍成系列短片，讲述父母与孩子之间的故事。我想，观众会喜欢的。"

学锋嘲讽地一笑："看来你对手机电视一窍不通！你知道订购手机电视业务的都是什么人吗？我可以告诉你，手机电视的用户一半以上是未婚的年轻人；在已婚的用户中，男性又占绝大多数。你觉得，面对这样的群体，婆婆妈妈的亲子故事会有多大号召力呢？"

高飞思忖着，没说话。

"你不能用做杂志的经验来做手机电视，这是两个完全不同的领域。"

"是我太草率了，做方案前没有详细了解手机电视的具体情况。"

"一两天时间你就能做出策划案，说明你很能干。但恕我直言，你的方案华而不实，根本没价值。"

高飞有些难堪："这个方案的确不成熟，我回去重做吧。"

李学锋撇下他，朝着会场门口走去。

乔卫走过来，冲着高飞歉意地一笑，诚恳地说："希望我们两家公司以后合作愉快，一起把项目做好。"

李学锋在签约会场上表现出的冷淡和轻视让高飞憋足了一股劲。两天后，高飞拿出了第二份合作策划案。

彩虹公司的小会议室里没有开灯，投影机投射出高飞连夜赶工的PPT演示文件，一幅幅时尚的男性服饰搭配图片出现在屏幕上。高飞对着李学锋、乔卫叙述自己的短片创意，自信地说："感谢李总上次的批评。我回去认真查了资料，发现付费收看手机电视的用户以青年男性为主，而且他们中的大多数对时尚资讯非常感兴趣。针对这一点，我们可以做二十部短片，详细教授男士们服装搭配的技巧。比如，蓝西装应该配灰领带还是粉领带；格子衬衫应该搭配什么样的格子领带、条纹领带或纯色领带。我想从细节入手，循序渐进，让男士们通过短片掌握扮靓的绝招。"

学锋神情冷淡地做了个打断发言的手势，冷笑道："手机电视跟家里的电视不一样，这一点你应该清楚吧？"

"当然。"

"家里的电视可以是30英寸、40英寸大，可以是高清晰的、液晶的。可手机电视呢，屏幕再大也比火柴盒大不了多少。我问你，通过这么小的画面，怎么才能看得清到底是蓝白格还是蓝白条呢？为了看你的时尚短片，用户难道都要配上放大镜吗？"

高飞被学锋奚落得很难堪。

"再说，短片只教男士服装搭配，针对性这么强，难道要把全部女观众都排除在外吗？"

高飞很窘："这个……我疏忽了。"

"两次都是疏忽吗？我看，你根本没把短片的事放在心上。"

看到演示再一次进入僵局，乔卫起身把灯打开。白炽灯的清冷光线照在李学锋的脸上，那是一副毫不掩饰的盛气凌人的表情。

"李总，您这么说不公平。这个策划案我花了很多心思。我不像您那么了解手机电视，出错在所难免。只要您的意见是正确的，我都能接受；方案我可以重做！"

学锋嘲讽地说："田原说你能干，看来不过如此。"

高飞站起身，努力控制着情绪："我再修改计划，先告辞了。"

学锋冷冷地看着高飞走出了会议室。

午休时间，编辑们都趁着这段时间放松聊天。晓鸥很八卦地跑到高飞跟前问东问西。

"高飞，你平常喜欢什么啊？"

"旅游远足之类的。"

"高飞，你桌子上的照片是你拍的吗？摄影技术不错啊。"

"是我去四川的时候拍的。照片里的这个小女孩很可怜，家里只有妈妈，爸爸离家出走没音信了。她家里很穷，也没法读书。"

编辑们纷纷感叹："真是太可怜了，要是能帮帮她们就好了。"

高飞若有所思地向田原办公室的方向望了望。

晚上，田原从自己的办公室出来，看到外面的办公区里只有高飞一个人在加班。她向高飞打了声招呼准备回家，高飞有点犹豫地把田原叫住了："主编，我有个想法，不知是否可行。"

他拿起桌子上的小女孩照片，说："这个小姑娘是我旅游的时候认识的。她家所在的村子特别偏僻特别穷。爸爸抛弃了她和妈妈，只有母女俩相依为命，日子很苦。"

田原一笑："我跟这小姑娘一样，从小和妈妈一起长大。我知道那样的日子有多艰难。"

"她跟你不能比，她很可怜，差点儿连小学都没读完。我从当模特那会儿就开始资助她上学，现在这个小妹妹已经读到初三了。但可惜我只能帮她一个人，听说当地村子里的很多小孩都辍学了。"

"看不出你还很有爱心。可是现在这样的情况太多了，我们杂志社的力量有限，而且捐款这事全靠自觉……"

"我在法国的时候，曾经在一家杂志社做实习生，刚好赶上他们举办一年一度的慈善活动。杂志社举行晚宴，邀请广告客户、演艺名流、社会精英来参加，然后把门票收入作为善款捐给慈善机构。我和副主编给一家孤儿院送过善款，当时的情景我永生难忘。我经常想，要是我们的杂志也能做这样的活动就好了。"

田原沉思着说："这个点子不错，我可以考虑。我早就想过，杂志仅仅倡导时尚的生活理念是不够的，还应该倡导心灵的净化。做慈善活动是个非常直接的方法，可以启发大家向善，学会奉献和给予。"

"那我们也做慈善晚宴吗？"

"好啊！"

"筹备工作我可以做！"

田原激动起来。"如果慈善晚宴真能做成，我们可以把善款做成一项基金，专门救助贫困的单身母亲和她们的孩子。"

"在杂志上发个消息吧，呼吁大家都来参加！"

"如果响应的人多，这个活动立刻就可以启动！"

受到高飞的启发后，田原正式决定将慈善晚宴提上杂志社的工作日程。凭着《美丽·家人》在业内的地位和在读者中的影响力，田原有信心把这次慈善晚宴做成一个让各方共赢的项目。

在杂志圈里已经浸淫了十年的田原非常清楚，举办慈善晚宴是件有些冒风险的事。这个城市虽然在最近十几年经历着迅猛的经济发展，但本土的广告商缺乏参与慈善活动的观念。在杂志这样一个以广告额决定胜负的行业中，如果慈善晚宴得不到广告客户的理解，很可能给杂志今后的发展带来极大的负面影响。除此之外，她还要面对明星嘉宾背后经纪公司提出的苛刻要求，联络媒体搞好公关，在短期内寻找合适的会场，筹备晚宴上的文娱节目，甚至要抽时间专门去试吃晚宴菜品……想到这些，田原感到一阵面临挑战时的兴奋。她相信，这次的晚宴会将成为全城的话题。为了那些贫困的母亲，为了杂志社的长期发展，也为了自己和高飞的梦想，这一次的晚宴必须成功。

三点半，田原准时进入会议室。会议室里香气缭绕，十来位来自编辑部、市场部、广告部的骨干们，正在热闹地讨论着如何举办慈善晚宴的各种创意。田原满意地看着部下。在外人看来，时尚编辑似乎都是一群只关心吃喝玩乐、不懂世事的物质男女，但田原心里非常清楚，这些充满活力的年轻人在过去的工作中从来没有让她失望过。

"各位，我想大家已经看到我为慈善晚宴写的备忘录了吧。为了活动能圆满成功，我希望各位全力以赴。还是那句话，事在人为。这次活动一定要如期举行，而且要做得盛大、时尚、温馨，要突出慈善主题。我定了个初步目标，希望能募集到不少于五十万元的善款。"

市场部总监说："光靠门票收入恐怕很难达到您的目标。我建议在晚宴过程中，设计几个拍卖环节，不仅可以助兴，也可以募捐。"

田原叫道："好主意！各部门协调一下，尽快选择十五件拍品。可以是纪念版的名表，或者是限量版的箱包。如果数量不够，可以跟LV、Dior这样的大牌联系一下，争取让他们提供拍品。还有，这次活动的总负责人是高飞，你们有什么问题可以找他。"

高飞说："先说一下，我们为这次活动做的所有工作都是无偿的，希望各位能理解和接受。"

晓鸥首先响应:"接受!我们不仅接受,还准备捐款呢。"

高飞又说:"晚宴的主题是'为了单亲妈妈和她们的孩子'。在座各位最好都想想点子,要既能凸显主题,又能激发现场嘉宾的慈善之心。"

"我觉得可以在晚宴现场放映有关单亲妈妈生活的DV,真实往往最能打动人。"

高飞接着说:"大家刚刚谈到的想法最好能尽快落实。晚宴的具体流程和邀请的人员也要马上敲定!"

田原说:"时间紧急,大家先去忙吧,明天由高飞主持汇总会议!"

众人离开会议室,田原和高飞好像有默契,都留下没走。田原关心地问道:"现在手机短片的项目及慈善晚宴的项目都由你负责,担子很重吧?"

高飞苦笑着说:"说到手机电视短片,我的方案又被李总毙了。"

"为什么?"

"李总说我设计的方案不适合手机电视。"

"他是不是故意刁难你?"

"不完全是,我的方案的确有问题,但是⋯⋯"

"但是什么?你直说吧。"

高飞委婉地说:"李总对人太刻薄了,跟他合作我觉得不舒服。这个项目可能不适合我,您能考虑一下换人负责吗?"

"换人不可能!有问题可以解决,但是交给你的工作你必须完成。"

"我觉得,李总对我个人好像有成见。他的态度很奇怪,好像是在批评策划案,又好像是在批评我,让人捉摸不透。"

"他提的意见总还有一点道理吧?"

高飞无奈地点头。

"那就再调整一下你的方案。工作为重,别的事情不要想太多。"

高飞笑了:"您放心,方案我会重做的,直到挑剔的李总满意为止!"

从高飞的话里,田原已经感觉到了李学锋的醋意。回到办公室,她马上拨通了李学锋的电话。立刻,李学锋声音中的欣喜透露出来:"田原,你找我?"

田原严肃地说:"我有话跟你说。"

"什么事?要不待会儿一块吃饭聊。"

"不必了,我很忙。学锋,你是不是对高飞这个人有意见?"

学锋失望地说:"你就为了说高飞的事儿?"

"听说你很刻薄,把高飞的策划案贬得一文不值!"

"有些人太敏感了吧?我只是实话实说,在工作上我没必要拐弯抹角!"

"你到底是不喜欢他的方案还是不喜欢他这个人?"

"都不喜欢!"

田原生气了:"你这是偏见!"

"他心术不正! 年纪轻轻不好好努力,反而想方设法地巴结女上司!"

田原冷笑:"李学锋,你真阴暗。"

"我阴暗? 田原,你是不是喜欢上他了? 不然干吗这么护着他?"

"你无聊!"

"傻子都看得出来,你们的关系不一般!"

"不一般又怎么样? 李学锋,我的事跟你没关系! 我再提醒你一次,你我之间是合作关系,请你以工作为重,否则我随时终止合作!"

"为了高飞,你值得这样吗?"

田原直接挂断了电话,脸上浮现出厌恶的表情。

在商场上,技术出身的李学锋并不是一个老狐狸式的角色。他对待部下仁厚,对商业对手也一直留有余地,靠着对市场敏锐的触感和过人的判断力将公司发展成现在的规模。但多年的历练也教会了他其他的东西。就像用钱收买晓鸥一样,为了得到他想要的东西,李学锋随时可以收起慈悲心,靠一点伎俩达到自己的目的。

多年前,薛文就曾经劝过他,做大事的人关键时刻一定要心狠手辣。当时他笑笑,没说什么。因为这事,薛文认为他是个安于技术的绅士,决定和他合作。只是李学锋心里十分清楚,他并不是不会做龌龊事,只是还没有到必须做的地步。现在,自己的狼狈厄运过去了,有些事到了必须要做的时候了。

李学锋敲响了邓薇家的门。邓薇正在耐心地教丹丹折纸鹤,丹丹静静坐在一边,没反应。

"嫂子,我来看看丹丹。"

邓薇叹气:"丹丹的情况不太好。田原请董医生帮忙看过了,说是自闭症。"

"你别太着急,志兴会有办法的。"

邓薇看看学锋的脸色:"你找我有别的事儿吧?"

学锋支吾着:"田原最近怎么样?"

"什么怎么样? 她挺好的。"

学锋带着为难的神色:"昨晚我看见她跟一个男人在一起,好像挺亲热的。"

邓薇感兴趣地问:"田原有男朋友啦? 是谁呀? 你认识吗?"

"是田原的助理,比田原小好几岁呢。你说,他们不会有什么吧?"

"他早就是田原的助理了。你真是后知后觉。再说小几岁怎么了？现在就流行姐弟恋。想不到，田原还挺大胆的！"

"有时间你劝劝田原，让她别做傻事。"

邓薇反问："你是什么意思？"

"我的意思你应该明白。经过那么多事，我很感激田原，我不想失去她。"

邓薇马上明白了李学锋的真正来意，看来探望丹丹是假，争取外援是真，便直接问道："你想跟田原复婚？"

学锋点头："嗯。"

"那原子呢？她怎么想？"

"她……她现在还不愿意接受我。"

邓薇正色道："学锋，要是这样，我劝你还是放手吧。你们已经离婚了，田原想开始新生活很正常，所有女人都会这么想。"

"以前是我不好，但经过这么多事，现在我明白了，我离不开她。"

"对田原来说，你们之间的那些记忆太痛苦了，她希望能早点儿摆脱出来，好好生活。这没什么错！"

学锋不甘心："邓薇，帮我劝劝田原吧，我会给她幸福的。"

邓薇真诚地劝慰学锋："田原有重新选择的权利，你就别强人所难了。你这么做，只会让她产生逆反心理，她会更加抗拒你。"

学锋无语，情绪低落地拿起一张纸："嫂子，你教教我折纸鹤吧。"

转天上午，李学锋没有去公司，直接开车到了别墅。田原已经上班去了，赵静雅一个人在家。学锋买了一只大果篮送给赵静雅："妈，很久没来看您，您还好吧？"

赵静雅说："这么客气干吗？学锋，你瘦了，是不是工作太累了？"

"我挺好的。田原怎么样？"

"每天早出晚归的。不过，心情好像比前一阵子好了。"

"妈，有些事儿我不想瞒着您。您听了可别急，田原最近和她的助理走得很近。"

老太太很意外："田原恋爱了？那助理人怎么样啊？"

"我见过，据说以前是模特，比田原小好多，老是黏着田原。"

"你误会了吧？田原不会随随便便交这种男朋友的。"

"您还是跟她谈谈吧。我也是为了田原好，省得她犯糊涂被人利用。"

赵静雅叹气："我劝了她也未必听。田原从小就有主意，脾气又拧，有些话不说还好，说多了反而适得其反！"

"反正我想清楚了，不管有多大困难，我都要跟田原复婚。"

赵静雅笑了："你们要真能破镜重圆，我就放心了。"

学锋兴奋起来："妈，有您这句话我就安心了。公司还有事儿，我先走啦。"

"等等，我昨天做了你最爱吃的酱牛肉，你带些去吧。"

"太好了，爸也喜欢吃牛肉，回头我给他送过去。"

赵静雅听到学锋的话，没说什么，走进厨房去拿牛肉了。

傍晚，田育之在电脑前写回忆录，思绪突然卡住了。他翻看着笔记本，神情焦急。一番忙乱无果后，他拿起电话拨号，就在这时李学锋拎着饭盒走了进来。

"老孙啊，我是老田。你还记得吗？当年咱们第二次去俄罗斯，是三月份回国的还是五月份回国的？……噢，知道了，谢谢。"

学锋讨好老爷子道："爸，写回忆录呢？进展得怎么样？"

"我得抓紧写，再不写都忘光了。"

"我刚从妈那边过来，她做了酱牛肉让我带回去吃。我记得您最喜欢吃牛肉，就给您送来了。"

田育之接过饭盒："几十年没吃过了，静雅酱牛肉的手艺是一绝。"

"找个时间，您请妈来家里做客吧。"

田育之叹气："我现在忙着写回忆录，快收尾了，不想分心。再说，我就是请，静雅也未必会来。"

学锋无言地看着田育之，在他的心里，对田育之和赵静雅既同情又无奈。只是有一点是肯定的，他和田原绝不能变成老死不相往来的关系。无论花多大代价，李学锋也要复婚。

28
机关算尽太聪明

田原的办公室里，她对高飞说："手机电视的策划案我看过了，觉得你这次的方案很精彩。情感方面的话题通常都比较受欢迎，拍出来画面也能活泼些。"

高飞苦笑："李总老批评我不考虑用户的特点，我想了一夜，觉得做一组情感短片大概能满足所有人的口味。但愿这次他能喜欢。"

"如果这个方案他再不通过，我们就放弃跟他的合作。"

桌上的电话响了，前台秘书温柔的声音说："田主编，一位邓小姐想见您。"

"请她进来。"

邓薇推门而进，一眼就注意到了办公室里的高飞。

"你这么早就过来了？我工作还没忙完，暂时走不了。"

邓薇笑吟吟地打量着两个人："没关系，我可以等你。"

"主编，我去把方案发给李总。"

"你告诉李学锋，就说这个方案我看过了，我认为完全可行。作为合作者，希望他尊重我们的意见。"

高飞礼貌地向邓薇点了点头，出去了。邓薇满脸笑意，毫不掩饰地打量着高飞。见高飞出去了，田原起身把门掩实，转过身来假意质问邓薇："你干吗呢？跟花痴似的，盯着人家看个没完。"

邓薇调笑她说："我是来帮你把关的，当然要看清楚！"

田原挑了挑眉毛："把关？什么意思？"

"连我你都瞒着，真不够朋友！学锋都告诉我了，说你跟助理的关系不一般。我能不好好看看吗？"

田原的脸色一沉："他怎么那么无聊啊！"

"他挺着急的，让我来劝你，跟他破镜重圆。"

"你是来当说客的?"

"才不是呢! 我跟学锋说了,你受了那么多委屈,肯定不愿意再回头了。我劝他放手,让你重新开始。"

"算你了解我! 过去的就过去了。"

"我觉得你那个助理挺好的,不光长得帅,人好像也不错。你别犹犹豫豫的,遇到合适的,大胆一点儿。幸福的新生活要靠自己来争取!"

田原一笑:"我可没想那么多。"

邓薇八卦地追问:"哎,助理到底比你小几岁呀? 你们俩来真的没有?"

和邓薇吃完消夜后,田原开车回到家时已经是晚上十一点多了。从别墅外面看去,客厅里的灯还亮着。田原有些奇怪,往常这个时候,妈妈已经上床睡了。进到屋里,她发现赵静雅正坐在沙发上打盹,面前的电视还开着。

田原轻轻推醒她,赵静雅猛地惊醒,显得有些慌张,等看清了眼前的人,便有些责怪地对田原说:"你回来啦。最近忙什么呢? 天天都十点多钟才到家。"

"都是工作上的事。"

"要是有什么事儿,你可别瞒着妈。"

田原纳闷地说:"怎么了,妈? 我没瞒您什么呀!"

"你别以为我保守,离婚女人的苦我最清楚。你想再找朋友,我一百个支持。可你不能什么都不说呀,让我为你操心。"

"什么朋友?"

"听说是个模特,比你小好多。原子,这可是大事,不是玩笑啊。"

田原愤怒地说:"李学锋是不是来了? 他跟你说的吧?"

"你别生气,他也是为你好,怕你上当受骗。"

"李学锋简直是无聊透顶! 他跑来跟你说这些,到底是什么用心啊?"

"你别怪他,他心里有你,才不愿意你跟别人在一起。"

"他爱想什么想什么,跟我没关系!"

"怎么没关系呀? 学锋还盼着跟你复婚呢!"

"绝对不可能,你让他趁早死心。"

赵静雅又急又气,觉得心跳得很乱,用手捧着胸口不说话了。

田原大惊:"妈,您别吓我! 您要出点什么事,我怎么办啊。"说着慌忙找药,送到赵静雅嘴里。

这一夜,母女两人各自在疲惫中睡去了。

李学锋坐在办公桌旁,看着电脑里高飞发来的策划书。他承认,这份策划案的创意很好，可行性强，可以马上进入执行阶段了。不过他并不急着通知高飞这个消息。

上次田原打给他的怒气冲冲的电话让李学锋明白了在田原的心中高飞的重要性。要想阻止他们两人的进一步发展，必须抓住这次和高飞见面的机会。既然田原这边不好攻破，就从高飞入手吧。

现在，李学锋认真地把高飞当做对手看待。通过晓鸥对高飞的描述和前几次会面时对他的直观印象，学锋猜测高飞的性格、思考方式、阅历经验。有很多事情，需要在他和高飞会面前理清楚。商人从不打无准备的仗。他冷静地在头脑中一遍遍排练着他们见面时可能出现的每一个细节，谨慎地组织着话语。他深信，凭借自己的头脑，能彻底摧垮高飞的自信。对手只是个毛头小伙子罢了。

蓝鸟酒吧，靠窗的座位，李学锋沉稳地坐在那里："你的策划案我看过了。做情感系列短片，这个创意不错。具体的合作细节我的助理乔卫会找你谈。"

"太好了，终于通过了！"

沉默了一阵，学锋："你不觉得奇怪吗，我约你在这种地方见面？"

"有点儿怪。"

"因为我今天想跟你谈点儿私事，所以不方便去办公室。"

高飞疑惑地看着李学锋。

"我想跟你谈谈田原。她是你的上司，也是我的前妻，我们现在又在一起合作，所以有些话我想先跟你说清楚。"顿了顿，他接着说，"田原跟我是十几年的恩爱夫妻，虽然发生过很大的风波，但在我最困难的时候，她还是帮了我。她用抵押房子的钱让我的公司起死回生；她鼓励我打官司，用法律手段保护自己。如果没有田原，我可能走不过那段难熬的日子。"

"她的确挺了不起的，一般的女人绝对做不到。"

"所以我想回报她，用我的一生来回报她，给她后半辈子的幸福。可能你觉得肉麻，但我说的都是真的。"

"为什么跟我说这些？"

"因为我想让你明白，你不该对田原有任何其他想法。你们只是上下级、只是工作伙伴而已。"

"您好像管得太宽了。"

"我说得再直接一点儿吧。田原那么优秀，应该选择配得上她的男人。而你呢，除了长得帅以外，好像没什么过人之处，你能给田原的太少了。我劝你悬崖勒马。你们现在处在进一步还是退一步的关键时刻，你最好能退一步，因为如果田原选择你，她失去的就太多了。"

高飞站起身道："我觉得没必要再听您说下去了。再见！"

"我还有几句话，希望你能听完。"

两人僵持了几秒钟，高飞再次坐下。

玉湖边，高飞独自坐在那里发呆。李学锋最后说的话，像铁锤一样敲击着他的耳朵，充斥着他的脑海："你如果真的爱她就应该为她着想。即使田原不跟我复婚，她也不应该选择你，她可以选择一个更成功也更成熟的男人。你的人生是否成功，现在还是个未知数，你何必拉着田原跟你一起冒险呢？"

高飞陷入了迷茫，田原是个好女人，一个绝对值得爱的女人。可高飞并不喜欢沉重而专断的爱，他的爱是自由的。如果他的爱让田原生活在压力里，那么不如从一开始就不让她察觉。

手机响了，高飞接听，话筒里传来田原焦急的声音："你怎么去了那么久？还在李学锋的公司吗？还是不顺利？"

高飞情绪低落地说："没有，策划案通过了。"

"听你的声音不对劲啊，李学锋刁难你了？"

"没有，李总只是随便跟我聊了两句，他的话很有道理，我觉得挺受启发的。我发现，自己以前对很多事情确实考虑不周。"

"他到底说什么了？你不用这么吞吞吐吐的。"

"是我自己的原因，我想休息几天，调整一下。"

田原疑惑地说："怎么了？你还负责慈善晚宴，目前怎么能放你休息呢？"

"那等晚宴后能给我假期吗？可能一周，也可能再长点儿。"

"你今天不用回杂志社了，好好回家休息。除非你说出真正的理由，否则我不会给你长假的。"

高飞沉默了一阵，挂掉了电话。

为了慈善晚宴的事情，田原不知不觉又忙到晚上十点多。关了电脑出来，发现偌大的办公区里只有晓鸥一个人在加班。

田原随口问道："晚宴的明星名单确认了吗？"

"刚刚确认好，不过星艺经纪的明星最终可能还有变动。"

田原轻轻点头："快回家吧，周末愉快！"

从大厦的车库出来，田原在夜色中看到晓鸥孤零零地站在路边打车。一辆辆出租车驶过，可是都已经载客了。寒风袭来，晓鸥裹紧衣服。田原把车停在晓鸥身边，落下车窗，招手示意晓鸥上车："今天周五，出租都不好叫。算你走运，我送你回家吧。"

一路上，晓鸥情绪高昂地和田原讨论着晚宴的细节。随着赞助的敲定和媒体的预热，慈善晚宴已经显示出了一定的影响，一些著名企业的公关部也打电话来，询问参加的方式。《美丽·家人》杂志成功地走出了受丑闻影响的下滑局面。

　　在某小区大门前，晓鸥跟田原告别下车。她犹豫着走了几步，突然快步回到田原车旁，打开了车门，上了车："主编，有件事我想告诉您。"

　　田原意外地看着晓鸥。

　　"李总，就是李学锋，前些日子交给我一个任务，让我监视你所有的行踪，然后向他汇报。几天前他还专门找到我，让我特别注意您和高飞的所有活动。他给我办了银行卡，每周付钱给我。开始我不同意做，但他说他没有恶意，是因为想跟您复婚才这样做的。可我一直觉得心里不舒服，好像在出卖您。"

　　田原控制住情绪："没什么，你能说出来就好。"

　　"您放心，明天我就跟李总说清楚，我会把钱都还给他的。"

　　田原安慰地拍拍晓鸥的手："别放在心上。"

　　"对不起，主编。"

　　田原宽容地一笑："回家早点儿休息吧。"

　　目送着晓鸥进了楼门后，田原的怒火早已按捺不住了。想起那个曾经和自己生活过十二年的男人，居然做出这样龌龊的举动，田原恨不得马上和他当面对峙。打定主意后，田原掉转车头向李学雷家的方向驶去。

　　李学锋正准备睡觉，他禁不住乐滋滋地一遍遍回想今天和高飞见面的场景。从高飞动摇的眼神中，他知道自己这一回合赢了。这些日子以来，也许今晚他可以做个好梦了。

　　突然，手机响了。他有些奇怪，看了一眼来电显示，竟然是田原打来的。学锋看了一眼墙上的挂钟，已经十一点多了。他接通电话，里面传来田原的声音："我在巷子口，你能出来一趟吗？我有话对你说。"

　　学锋迟疑着说："这么晚了，要不你进来吧。"

　　"还是你出来吧，我等你。"

　　李学雷在一旁奇怪地问："谁呀，这么晚还打电话？"

　　"田原。"

　　学锋飞快地换衣服，学雷担心地嘱咐："你们有话好好说。万一有事别忘了给我打电话。"

　　学锋答应着，匆匆出了门。

　　学锋远远就看到了田原的车，车上的田原用冷冷的眼神看着他走近。学锋心里有点上下打鼓，不知她的来意。他的脑子里飞快猜想着各种可能性，难道

191

是高飞向田原摊牌了？

开门坐到副驾驶位子上，学锋试探着问："什么事儿？"

田原面色阴沉："我刚知道，你雇晓鸥当间谍，监视我的一举一动。你想干吗？"

学锋没想到是这件事情败露了，这完全出乎他的意料，只能拼命解释："我没有恶意，我只想关心你而已。"

田原怒道："你不觉得这手段太低级了吗？你是不是还准备安针孔摄像机，好二十四小时监视我？是不是韩璐璐教会了你这一套！"

学锋懊恼至极："你误会了，你听我解释好吗？"

田原摆了摆手："还有，今天上午高飞去你的公司，你对他说什么了？"

"他去你那儿告我的状了？"

"他没你那么无聊！我问你，你为什么总想扰乱我的生活？跟你说过一万遍了，我们已经离婚了，没关系了，各过各的日子，互不打扰，不行吗？"

"我做不到！我不想失去你。"

"你已经失去我了！别再说这些废话了，我一个字都不想听。"

"我之所以那么做，是因为我还爱你，我想跟你复婚！"

田原冷冷地说："你真可笑！我告诉你，我有喜欢的人了，我绝对不会和你复婚的，你趁早死心吧！"

学锋没料到田原会承认已经有了心上人，急忙问："是谁？"

田原："我没必要向你汇报，到时候你自然会知道。"

学锋痛苦地问："是高飞吗？"

"你下车！以后别再让我发现你做这种无聊的事！否则我们今后就只是陌生人，连朋友都做不成！"

学锋情急之下一把抓住田原的手："你要相信我！我对你是真的！"

田原狠狠地把手甩开，从嘴角蹦出一个字："滚！"

学锋带着不甘和悔恨，无奈地下了车。田原发动车子，急速离去，把学锋一个人扔在夜色中……

29

走失的父亲

早晨，阳光照耀在田育之家小院里的绿藤架上，晶莹的露珠已经随着温度蒸发不见了，但空气中仍然残存着清新的草香味。

保姆小周提着蔬菜水果从早市回来，发现小院门没锁，连忙推门进去。小周四下里喊："爷爷，爷爷！我回来了。"

发现没人，她忍不住小声嘟囔："真糊涂，又不锁门。"

小周把东西拎进厨房，回身看了一眼墙上的钟，时针指向八点。她开始了每天例行的工作：收拾房间，扫院子，洗衣服……

时针指向中午十二点。小周把一盘盘做好的菜端上桌子，心神不宁地站在窗前，不时向外张望。时针指向一点。她匆匆吃了几口饭，在小院里焦急地来回踱了几步，终于下决心锁了院门，到马路上寻找田育之。时钟指向下午三点。小周满头大汗回到家，拿起电话旁的通信录，着急地拨号。

"是孙爷爷家吗？我是田育之家的小周，爷爷在您那儿吗？"她随即露出了失望的表情，"知道了，谢谢。"

小周挂断电话后，再次拨号，这次她拨通了李学锋的电话。

李学锋正在玉湖边的高尔夫球场里，和钱总谈融资的事情。

学锋客气地说："钱老板，您这一杆打得好啊。"

钱总矜持地说："李总，过奖了。我一直收看你们公司的手机电视频道，觉得做得不错，很有潜力。"

学锋的手机突然响了，他看了看来电显示，略带歉意地对钱总说："对不起。"

学锋开始接听电话，只听了几句就一下子站起身，神情骤变。

他挂断电话，给乔卫使了一个眼色："钱老板，实在对不起，我突然有点儿急事，得立刻走，请您多包涵。乔卫，你照顾好。"

钱总惊诧地说："你还是老风格啊！呵呵。"

同一时间，田原也得到了父亲走失的消息。匆匆把手头的事情安排给手下后，田原发动汽车打着双蹦灯驶进了如织的车河中。超速、抢道，即使明知道路口有摄像头，田原还是赶在红灯前强行拐了过去。田原心里忍不住自责，这些日子忙，以至于都没有过问过父亲那边的情况。老爷子都是七十多岁的人了，脑子又不好使，万一有个闪失……

思索间，田原的车子已经到了小院。还没把车停稳，田原一眼就看见李学锋的宝马停在小院门口，心里的火马上就被点起来了。这个李学锋，怎么无处不在啊！

田原推门进屋。屋里，小周和学锋正对着那本通信录，分头拨打电话。

"怎么样？回来没有？"

小周带着抽抽搭搭的哭腔摇头："上午八点我买菜回来，爷爷就不见了，一直到现在都没消息。"

"我打过十几个电话了，没找到人！"

田原烦躁地说："怎么哪儿都有你？你来干吗？"

"老爷子的事，我能不管吗？"

"报警了吗？"

"报过警了，警察做了登记，但他们说最好发动家里人积极外出寻找。"

田原心急地说："那我出去找！小周，你哪儿都别去，在家里守着电话，有什么情况，立刻通知我！"

田原一脸焦灼，在路上四顾走着，留意着过往的老人。附近的超市、街心公园、老年活动中心……田原把能跑到的地方都找了个遍。

天色渐渐暗了下来，高跟鞋里的脚变得酸痛难耐，田原委顿地坐在路边的花坛沿上，眼睛仍然麻木地搜寻着。暮霭中，已经很难看清路人的脸了。

父亲平常会去什么地方？有什么固定的活动？田原在心里一遍遍回想类似的信息。最终，她悲哀地发现，自己对田育之的生活是那么陌生。那个曾经抛弃她和母亲的男人，在田原的心里，一直没有得到宽恕。

华灯初上，田原疲惫地继续走着，突然发现自己正站在一个大的十字路口，人潮汹涌，车辆飞快地从她身边驶过。田原手足无措地停下脚步，四下张望，不知该走哪个方向……

突然，手机响了，田原一惊，马上激动地接听电话："喂？噢，妈，我今天要加班，可能就在办公室凑合一夜了。您自己吃吧，早点儿睡，别等我。"

说完，她挂断电话，忍不住无助地哭了。

电话又一次响起。田原看了一眼来电显示，是高飞打来的。她稳定了一下情绪，极力掩饰着自己的不安："高飞啊，有什么事吗？"

"还在加班吧？关于慈善晚宴我有一个新想法，想马上告诉你。"

"有什么事咱们明天上班谈吧。"

高飞似乎从她沙哑的嗓音中听出了不对劲："你没事吧，身体不舒服吗？我也不知道为什么，好像一定要和你聊聊才安心。"

田原眼眶一热，一手捂住了电话，不想让高飞听到她的哽咽。良久，田原拼命稳定住情绪，低沉地说："高飞，我爸走失了，从早晨到现在，什么消息也没有。你说我怎么办呢？"

高飞安慰她说："别太着急，不会有事的。你现在在哪里？我去找你。"

田原坐在路边，对面马路上的广告灯箱正是有关慈善晚会的广告。然而此时田原没有心情思考，她只愿灯光能再亮一些，让她在人群中找到那张熟悉而苍老的脸。

田原自己也不明白现在心里到底是什么滋味儿。她怨田育之没有给过她父爱，却一直这样折腾她，让她担心。可是她又心疼田育之，怕他有什么三长两短，怕他没东西吃、没地方住，怕他被别人欺负。毕竟他是她的父亲，不管过去有多少不愉快，这种血浓于水的关系永远也改变不了。

一辆出租车猛地停在马路对面，高飞顾不得信号灯正在闪烁，向着田原冲过来。田原就像走失的孩子，一把抓住高飞的肩膀，委屈地哭了。高飞体贴地把田原揽在怀里："放心吧，你爸爸不会有事的，我有感觉，你相信我。"

田原把脸埋在高飞肩膀上，她已经疲惫万分。高飞努力定了定神，毕竟，从那次夜晚田原酒后强吻了他之后，他们之间再也没有这么亲密地接触过。高飞关心地问："你还没吃晚饭吧？起风了，我先陪你去吃点东西暖和暖和吧。"

"谢谢你，我好多了。我去我爸家，等着奇迹出现，也许他自己能找到家。"

"我陪你回去。"

"不用了。"

"你不同意我也要去，我不放心你。"

田原没说话，脸上闪过一丝感动。

田育之家，房间里静悄悄的，田原、高飞、小周姿态各异，疲惫地守候着。电话突然响了，几人一惊。离电话最近的田原一下抓起听筒。

对方说了几句什么，田原黯然地说："你打错了。"

外面传来脚步声，李学锋进来了。他见到高飞有些意外，脱口而出："你怎么来了？"

"我请他来的。"

学锋努力控制着情绪："刚才我去派出所了，警察说暂时没什么消息，不过他们会全力以赴的，让我们耐心等待。"

"知道了，辛苦你了。你先回去吧，好好休息。"

学锋站着，有些手足无措："我不累，留下来陪你吧。"

田原："不用了，我们三个轮流等电话，你放心吧。有消息我会告诉你的。"

学锋无奈地说："那我先走了。"

他转身离开，又忍不住回头，心情复杂地看了高飞一眼，跨出了院门。门外的车的发动机还热着。辛苦了半天的李学锋这时才想起来，还没顾上吃晚饭。刚才，田原冷淡戒备的眼神深深刺痛了他的心。难道他李学锋在田原心里就是那么一文不值吗？一个补救的机会都没有吗？从大学那会儿算起，他们相识已经快二十年了，结婚也有十二年，现在在田原心里，他李学锋竟然还没有高飞重要。在应对田育之走失这么重要的事情的时刻，留在那个小院里的竟然是高飞。他还根本不认识田原的父亲呢！

想到如今不知身在何处的田育之，李学锋又不禁心焦。田育之疼他，待他亲如己出，他也把老爷子当自己的父亲对待。他和学雷兄弟俩在大地震中死里逃生，靠着自己的拼搏才有了今天的成绩。然而心中那种丧失父母的伤痛从来没有减少，直到遇到田育之和赵静雅这样的好人，李学锋才在多年后重新享受到来自长辈的温暖。就冲他们对自己的疼爱，李学锋也不能丢了这份孝顺的责任。

早上的阳光透过窗户洒进屋里，和衣睡在沙发上的田原醒了过来。厨房里传来了响声，田原起身去看。高飞正在厨房里忙碌，熟练地煎荷包蛋。看到田原，高飞轻快地说："醒了？早餐马上就好。"

"让小周做吧。"

"小姑娘昨天受了惊吓，让她好好休息吧。再说，我做早餐特别拿手，正好可以表现表现。"

田原忍不住微笑。

小院里忽然传来民警的喊声："请问这是田育之家吗？"

田原三步并作两步跑出去，只见民警带着田育之站在小院里。

田原激动地说："爸，你可回来了！"

"你父亲是昨天晚上被好心人送到我们派出所的。休息了一晚上，今天早晨他才把家庭住址说清楚。"

田原忙不迭感谢民警："太谢谢您了，给您添麻烦了。"

她上前扶住田育之，上下检视一番。父亲经过一天的折腾，显得有些劳累，幸好精神还不错。

田育之笑呵呵地对田原说："我没事，我就是迷路了，然后又突然想不起家里的地址了。"

"我们派出所离这儿很远，老人家独自走那么远的路，实在很危险。以后你们要多注意，一定把老人看好。"

"您放心，我向您保证，绝不会再发生这样的事了！"

"让老人好好休息吧，我先走了。"

田原把民警一直送出院门："太感谢您啦！"

小周这时闻声也醒了，跑到屋外兴奋地招呼："您吃饭了没有？饿了吧？"

田育之："我吃过了，在派出所吃的阳春面，挺好吃的。"

高飞站在门口，礼貌地打招呼："伯伯，您回来了。"

田育之惊讶地问："这小伙子是谁呀？"

"他是我的助理。"

"助理？学锋怎么不来？"

田原尴尬地看了高飞一眼，没有回答。

从田育之的房子出来后，田原载上高飞一起去杂志社。车子行驶在湖滨大道上。时间还早，玉湖边聚集着晨练的人们，这是一个生机勃勃的早晨。田原把车子停在一处安静的水湾边，向高飞提议："我们在这里坐坐吧。"

两人坐在长椅上，静静地望着湖水。良久，田原打破了沉默："高飞，你听说过老年公寓吗？"

"听说过。我觉得挺好的，等我老了，就搬到老年公寓去，不拖累任何人。"

"老年公寓的老人都有专人照顾，条件好的还有保健医生，老人的吃、住、健康、安全都有保证。你说……我送我爸去怎么样？"

"我能理解你。可你要把老人送走，很多人会说闲话的。"

"所以我掂量了很久，一直下不了决心。可是我爸的记忆力越来越差，我真怕再出现昨天的情况。万一……万一他回不来了，我真的不知道该怎么办。"

"你父亲愿意去吗？我担心他一开始没法接受改变生活方式，老人都有老人的习惯。"

"可是现在我觉得没有其他办法了。现在只有我能对他负责，可我又不能每天都去照顾他。你也知道，小周担不起责任，人家也不用承担这些责任，高兴做就做，不高兴可以随时走。送我爸去老年公寓可能是最好的选择，也是我目前唯一的选择了。"

"你这样做没什么错。"

"那你能帮我吗？"

"当然。"

李学锋是中午到的田育之家。在派出所得到好消息后，李学锋先绕到超市买齐了蔬菜水果，到家时田育之刚刚睡醒回笼觉。

一道吃过午饭后，学锋和田育之摆好了棋盘。

"爸，您昨天怎么跑那么远啊，多危险哪。"

"我坐车来着，好像弄错方向了，结果越坐越远，最后就迷路了。"

"我担心得一夜没睡，怕再也见不到您了。"

"瞧你说的！我没那么糊涂，昨天是特殊情况。"

"爸，您就别嘴硬了。回头我跟田原好好商量商量，一定得想出个办法来，保证您的安全。"

"对了，你和田原怎么回事？为什么又冒出一个叫高飞的？"

"您见过高飞了？觉得怎么样？他现在可是田原眼里的红人！"

"他怎么样我不管，反正我就认你是我女婿。"

学锋苦笑："爸，我跟田原复婚的事好像越来越渺茫了。能做的我都做了，可是田原对我挺冷淡的，而且越来越讨厌我了。"

"只要田原还没嫁人，你就不能放弃。你可别学我，稀里糊涂地错过了，后悔一辈子。"

学锋若有所思，轻轻放下一枚棋子。

既然答应了帮助田原，高飞没有食言。在工作之余，他用一个星期的时间，跑了市内外五家老年公寓，根据实地调查的结果做了一份对比材料。当他把慈善晚会的各项进程的报表和这份老年公寓对比材料一道交给田原时，田原被他的工作效率和细心程度彻底征服了。

那份对比材料里包括环境、硬件、卫生、医疗水平、管理状况以及距离市区的车程，远比田原想到的多得多。

"高飞，我真得替我爸感谢你。"

高飞开玩笑："别客气，其实我是为自己老了以后挑住处呢。我觉得'松竹庭'不错，车程近，环境又好，还有电脑室。有空你去看看。"

有了高飞的前期资料，田原很快就选定了"松竹庭"。在和院方签订了监管协定后，田育之入住老年公寓的日子到了。

田育之默默坐在沙发上，田原帮着父亲收拾行李，并且劝慰着父亲："爸，老年公寓有很多老人，您可以跟他们一起下棋、聊天，比一个人闷在家里好多了。"

田育之无动于衷。

"公寓里还有保健医生，每月会给你们做体检，随时监控你们的身体状况。还有专门的营养师，负责搭配一日三餐，在保证营养的前提下，还保证口味。还有特别为老年人设计的健身房，您想什么时候锻炼都可以。"

田育之面无表情，显得毫无兴趣。

"对了，那儿还有电脑，您不是在写回忆录吗，用公寓里的电脑就行了，很方便。"

田育之终于开口了："原子，我哪儿也不想去，就想住在家里。"

"我也想让您住在家里，可是不行啊！已经换过不下十个保姆了，工资付得比其他家都高。但是最后人家都受不了走了，我实在没办法！我还要工作，不能时时刻刻陪着你，万一您又走丢了，又忘带钥匙了，又找不到东西了，怎么办？"

田育之不语。

"爸，您就去老年公寓住几天，尝试尝试，行吗？要是觉得好，就住下去，要是觉得不好，我们再想别的办法，好不好？"

田育之不说话，一副不情愿的表情。

"爸，您放心，我会经常去看您的。"

田育之无奈地长叹一声，点了头。

田原把几件行李放进后备箱，田育之恋恋不舍地走出小院。田原干脆地把院门锁上："爸，我们走吧。"

田育之无限眷恋地回望着自己的老宅，上了车。

30

一夜的玉湖

在《美丽·家人》杂志社各部门高效的努力下，慈善晚宴以超乎外界想像的制作水准在本市最高级的酒庄玉湖山庄圆满举办。酒庄的总裁被田原的慈善概念打动，让杂志社无偿使用场地，并免费为晚宴提供了酒水饮料。

当晚，晚宴的二百个座位座无虚席，各大奢侈品集团的亚太区或中国区总代悉数莅临。在高飞的总指挥下，晚宴流程按原计划严格进行，没有出现任何意外。田原穿梭在台下结识和巩固广告客户关系，推广杂志，和广告部总监两个人忙得脚不点地。十五件由广告商提供的限量版奢侈品拍品掀起了晚宴的高潮，当晚总共募集到善款九十二万元，超过预期近一倍。在客户方面，也有六七家公司的广告经理明确向田原表示了投放意向。这样的结果可把杂志社的一众年轻人乐疯了。

晚宴结束后，田原、高飞和累得七扭八歪的同事开心地坐在会场的一角，看着工作人员撤台。大家一致起哄，让田原讲两句。

"慈善晚宴能圆满成功，我觉得都是在座各位的功劳，我谢谢大家。大家加班加点，把工作完成得格外漂亮，我很感动，这一切我会永远记在心里。"

晓鸥说："主编，您别这么说。这种工作我们愿意做，心里高兴。"

"这次活动非常完美，募集到的善款大大超出预定目标，我想大家都应该感到欣慰和满足了。杂志社已经为这笔钱设立了专项基金，由慈善总会监管账目，全部用来救助贫困的单亲妈妈和她们的孩子。之前我们已经与周边三个贫困县的妇女组织取得了联系，善款将很快送到最需要帮助的家庭。"

酒庄里爆发出一阵欢呼和掌声，年轻人都十分激动。田原继续说："第一笔善款是三十万，将分配给三个贫困县，也就是说杂志社将把每笔十万元的善款分三次送达不同的区县。我想过了，为了表示对大家的感谢，在座各位可以任意参加送善款的活动，可以去贫困的农村看看，也可以亲自监督善款的流向。"

晓鸥开心地说:"太好了!三次我都去,行吗?"

众人哄笑。

田原在笑声中催促大家:"好啦好啦,大家快回家休息,今天晚上别乐得睡不着觉!"

众人笑闹着,疲惫又满足地散去。

高飞体贴地对田原说:"我送你回家吧。穿着高跟鞋站了这么久,你那双脚累坏了吧。"

田原意外又开心地点点头:"想不到你连这些都能想到。"

在车上,田原查看手机,有十几个李学锋的未接电话。她皱了皱眉头,把手机放回包里。

高飞注意到了她翻看手机的表情:"心情不好?"

田原没有回答,把目光投向窗外。车子正行驶在湖滨大道上,清冷的月色下,湖水的波纹有种荡漾的暧昧。按照正常的车速,不消一刻钟就能到达田原的别墅。

田原透过车窗望着玉湖,道边的法国梧桐以极快的速度飞逝而过,如同到现在为止不可阻止地消失的光阴、家庭、腹中的胎儿和她对李学锋的爱情及信任。她突然感到一股不能控制的惶恐感,脱口而出:"停车!我们去湖边走走。"

话一出口,田原简直不敢相信那嗓音是由自己的喉咙里发出的。那么干瘪又尖锐的声音,就好像濒死的溺水人无助的求援。

高飞转过头看了她一眼,眼神里有一种温暖的包容。他减速缓缓停了车,拉好手刹,顺势握住了田原的手。田原没有挣扎,享受着来自手心的温暖。两个人的眼神相触,眼中是一目了然、坦荡荡的爱欲。没有人说话,嘴唇渐渐靠近嘴唇,吸吮对方的体温和寂寞。

次日,杂志社还沉浸在筹集到巨额善款的喜悦里。各大报纸和电视媒体对这次的晚宴都作了报道,某些媒体还发起了关于名人参与慈善活动的讨论。

田原和高飞在主编办公室里,兴奋地议论着如何发放善款的事情。高飞低头研究省地图:"我觉得咱们应该先去金县,在三个县里,金县离城市最近,当天就可以往返。"

"你正好说反了,应该先从最远的地方开始。"

"为什么?"

田原开玩笑地说:"不是说舍近求远嘛!"

两人开心地大笑。

学锋敲门进来,满脸不悦地看着欢笑着的高飞和田原,控制着情绪:"田原，你为什么昨天不接我的电话？"

高飞起身准备出去，田原用眼神示意他不要走，他只好又坐下。

"我们的工作还没谈完，你突然闯进来，难道好意思吗？"

"那好，我问你，爸在哪儿？我昨天去看他，怎么整个小院都没人了？"

"老年公寓。"

学锋惊讶极了："你把他送到那种地方？"

田原挑衅地看着学锋："这是我的家事，没必要告诉你。"

"哪家老年公寓？"

"这个也不能告诉你，因为我不希望你去打扰他。他现在生活在一个大集体当中，很愉快，比一个人待在家里好多了。"

学锋愤怒地说："爸自己想去吗？是你逼他去的吧？"

"我觉得你这个问题很可笑。"

"这是谁的主意？是你的主意，还是他的主意？"

说着他用手指了指高飞。

高飞平静地说："您猜得没错，是我向主编提议的，我觉得老年公寓挺好。"

田原意外地看了高飞一眼。

"田原，我真不明白，你为什么要跟这种毛头小子在一起。"

"你说话客气点儿！"

"他把你的父亲都看成是累赘，说赶走就赶走，你不觉得可怕吗？"

"够了，李学锋，你不要对我的生活指手画脚！"

"田原，你怎么了？你连好坏都分辨不出来了是吗？你简直不可理喻。"

李学锋摔门愤然离去，把外面的编辑们看呆了，彼此面面相觑。

学锋走后，田原问高飞："你什么意思？为什么说老年公寓是你的主意？"

高飞淡淡一笑："这样我就可以替你挨骂了，你可以好过一点儿。"

田原有些哭笑不得："你这是什么逻辑？"

学锋驾车疾驰，不停地按喇叭、超车，车子疯狂地往前冲。刚才田原的冷血彻底激怒了他，他不明白一个人怎么能为了逃避赡养的责任，把最重要的亲情也毫不犹豫地抛弃。就算当初田育之没有尽到抚养的义务，但他是赋予田原生命的那个人，这种血缘关系是不能改变的。而他更不能接受的是，田原居然认为这件事与他李学锋没关系。怎么能没有关系呢？老爷子身边最亲近的人，就是他李学锋了，有事没事只有他往田育之的小院跑，田育之的爱好习惯他了如指掌；连遇到老爷子走失的大事，保姆最先想到的也是找他李学锋。

李学锋深深感到田原变了，变得不认识了，自从她搭上高飞之后……这让李学锋感到既委屈又恶心。其他事可以忍，唯独老爷子的事他没法放任。打定主意后，李学锋决定去找赵静雅告状。

邓薇把公司搬进田原帮忙租的办公室的第二天，姚家妹就来新公司报到了。简单的办公室，一名员工，这些都让邓薇有了重新回归工作的安全感。

家妹是个忠诚勤劳的人，在最困难的时刻义无反顾地回来了。邓薇从心里感激她，甚至曾经幻想等公司挣钱做大后，分给家妹一些股份。可是邓薇心里也明白，家妹缺少韩璐璐的头脑、口才和技术，很多从前在业务范畴内的项目现在她们都不能做了。缺少了技术支持，暂时还没有能力雇用新人，新钟点女秘公关公司的生意很不好做。

因为生意冷清，邓薇这天把丹丹带到公司，等李学雷顺路来看她。丹丹安静地坐着，眼睛空洞地盯着窗外。邓薇发愁地看着呆呆的丹丹，忍不住叹气。

家妹坐在另一张办公桌前感慨："现在也不知道怎么了，生意这么难做。一个礼拜都接不到一单活儿。"

"都是我拖累了你，总让你帮忙照顾丹丹，把你的工作都耽误了。"

"瞧您说的，生意不好怎么能怪丹丹呢！"

学雷走了进来："哟，你们都在呢，我没来晚吧。"

家妹热情地说："大哥来了，我给您倒杯茶去。"

"不了，我来接丹丹，想带她出去送信。"

"你就别想了。丹丹现在很怕出门，除了回家就是来公司，我带她去麦当劳，她都不肯进去！"

话音未落，丹丹居然站起身，自己走出门去。邓薇、家妹愣住了。

学雷会心地笑了："那我先走了，晚上我把丹丹送回来。"

邓薇和家妹不约而同凑到窗户旁，好奇地往外看。只见丹丹走到学雷的自行车旁，乖乖站住。学雷追上来，抱起丹丹放在自行车后座上，然后抬头朝着邓薇公司的窗子挥一挥手。

学雷转过头问丹丹："乖女儿，我们先去哪儿？"

丹丹眼神空洞地盯着一个地方，没有任何反应。

"先去新安路好吗？这样可以经过动物园。"

丹丹还没反应。

学雷疼爱地摸摸丹丹的脑袋："那就这么定了，我们出发了。"

学雷骑车离去，丹丹乖巧地搂住爸爸的腰。

邓薇、家妹在楼上感慨地看着父女俩远去。看到丹丹能自己出门，邓薇忍不住觉得高兴，可是一想到这孩子只和李学雷亲近，心里又有点不是滋味，忍不住向家妹抱怨起来："这孩子太没良心。其实我最疼她，这么多天一直陪着她，辛辛苦苦伺候她。她可好，一点也不领我的情，就买她爸的面子，把我当老妈子了！"

家妹："可能是父女俩脾气太像了，所以她才那么喜欢爸爸。邓姐，丹丹有好转你该高兴才对啊。"

"我可不愿意丹丹像她爸，走街串巷给人家送信，没出息。"

"您别这么说，学雷大哥是好人。"

"好人又不能当饭吃！"

忽然手机响了，她马上接听："田原啊，哦，晚上你约了董医生，太好了！"

晚上，田原选了一处安静的餐厅，和董志兴、邓薇边吃边聊。

"丹丹最近怎么样？有变化吗？"

邓薇苦闷地摇头："还是老样子，不跟任何人交流，对什么事儿都没反应。"

"这种情况是意料之中的，患自闭症的孩子是很难康复的。嗯，丹丹有没有什么特别喜欢的东西？或者特别讨厌的也行。"

邓薇和田原面面相觑，努力思索着。

邓薇说："丹丹喜欢吃麦当劳，不喜欢上学。"

田原说："她最喜欢哈利·波特，还喜欢看电影。"

董志兴笑了："这些差不多是所有孩子的特点。我问的是，丹丹有没有特殊的爱好，最好是跟别人不一样的。"

邓薇："你这么说我倒想起来了，丹丹最喜欢坐她爸的自行车，喜欢跟她爸一起走街串巷给人家送信、送报纸。"

"现在呢？"

"现在也一样。生病以后，丹丹本来是很害怕出门的。可是今天下午她爸来接她，丹丹居然自己走到外面去了。她坐在自行车后座上，跟没病的时候一样，把我吓了一跳。"

董志兴看着邓薇："看起来孩子更信任爸爸。丹丹有没有跟你说过，想离开你跟爸爸一起住？"

"我有男朋友的时候，她这么说过。其实丹丹也不愿意离开我，她最希望我和她爸能生活在一起，像她小时候一样。可能她太小，不懂什么是离婚。"

"她不是不懂，是不接受。就像你说的，丹丹一直希望父母生活在一起，可是这个愿望屡屡碰壁，孩子的年龄又那么小，这件事会在她的心里留下很大的阴影。这很可能是导致她自闭的重要原因之一。"

邓薇苦涩地说："那我该怎么办？难道为了给丹丹治病，我要跟她爸爸复婚吗？"

"当然不是。但至少你们可以试着在孩子面前表现得和睦一些，三个人一起去吃饭、看电影、逛公园，随便做什么都行，也许可以给丹丹一点儿安全感和满足感，让她不再那么孤独和紧张。"

邓薇无语，点头认可了，并长长叹了口气。

饭后，董志兴与田原、邓薇告别，驾车离去。二人站在路边，目送车子走远。

田原说："薇薇，我觉得志兴的话很有道理。你以前总跟学雷吵架，可能真的对丹丹有伤害。"

"吵架的夫妻多了，离婚的家庭也多了，可人家的孩子都没得自闭症。"

"说这些有什么用？丹丹已经病了。只要有一线希望，你总该试试吧？"

"我从来没考虑过跟学雷复合。董医生说，我们生活在一起可能对丹丹有好处，我不能为了一个可能，就把自己牺牲掉。"

"又没说逼你们复婚，你们就做做样子给丹丹看，总可以吧？"

"我考虑考虑吧。你先走，我打车回去。"

"干吗打车？我送你。"

"不用了。吃饭是你请客，吃完了还让你送我回家，怎么好意思啊。"

田原不由分说拉起邓薇朝自己的车子走去："你是怎么了？跟我客气什么呀！"

田原驾车，邓薇心绪复杂地坐在副驾驶座上。

"谢谢你，原子，丹丹的事儿让你费心了。"

"你今天怎么婆婆妈妈的？你忘了，丹丹不也是我闺女吗？等我退休了，还指望她给我当贴心小棉袄呢！"

"我有你这样的朋友是我的福气，你有我这样的朋友，只能是拖累。"

"不许你这么说，我不爱听。"

邓薇感慨地说："我能带给你的，除了麻烦就是麻烦。当初，韩璐璐是我介绍给学锋的……"

田原不悦地打断了她："陈谷子烂芝麻的，提她干吗？"

"我自己被王志远骗了，把你的钱拿去填了窟窿，到现在也没还。这还不说，我还用你的钱开公司，现在孩子病了，还得麻烦你。想想这些我就觉得对不起你，欠你的这些钱、这些情，我一辈子都还不清！"

田原开玩笑地说："一辈子不行就三辈子，还清为止！"

"我没开玩笑，我是真觉得难受，觉得对不起你！"

"你今天太奇怪了，简直都不像你了！平时你风风火火的，爽快得不行了，现在怎么变成祥林嫂了？"

"祥林嫂怎么了？我心里堵得慌，就得说出来。再说，我不跟你说，跟谁说呀？说出来我就痛快了。"

"你是痛快了，我成垃圾桶了。"

把邓薇送回家后，田原独自驾车回家。自从和董志兴深谈过几次后，田原按时吃药，基本上不再幻听，睡眠也比之前好多了。但是，昨晚在玉湖边的冲动之后，和高飞之间并没有新的进展，反而形成了某种默契。田原现在并不急于重新开始一段爱情，她知道自己还没有准备好。高飞似乎也看出了她的谨慎和迟疑，他选择了耐心等待和守护，默默地鼓励和支持着她。有时候田原甚至觉得，比自己年纪小很多的高飞在感情方面更加成熟。他们就这样享受着暧昧和自由，谁也没有谈到爱情。

一想到现在她和高飞的关系，田原又觉得有些迷茫。她能开始新的感情吗？在这么短的时间内，忘记上一段漫长的婚姻？时常，田原也会忍不住想，如果能早一点认识高飞，他们之间又会是什么样的关系呢？

田原轻轻地打开家门，赵静雅正在客厅里看报纸。

"妈，您怎么还不睡呀？"

"我等你呢，有话跟你说。"

田原坐到赵静雅身边："怎么了？"

赵静雅放下报纸："下午学锋来过了。"

田原不高兴地说："他又来干吗？"

"你们虽然离婚了，可学锋还管我叫妈，我也还把他当成半个儿子，他来找我说说话，也没什么不可以的。"

"就怕他不是来看您的，而是来搬弄是非的！"

"你对学锋别那么刻薄。他来跟我说了说你爸的事儿。你把他送到老年公寓去了？"

"我是经过认真考虑的，送爸去老年公寓是最佳选择，对他对我都好。爸现在老犯糊涂，可是我不能把他接到咱家来，也不能搬过去整天陪着他，把他丢给保姆就更不放心了，已经出过危险了。"

赵静雅捂着胸口，吃惊地说："你爸出事了？你怎么没告诉我？"

田原只好不瞒着母亲了："上个星期我爸走失了，出门后忘了自家的地址。我们找了一夜，幸好他被警察找回来了。多危险啊，万一再有什么闪失呢？必须给我爸找一个能照顾他的地方。"

"可是你这么做，别人会说闲话的。"

"谁爱说什么就说什么吧，我不关心，您也别往心里去。"

"学锋好像对这件事意见挺大的，埋怨了你半天，说你不该那么做。还说你那个助理不是好人。"

田原站起身："他说什么我就更不关心了，他根本没资格管我们家的事，更没资格管我的私生活！"

赵静雅无语，看着田原径直走上楼，听见她重重地关上了门。

31
回　家

　　作为"松竹庭"老年公寓的新住客，田育之还很不适应这里的生活。白天，管理员领着他走了一圈食堂、棋牌室、电脑房、超市。田育之在棋牌室看了一会儿别人下棋，周围的看客们都只顾着互相聊天，没人主动和他打招呼。他心里有点堵得慌，所以也不爱理别人。出了门，一群老太太在外面拉家常，都在说自家儿女，田育之不爱听家长里短，不由得有点怨恨田原，自己好好的，偏要把自己丢到这里。

　　一个人闷闷地吃过晚饭后，田育之决定还是去电脑房，把回忆录尽快写完。电脑房里，几个老头大呼小叫正在打网络麻将，田育之找了个犄角旮旯坐下。一开机器，竟然还是Win 98系统。田育之苦笑着打开写字板，拿出随身带着的绿皮笔记本，开始动笔。

　　过了不知多久，房间里的灯突然熄灭。黑暗中，田育之大叫："来人哪！怎么停电了？"

　　灯又亮了，管理员进来说："哟，田老先生，您还没走呀？电脑室只能开放到十点。"

　　田育之发现电脑室里就他一个人了，那几个打麻将的老头不知什么时候走了。他试着和管理员商量："我写完这部分再睡，不然该忘了。你再宽限我半小时。"

　　"公寓有公寓的规定，所有人都必须服从，您也不能例外，要不然别的老人会有意见的。"

　　"你们干吗管那么死板啊？这儿又不是监狱！"

　　正说着，电脑突然死机了。田育之急得大叫："你们这是什么电脑啊？老死机，这段话我都写了三遍了。"

　　"对不起，我们这儿的电脑一直没更新，因为老年人不需要太先进的电脑。"

"你胡说！老年人才应该用最先进的电脑呢！"

管理员干脆地关闭电脑的总开关，然后上前拉住田育之："您该回房间了。"

"你别拉我，你想干吗？"

管理员半架着田育之："我现在要送您回房间休息，这是我的工作。"

田育之着急地说："我不想睡，我不困！"

管理员耐心劝说："您必须睡，否则会影响健康的。"

黑暗中，田育之在自己的小屋里痛苦地坐着，毫无困意。因为被拉了电闸，房间里一团漆黑。四周很安静，别人大概早就睡着了。

窗外传来沙沙的雨声，清新的空气从窗子渗了进来。下雨了，田育之惊喜地看着窗外，披了件外套跑出房门。

在雨中，田育之惬意地踱步，嘴里哼唱着前苏联的老歌。渐渐地，他的声音越来越大。田育之陶醉地唱着，任由雨水把他淋湿。

远处，管理员快步朝他跑来，用一把伞撑在田育之头上挡雨。

"这么晚了，您干吗呢？公寓不是有规定吗，十点半以后必须就寝。"

田育之被突然打断了，愕然地问："你是谁？"

管理员拉起田育之就往回走："下雨了，您赶紧回房间，小心淋雨感冒。"

田育之惊恐地说："你是谁？这是哪儿呀？"

管理员安抚他说："田老先生，这是'松竹庭'老年公寓，是您女儿田原把您送来的，您忘了吗？"

田育之一阵茫然。管理员拉着田育之走进房间。

田育之说："我想打个电话。"

"今天太晚了，明天再打吧。您现在必须睡觉。"

李学雷起了个大早，一推门就看见客厅里李学锋在沙发上闷闷不乐地抽烟。

"你今天怎么起这么早？有心事啊？"

"昨晚我根本没怎么睡。哥，田原把她爸送进老年公寓了，想想我就觉得不放心。老爷子糊里糊涂的，个性又强，在那种地方肯定住不惯！"

"老爷子不是有房吗？田原干吗把他送走啊？"

"图轻省呗，要不然还得照顾，浪费时间。"

"你别这么说，田原不是那种人，她肯定有苦衷。"

"反正我不同意老爷子住敬老院。等会儿到了公司就去查，一家一家找，今天就要把老爷子找到，接出来！"

"接出来怎么办呢？你别莽撞，还是跟田原商量商量吧。"

"没什么好商量的，大不了我照顾老爷子。"

"你想照顾，田原还不一定同意呢！"

"老爷子同意就行！"

就在这时，李学锋的手机响了，是一个陌生的号码。学锋接通电话，电话那头传来田育之的声音："学锋啊，是我。"

学锋着急地说："爸，您在哪儿呢？急死我了。"

"麻烦你今天能不能……我，我实在住不惯。"

学锋忙不迭应声："您快告诉我地址，我现在就过去接您。"

　　杂志社的楼下，田原和同事们整装待发，准备将第一笔善款送到山里。中巴车里欢声笑语，大家清点着要带的食品、水和杂志社全体同事捐赠的书。这一趟慈善之旅很艰苦，要开车在颠簸的山路上走五六个小时。

高飞把一幅宣传板抬到车上，宣传板上写着"救助单亲母亲和她们的孩子专项基金"、"金额十万元"以及"捐款单位"等字样。

田原见大家已经准备停当，便招呼车外的同事上车。这时手机突然响了，田原接听，听着听着她的脸色渐渐阴沉下来。

高飞来到田原身边，关切地说："怎么了？该出发了。"

"我去不了了。老年公寓那边说，李学锋把我爸从那里接出来了，我得回家一趟。"

"那……"

"活动都安排好了，你带大家去吧。放心。"

　　学锋将车停在田育之的小院门前，扶着田育之下车，赫然发现田原已经等在门口。

"我本来想过会儿给你打电话的。"

"老年公寓通知我了。李学锋，你最近是不是太清闲了？为什么老要管别人家里的闲事呢？我提醒过你，不要打扰我爸爸，不要干扰我们的生活，可是你好像很健忘，居然连招呼都不打，就把我爸接出来了！你凭什么这么做？"

"原子，我在那儿实在住不惯。是我给学锋打电话，让他接我回来的。去之前你不是说过吗，先住着试试，实在不习惯就回来。"

"您才住了一天啊，就说不习惯？那家老年公寓条件是最好的，费用也最贵，很多老人住在里面都生活得非常好，为什么您就不行呢？"

"他们管得太严了，我受不了！每天十点半就熄灯，我根本睡不着，夜里都摸黑坐着，太痛苦了。"

"就为了这个？"

"还有，那儿的电脑都老掉牙了，我根本没法写回忆录。"

"爸，您说吧，我们现在怎么办？"

田育之坚决地说："反正我绝对不回老年公寓了。"

"田原，爸是我接出来的，要不我照顾他吧。"

田原冷笑："你照顾？你怎么照顾？你能辞职吗？你能二十四小时陪着他吗？我爸出了事儿怎么办？你负得了责吗？"

"我可以负责！你要是还不放心，我们可以签合同。我知道爸记忆力不好，很容易发生问题，但是我会想办法的，一定保证他的安全。你刚才说，想让我二十四小时都陪着他，这个可能不行，但是我可以马上搬过来住，尽量多陪他、多照顾他，你看行吗？"

学锋的决定让田原非常惊讶。

学锋问田育之："爸，我搬过来跟您一起住，我来照顾您，好吗？"

田育之欣喜地说："好啊，好啊。"

田原疑惑地说："李学锋，你什么意思？你想干吗？"

"我没什么意思。我跟老爷子有缘，虽然没有血缘关系，但我们情同父子。我不能眼睁睁地看着他被关在一个小楼里熬日子。只要他高兴、舒心，我做什么都可以。"

田育之说："原子，你先回去吧。有学锋照顾我，你可以放心了。"

田原心情复杂，看着学锋扶着田育之回到屋里。

既然没去成山区，手头的工作也不是很急，田原打电话把邓薇叫出来一起逛街吃饭。高飞在生活中的偶尔缺席，让田原有那么点想更加纵容和宠爱自己的冲动。"我什么时候也这么小女生了？"田原有些自嘲地想。

她们进了一个高档购物中心，两个女人徜徉在客流稀少的不同专卖店之间，有一搭无一搭地聊着闲话，都有点心不在焉。这时，田原的电话响了。

田原走到一边，按下接听键，语气温柔："还顺利吗？我正有点担心呢。"电话是高飞打来的。

不知电话那头的高飞说了什么，田原忍不住露出微笑："嗯，我没事。那你早点儿回来，注意身体。"

邓薇一脸坏笑，夸张地指着田原："够甜蜜的啊！坦白交代，是不是那个帅哥助理打来的？"

田原有点不好意思："胡说什么呢。"

"别打岔，跟我说说，进展得怎么样了？"

"不是你想的那样。"

"关心是恋爱的第一步啊。你准备接受他了？"

“顺其自然吧。”

“你能说这句话就不容易！看来这位帅哥有戏了。不过，学锋惨了，梦想彻底破灭。”

田原沉吟了一下："李学锋挺奇怪的，我都猜不透他在想什么。他居然搬到我爸那儿去住了，说要照顾他。”

邓薇有些吃惊："他能这么做可不容易！照顾老人是多麻烦的事儿呀，他居然愿意主动承担。够孝顺的!”

“谁知道他什么意思。”

“他还能有什么意思，想跟你复婚呗。”

“不可能！他对爸妈再好，我也不会回到他身边的。算了，不说我了。你怎么样？好久没听到你的新情况了，你不是爱情狂吗?”

邓薇苦笑："狂什么呀！我这次被王志远害惨了，一时半会儿缓不过来。他留下的烂摊子还不知道要收拾到什么时候呢。再说，丹丹病着，我什么心思都没了。”

田原握住邓薇的手："有什么难处你一定要说出来，千万别憋在心里，我们大家都会帮你的。”

邓薇无语，感动。

晚饭后，田原把邓薇送到楼下，像往常一样自己直接开车走了。只是她万万没想到，邓薇家中已是另一番景象。

原来，在几个月前邓薇为了支持王志远拍摄手机短片，把房子抵押给银行办了贷款。谁料到王志远携款潜逃，邓薇的公司倒闭，无力偿还银行贷款。现在银行下了最后通牒，即将查封房子，一周之内邓薇必须搬走。邓薇没有把这个情况告诉田原，怕自己的背运影响了田原难得的好心情。

邓薇在楼门口微笑着目送田原的车绝尘而去，转过身独自上楼。电梯门关上的一刹那，邓薇疲惫地靠在电梯墙上，就像刚打完仗的小兵。开门进屋，家里一片狼藉，大多数的东西都已经打包装箱。她在沙发上理出一块空地儿，自己蜷缩在上面发呆。

家妹从一个房间里出来说："邓总，回来了。丹丹已经睡了。今晚还收拾东西吗?”

“辛苦你了，家妹，又让你帮我照顾孩子。离银行收房的日子还有几天，我自己收拾也来得及。”

“您想好往哪儿搬了吗?”

邓薇摇头。

“去我那儿住吧，我还可以帮你带丹丹。”

邓薇勉强一笑："心意我领了，可是你那儿太小，根本住不下。"

"要不你就再跟田原大姐说说……"

邓薇坚决地摇头："不行，我不能再拖累她了，她为我做得够多了。"

"那怎么办？租房子很难有合适的。"

"车到山前必有路，家妹，你就别为我操心了。今天太晚了，你就住我这儿吧，早点儿休息。"

说着她站起身，蹑手蹑脚走进丹丹的房间，坐在她床边。

丹丹睡着了，一脸平静，邓薇怜爱而忧虑地轻轻抚摸着丹丹的头发，像是对丹丹又像对自己悄声地念叨着："丹丹，你放心，没什么能难倒我们，我们什么都不怕……"

李学雷慢悠悠地骑着他那辆邮政自行车，一路上寻思着要给丹丹和邓薇买点什么水果。早上邓薇打电话给他，让他下了早班后去一趟。虽然邓薇没有多说什么，但李学雷猜想，可能是丹丹的情况又让邓薇着急了。学雷想到了邓薇的性子就有点挠头，这个女人，心眼好，要强，脾气也太急。以前她忙公司的事，学雷还能帮她看看孩子；现在她要忙着新公司的发展，又要全天照顾孩子，现在肯定忙得脚不沾地。李学雷打定主意，今天要劝劝邓薇，别太逞强。

学雷提着水果和麦当劳儿童餐外卖兴奋地敲门。一身干活打扮的邓薇给他开了门，她满头是汗，一双手也是黑糊糊的，看得出已经忙了一阵了。在她身后是一个个的纸箱子和行李编织袋。房间里空空荡荡，家具上的摆设都被打包收拾了，床板也裸露着。这景象让学雷大吃一惊。

学雷着急了："怎么了这是？出什么事了？"

邓薇没正面回答他，转身进了厨房，厨房传来水声。邓薇静静地对学雷说："你先坐，我洗洗手。暖壶里还有热水，你自己倒。吓着你了吧？"

学雷追到厨房，急着问："丹丹呢？你到底怎么了？"

邓薇擦干手，给学雷倒了杯水："丹丹和家妹在公司。我有事跟你谈，不管丹丹能不能听懂，我都不想让她知道。"

"事情很严重吗？"

邓薇点点头，把事情的经过原原本本告诉了李学雷。

邓薇接着说："错是我犯的，我不能让亲戚朋友为我埋单。田原已经帮我太多了，我不能再麻烦她。而你，学雷，我们已经离婚了，你的钱以后留给丹丹治病吧。我看她的病得做长期打算了，以后可能更需要钱，不能为了房子的事动用。我宁可不要房子，也不想拖累别人，特别是耽误丹丹。"

"什么拖累不拖累的！你遇到这么大的难事儿，我们能不管吗？"

"我搬出这套房子的事儿已经定了，找你来不是商量这个的。我想问你一句话，你同不同意我搬到你那儿去住？"

李学雷傻掉了，好半天他终于反应过来，忙不迭地答应："可以啊。"

"我听说学锋搬走了，他腾出的房间我正好可以住。"

学雷兴奋起来："对呀，我怎么没想到呢！你和丹丹搬到我那儿去住吧，要是觉得不方便，我可以搬走，先住到单位宿舍去。"

"你不能搬走，要跟我和丹丹住在一起。房子我也不白住，钱你收着，算我租的。"

学雷再一次彻底傻掉了，完全不明白邓薇的意思。

"董医生说，虽然我们离婚了，但丹丹在心里不接受这件事。她一直希望我们复合，可是这个愿望始终实现不了，加上她年纪小，性格内向，又受了王志远的惊吓，几个因素相加，最终导致她患上了自闭症。医生说，我们应该尽量满足她的愿望，也许会对丹丹的病有好处。我想过了，既然她希望我们重新生活在一起，那我们就假装在一起好了，万一能对丹丹的病产生效果，我们也算对得起孩子了。你说呢？"

"只要对丹丹好，我怎么都行。"

"就以半年时间为限吧，我们住在一套房子里，像一家人一样过日子。丹丹的病要是能好，我谢天谢地，要是不好，就当我们做了一场游戏吧。"

学雷憨厚地说："你收拾好了吗？什么时候搬家我来帮你。"

"那就今天搬吧，搬完后直接把丹丹接过去。我不想让孩子看着家里现在这个样子。"

邓薇决定只搬走小件细软，留下大件的家具准备过两天低价卖掉。学雷下楼租了一辆三轮车，来回运了两趟就搬完了。邓薇留恋地在即将不属于自己的房子里巡视了一圈，锁上了房门。

32

劫　难

　　田原对邓薇的遭遇一无所知，她还沉浸在高飞顺利从贫困山区归来的喜悦里。中午，田原特地请参与这次山区慰问的全体同事下了馆子，大家意犹未尽地向田原诉说在当地的感受。在同事们面前，田原不敢流露出什么特别的关心，只是在饭桌上不引人察觉地偷看了高飞几眼。高飞看起来兴致很高，说的一些想法引起了广泛的共鸣，只有田原因为没有去过而无法融入他们的话题。一顿饭下来，田原莫名其妙地有点烦躁。

　　很快午休时间结束，大家陆续回到办公室。

　　田原下午还需要外出开会，正在办公室里补妆。高飞敲门进来，手里拿着一个密封杯。

　　"两三天没喝到了吧，今天的可是我精心调配的改进版哦。"

　　田原掩饰不住脸上的笑意："你都是冰箱里有什么就往榨汁机里放什么，然后一按电钮就完事，还敢说有改进版！"

　　"以前是那样的，自从每天要带来给你品尝，我就开始下工夫钻研了。秘方也在不断更新完善中，当然有改进！"

　　田原大口喝着果蔬汁："你就贫吧，我才不信呢。"

　　"对了，昨天有一位陈先生跟我联系，他是一个国际品牌的中国区总代理，准备在我们杂志上投放全年的广告。他下午过来协商合作的具体细节。广告总监上次和陈先生谈得不愉快，陈先生这次提出要和你见面。你能不能抽空见见他，既表示我们对他重视，也表示我们有诚意。"

　　"我这就要去参加一个行业会议，还要发言呢，走不开，你就全权代表吧。"

　　高飞面露难色地说："说实话，做生意我不在行，我怕把这么好的一个大客户给谈跑了。"

　　田原想了想说："有了，我找个谈判专家来帮你，保证你拿下这单活儿。"

田原拨打电话："薇薇，给你找点事干吧，报酬还不错哦！"

天色已近黄昏，杂志社会议室的灯一直亮着。邓薇、高飞是《美丽·家人》的谈判主将，他们一个谈价格，一个讲市场分析，配合得很圆满。家妹作为助理出席。

陈老板是个色迷迷的中年矮胖子。

陈老板说："高主管，你们公司的女孩都像邓小姐、姚小姐这么漂亮吗？"

陈老板的女秘书谭小姐面露不悦。

家妹笑道："陈老板真会开玩笑，谭小姐才是一顶一的美女啊。"

"要我说，别的女人只配给你们两位小姐当绿叶。邓小姐、姚小姐的美，就像夏天吃到哈根达斯，冬天吃到滋补火锅，真是美得恰到其时。"

邓薇尴尬地笑笑："陈老板，谢谢您的赞美。如果您没有其他问题了，我们现在是不是可以把合同签了？"

"着什么急呀，美景、美人当前，喝喝茶、聊聊天多好啊。"

"时间不早了，要不我们下次再谈吧。"

陈老板看看手表："真是不知不觉呀，时间过得真快！这样吧，我请各位吃饭好吗？"

高飞客气地说："谢谢您了，改天吧。"

陈老板脸色一变："怎么，高主管，不肯赏脸吗？"

家妹出来打圆场："高主管，既然陈老板邀请，我们还是恭敬不如从命吧。"

邓薇对陈老板甜笑着说："不好意思，让您破费了。"

陈老板乘机拉住邓薇和家妹的手："这就对了嘛，还是你们脑筋灵活。"

谭小姐满脸醋意地站起身，径直走出会议室。

陈老板仍然抓着家妹和邓薇的手不放："我们先吃饭，然后再唱唱歌、跳跳舞，彻底放松放松。"

邓薇、家妹强笑着应付陈老板。高飞无可奈何地看着，忍不住发了短信给田原。几分钟后，田原回了消息："放心，邓薇有分寸。请你保护好她们俩。"

几人鱼贯走出办公楼。邓薇和家妹走在后面，趁着陈老板没注意，她拉了一下身边的家妹，压低声音："你回去吧，别去吃饭了。这个陈老板不地道，我怕你吃亏。"

陈老板兴致勃勃地在前面大声招呼："邓小姐，姚小姐，你们坐我的车吧。"

"不了，我们坐高主管的车。"

"我不走，留下你一个人我不放心。"

"别担心，这种人我见多了，我有办法对付他。"

家妹紧紧跟在邓薇身后。邓薇猛然站住，回身推了家妹一把："让你别去你就别去，听话！"

邓薇把一脸忧虑的家妹留在车外，对高飞说："咱们走！"

高飞没说什么，递上了手机，屏幕上显示着田原的那条消息。

邓薇感激地看着高飞："你放心，既然田原信任我，我也保证把合同签到手。"

高飞、邓薇一行人到了一家高档KTV，陈老板轻车熟路要了一间包房，拉着邓薇的手要她坐在自己身边。高飞开始后悔同意来这种地方了。

陈老板坐在沙发上唱歌，一手拿麦克风，一手试图搂抱身边的邓薇，邓薇巧妙地躲闪着。高飞无奈，频频同陈老板碰杯，借以阻止他对邓薇的骚扰。

一曲唱罢，陈老板很兴奋："邓小姐，我们合唱一首《月亮代表我的心》怎么样？"

高飞忍不住为邓薇挡驾："陈总，现在也不早了，要不咱们先把合同签了？"

陈老板不快地说："你真扫兴！你学学人家邓小姐，不要那么急功近利嘛。从刚才就催着我签合同，冲你的态度我还不签了呢！"

邓薇赔笑道："陈总，您别生气了。这样吧，唱歌您没尽兴，是我的错，我认罚，好吗？"

陈老板乐了："好啊，那你陪我跳支舞吧。跳完舞，我马上签合同。"

邓薇豪爽地说："陈老板，我们一言为定！"

陈老板吩咐谭小姐："你去把账结了。"又转头对高飞说，"高主管，外面乱，你陪她一起去。"

高飞左右为难，不肯离开，邓薇给他使了个眼色，高飞不情愿地跟谭小姐一块儿出去了。

陈老板选了一首舞曲："邓小姐，请！"

邓薇陪陈老板跳舞，陈老板急不可耐地动手动脚。邓薇竭力躲避着陈老板的骚扰。陈老板在邓薇耳边喃喃说着挑逗的话，大腿使劲往她身上蹭。邓薇可怜兮兮地望着包厢的玻璃墙，盼着高飞赶紧回来。

陈老板好像看出了她的心意，把邓薇更紧地搂在怀里，得意地说："放心，不会有人打扰我们的，这家店的老板是我的好兄弟。"

他猛地一推，把邓薇推倒在沙发上，自己迫不及待地解皮带，邓薇拼命抵抗着……

突然，包房门被人猛地撞开，两名警察举着证件闯入："都别动，警察！"

深夜，李学雷坐在客厅看电视，不时瞥一眼墙上的钟。丹丹睡着了，按说邓薇早就应该回来了。中午邓薇走得急，没有拿门钥匙。李学雷怕邓薇进不来，所以一直在守着门。

　　有人砰砰地敲门，李学雷以为是邓薇回来了，赶紧去开门。门外却是一脸焦急的田原，她问："邓薇来过了吗？"

　　"她不是去给你谈生意了？出什么事了？"

　　"高飞给我打电话，说他们在KTV谈生意，他出门结账，回来时发现邓薇已经不见了。服务员说是警察给带走了。也不知道是带到哪里了。她的手机一直没人接，家里也没人，连丹丹都不见了，我快急死了。"

　　"丹丹在我这儿，邓薇和她搬过来住了。"

　　田原一脸惊讶，不知说什么好。

　　这时，手机突然毫无预兆地响了，学雷心里一跳，害怕不是好事。家妹焦急的声音传来："学雷大哥，邓总被抓了！"

　　学雷一下坐直身体："你知道什么消息吗？"

　　"她在派出所给我打电话，说让我去接她，别的什么也没说。我不知道她出什么事儿了。"

　　学雷开始找衣服："哪个派出所？"

　　"福定路派出所。我本来想自己去的，可我人生地不熟的，怕万一有什么事儿，我说不清楚。"

　　"别说了，家妹，我这就去！"

　　挂了电话，李学雷从里屋拿了一千块钱放在钱包里，穿好外衣就往外走。田原也要和他一起去，学雷拦住她："田原，麻烦你在家等着，我怕丹丹半夜醒了家里没人。我去把邓薇接回来。"

　　田原忧心忡忡地看着李学雷的背影融进夜色里。

　　李学雷急冲冲地赶到福定路派出所，院子里蹲满了浓妆艳抹的小姐以及惊慌失措、衣衫不整的男人。这晚似乎开展了一次针对卖淫嫖娼的严打行动。屋子里每个民警面前都有一个人被审问着，忙得不可开交。一个值班的小民警看见他一脸老实相，不像坏人，就问："有事吗？"

　　李学雷："我来接个人，她叫邓薇，是今晚被你们带来的。她打电话让我来接。"

　　小民警："哦，都打过电话啦，那就是在里院呢。你跟我来。"

　　李学雷跟着警察进了里院，一眼就看到了坐在板凳上的邓薇。邓薇沮丧地垂头坐着，正在一份笔录上签字。

小民警喊了一声："谁叫邓薇啊？完事了吗？完事了就跟家人走吧。"

邓薇看见学雷，机械地把笔录交给警察，默默站起身，慢慢走出派出所。她已精疲力竭。

学雷跟在邓薇后面："邓薇，你没事吧？咱们打车吧。"

邓薇心情复杂地看着学雷，摇摇头，继续往前走。

"家妹吓坏了，所以让我过来接你。"

邓薇幽幽地说："还记得几年前吗？我被警察叫到派出所问了几句话，结果邻居就说，我因为乱搞男女关系被抓了。等我一回家，你劈头盖脸打了我一顿，我伤得挺重，只好回娘家了。就因为这个，我们离婚了。"

"那次是我错怪你了。"

邓薇苦笑："那这次呢？你怎么想？我的确被抓了，而且是在扫黄中被抓的。"

"我知道你没做违法的事。"

"没违法也不是好人吧？不然这么晚了，怎么会去那种地方呢？"

"邓薇，你别这么说。你现在是最难的时候，房子没了，丹丹病着，你还欠了一身债，所以，明知道不安全，你也硬着头皮跟客户去了那种地方，无非是想做成一单生意，多赚点儿钱。邓薇，我就是再笨，也知道你现在不容易。"

邓薇的眼睛湿润了："我用不着你来可怜我。"

"我不是可怜你，我是心疼你。我也恨我自己，什么本事都没有，没权没钱，帮不上你一点儿忙，只能眼睁睁地看着你受苦。我要是能替你就好了。"

邓薇百感交集，泪水夺眶而出……

邓薇和李学雷回到家，田原还等在客厅。见邓薇一脸疲惫的样子，田原感到由衷的愧疚。

"薇薇，我不知道该如何安慰你。这件事有我的责任，你要怪就怪我吧。"

"原子，我没事，早就身经百战了。我受的这些比起你经历的，算不了什么。"

"你别说我了，我担心着你呢。你怎么搬到这里来了，以前的房子呢？你怎么一点都不告诉我啊？"

"你早点回去休息吧。我的事你别难过，我也不好意思总是麻烦你。我看到报纸了，知道你在做善事。别太累了。"

"明天我就会跟高飞一起去最贫困的郊县送善款，回来后咱们好好聊聊。薇薇，你的事就是我的事，以后不许和我客气。"

次日，去贫困县送善款的车准时出发了。由于这次去的县距离较远，又临近本月的发稿日，田原把其他人都留下了，只带了助理高飞去送善款。为邓薇的事紧张了一夜的高飞和田原之间有些尴尬。虽然高飞在第一时间已经向田原道歉，但让自己最好的朋友受到侮辱和惊吓使田原很过意不去，不知道该用什么态度对待高飞。两个人一路沉默着。

山路上，雾越来越大，简直看不清路了。车慢慢地行进，时间一分一秒地过去。

司机有些疲倦地说："看来今天到不了啦。"

田原给司机打气："咱们一定要赶去，大家都等着我们呢。"

高飞也鼓劲道："嗯，我们一定会到达的。"

车继续开着，好像越来越快。突然，一阵巨响，没有任何预兆，车撞向路边的一棵大树。

世界很寂静，一点声音都没有。世界无限寂静。

无边的大雾包裹了一切。

33

断了线的情缘

大雾中，一辆农用小卡车冒着黑烟开进县医院大门，一个急刹车，车子戛然停在医院大楼门口。一名警察和两名农民打扮的男子跳下车，冲进楼门着急地大喊："医生，医生快救人啊！有人撞车啦！"

医生和护士推着推车小跑着，从车上将两名伤者抬下来，飞快推进急诊手术室。推车上，田原已经昏迷，她双眼紧闭、毫无知觉。

李学锋驾车在路上疾驰。车子急促地闪着双蹦灯，飞快地超过一辆辆其他车子。他冒险强行超车，迎面的大货车急忙闪避，司机愤怒地按响喇叭。就在刚才，当地交通警察通知李学锋，田原他们遭遇车祸，司机当场死亡，田原和高飞正在县医院接受抢救。李学锋不敢想像田原现在的情况，也不敢把消息告诉赵静雅和田育之。他强迫自己把注意力集中到路况上，什么都不去想。车内，反光镜上还悬着他和田原的照片，还有一个在灵隐寺开过光的佛像坠。李学锋在心底虔诚地祈祷佛祖能保佑田原平安。

疾驰一个半小时后，李学锋终于到了县医院。他冲进急诊室焦急地四处问人，护士查到了病例，给他指了路。他三步并作两步，飞奔上楼。

观察室里，田原令人不安地悄无声息。药液顺着导管一滴滴流进田原体内，她戴着氧气面罩静静躺着，仿佛在熟睡。

李学锋站在床边，心疼地看着田原。他伸手轻轻抚摸田原的面颊。田原似乎突然被噩梦缠住，眉头紧蹙、呼吸急促，含糊不清地叨咕着什么。学锋握住田原的手，安抚地拍拍她的手背。田原终于安静下来，再度昏睡。在一旁的主治医生做了个手势，示意学锋出去谈。学锋看了一眼昏迷中的田原，从病房里出来，轻轻带上房门。

"路这么远，还下雾，想不到你来得这么快。"

学锋急切地问："医生，田原怎么样？"

"她的颈椎和腰椎因为外力冲撞都发生了错位，要住院治疗一段时间，不过情况不严重。现在她的暂时昏迷是因为受到严重的惊吓，过一会儿就会醒过来的。"

"我想接她回市里住院，行吗？"

"市医院的医疗条件更好，对病人有好处。不过我们医院资金有限，没有配备救护车……"

"那我马上就联系车子送她回去。对了，医生，车上还有一位姓高的先生，他怎么样？"

医生沉吟着说："病人的情况很严重，脾脏破裂，肋骨骨折伤到了肺，我们做了紧急手术，但是现在的情况很危险，随时可能……我们目前只能做这么多了。现在你要带走他也可以，不过我们不负责任。"

李学锋犹豫着，咬咬牙："您先带我去看看他，我再决定吧。"

雾散了，李学锋托关系从市医院调配的两辆救护车一前一后在漆黑的路上疾驰。车内，田原仍处在昏迷中，学锋担心地紧握着她的手。

突然，田原的睫毛微微颤动，她缓缓睁开眼睛。学锋惊喜地说："原子，你醒了？"

田原疑惑地看着周遭的一切。

"我们在回家的路上。你受伤了，但医生说没有大碍。别担心，用不了多久你就会康复的。"

田原好像想起了什么，急着想说话。医生上前取下田原脸上的氧气面罩。

田原虚弱地说："高飞呢？"

学锋镇定地说："你放心吧，他只受了轻伤。"

田原松了口气，安心地闭上眼睛。她太累了，又陷入了沉睡。

田原再次醒来，看到的是雪白的天花板。她想转头看看四周，脖子一阵疼痛。她发现颈椎已经被固定住了。旁边的李学锋发现她醒来，激动得一下握住了她的手。

李学锋："原子，别怕，你在市二院，我把你接回来的。你再睡会儿。"

田原问："高飞呢？"

李学锋故作轻松地一笑："他住在别的医院，现在应该在治疗康复中。"

"你把我的手机给我。"

学锋递给田原手机："等你好些再联系他吧，现在太早了，也许他还在睡觉。饿了吧？妈说了要给你送吃的过来，应该一会儿就到。"

田原心不在焉地说:"学锋,谢谢你费心照顾我,你要是忙就先走吧。"

学锋有点尴尬:"客气什么,那我先走了,晚上再来看你。"

赵静雅拿着保温饭盒进来了:"原子,你醒啦,你可吓死我了。"

"妈,学锋说我没什么大事。"

赵静雅打开饭盒,安顿田原吃饭,嘴里唠叨着:"原子,你这次受伤幸亏有学锋帮忙。第一个赶到现场不说,还连夜把你接回城里,这几天又衣不解带地照顾,真难为他了。"停了一下又意味深长地说,"原子,学锋这份心难得啊。"

田原默默地喝着粥,没说话。

学锋嘱咐说:"妈,您先陪田原,我上班去了。田原吃完饭半小时以后,记得给她吃药。还有,别忘了试体温,然后把结果告诉护士。"

赵静雅笑着说:"知道了。"

学锋走到门口,忽然好像想起了什么:"对了,爸说一会儿要来看看田原。"

赵静雅悄悄观察田原的脸色。

"你应该劝他别来。"

"爸说放心不下,一定要来。他说看看就走,不会占太多时间。"

李学锋走了,病房里安静了许多。田原虚弱地靠在病床上,陷入沉思。她完全不记得当时出了什么事。只记得自己在后座打盹,突然猛地向前一倒。再醒来就是在救护车上了。不知道现在高飞的情况如何,当时因为两人有点尴尬,高飞坐在副驾驶座上帮助司机找路。有着十年驾龄的田原隐隐觉得不安。在车祸中,副驾驶座上的人通常受伤都比较严重。田原急切地想知道高飞的消息。她拿起手机,拨号,里面传来"您拨打的用户已关机"的提示音。田原的不安更强烈了。

大清早,田育之家的厨房里一片狼藉。保姆小周手足无措地站在厨房门口,看着田育之在灶台前忙活。田育之手捧一本《养生菜谱》,念念有词:"放料酒少许。"

小周把料酒递到田育之手上,田育之小心地往锅里倒了一些,继续念道:"加入适量姜片和葱段。"

小周拿起葱、姜准备直接放入锅内,田育之着急地说:"你别放,我来!"

小周困惑地说:"爷爷,做饭是我的活儿,还是让我来吧。"

田育之认真地说:"不,我亲自做,你打下手就行了。"

中午,一锅热腾腾的沙锅放在饭桌上。田育之一边穿大衣一边嘱咐小周:"我去医院给田原送饭,你看家。"

保姆很为难："爷爷，您自己还没吃饭呢，再说，李叔叔不让我放您单独出去。"

　　田育之有点生气："我打车去还不行吗？你在家做饭，我丢不了。"

　　小周不放心，送田育之上了出租车，告诉司机地址后才回去。田育之坐在车上沉默不语，心里有些紧张。一是担心田原的伤势，二是田原从小到大每一次生病，自己都不在身边，第一次去关心和慰问女儿，不知道田原的反应如何。田育之猜想，以田原的性格，大概会冷淡拒绝吧。可是自己已经七十多了，脑子也越来越不好用，还能出来活动几天呢？趁着现在还有能力，就多为田原和静雅做些什么吧。

　　思量间，出租车已经到了医院，田育之忐忑不安地走进了住院部大楼。电梯缓缓上行。李学锋给田原选了单人病房，在医院的第十二层。楼道里很安静，田育之放轻了脚步跟着护士找到了田原的病房。

　　沙发前的小桌上已经摆好午餐。赵静雅正扶着田原从病床上下来，坐到沙发上。

　　田育之敲门进来，神情有些局促："原子，静雅。"

　　赵静雅轻轻对田育之点点头。

　　"爸，您怎么来了？路这么远，多辛苦啊。"

　　"我炖了汤，给你送过来。"

　　赵静雅接过沙锅放到桌上，惊讶地说："哟，还热着呢。"

　　"我打车过来的，就怕凉了。原子，你尝尝味道怎么样。"

　　他掀开了锅盖，锅里只有鱼，几乎没汤。田育之不好意思地说："炖的时间太长，汤少了点儿。不过书上说，多吃鱼对身体有好处。"

　　田原夹起一块鱼吃下，敷衍地说："嗯，味道还行。"

　　田育之疼爱地打量着田原："我来看看就放心了。学锋不让我来，说你受了轻伤，过几天就能出院，可我在家里担心得要命，怕他有事儿瞒着我。亲眼看到你，我就安心了。"

　　田原被触动了心事，她拿出手机找到高飞的电话号码，拨号。电话里还是"您拨打的用户已关机"的提示音。田原很失望，更加担心高飞的状况。田育之不解地看着田原。

　　赵静雅说："原子，先吃饭吧，有事一会儿再说。"

　　看着田原吃完午饭，田育之收拾了沙锅准备回家。赵静雅从后面赶上，追到电梯里："老田，原子让我告诉你，以后你不用来了。她说路太远，你跑来跑去的不方便。"

　　"没什么，我就当锻炼身体了。"

"白天我照顾原子，晚上学锋陪她，都已经安排好了，就算你过来也帮不上什么忙。"

田育之恳切地说："我知道，可我就是不放心。我总想过来看看原子，陪她说说话，给她读读报纸。无论如何，多一个人关心原子，总没坏处吧？从小我就没好好照顾过她，现在再不照顾，我怕永远都没机会了。静雅，你别管了，这件事让我自己做主吧。"

说完，田育之缓缓走出了电梯，向医院门口走去。赵静雅无语，看着田育之踽踽地走远……

邓薇在公司整理各种账单。家妹出去跑业务了，丹丹安静地在一边玩电脑游戏。邓薇仔细计算着手头的水电费、上网费、公司定额税。这个月一单生意也没有，反而要支出一千多块钱，再加上家妹的工资，加在一起有将近三千块。邓薇忍不住苦笑，自己不是天生做生意的材料吗，怎么现在过得这么难？

家妹的工资已经拖欠一个月了，这个月必须发，谁的生活都不容易。邓薇想着，如果下个月生意还是没有起色，就只好把公司关掉，只是苦了家妹，又要重新找工作了。

邓薇起身伸了伸腰腿，重新振作起来。公司的事现在担心也没用，再努力一个月试试吧，今天的主要任务是去看田原。虽说李学锋在电话里说不严重，可是到了要住院的地步，邓薇还是很担心。只是可怜高飞，年纪轻轻……

她走到丹丹身边，蹲下来平视着孩子的眼睛，轻声说："丹丹，我们去看田原婶婶好吗？"

丹丹没反应，好半天，她突然站起身，自己往外走去。

邓薇欣喜地说："好孩子，真乖！"

邓薇提着水果，带着丹丹走进病房。田原正靠在病床上打手机，电话里传来"您拨打的用户已关机"的提示音。田原很失望。

邓薇问："给谁打电话呢？这么投入？"

田原抬头一看："你来了。"

邓薇上前细细打量田原，伸手捏她的手臂和双腿。

田原纳闷地说："干吗？"

邓薇夸张地松口气："看来你真是轻伤，我终于可以把心放回肚子里了。"

"我除了颈椎有点儿错位，别的都没事儿。"

"真悬啊，我听说车子都撞毁了，你够幸运的！"

田原紧张地说："那你知道高飞的消息吗？他跟我在一辆车上！"

邓薇掩饰地说："你别紧张，他应该没事。"

田原急切地说："邓薇，你帮我去看看高飞好吗？学锋知道他住在哪家医院。”

“你还是给他打电话吧，省得让我跑腿儿。”

“电话不通，我发过短信也没回应。求你，帮我去看看吧，他到底怎么样了，我都快担心死了！”

邓薇无奈地说：“有时间我一定去，好吧？”

田原认真地说：“你答应了？”

邓薇只好点点头，田原的情绪稍有缓和。

邓薇把丹丹拉到田原身边：“丹丹，还没跟婶婶打招呼吧？”

丹丹不说话，只是静静地看着田原。

田原疼爱地摸摸丹丹的脸蛋：“宝贝儿，最近怎么样？还是不想说话吗？”

“丹丹懂事多了，刚才我说来看你，她站起来就跟我走了。”

“丹丹，等婶婶伤好了，带你去看电影好吗？”

丹丹突然抬起手，好奇地碰碰田原脖子上的支架，含混地说了声“疼吗”。

田原和邓薇惊呆了。邓薇激动地把丹丹揽在怀里：“丹丹，你真是在说话吗？再跟妈妈说句话好吗？说什么都行！”

下午，风带着一丝寒意。李学锋在开车去《美丽·家人》杂志社的路上，一个红灯让他停了下来。手边的杂物盒里有一串坠着普拉达卡通小熊的钥匙，这是在车祸现场发现的高飞的东西。李学锋盯着钥匙出了神，直到后面的车不耐烦地摁响喇叭。这时李学锋的手机响了，是秘书乔卫的电话，他戴着耳机按下接听键。

“李总，警察那边有了高飞的情况，他是独生子，父母多年前离婚了，两年前父亲去世，母亲定居国外，现在还没找到地址。”

“好，谢谢。还有，把我最近的日程调整一下，晚上的活动一律取消。”

乔卫为难地说：“可有些客户是早就约好的，能不能……”

“都换个时间吧。晚上我要照顾病人，不能耽误。还有，乔卫，我想捐出手机电视业务的部分利润给田原创立的慈善基金。在用户包月的费用里每月拿出两元捐给基金会。”

“李总，这不是一笔小数字。公司才刚刚有业绩。”

“我已经决定了！”

李学锋走进杂志社，发现往常散发着活力的年轻人，现在都没了干劲。几位编辑正忧心忡忡聚在一起商量着什么，见到李学锋进来众编辑纷纷跟他打招呼。

一位编辑关切地问：“李总，主编怎么样了？”

"她挺好的，过两天就可以出院了。晓鸥在吗？"

另一位回答："真不巧，晓鸥去医院了，代表大家去看望田主编。"

"高飞的家里人你们找得怎么样了？警察说他只剩母亲了，可是她在国外。"

行政经理走过来对学锋说："他的入职表上就没写父母联络方式。紧急联络人是他当模特时的朋友。凡是跟高飞合作过的摄影师、模特、化妆师、广告客户我们也都联系了，可多数人跟他只是工作关系，对他的私事一无所知，提供不了什么线索。"

"看来只能慢慢找了。能告诉我高飞的办公桌在哪儿吗？"

学锋跟着行政经理走到高飞的办公桌旁，桌子上还有很多本来需要他处理的表格和文档，贴在墙上的备忘录记录着主人的繁忙。李学锋把那串钥匙紧紧握在手里，想了想，没有去开办公桌的抽屉。

晓鸥把一大束鲜花捧到田原面前："喜欢吗，主编？我代表同事们来看您。"

田原："太漂亮了，谢谢你们。其实我过两天就可以去上班了。对了，高飞怎么样？"

晓鸥找到一只空花瓶，听到田原问，闷声答道："高飞还在住院呢，我没来得及去看他。主编，我去给花接点水。"

晓鸥拿着瓶子和花往外走。她的手机随意放在田原的病床上，此时突然响了，田原看到屏幕来电显示为"编辑部"。她迟疑一下，终于按了接听键。

电话里传来了声音："晓鸥，快点回吧，大家都等着你呢，高飞葬礼的几个细节还没有落实，今天必须一起商量尽快定下来。"

田原好像没听懂："你说什么？"

电话里的声音很焦急："追悼会需要的鲜花和挽联落实了吗？主编怎么样了？你什么时候回编辑部……"

田原惊呆了，电话从她手中滑落。

晓鸥捧着花瓶进来了。

田原木然地看着晓鸥："编辑部给你来电，问鲜花和挽联的事。"

晓鸥不知所措地说："主编……"

田原沉默良久，痛楚地喃喃道："高飞死了，是吗？是真的吗？"

34
不可触摸的爱

    花木萧条，衣着单薄的田原呆呆坐在小花园里的长椅上。就在刚才，晓鸥在病房里哭着证实了高飞的死讯，她不知该如何安抚田原的伤痛。田原明白，这不能怪晓鸥，也不能怪李学锋。所以她强忍住泪水，要晓鸥回去办好那些事情。晓鸥几乎是哭着逃走的……

    田原万万想不到，自己的预感竟然真的应验了。想不到，就这样仓促地跟高飞永别了。再也看不到他的笑，听不到他说话，喝不到他做的果蔬汁……永远永远，这一切都从她的生活里消失了。

    田原悲哀地想，如果那天他们没有因为邓薇被警察抓走的事闹别扭就好了，高飞并没有任何责任；如果那天不是自己坚持让司机继续前进，大家就不会出车祸，现在也许还在杂志社开会；如果……可是高飞听不到这些如果了，他再也没有机会了！

    董志兴走来，静静地坐在田原身边，体贴地劝她："田原，回病房吧，小心着凉。"

    田原的眼里溢满泪水："志兴，你知道高飞的事吗？"

    董志兴默然，点点头。

    田原拼命控制着不让眼泪流出："你知道吗，是我害死他的！"

    看着痛楚的田原，董志兴把她轻轻揽在怀里，想给她安慰……

    晚上七点，李学锋准时出现在田原的病房，手里还捧着一束百合。田原的床头柜上亮着一盏小灯，她躺在病床上好像睡着了。李学锋把花放在茶几上，轻手轻脚走到床边看看田原，伸手关灯。

    田原突然说："别关灯。"

    学锋说："我以为你睡了。"

    田原："学锋，我有话问你。"

学锋沉默良久："晓鸥说，你都知道了。我一直瞒着你，是怕你受不了打击……"

"别说了。"

"追悼会三天后举行，主要是杂志社的人张罗的。我问过医生了，他说你的身体状况不错，可以去参加葬礼。这几天，我们都在努力寻找高飞的家人，但是没有结果。你有线索吗？我觉得如果他的亲人还在世，无论如何应该通知到，让他们可以作最后的告别。"

田原沉默，眼角渗出了泪水："我也不知道。"

她静静拭去泪水，继续说："晓鸥告诉我了，是你把他从县医院转到这里，还找了专家。虽然最终也没有救活他，但让他的生命延长了几个小时。我很谢谢你，我知道你不喜欢他。"

李学锋不知道该怎么劝解她，心里更加难过了："原子，你心里难受就哭出来吧。我给高飞转院也是想赌一把，现在赌输了，他没能救过来，你怨我吧。"

"这不怪你，是我的错。"

学锋控制住情绪，把一个塑料袋和挂着卡通小熊的钥匙串放在床头柜上，说："这些都是高飞的遗物，在车祸现场找到的。"

田原无力地说："你回去吧，今晚不用陪我，我想一个人静静。"

"有事给我打电话，我的手机会一直开着。"

说完李学锋不舍地离开了病房，他希望能听到背后传来田原的哭声，田原已经压抑得太辛苦了，可病房里静悄悄的，安静得像坟墓。

学锋关好病房门，沉重地往外走，看见董志兴坐在走廊里的长椅上，也是一脸疲惫："学锋，我想跟你谈谈。"

学锋点点头："好啊，我也正好有事想请你帮忙。"

董志兴把李学锋带到他的办公室，开门见山地问学锋："有什么需要我帮忙的，尽管说。"

学锋恳切地说："我想请你多开导开导田原。高飞的死对她的刺激很大，我挺担心田原的，我怕她一直这么痛苦、消沉下去。"

"放心吧，我会尽力。田原现在的反应基本是正常的，你不用太紧张。"

学锋苦笑："说实话，我们一起生活了这么多年，我还从来没见她这样。"

"今天下午田原和我聊了很久，有些话我想应该告诉你。田原说，知道高飞去世的消息以后，她想了很多，发现自己对高飞的感情很深、很复杂。她说，他们的关系超越了友情，但还不是爱情。如果没有这次意外，田原说他们也许会成为真正的情侣。所以，高飞的死对她的打击很大。"

学锋竭力控制自己的情绪："田原现在很痛苦，感情的事她未必想得清楚。"

"她那么痛苦还有一层原因，就是她很自责，她觉得是自己害死了高飞。因为送善款的日期是她定的，也是她不顾高飞的反对，坚持让司机在糟糕的天气里继续前进，结果出了车祸。她甚至不停地折磨自己，想像着如果不是因为她的固执，高飞也许就不会死。其实，我们都明白这种假设没有任何意义，可是当事人往往会钻牛角尖，会陷在里面不能自拔。"

学锋深深叹了口气。

"我说这些，是希望你能理解她。她现在很脆弱，需要亲人朋友的包容、爱护和鼓励，这样她才能尽快摆脱心里的阴影，重新回归健康正常的生活轨道。虽然你们分手了，但现在这个时候，你无论如何要全力以赴帮田原，好吗？"

学锋有些激动："志兴，你放心，我可以忍受一切。"

"田原受的刺激太大，这段时间脾气会变得很坏，你要有心理准备。"

李学锋点点头。

办公室里，丹丹在玩电脑游戏，家妹手脚麻利地搞卫生。公司的生意不好做，家妹两个月也没签下一个单子，邓薇只好亲自出马去拉生意。邓薇并没有批评过家妹的工作能力，但家妹自己心里很清楚，只能尽量帮邓薇看孩子，给公司打扫卫生，解决邓薇的后顾之忧。

对于可能再次失业的命运家妹并不害怕，这个城市有太多她能做的工作了。只要留在这个城市里，自由地活着就是好事。但家妹为邓薇抱不平，又为自己帮不上什么忙而着急。

李学雷进来了，背着一个大邮包打招呼："家妹，忙着呢。我来接丹丹，一起出去送信。"

家妹热情地说："大哥来了。"

学雷走到丹丹身边："乖孩子，走吧，把电脑关了。"

丹丹没反应，继续玩。

学雷声音稍微大了一点："丹丹，听话！"

"大哥，别着急。丹丹现在很懂事，心里什么都明白，就是不爱说话。您等会儿吧，她会关电脑的。"

学雷向四面看了看："邓薇呢？她最近早出晚归的，我这几天都睡觉了她还没回来。"

"邓总去跑业务了，她压力挺大的，公司的经营状况一直不好，这几个月都没赚什么钱，她挺着急的。邓总现在太难了，要支撑公司，要还债，要给丹丹治病，到处都要钱，可就凭她一个人能有多大本事啊。学雷大哥，不瞒您说，公司快开不下去了。"

学雷意外地说："这么严重？"

家妹苦笑："我挺心疼邓总的，她那么要强，有多大难处都一个人扛着，不跟任何人说，怕拖累别人。"

学雷不知说什么才好，叹了口气。

家妹觉得有点不好意思："大哥，我一着急好像说太多了，您别往心里去。"

丹丹关了电脑，往外走。学雷追着丹丹走到门口，又特地转过身来："家妹，谢谢你。你放心，我不会眼睁睁地看着邓薇和丹丹受苦的。"

李学雷稳稳地骑着他那辆邮政自行车，在一个住户门前停下。他从邮包里取出几封信，核对过地址后，麻利地塞进信箱。丹丹坐在自行车后座上静静地看着爸爸。

学雷满腹心事，推着自行车往前走："丹丹，爸爸有件事没跟任何人说，先告诉你怎么样？"

丹丹心不在焉地看着别处。

学雷看看丹丹："你不想听？这件事对爸爸来说可是一辈子的大事，本来想跟你妈商量的，可她那么忙，我一直没说成。"

丹丹茫然地看着学雷。

学雷捏捏丹丹的脸蛋："爸爸一直觉得脑子很乱，觉得拿不定主意，不过，刚才好像一下子全想通了。只要你和妈妈能过上好日子，我没什么舍不得的。"

学雷骑车，丹丹自然地搂住爸爸的腰，把小脸贴在学雷背上。学雷拍拍丹丹的小手，动情地说："闺女，为了你，爸爸应该活出个样儿来！"

自行车刚好经过医院门口，丹丹指着医院，清楚地叫了声"婶婶"。

学雷理解地说："丹丹真聪明，那是婶婶住的医院，回头爸爸带你去看她，好吗？"

李学雷想要做的在他们邮政局里是件大事。前不久，邮政局传达了一个内部文件，四十岁以上的正式员工可以一次性买断工龄，办理内部退休。家妹的一番话让李学雷动了心思。为了负担起丹丹和邓薇的生活，学雷决定今天就去向领导提内退。他带着丹丹回到单位，走进领导办公室。

丹丹坐在门廊里，看着父亲从一个办公室跑到另一个办公室。终于，学雷微笑着向她走来，一把抱起小女孩："丹丹，等累了吧，和爸爸一起擦车好吗？"

丹丹端了半盆清水，开心地蹲在地上玩。学雷在一旁细心地擦拭车子，绿色的邮政用车被擦得闪闪发亮。

一个邮递员由此经过："哟，学雷，还擦它干吗？你马上就用不着了。"

学雷笑笑没说话。

邮递员："看不出来你还挺有魄力的，说走就走，一点儿不拖泥带水。你说句实话，是不是找好下家了？"

学雷摇摇头："我就想趁年轻多赚点儿钱。"

邮递员笑着走开了："行啊，学雷，你怎么突然开窍了！"

学雷把擦干净的自行车推进专用车棚，把钥匙交给工队长，领着丹丹去更衣室。更衣柜里的物品不多，学雷拿了一个破旧的邮政书包，把洗发水、水杯、棉手套、帽子等一件件放进包里，柜子很快就清空了。学雷关上柜门，锁好。他想了想，把钥匙留在了柜子的锁眼里。他脱下绿色的邮递员制服，仔细叠好收进包里。丹丹玩着学雷的帽子，好奇地看着爸爸收拾。

学雷背起包："走吧，丹丹。"

丹丹依旧摆弄着帽子，咕哝着："不回来了？"

学雷心情复杂地说不出话来。

他们走到门口，学雷回过头不舍地看看简陋的更衣室，终于，他关上灯，离开了。

深夜，保姆已经睡了。田育之还在书房里工作。打印机吐出一张张印满字的纸。田育之把书稿理整齐，脸上露出欣慰的神情。

手稿的封面上写着：《温暖的告别》——田育之著。

田育之听到外面的院门发出了声音，是李学锋从医院探望回来了。

田育之抱着一摞手稿高兴地出来迎他："学锋，你回来得正好，我的回忆录完稿了。"

学锋带着满身的疲惫，强打精神说："祝贺您，爸，改天我好好为您庆祝庆祝。"

"我打印了一份，你帮我看看，提提意见。"

学锋接过稿子："好的，忙过这段我一定看。"

"对了，田原怎么样？"

"她挺好，您放心吧。爸，我今天很累，先睡了。"

田育之有些不解地看着学锋紧闭了房门……

次日中午，田育之又抱了一保温瓶的热菜赶到田原的病房，推门却看见两名护士在病房里打扫。

田育之看着空荡荡的病床，愕然地问："怎么回事？田原呢？"

护士："她上午出院了。"

田育之愣了愣，失望地向电梯走去。

大街上，田育之看着车流感到一阵迷糊，他向着公交车站的方向走了几步，又停住了，找了一个公用电话拨通了李学锋的电话。

李学锋陪着田育之站在院子里。赵静雅听见汽车声走了出来，见到田育之，惊讶地说："老田，你怎么来了？"

田育之说："我来给田原送点儿吃的。"

"妈，爸不知道田原出院的事儿，刚才把吃的送到医院去了。一看田原不在，着急了，给我打电话，非让我送他过来不可。爸，我去车里等您，你们聊吧。"

说着，李学锋回到了车子里。

"老田，不是跟你说过嘛，田原我会照顾的，就不麻烦你了。"

"我今天炖了牛肉，挺好吃的，送来给你们尝尝。"

"学锋他们都挺忙的，就为了这么一个菜，他班都不上，专门送你过来，多耽误时间啊。"

"以后不会了，我让学锋把地址和坐车的路线写清楚，下次我自己来，不会麻烦他了。"

"你花了很多心思做菜，田原不一定喜欢吃，你明白吗？"

"没关系，那我以后再做别的。"

赵静雅叹了口气："老田，你怎么还那么认死理啊。你应该明白，菜好不好吃不重要，关键是田原不愿意见你，她对你的感觉难道你不清楚吗？本来田原心情就不好，你干吗还要来刺激她呢？"

"我知道她心情不好，所以想关心她。她不愿意见我，我能理解。你放心，我不会去家里打扰她的。这菜你也别跟她说是我做的。"

赵静雅婉转地说："你年纪大了，跑这么远的路，万一磕着碰着了，怎么办？要是再走丢了，就更麻烦了。"

"我会小心的。这牛肉是我按菜谱做的，叫红烩牛肉，说是西餐，我觉得挺新鲜，你们没准儿能喜欢。静雅，我没别的想法，就想在有生之年多为田原做点儿事，好好补偿她，难道这也不行吗？"

"老田，可能你还不了解田原，她是不会轻易原谅任何人的。"

田育之心情复杂地看着赵静雅拿了保温瓶走进屋里。

赵静雅到厨房放下保温瓶，转回客厅。田原孤独地坐在客厅的沙发上，阳光从她身后晒过来，她像一个单薄的剪影。

她从塑料袋里把高飞的遗物一件件取出。手机、钱包、纸巾、润唇膏、ipod、钥匙……有的完整，有的残破，但都很干净。田原想，血迹应该已经被李学锋细心擦掉了吧。她伤感地轻轻抚摸着遗物。

35

温暖的守护

夜已深，邓薇把丹丹哄睡了，她正在吃方便面充饥。一身疲惫的学雷回来了。邓薇疑惑地看着学雷："你干吗去了？这么晚才回来。"

"你怎么吃方便面呀？冰箱里是不是没菜了？我这两天事多，一直顾不上去买。"

邓薇严肃地说："你过来，我有话问你。"

学雷听话地坐到邓薇身边。邓薇说："这些日子你每天都早出晚归的，在忙什么？"

"没什么，还是邮局里的那些事儿呗。"

邓薇生气地说："撒谎！你不穿制服了，自行车也换了，为什么？"

"我还以为你根本不会注意到这些呢！本来想给你个惊喜的，看来瞒不住了。我离开邮局了，准备自己开一家快递公司，眼下正在筹备，过几天就开业。"

邓薇难以置信地看着学雷。

"我也是碰上机会了。邮局四十岁以上的工作人员可以一次性买断工龄办内退，我觉得挺好的，既有了时间，又能有一笔钱，正好可以开公司。我就把手续办了。"

"你是不是疯了，李学雷？你开公司？"

"邮政方面的业务我太熟悉了，开快递公司肯定赚钱！"

邓薇发火了，声音渐渐提高："光懂业务有什么用？你能找到客户吗？你会经营公司吗？你会管理员工吗？我劝你再找领导谈谈，争取还能回邮局上班。"

学雷一脸紧张地看着里屋："小点声，别吵醒孩子。我可以慢慢学。我不后悔从邮局出来，以前都是你挣钱，现在我也想多挣点钱给丹丹啊。"

"我都快不认识你了，李学雷！你还是那个老实巴交的李学雷吗？"

学雷苦笑道："谁说老实人不能开公司啊？等公司开业的时候，一定请你和丹丹过来。"

当晚，邓薇愁得一夜没睡，在床上翻来覆去折腾。倒是听见隔壁屋里李学雷踏踏实实地打着呼噜，把邓薇气得够呛。

邓薇心里打着算计，学雷是出了名的老实人，这么多年就没见过他这么倔。既然他铁了心要下海，总不能眼睁睁地看着他把所有钱的都亏进去。虽然夫妻是做不成了，但学雷在她最困难的时候尽自己所能帮助她，这个情分邓薇是不会忘记的。现在新钟点女秘公司的效益这么差，眼看就要关门大吉，不如先帮助学雷把公司的架子搭起来。至于怎么个帮法，邓薇一合计，心下有了主意。

第二天，家妹到了公司，见邓薇正里里外外打扫着。丹丹坐在办公桌前吃早饭，家妹奇怪地说："邓总，您怎么来了？今天不是要带丹丹去医院吗？"

邓薇没说话，继续忙活。家妹凑到邓薇面前，看看她的脸色："怎么了？"

丹丹说："妈妈不高兴了。"

家妹听到丹丹的话，关切地问邓薇："有什么事儿您可别瞒我！"

邓薇把拖把往地上一杵，直起身："学雷突然辞职了，说要自己开公司。"

"这不是好事儿吗？学雷大哥当老板了，多好啊！"

"他哪是做生意的料啊！本来拿着邮局的铁饭碗，至少可以一辈子衣食无忧，现在倒好，没头没脑地下海了，不淹死才怪呢！家妹，昨晚我一夜没睡，想来想去，只有你能帮忙！"

家妹惊讶地说："我？"

"学雷开公司是两眼一抹黑，跑了好几天，手续都没办下来。所以，我想请你过去帮帮他，行吗？你做这个项目，劳务费我来给。跟学雷你别提钱，就说是来帮忙的。"

家妹爽快地说："没问题，手续的事儿包在我身上了。等学雷大哥的公司做大了，随便给我点儿股份，就够我吃一辈子了。"

邓薇感动地说："谢谢你，家妹。"

"邓总，别婆婆妈妈的，赶紧带丹丹去医院吧，再磨蹭就晚了。"

董志兴的诊室里，丹丹兴致勃勃地摆弄着董志兴办公桌上的医疗器械。邓薇坐在一旁想开口阻止她，董志兴做了个随她去的手势。

董志兴默默观察着："丹丹，你想回学校吗？"

丹丹没什么反应，继续玩。

董志兴问："你想老师和同学吗？想跟小朋友一起玩吗？"

丹丹犹豫了一下，点点头。

"让护士阿姨帮你检查一下身体，好吗？"

丹丹用力摇头，清楚地说："不好。"

护士走到丹丹身边："丹丹，跟阿姨走吧。"

丹丹询问地看着邓薇。

"去吧，丹丹，一点儿都不疼。"

丹丹满脸不情愿，站着不动。

"丹丹，勇敢点儿，妈妈在这儿等你。"

丹丹终于拉住护士的手，顺从地跟她走了。

丹丹一离开，邓薇急切地问："董医生，丹丹怎么样？"

董志兴说："挺神奇的，她基本康复了，自闭症的症状差不多全部消失了。"

邓薇难以置信："真的？"

"你现在可以考虑让丹丹重新上学了。我建议让她回学校，回到小朋友当中去，通过跟别人的沟通和交流，尽快消除现在的语言障碍。你放心，用不了多久，丹丹就会重新成为一个完全健康的孩子。"

邓薇激动地红了眼眶，哽咽地说："太好了！谢谢，谢谢您，董医生。"

邓薇对董志兴千恩万谢之后，带着丹丹离开了。丹丹走到医院门口突然停下了，指着住院楼的窗子说："看婶婶。"

邓薇兴致很高，开心地摸了摸丹丹的头发："好呀，宝贝儿，咱们这就去看婶婶吧。你想给婶婶买什么礼物啊？"

不多时，邓薇拎着一个果篮和丹丹敲开了田原家的门。

赵静雅很惊喜："丹丹来啦！"

邓薇把果篮送上，问赵静雅："阿姨，田原好点了吗？"

赵静雅叹了口气："你快来劝劝她吧，一直在发呆，也不爱说话。"

丹丹活泼地自己跑进客厅。田原靠在沙发上出神地想着什么，手里把玩着高飞留下的钥匙串。丹丹亲热地扑到田原怀里。田原吃了一惊，见是丹丹，开心地用力抱住孩子。

邓薇跟进来说："丹丹今天和我说一定要来看你，还让我买果篮呢！"

田原疼爱地抚弄丹丹的脸蛋："婶婶好想你。你最近好吗？"

丹丹用力点点头。

邓薇喜滋滋地说："我们刚从董医生那儿来，他说丹丹好多了，可以上学了。"

田原欣喜地亲了丹丹一下："太好了！丹丹真棒！"

赵静雅端来水果和饮料："邓薇，吃点儿水果吧。你最好劝劝田原，让她也吃点儿。"

邓薇纳闷地说："原子以前最爱吃水果，现在怎么了？"

赵静雅叹了口气："她现在什么都不喜欢吃，整天就是愁眉苦脸的。"

"原子，你还忘不了那场灾难，是吗？你还在折磨自己，是吗？"

田原抗拒地说："我不想说这个。"

赵静雅站起身，拉住丹丹的手："丹丹，跟阿婆去厨房吧，有好吃的给你！"

说着，一老一小二人离开了客厅。

邓薇动情地说："人已经去了，你只能放手，再痛苦又有什么用呢？万一你把自己搞垮了，你的父母怎么办？你的杂志怎么办？"

田原痛苦地闭上眼睛。

"我知道你现在很难过，但生活是无法改变的，你只能接受。原子，高飞已经死了，你就当失恋了，好吗？你可以永远怀念他，但你的生活还要继续，你无论如何都要好好过日子，不能一直任性下去，不然你谁都对不起！"

田原缓缓睁开眼睛，眼里隐隐泛起泪光："薇薇，你不明白高飞对我意味着什么。几个月前，他才出现在我的生活里，因为有他的陪伴，我才走过离婚后最黑暗的那段日子。他才华横溢，也很努力，总能给我惊喜。我信赖他、依靠他，习惯了有他陪伴，习惯了让他分担我的烦恼，习惯了让他分享我的快乐。他无条件地包容我，他让我感到被喜欢被尊重却从来没有压迫感。可是，就在我觉得我可以重新得到幸福的时候，我却把他给……是我害了他！"

"原子，高飞是你生命中的天使，他把你治愈了，现在他回到天堂了。而你，也许你没有意识到，你也是很多人的天使，比如那些贫困的单亲妈妈，那些孩子，你妈妈，还有我。老天把他收走了，把你留下了，这不是你的错。你得好好活着，把高飞没做完的事都做好，振作起来，继续生活下去，永远在心里记住他的好。"

田原抱住邓薇，失声痛哭。邓薇像哄小孩一样轻轻拍打着她的后背，希望泪水能冲淡她心里的伤痛。

经过与邓薇的深谈，田原渐渐能主动吃东西了，这可把赵静雅高兴坏了。李学锋还是每天傍晚来探望她，帮助赵静雅做家务，与田原简单交流几句。大多数时间，田原坐在沙发上或床上发愣。她蜷缩在毯子里，头发蓬乱、面色憔悴、身体浮肿苍白，眼神却逐渐坚定起来。就像一棵经过严冬的树，她正在慢慢积蓄自我修复的力量。按董志兴的话讲，田原虽然还在为高飞的死而难过自责，却有了自我求生的意愿，正在慢慢好转。

这一天，李学锋照例来看田原。田原靠在沙发上，正在用高飞的遗物ipod听音乐。她闭着双眼，眉头舒展，嘴角有一丝不易察觉的微笑。

学锋把水果和一大束鲜花轻轻放在茶几上，用一种朋友式的平和语气关怀地说："好点了？"

赵静雅给学锋倒了杯水："原子，学锋来看你了。"

田原对学锋点头作为打招呼。

学锋坐下，细细打量田原："你身体好些了吧，杂志社那边没问题吧？"

"我请了两个星期年假。各栏目都有负责人，暂时还好。"

"我们公司和你们杂志社合作的系列手机电视短片完成了，即将上线供用户下载。我给你刻了一张盘，里面有三个小故事，脚本是高飞写的。"

赵静雅问："学锋，以田原现在的精神状态，她能看吗？"

"这组短片就是高飞生前策划的，我想，田原会想看的。"

学锋把一张光盘放在桌上。

田原忽然开口了："我看。"

田原独自走进书房，拉上窗帘，打开电脑，把光盘插进光驱。伴随着轻松时尚的音乐和画面，主创人员名单——闪现。屏幕上出现"策划：高飞"的字幕，高飞的名字上加了黑框。田原坐在书桌前平静地观看。

高飞创作的故事很有趣，女主角身上有编辑部里几位年轻可爱的女孩的影子。田原看着熟悉的桥段，甚至会忍不住笑出声来。影片到了尾声，出现片尾字幕，在浪漫的音乐声中忽然推出"感谢高飞"四个大字，影像在这里定格结束。

田原难以置信地看着屏幕。良久，她关掉电脑，起身开灯，拉开窗帘。窗外，夜幕已经降临，远远近近有稀疏而温暖的灯火。田原抬起头凝望窗外，玻璃上倒映出自己悲伤的脸。也许是幻觉吧，高飞的脸也投映在玻璃窗上，带着他一贯体贴的笑容。田原闭上眼，感到高飞就站在她身后，默默地守护着……

一滴泪滑过眼角。

李学锋坐在沙发上，等着田原从书房回来。他心里七上八下的，不知道自己这么做对田原来说是不是太残酷了。赵静雅已经从厨房来来回回看过三四回了，虽然没说什么，焦急的眼神却让学锋感到愧疚。

终于，田原从书房出来了。她的情绪还是有些低落，眼睛微肿。

"原子，你还好吧？"

田原摇头，神情有些痛苦："你这是做什么？"

"原子，我想，高飞也一定希望我们能把他策划的这些故事做出来。"

"我好像看见高飞了，我……我刚才真的看见高飞了。"

学锋哑口无言，好半天才小心地问她："原子，你没事吧？"

237

田原还在想着高飞的笑脸："那天要是我们不去了，就不会出事……我忘不了他，再说，我也不该忘!"

"如果高飞在天有灵，肯定不希望你这样。"

"这是我的事情，你不要管了。刚才看见那些短片，真的很精彩。"

"我也在想，如果他还活着，看到拍出来这么好的效果，肯定会很高兴。"

"唉……我怎么老觉得……觉得他好像没有离开似的，或者是……去了另一个城市出差了。真的，我现在还不能接受这个事实。我很想他。"

李学锋理解地点点头，什么也没有说。抛开田原时刻流露出的对高飞的情感和思念，学锋现在心底很释然。自从他请晓鸥做间谍的事情败露以来，田原都在冷淡地回避着他，即使在受伤住院的那些日子，两个人之间的隔膜也没有消失。今天，田原终于肯敞开心扉和他说了这么多，重新把他当做一个朋友。学锋已经很满足了。

两个星期了，田原总是哭着入睡，在黑暗中她不必像白天那样坚强。为了不让母亲赵静雅在夜里有所察觉，她躲在被子里无声地痛哭着，哭得几乎喘不过气来，却不敢让自己发出任何声响。田原不知该如何说服自己，说服自己这不是她的错。

然而，李学锋送给她的光盘，却让田原发现了事情的另一面。高飞所有闪光的想法、高飞对事物的理解和认识，还存在于田原的回忆里，存在于他创作的作品里。甚至田原觉得，高飞好像仍在杂志社里，为了策划案加班加点，会随时变出一杯新鲜的果蔬汁放在她的办公桌上。

这天夜里，田原依然睡不着。她黑着灯坐在床上，觉得心里有块地方快被憋死了。她迫切地想出去走走。

田原裹了一件大衣，轻手轻脚地走出门，发动汽车。初冬的江南夜晚是恬静的，田原把窗子打开一道缝，让干冷的空气涌进车内。在通往市区的路上，车灯在道路前方映出温暖的弧形灯光，看得到法国梧桐的树叶已经掉落满地。已经是这个时节了，田原最喜爱的冷静的季节。

田原漫无目的地沿着湖滨大道兜风，享受这么长时间来头一次的自由和放松。她什么也不愿想，沉浸在车子愉悦的速度感中。

当田原发觉时，车子已经开到了杂志社大厦的附近。她在大厦下停了车，靠着车门仰头看着自己熟悉的那扇窗。主编办公室黑着灯，自己已经两个星期没去过那里了。

田原想起和高飞一起加班的日子，高飞总是劝她去吃夜宵，说不吃会伤胃。还有办公室沙发上的小靠枕，也是高飞放在那里的。田原有一种奇怪的感觉，似乎如果现在上楼去，就能看见高飞还坐在办公桌前一样。她想再次回到那间属于她的办公室，和高飞并肩作战。离开工作那么久，田原怀念她的办公桌，怀念晓鸥和编辑部，甚至怀念杂志下厂前通宵的忙碌。

看看车上的表，显示的时间已经是凌晨三点多，除了偶尔飞驰而过的汽车，街道就像被凝固的电影画面。被黑夜拥抱的田原感到格外安全和惬意。现在她只想回到家，安详地睡去。

36

复 出

　　清晨，赵静雅照例醒得很早。她悄声到厨房准备早餐，一推门，却看见田原在热牛奶。见赵静雅进来，田原把烤好的面包从吐司炉里拿出来，配了一个煎鸡蛋递给她。

　　"妈，刚做好的，趁热吃。我一会儿想去上班。"

　　赵静雅惊讶地看着她："原子，你今天怎么这么怪啊，多休息几天再去吧。"

　　"我又不是小孩子，老在家待着逃避不是办法。让我去上班试试吧。"

　　出现在杂志社的田原，在编辑中引起了不小的轰动。她穿了一件Max & Mara的黑色羊毛大衣，腰上系着醒目的黑色Fendi漆皮腰带，将头发高高绾起在脑后打了个鬏，搭配着Chanel墨镜，重新恢复了往常的时尚女王架势。大家从座位上起身迎接田原，却又不知该说什么。

　　田原微笑着站在编辑部门口对众编辑说："我回来了。"

　　编辑们把她围在中间，七嘴八舌地问候："主编，您的身体恢复了吗？我们都等着您回来呢。"

　　田原微笑着应对着，向自己办公室的方向走去。没走几步，她的目光扫到了高飞的办公桌，停了下来。编辑们知趣地都沉默了。

　　晓鸥红着眼睛对田原说："主编，高飞桌子上的东西，还都没动过。"

　　"你整理一下吧……噢，不，咱们一起帮他整理整理吧。"

　　田原拿出那串有Prada小熊的钥匙，打开高飞的抽屉。晓鸥移开高飞案头堆积的文件，她们将抽屉里的物品一件件拿出来。一叠用不同颜色便签分类的策划书，是高飞以往做过的项目，田原曾经亲眼看到策划案中提出的创意变为现实。还有一些打火机、剃须刀之类的家什。另外，有几张点菜单。

　　晓鸥感慨地说："他人真是太好了。我们都嫌外卖的饭菜不好，他就去找

240

了好几家送外卖的餐馆要菜单。"

晓鸥拿起一个药盒子，说："您可能不知道，那段时间您犯胃病，都是高助理拿了药让我给您的。我们都开玩笑说高助理是我们的药箱子、骆驼祥子、出气罐子。加班晚了，他经常让我们搭顺风车；谁不高兴了，就把气都撒到他身上。"

晓鸥说着说着，已经泣不成声了。

"晓鸥，这些事情我都不知道。"

"我也没想到自己会哭。我不光为高飞哭，我也为您哭呀。"

"我？"

"您太坚强了，高飞出事以后，我都没见您哭一次。"

田原给了晓鸥一个坚定的微笑，晓鸥意外地破涕为笑。

"我们可得好好地生活，这样才对得起高飞！"

"对，你这话说得太对了。"

田原这时候发现了一个日记本，翻开后是高飞熟悉的字迹——

"御苑酒楼会议室。会议有些杂乱，以后会议最好不要在酒店里开。"

"昨天忙了一天，不过感到挺充足。明天要跟主编大人出差。"

"今天下班回来早，去吃了小吃。很高兴。"

"我想我真爱上她了，怎么办呢？漫长的周末一过，我看到了她。我怎么会这么讨厌假期了呢？全是因为她吧？"

"我不能告诉她。如果我坦白了，这对她来说无疑是一种负担。有时候，爱，会变成伤害，或者负担。"

"……"

田原合上日记本，放进自己的包里。她吩咐晓鸥："找一个纸箱子把高飞的私人物品收拾一下，在没有找到他的家人之前一定要保管好。我现在要去社长那里。"

田原坐在社长办公室的长沙发上。沙发很软，但田原的坐姿很硬，背挺得笔直。还有一个多月就要进行杂志社一年一度的管理者年终述职了，今天社长也许会透露一些社里的最新决策。

"田原，现在我们社的几本杂志，还就你们《美丽·家人》卖得最好。我前几天到报摊上一看，都摆在最显眼的地方。你辛苦了啊！"

"这是大家的共同努力。要不社长给涨工资？"

"我今天要说的，还真就是钱的事儿。虽然销量上去了，可是我查了一下，你们的广告额已经连续好几个月不见起色了，白白浪费了十月份黄金周的销售旺季。你也应该知道，靠杂志的销量只能收回那么一点成本，如果我们的广告额再持续低迷，恐怕……你不妨听我说说我看了这几期杂志的感觉。十月份的，里面差不多有十页的版面都是关于捐助单身贫困母亲的。其实公益慈善事业关系到社会效应，我们当然支持。可是，十一月份的，怎么又有更多的版面都是关于这个的？……田原，办杂志是为了赚钱呀！"

"社长，我觉得您的看法可能有一些误区。这个慈善策划，是我和高飞非常努力做出来的，为的就是打造这个品牌。作为一个媒体，我们可以成为一个社会平台，让社会各界献出他们的爱心，而且这对于整个社会都是非常好的影响。"

"社会各界的反馈都是好的，可是我们杂志社是时尚生活类杂志，而不是慈善专业杂志，你现在的方针有问题。广告商的嗅觉是很敏锐的，再这样下去那些高端奢侈品品牌客户就会流失。"

"怎么会呢？您想想，读我们杂志的，大都是一些白领阶层，他们是最容易被打动的人，我们的这个行为，一定会非常有效地击中他们的爱心。《美丽·家人》办到现在，利润、名气什么都不缺了，唯独缺一个好的名声。人家一提《美丽·家人》就知道这是一个时尚杂志，光会弄一些漂亮模特在上面，可是现在一看，原来，这个杂志这么有社会责任感。这对于我们来说，是一次升华，是彻底的脱胎换骨呀。"

"你的志向好像不是办杂志了。"

"您没看见我们这么一号召，那么多明星响应。他们都是冲这个来的。"

"明星是为了追求曝光率！嗯，也许我们的想法有分歧吧，我不想再有第二个高飞出事。"

田原愣了。

社长大概觉得自己说的话有些过头："今天就谈到这里吧，我看你也应该好好调整一段时间了。"

大街上，李学雷正在派发快递公司的名片。左右路过的路人或者不要，或者随手就扔在路上。学雷心疼地又捡起来，吹吹上面的浮土，放在衣兜里收好。

李学锋正好走过，疑惑地叫了一声："哥，你这是干吗呢？"

"噢，我……发名片呢。"

"你公司的？"

"嗯，总得赶快拉到生意吧。邓薇帮了不少忙，总算开张了，可是还没什么活儿，我这正着急呢。"

"哥，你怎么在这儿发名片啊，这是住宅区，用快递的少，你得去商业区发才行。走，跟我回去，我给你讲讲。田原她爸家就在这附近。"

"好啊，李大经理出面培训。"

两人一前一后往田育之家走去。学锋带路，回头见学雷的步子有点慢，还边走边用一只手按揉膝盖，不禁有些心疼地说："哥，给自己干活更得注意身体，别太累了。"

学雷憨憨笑着："不累，可能是着凉了。"

两人跨进小院，田育之正坐在院子里修盆景，看见两人来了很高兴。

"爸，这是我哥李学雷，您还记得吗？"

"嘿嘿，你们俩看上去就像兄弟。学锋啊，你看我这个盆景是不是特别像黄山迎客松？"

"噢？还真挺像。怪不得原子有艺术细胞，都是从您这儿遗传的呀。爸，我跟我哥聊点事，您忙您的。"

李学锋虽然没有做过快递行业，但凭着这么多年的商业运作经验和公司经营管理经验，还是给了学雷很大的帮助。初涉商海的李学雷几乎听什么都新鲜，什么都要问明白，不知不觉两人聊到了晚上。

在他的讲解下，学雷终于找到了公司的宣传、运营方式，也明白了和客户打交道的各种办法。学雷拿着小本一一记下那些建议，说回去和邓薇商量。李学锋看着哥哥脸上充满干劲的笑容，既为他高兴又想给他拉点生意。他在心里一盘算，既然是照顾哥哥的小本生意，那就从自身支持做起吧。

"哥，我们公司一直都要用快递对外联络，我们可以做你的第一个客户。不过，丑话我得说在前头，价格要和现在用的快递一样，而且一定要在保证时间内送到。我不能让公司股东和其他同事说闲话。"

学雷大喜过望："你真够意思啊，学锋！放心吧，我不会让你失望的。明天我就给你送几沓快递单过去。"

学雷一看表："哟，都已经八点多了！我得赶快回去，公司还有点事。"

学锋也没再留他，只说创业期工作重要，又叮嘱学雷一定要注意身体。

送走大哥，回到屋里，学锋一个人吃着热腾腾的剩饭，打心眼里为学雷高兴。大哥一直是老实人，这么多年清贫惯了，没想到为了邓薇和孩子竟然有这么大的魄力，开起公司来。真是人不可貌相啊。

田育之从自己小屋里出来，看起来心里有事，犹豫了一下，坐到李学锋身边："学锋，我想问问你，原子这几天怎么样了？"

"爸，您还担心她啊，田原好多了。"

"我这心……还是放不下。"

"那您去看她一趟吧。"

田育之有些回避："我一次都没进过她们家门呢……哎呀，太麻烦了，算了，算了。"

"您担心原子不理您？"

"不担心，不担心。这不怪她，是我自己不想去。对了，你看完我写的回忆录了吗？"

"最近光忙工作……"

田育之有些失望："噢……"

"今天晚上我就看。"

由于李学雷和家妹最近专心给快递公司拉生意，丹丹就由邓薇带着。白天邓薇把丹丹带到公司，天一擦黑就早早从公司回家，给忙了一天的学雷做饭。这天，邓薇把刚炒好的菜从厨房拿出来，见丹丹趴在窗前等爸爸回家。

邓薇看了看时间，给丹丹盛米饭："爸爸在外面忙，咱们先吃吧。丹丹啊，妈妈跟你商量个事儿，你是不是应该回学校上学啦？"

丹丹看着邓薇："妈妈……"

"你不想去？"

"我……不想去……"

"我就知道你这孩子给惯出来了，成天在家里待着，将来有什么出息？"

丹丹一撇嘴："我一回学校，你肯定跟爸爸又分开了。"

邓薇非常惊讶地看着丹丹，有些窘迫："你……你怎么这么说？"

"难道不是吗？"

"当然不是啦！"

"你不会离开爸爸？"

邓薇有些底气不足："不会。"

"那妈妈写一份保证书吧！"

"你这个孩子……"

"写不写？写了我就去上学。"

邓薇一赌气："好，我写！"

吃了饭，邓薇照例拿出小学课本让丹丹念书抄写，时不时停下讲解。丹丹很聪明，生字讲了两三遍就记住了。照这样的学习速度，邓薇倒也不担心丹丹会跟不上学校的教学进度。

母女二人学习到八点半，邓薇又监督丹丹洗脸刷牙，清洁个人卫生，把睡眼惺忪的小女孩哄上了床。累了一天的邓薇刚刚在沙发上伸了伸懒腰，李学雷兴冲冲地回来了。他一身寒气，身上还带着外面飘落的雨珠。

邓薇迎上去："吃过了吗？今天怎么这么晚？"

"学锋给我上了一课，我都快听傻了。还没吃呢，赶着回来跟你也说说他的思路。"

邓薇把饭菜放进微波炉里。

"丹丹睡了？"

"睡了。"

两人都向丹丹的方向看去，忽然，丹丹睁开了眼睛。

"妈妈把保证书交给爸爸！交给爸爸！"

学雷伸长了脖子："什么保证书呀。"

邓薇有些尴尬："哎呀……你这个孩子，怎么装睡呀？"

学雷狠狠亲了亲丹丹的脸蛋，又把还带着凉气的手伸进被窝呵痒，小女孩身子扭成一团，咯咯笑着。

"妈妈写了保证书，保证等我上学去了，她也不离开你。"

"噢？丹丹要去上学了？"

"如果妈妈答应我的要求。"

学雷促狭地看着邓薇，闷头傻乐。

邓薇觉得尴尬："行了，饭热了，赶紧吃吧。丹丹快睡啦，别瞎胡闹啊！"

丹丹一边往被窝里钻，一边呢喃着："妈妈把保证书给爸爸呀。"

好容易再次把孩子哄睡了，邓薇轻手轻脚地回到餐桌边。学雷刚刚吃完，还在看刚才记录的笔记。邓薇这时候掏出一个信封，递给学雷。

"咱们一分算一分，把钱的事说明白。你看，我现在在你这里不能白住……"

学雷又惊讶又生气："邓薇，你这是干吗呢？你说你把我当什么人啦？"

"不是，你也是付了房租的，我们娘俩这么一搬来，给你增加了负担，你也不容易……"

"别多说了，说什么我也不会要的。你这么干，可把人看扁了，我能那么没有人情味吗？"

"好吧，好吧，等丹丹回学校上学，我就搬回公司住。"

"那丹丹肯吗？"

"嘘，她怎么会知道呢？"

"我觉得你还是先缓一缓吧，别让孩子一下接受不了。对了，你把你写的那份保证书给我看看，我听着新鲜。"

邓薇半是嗔怒半是耍赖地推搡了学雷一把："你还没完了啊！"

冬天的夜来得格外早，傍晚五六点钟天就已经擦黑了。田原家不远处的小花园内，聊天逗小孩的保姆和老人早就各自回家准备晚饭了。只剩下赵静雅一个人左顾右盼，显然是在等人。不多时，一辆宝马车开了过来，李学锋拎着一个保温桶从车里出来了。两个人好像在搞地下活动似的碰头了。

"和我一块回家吃吧，学锋。"

学锋把保温桶交给赵静雅："不用了。原子还好吧？"

"这几天下班后就把自己关在屋子里，也不知道在想什么。"

"这是爸特意做的。我先走了。"

"学锋，我问你个事儿，你真的想跟原子复婚？"

学锋很坦然地说："是的，不过，现在谈这些都不是时候。"

"我知道，妈都看在眼里的。"

"妈，您赶紧回去吧，一会儿田原就该回来了。"

赵静雅没再推辞，回家把田育之炒的菜盛盘上桌。过了没五分钟，田原的车开进了别墅小院。田原的精神不错，和赵静雅打了声招呼，随手拈起盘里一块胡萝卜尝了一口，眉头一皱，吐到手心里。

"妈，今天的菜咸了。"

赵静雅看见田原的表情，也尝了一口，也是诡异的表情。赵静雅再尝尝另一道菜，伸了伸舌头，咸得不行了。

"哎呀，今天怎么回事，把糖和盐都放错了。原子，这几个菜先放起来，今天晚上咱们包饺子吃。"

田原疑惑地看着她："妈，您心里有事吧，是不是最近太累了？"

赵静雅也不知道如何给自己辩解。

37

白昼之月

　　李学锋在办公室里处理文件，隔着百叶窗看见一个熟悉的身影一闪而过。他走出来一看，果然是田原的助理晓鸥。

　　"李总，我是来催上个月的广告费。"

　　"噢，办完事你急着回去吗？到我的办公室聊会儿？"

　　晓鸥笑了一下："您想问主编的事吧，我倒真想和您说说呢。"

　　李学锋被晓鸥说中了心事，笑着做了个请的姿势，把晓鸥带到自己的办公室。晓鸥坐下就开门见山地说："李总，上次您让我监视主编的事闹得大家都不愉快，我也不想是那样的结果。但是我个人无论从工作还是人品方面对主编都是非常敬佩的，所以不能背叛她，请您理解。"

　　学锋很诚恳地说："上一次是我错了，也得到很大的教训。你做得对。"

　　晓鸥接着说："这次我主动找您聊，是因为我觉得现在只有您能帮助主编。"

　　学锋做了一个惊奇的表情："田原怎么了？"

　　"田主编太坚强了。她现在工作上的状态已经完全恢复了，但如果真的了解她就会知道，其实她心里还是没有解脱出来，即使有再多痛苦也不想给别人知道。坚强的背后实际上是好强。"

　　"是的！"

　　"我是她的助理，和她接触的时间最长，我很害怕主编困在这件事里走不出来。对了，还得跟您说，今天我这不是来拿钱的吗，田主编那个慈善项目遇到阻力了。"

　　"怎么了？"

　　"主要是我们社长不太支持，他想的当然是钱了。不过，以下是我的个人看法，说得不对请您也别在意，特别是不要和主编说。"

　　学锋点头说："放心吧，你有什么想法？"

　　晓鸥很谨慎地看着学锋的脸色："我知道主编对这个慈善项目很看重，这是她和高飞共同策划实施的。可能是她现在最大的心愿。可是——我直说吧，我们杂志社的定位是女性时尚消费类，每个月都需要有不同的主题，以引领消费潮流。可是现在每期的主题之一都是慈善，我很怕读者和广告商因为觉得单调重复而不买账。"

学锋疑惑地问："慈善晚会不是有很多广告商都参加、支持了吗？"

"广告商出席和支持活动可以获得好的社会效应，但他不一定会同意连续投放广告。事实上，我们杂志十月份的广告额比夏天淡季时还略有减少，十月份是以往的黄金销售月啊。"

学锋若有所思："原来还有这层关系。你放心，我不会和别人说的。"

送走了晓鸥，学锋心里反复琢磨着她刚才的话。和学锋事先预想的一样，田原在遇到变故的时候，总是太过刚烈而韧劲不足，不会试着去解决去原谅。田原现在对高飞车祸的反应，就像对待田育之的态度一样，用故意不再提起不去触碰来解决所有问题。万一哪一天撑不住了，可能整个人的信念就完全垮掉了。学锋觉得，现在必须帮田原解开心中的那个结，无论她是否情愿。

可是，学锋转念一想，田原现在虽然不再抗拒自己的关心，可事关高飞，由自己提不太合适，弄不好会激起她的反感。

下班后，李学锋开车去学雷家。邓薇正在厨房炒菜。听见敲门声，丹丹大叫着"爸爸回来了，我去开我去开"。邓薇看看天色还早，正在奇怪，就听见丹丹在门口甜甜地喊道："二叔好。"

邓薇从厨房走出来，看见李学锋正从包里拿出一套奥运福娃玩具。

"丹丹，你看叔叔给你带什么来了？"

丹丹高高兴兴地接过来，指着其中蓝色的那个说："我们班也有一个同学叫贝贝，她学习成绩可好了。谢谢二叔。"

"学锋，你大哥差不多九点才能回来呢。"

"嫂子，我当然是来找你的。"

"我猜就是，先一块儿吃饭再说吧。丹丹，别看电视啦，帮妈妈把筷子摆好。"

三个人热热闹闹吃了晚饭，丹丹还像个小大人似的收拾碗筷、擦桌子，一副遗传了邓薇的能干样子。

学锋感慨地看着丹丹，对邓薇说："你终于能安心了，丹丹现在这么活泼可爱。"

邓薇忍不住带着点自豪的微笑："可不是，以前是闷嘴葫芦急死人，现在她每天都问东问西的，烦死人了。"

邓薇像想起了什么似的，又问："对了，你找我有什么事？想复婚？"

248

"我哪有那么着急，这不是找你骂我嘛。我是想陪田原去一趟她上次送善款的地方。"

邓薇有点意外："这事儿你还是自己问原子吧。她好不容易才缓过来。"

"你觉得合适吗？前几天我找她吃饭，她亲口跟我说就当高飞现在是去法国了。我觉得该是她面对现实的时候了。"

"你说得挺有道理的。可是……也有可能，作用万一是反的呢。她看到那个地方，不得疯了。"

"我想带她去跟高飞作最后的告别，要不然，她一直都走不出来。"

"我理解。"

次日，邓薇约了田原一起练拳击。更衣室里，邓薇把昨天李学锋来家里的事对田原说了。

田原脸一沉："我不想去。"

"这是高飞的遗愿，怎么说也得替他完成呀。"

"我会有我的方法，但是……我不会再经过那个地方……"

"你是怕。原子，事情都过去了，只有勇敢面对，才能解决问题呀。"

"薇薇，你别说了，我知道你是为我好，可是……我真的不能去。"

"学锋也是为你着想啊。"

"为什么你们都帮他说话？是不是他很会贿赂人？"

邓薇有些急了："你这是什么话？如果有人这样贿赂我，我都幸福得要死。"

田原停下来，眼里又露出了一丝忧伤。

田原去董志兴的心理诊所做例行的心理辅导。她放松地躺在那张柔软的皮沙发上，和董志兴轻松聊天。

"田原，我觉得你这几天状态好很多了。"

"是啊，不知道怎么的，我觉得高飞突然给了我一种力量似的。每天往办公室里一坐，我就浑身都是劲，特别亢奋。好像他走了之后，能量都转移到我身上了。"

"呵呵，我为你高兴。田原，我觉得，你现在是时候正视那场车祸了。"

田原迟疑地说："学锋……"

董志兴："学锋跟我说了。我很赞同这个做法。"

"唉，我发现我身边的人，怎么都是他的说客。"

"不是这个问题。无论你作为病人还是朋友，我都觉得你应该这么做。你知道白昼之月吗？"

"白昼之月？"

董志兴打开窗户，指着天上："其实，白天的月亮应该在那个方位。稍微有一些地理知识的人都知道，白天不是没有月亮，而是因为太阳、地球、月亮的不同位置关系造成的。心灵上的创伤，就像是白昼之月，虽然看不见，却确实存在。你现在的变化，我们都看到了。可是我们希望看到的，是一个不再有惧怕，不再有恐惧，真正能够面对现实的田原。明白吗？"

田原若有所思："白昼之月……"

"高飞的灵魂就在那里停留，等着你跟他告别呢。"

"唉……"

"还叹什么气，我这就给学锋打电话，让他周末来接你。"

"这……好吧！"

周末，李学锋开了一辆 SUV 来接田原，车上有很多小学辅导书和儿童校服，都是学锋吩咐乔卫去采购的。副驾驶座上的田原显得心事重重，开车的李学锋则有些紧张，他知道他正在带着田原经过那个死亡地带。

远远地，可以看见一棵大树，就是出车祸时撞上的那棵树。车缓缓停下来。田原打开车门，迟疑地逐渐接近那棵大树。李学锋也从车里下来，却没有走近。现在是田原独自面对创伤的时候。

树上有一块巨大的伤疤，伤疤很新，露在外面的木渣儿还在，还没有来得及形成树瘤。田原抚摩着那棵大树的伤痕，轻声呢喃："高飞，我来了。"

学锋远远地看着。他点燃一根烟，红红的烟头冒着烟雾。良久，田原走回车里，对李学锋说："我们走吧，孩子们在等着。"

车子继续在狭窄的盘山道上前进，阳光很好，山谷里初冬的风却不解温情。江南的植物在冬天总有一副垂败干枯的灰绿景象，让人几乎忘了它们的生命气息。高飞的灵魂就停留在这模糊阴阳两界的山谷一隅。

几个小时后，汽车艰难地来到目的地金县螺钉村。汽车刚拐进村子，就看见几个穿着单衣的孩子兴奋地冲车子挥手欢呼。眨眼间他们就从土场上飞跑过来，跟着车嬉笑着小跑。李学锋招呼了一个看起来上了学的小朋友上车，小男孩特别神气又腼腆地坐在田原的腿上，给李学锋指出通往村小学的路。

螺钉村小学的空场上，此刻聚集着八九个年轻的农村女人，彼此扯着家常，神色有些焦急。李学锋的车子远远开了过来，教室里正在上课的孩子索性一窝蜂跑了出来，大家笑闹成一团，兴奋而好奇地看着田原和李学锋从车里搬出大包小包的文具、书和衣服。

小学的张校长是个城里来志愿支教的年轻人，他热情地上前和学锋、田原握手："很辛苦吧，山路不好走，我都担心一上午了。"

在张校长的介绍下，田原才知道空场上聚着的那八九个看起来刚过二十岁的女人，竟然就是她此行要见的贫困单身母亲。由于农村的早婚传统和普遍缺乏避孕知识，女人很早就要养孩子。万一丈夫出走或者发生意外，女人就要撑起整个家庭的重担。

空场上，田原和母亲们交谈着，四周围了一群小孩子。村长和张校长过来问要不要在空场上举行捐款捐物仪式，李学锋看了看衣衫单薄的孩子们，连忙谢绝了。

"你们真是太为孩子们着想了，你们放心，我今天就把校服发到每个孩子手里，让他们能暖暖和和地下学回家。"

"我们考虑得不周到，早知道应该多买些棉服带过来。"

"这里的孩子都有冻疮，没办法，教室里冷。有了你们的善款，我们的好几个学生就可以继续读书了。这些孩子苦啊，他们的爸爸有的是嫌村里太穷跑掉不知下落，有的是去帮别人跑运输出车祸了，有的是去挖黑煤窑被埋在坍塌的煤窑里了，还有的是穷得没办法抢劫被判刑蹲监狱了。其实还有几家的单亲妈妈没有来，到城里打工去了，小孩就在学校住校。"

李学锋帮着张校长把书籍、文具和校服都搬到教室里，孩子们都追进去。田原把杂志社的善款发放到每个贫困单身母亲手里，女人们拿着钱哭成一片，有几个人差点要跪下来感谢，被田原扶住了。

更多的村民也来看热闹。田原看到一位妇女牵着一个四五岁的小女孩站在人群里。小女孩不知道发生了什么事，新奇地盯着汽车看。妈妈的脸上浮现出欲言又止的表情，那是一种混合着小心翼翼和不甘心的倔强的神色。一瞬间田原想起，自己小时候妈妈赵静雅的脸上也常常有这样的神色。她悄悄去问张校长，果然，这是一个前两天刚刚守寡的年轻妈妈，孩子的爸爸因为在石器厂工作得了矽肺病，年纪轻轻就去世了。田原忍不住走过去，周围的村民自动给她让出一条路，沉默地看着她。她走到那个年轻女人的面前，抱起小女孩，掏出自己的钱包，拿出一千块钱。

"抱歉，之前我们基金会的统计人数中还没有你，但是我会向基金会申请，尽快把捐款批下来寄给您。"

年轻妈妈愣在那里，不知该说什么好。她没有接过钱，一脸的矜持。田原怀里的小女孩似乎有些怕生，见妈妈的神色不对，放声大哭。田原温柔地劝慰着女孩，接着对年轻妈妈说："我也是被我妈一个人养大的，我明白你的难处，希望你的小孩能读书受教育，以后不用吃苦。"

年轻的女人紧紧握住田原的手，泣不成声。

在返回的车上，李学锋和田原意犹未尽，讨论着螺钉村的张校长和孩子们。

"看着他们，我都觉得自己幸福死了。"

"原子，你看这里风景多好呀，人又淳朴，等将来退休了，我就来这里定居。"

"那你可要出钱给村里的学校修土暖气，还有整修操场，否则我串通村长不给你批房子。这叫买路钱，嘿嘿。"

"这么一说，我明天就退休算了，早点做好事啊。对了，学雷开公司的事情你知道了吧？"

"听邓薇说了，真是不容易啊。你能帮他就多帮帮吧。"

"那当然了。"

两人沉默了一下，似在回避什么共同的话题，但是学锋终于提出来了："今天，我们算是了了高飞的一个心愿。"

"是呀……"

"原子，你的心里……有什么感受？"

"我？安静了很多。"

"那就好。"

"我……非常感谢你！真的！"

"呵呵……"

"笑什么？我是认真的。前几次你找我，我态度都不是很好，我向你道歉。"

汽车经过一处山坡，田原让学锋停下车。田原下了车。风很大，吹得围巾飘飞起来。田原对着远处的山峦喊道："高飞，你听到了吗？你答应我，在那边好好保重！我在这边很好的。你放心好了。"

学锋听着田原发自肺腑的呼唤，眼睛一热。

38

切肤之痛

　　自打田育之把回忆录手稿交给李学锋后，两人常常在饭桌上聊起书里写的一些情节。李学锋的父母生前是唐山市普通的工人，他对家庭的记忆是住在工厂大院的五层小楼房里，大家公用厕所，家家户户都在楼道里炒菜做饭。田育之则是干部子弟，父母都是老革命，三四岁时随父亲从延安到了这个城市安家，从小就住在公家分配的小洋房里。回忆录中记述的田育之幼年生活在李学锋看来是那么传奇，那么不可思议。而青年田育之与赵静雅的爱情故事，也像老派的浪漫小说那样单纯而炽烈。后来二人在组织的同意下结婚，有了小田原。田育之的笔下洋溢着对赵静雅和田原的爱，以及他初为人父的欣喜。田育之笔下的小田原活泼可爱，特别是田原婴幼儿时期的各种糗事更加勾起了李学锋的兴趣。学锋在饭桌上把田原小时候的故事问了个遍，搞得田育之别提有多得意了。

　　这天，学锋在睡觉前又拿起田育之的手稿读了起来。故事已经进行到田育之被公派留苏的经过，田育之笔下的苏联留学生活就像李学锋小时候在电影里看到的某些场景：石头墙的老房子，两人多高的大门，真正能生火的壁炉，还有黄油馅的俄罗斯小饺子。突然，学锋看到一个平凡又特别的女孩名字——娜塔莎，他惊奇地挑了挑眉毛。

　　这一晚，李学锋一口气看完了所有的书稿。当翻过最后一页打印纸后，他喃喃自语："噢？是这样的吗？"

　　第二天傍晚，学锋下班回来时，田育之又窝在厨房里专心给田原做菜。学锋进去打下手，欲言又止。

　　田育之："对了，上次的菜怎么样呀？她们说好吃吗？今天我应该再给原子一点惊喜。"

　　"爸，我昨晚把您的回忆录看完了，写得特别好。我都想找人帮您出版了。"

"说起来，我当年也是文艺青年哪。"

"爸，您当年跟那个娜塔莎的事情……为什么不把真相告诉妈啊？"

田育之一愣，默默不语地尝了尝咸淡，接着把锅盖盖上，用小火焖着。他转头感慨地看着学锋："你不知道那个时候，我们公派留学生都是有纪律的，组织上明确指示不能和苏联人谈恋爱。苏联那边也有法律规定，不能嫁给外国人，否则就算犯了叛国罪。可是我没想到娜塔莎的感情那么炽热，她还专门来中国找我。那时候正赶上中苏关系紧张，我到现在都不知道她是怎么开到介绍信，怎么找到我的。"

"她还在宾馆里亲您，这是怎么回事？"

"唉，她当时情绪很激动，要我跟她一起叛逃到第三国，我当然不同意，她就大喊大叫起来。要不怎么被人看见的。后来，组织上就开始调查我啦。"

"那妈相信了吗？"

"她不完全相信，是我自己向她承认的。"

"我就是不清楚，为什么您要主动向她承认呢？"

"要知道，摊上了这种事情很可能被判间谍罪或者叛国罪，也许我们一家都要牵扯进来。如果我不这样干，老赵肯定不会跟我划清界限的，后果不堪设想，原子也会牵连进来。"

"后来呢？"

"没有归到政治问题里面。上头说，这是作风问题，得好好改造。在五七干校里面待了几年。"

"爸，您喜欢过娜塔莎吗？"

"我们那些留学生，都很刻苦，都争取能用四年时间读下原本五年的学位。我和娜塔莎是在图书馆看书时认识的，我们每天都在一起读书学习，这个回忆录里面写了。"

学锋点点头。

田育之艰难地继续说："我对静雅一直没有变过。不过，我确实和娜塔莎说过，喜欢她的歌声。那时候开联欢会，我拉琴，娜塔莎唱歌，大家都热烈欢迎。我也没多想，谁知娜塔莎……"

"爸，您应该跟妈和原子解释清楚的。"

田育之摇头："算了，这么多年都过去了。听说娜塔莎后来回国也被关进监狱了。我觉得我对不起她们。"

"爸，您去给妈解释清楚。这么多年了，您就这样一个人扛着吗？"

"学锋，三十年的误会不是一说就能解释清楚的。"

"可是您不能把这个永远埋在心里啊。憋在心里不好受。您要是不方便，我就把回忆录给妈看？"

"你看着办吧。哎呀，锅干了！"

灶台上的炒锅里飘出一股煳味，学锋赶紧把火关了。两人结束了尴尬的谈话。

深夜，田育之辗转难眠，他抱起手风琴，拉起了慢调的《喀秋莎》。学锋躺在自己的床上聆听着，感到了老人心灵的痛楚和忧伤。

李学锋有一种冲动，想帮助老人重新赢回亲人的爱和原谅。然而赵静雅和田原都是倔强认死理的女人，李学锋真不知道凭着一己之力能否化解三十年的怨恨。他从床上坐起，点燃一支烟，用商人的头脑开始了周密的计划。

早过了下班的时间，杂志社里还是一番热闹的景象，几个编辑在和美编商量版式。田原在自己的办公室里审阅美编排出的样稿，不时在旁边作批注，这时电话响了。

"没吃饭呢吧？"

"我这边还有很多稿子要看。"

"工作再多也不能耽误吃饭。一块吃吧，我刚好经过你这边。不是说一个人吃饭对胃不好吗？呵呵……"

"这好像是一部电影的情节吧。里面的男主角之所以跟女主角这么说，是因为他想通过吃饭搭讪。"

"啊？没想到你也看过那部电影。那就赏个脸出来吧，我在楼下了。"

不多时，田原蹬着Gucci高跟鞋铿铿有声地走进餐馆，李学锋连忙冲她挥挥手。一阵香气飘过，田原笑眯眯地坐在学锋对面。旁边桌的客人好像认出了田原，小声议论着。

"你昂首阔步走过来的架势，看起来真像个时尚女王。"

"少贫嘴。我得顾及杂志的形象，好歹也得拿点做派才行啊。"

"有正事儿跟你说。我们要拍个贺岁的手机短片，想找你做监制。我们不是看重你的社会影响力吗？集优雅美丽和智慧于一身。"

田原觉得突然："我行吗？让我考虑一下。"

菜上来了。两人动筷子开始吃。

"对了，你还记得当年爸跟妈离婚的事情吗？"

"你问这个干吗？他们离婚时我才几岁，刚记事。等我长大了才听人说，我爸爸要国际流氓，是个不负责任的男人。反正，对我伤害挺深的，对妈妈的伤害更深。现在他老了，我得照顾他，可是我跟他没什么感情。他一个人生活这么多年，也习惯了吧，我可不想让我妈老了还为他伤心。"

"基本上，你的立场站在妈这边？"

"男人有了外遇，难道女人会站在男人那边吗？"

学锋的痛处被点了出来，有些惭愧："可是事实不是那么简单的。"

田原虎着脸："你有什么话就直接说。"

"没……没什么。你别生气啊，我就是看着老头一个人可怜。"

"那有空你去看看我妈，她这一辈子才可怜呢！"

学锋瞥了一眼身边的公文包，包里面正是田育之的手稿。他不动声色地赔笑应承："好好好，我一会儿有空就去看看妈。"

下午，李学锋带着手稿到了田原家。赵静雅开门见是他来了，一愣。

赵静雅："学锋，今天怎么这么早啊？老田让你过来送菜也不用提前这么多啊。"

"我不是爸派来的，就是想见见您，跟您聊聊。"

"噢，是原子的事儿吗？我可是一直在暗中帮你呢。"

学锋傻笑："我早看出来了，还是您疼我。"

"感情这种事情，都得靠融合，要彼此信任。哪怕经历过什么灾祸，但只要挺过来了，也算是成功，也许会比以前更好。"

"是呀。妈，我想问个事儿，您要是不方便就别回答。您当年跟爸的事情……"

"你怎么忽然问起这个？"

"爸在家有时候提起您，就特别幸福，看得出爸还是很在乎您的。爸说他一直都没背叛过您，是当时的形势所迫。您愿意说说吗？我想听您说。"

"我知道，老田肯定不会承认的。可是事实上，那件事情众所周知。都闹到他们单位去了的。如果不是被人发现，他可能就真的跟那个苏联女人跑了。我也没办法。"

学锋："您没听爸自己说过吗？"

赵静雅："他当年很坦白地承认了。可是，后来'文革'过后，听人说他又否认了。在我看来，这比事情本身更可耻……"

学锋："妈，您别激动。"

赵静雅嗓门越来越大："他跟你说什么了？是不是要翻案？"

学锋赶紧给老太太倒了杯水："妈，您别激动，怪我多嘴。"

赵静雅气得手直哆嗦，颤巍巍地拿出速效救心丸含在嘴里。学锋不忍心再刺激赵静雅，可是他又确信这两个老人之间存在很大的误会。如果现在不再向前推他们一把，赵静雅会继续错误地恨下去，两个曾经相爱的人就会被命运捉弄到底了。

犹豫了一会儿，学锋把一个牛皮纸袋递到赵静雅手上："我想请您看看这个。"

　　赵静雅从纸袋中拿出田育之的手稿，看了看标题，干脆地把纸袋还给学锋，坚决地说："我不想看，也没有必要看。"

　　学锋诚恳地说："爸写得很真诚，包括和那个俄罗斯女人的事儿，从头至尾写得非常坦率，我觉得他没有一点儿隐瞒。"

　　赵静雅冷笑："他还在说自己无辜吧？这句话他说了一辈子，可惜没人信！"

　　学锋："我觉得这正是爸最可怜的地方。没人听他怎么说，就直接认定他犯了错，而且是不可饶恕的错。"

　　赵静雅："难道所有人都冤枉他了？学锋，当时的情况你不了解。这件事不要再提了，好吗？"

　　学锋："妈，我知道这件事儿是您心里永远的伤疤，作为晚辈根本不该提。但是，看过回忆录以后，我有种感觉，爸可能真的被冤枉了。"

　　赵静雅："他亲手写的回忆录，当然对自己怎么有利怎么写！"

　　学锋："爸已经七十多岁了，还有什么必要欺骗别人美化自己呢？他从来没想过给您看这部手稿，他就想把真相写出来，为的是自己心里安宁。我觉得您和爸之间有误会，如果再不解开就太遗憾了。"

　　赵静雅："反正都是陈谷子烂芝麻，我想都不愿意想。"

　　学锋："所有人的误解爸都不在乎，他只在乎您的看法，他想让您知道事情的全部真相。"

　　赵静雅长叹一声："现在说这些还有意义吗？"

　　学锋："爸在回忆录里说，所谓的丑闻是命运跟他开的玩笑，只是这个玩笑太残酷，让他失去了妻子和女儿的信任，让他从此与快乐无缘。如果没有切肤之痛，是写不出这样的话来的。所以，妈，请您收下这部手稿，给爸一个机会。"

　　学锋郑重地把牛皮纸袋放到赵静雅面前。赵静雅看着书稿，沉默了。李学锋道了声抱歉，拿起大衣走出了大门。他不知道赵静雅是否会看回忆录，也不知道自己冒险的行为是否能得到原谅，他只想化解命运留下的怨恨，让母女二人回到田育之身边，就像他希望有朝一日田原能重新回到他身边一样。

　　赵静雅盯着桌子上的牛皮纸袋，心里想起从前的苦日子，想起大街上指指点点的街坊邻居。在那个年代，离婚的女人就像是犯过罪的罪人，所有人都离她远远的。她忘不了田原第一天上小学时，班主任看到家庭情况是离异时那种既怜悯又轻蔑的神色；忘不了多少次田原披着散乱的头发哭着回家，还有一些孩子聚在她家门口怪声怪气地大叫；忘不了曾经半夜听到有人敲门，吓得她和田原抱头痛哭。

赵静雅擦掉脸上的泪，拿起电话拨通了田育之的号码："我是赵静雅。"

田育之："噢，什么事儿呀？我不是说明天再去送饭的吗？"

赵静雅："你明天别来了。我都说了，原子有我照顾。"

田育之："这是……"

赵静雅："老田，我们没有你，这么多年也都活得那么好，真的不缺你的关心。"

田育之："到底怎么回事呀？"

赵静雅："你的心意我们母女心领了。真的，如果你想关心我们，三十年前，可以有其他的方式。"

田育之在电话那边无言。

赵静雅："算了，我不说了！"

她又委屈又愤怒地挂掉了电话。

学锋驾车行驶在路上，手机响了，他接听，里面传来保姆小周急切的声音："叔叔，爷爷在收拾行李，说要搬走。我怎么拦都拦不住！"

学锋："怎么回事？"

保姆："我也不知道怎么了，爷爷就说不能住在家里了。"

学锋："我马上回去，你无论如何要把老爷子留住。"

学锋狠踩一脚油门，车子急速驶去。

田育之在收拾行李，他胡乱把几件衣服塞进包里。一眼瞥见围棋，他把棋子、棋盘也一股脑装进包里。

保姆："爷爷，叔叔说不让您走。"

田育之不理，到书架前找书，念叨着："得带几本书过去，不然会闷死的。"

学锋匆匆进来，见状，上前把书从田育之手里夺下："爸，您这是干什么？"

田育之："学锋，你送我回老年公寓吧，我想去那儿住。"

学锋很意外："为什么？您不是喜欢住在家里吗？"

田育之："家里好是好，可老让你照顾我，把你的工作都耽误了。"

学锋："爸，别这么说。"

田育之："回忆录写完了，我的心事已经了了。对我来说，现在住哪儿都无所谓。"

学锋："您住公寓我不放心，再说，那儿的生活太死板，你肯定不适应。"

田育之的神情忽然变得异样："没事儿，静雅会照顾我的。只要跟她们母女在一块，住哪儿我都高兴。一晃好几个月没见小原了，真想她呀，小姑娘肯定又长高了。"

学锋诧异地看着田育之："爸，您说什么？"

田育之神秘地说："告诉你吧，他们都说静雅要跟我离婚，根本就是造谣。静雅说了，她相信我，永远不会离开我。"

学锋着急地说："爸，您怎么了？我是学锋啊！"

田育之四下打量："光顾着说话了，这是哪儿呀？"

学锋着急地说："爸，醒醒，这是您的家呀，您在这儿都住了二十年了。"

田育之神情茫然："家？我记得不是这样啊。"他晃晃脑袋，"我的头怎么这么晕啊，我想躺一躺，方便吗？"

学锋把田育之扶进卧室："爸，您休息一下吧。"

田育之躺下："谢谢你了，小伙子。"

田育之合上眼睛，沉沉睡去。学锋看着田育之苍老而平静的面容，重重叹了口气。

学锋走出卧室，轻轻把门带好，向保姆做了个招呼的手势，两人一前一后走到小院里。

学锋脸色凝重："小周，爷爷怎么了？"

小周面带惊慌："刚才爷爷接了一个电话，挂了电话就急了，开始要找旅行包。上周爷爷也出现过一次这样的情况，我当时吓坏了。有一天下午，大概四点钟吧，爷爷突然说要去幼儿园接小原，让我准备点心和泡泡糖。爷爷当时特别着急，我没办法，只好答应他，说马上出去买。"

学锋蹙起眉头："然后呢？"

保姆："后来爷爷累了，说想歇一会儿，就靠在沙发上睡着了。等他醒了，我跟他说刚才的事儿，他一点儿都不记得了。爷爷说他可能是一时犯糊涂，嘱咐我别告诉你和田原阿姨，省得你们担心。所以我就一直没说。"

学锋长叹一声："谢谢你了。"

保姆："叔叔，爷爷是不是病了？"

学锋："找个时间我会带他去医院的。小周，拜托你了，平常我上班时一定要看好爷爷，千万别让他随便出门。他脑子糊涂，一个人出去很危险。"

保姆为难地说："那爷爷要是再犯糊涂怎么办？我说什么都没用的！"

学锋："别怕，你可以马上给我打电话，我会立刻回来的。"

39

给爱一个机会

虽然刚刚进入十一月，但本着提前一个月印刷的原则，田原和众编辑正在拼全力完成十二月号杂志最后的设计工作，眼看还有几天就要到下厂日了。这天中午，社长突然给田原打了一个电话，通知六点全体广告部员工和主编田原参加由社长主持的季度总结会。田原放下电话，心里察觉到暴风雨的前奏。

六点，石社长准时来到会议室，众人表情严峻。社长："告诉大家一个坏消息，我刚刚拿到《美丽·家人》杂志上个季度的财务报表，发现杂志七月、八月、九月的广告业绩竟然连续三个月没有增长，反而有小幅下滑。我想，在座各位都明白这意味着什么。"

田原的神情变得凝重。

社长："在杂志这个行业里，有一条颠扑不破的真理，叫'不进则退'。意思很明白，就是说，做杂志的人必须努力工作、奋勇向前，否则杂志就会退步，做杂志的人就会面临被淘汰的命运。听起来很残酷，但这是无法改变的游戏规则。"

广告总监试探性地解释说："社长，上个季度是广告的淡季，情况比较特殊，所以……"

社长："我不听解释，我只要结果。希望这个季度的广告额能有大幅度提升。还有，杂志这几期的内容也让我很失望。我认真研究了几本同类型的杂志，发现我们的竞争对手在内容上很下工夫，有非常多的新点子。比较而言，我们的杂志显得比较逊色。"

田原竭力保持着从容的姿态。

社长："我这么说不是针对哪一个人，而是希望大家都要调动自己的潜能，最大限度地发挥创造力，让杂志变得更时尚、更有吸引力！"

众人纷纷向田原投去各种各样复杂的目光。田原一如既往，表现得沉静大度。

田原回到主编办公室，晓鸥敲门进来。她随手把门锁上，凑到田原身边，压低声音神秘地说："主编，我有超级猛料向您报告。您知道社长为什么突然挑我们杂志的毛病吗？"

田原大度地说："不能说是挑毛病，他提的意见也有一定道理。"

晓鸥："什么呀，您太善良了。我听说，社长在人事安排上有新想法了，准备把自己的一个心腹派到杂志社来。"

田原："也许是正常的人事变动吧。"

晓鸥："我劝您还是多加小心，省得被别人暗算。"

田原淡淡一笑："谢谢你，晓鸥。我对人事纠纷没兴趣。"

晓鸥讪讪地说："那我先出去了。"

手机响起收到短信的提示音，田原低头查看。

学锋发来短信："我在地下车库C区的电梯口等你。"

音乐悠扬，李学锋静静等在车里。

田原走来，轻轻敲敲车窗，开门坐在副驾驶位子上。

学锋："有个坏消息我想告诉你，可能会破坏你现在的好心情，但我非说不可。"

田原一笑："今天的坏消息真多，再多一条也无所谓。你说吧。"

学锋："最近爸的身体不太好，头脑好想越来越糊涂了，有时候他的言谈举止特别反常。昨天晚上他吵着要走，有一会儿，他连我连自己的家都不认识了。"

田原震惊地问："真的？怎么会这样？"

学锋："现在还不知道原因，我会尽快带他去医院检查的。"

田原想了想："还是我送他去医院吧。"

学锋："别争了，我对爸的情况比较了解。爸犯糊涂的时候，思想意识好像一下子回到了几十年前，回到了他年轻的时候，他特别愿意提起妈和你。"

田原："他说我什么？"

学锋："他总想给你买吃的，还说要去幼儿园接你。"

田原冷笑："可是，是他抛弃了我和妈妈。"

学锋："爸其实挺关心你的。从你住院开始，他每天在家研究菜谱，做了好吃的就马上给你送去。他一辈子没做过饭，特别不熟练，不是被油烫了，就是切到手了，但是他一直坚持，那股认真劲儿挺让人感动的。"

田原："原来那些奇怪的菜都是他送来的。"

学锋："爸怕你不高兴，特意不让妈告诉你菜是他做的。我觉得，爸太在意你了，他甚至有点儿怕你。"

田原："他怎么想是他的事儿，对我来说，有些伤害是永远弥补不了的。"

车内的气氛陷入尴尬，田原借口自己工作还很忙，开了车门要上去了。

李学锋一把抓住她的手臂："等等！"

他摘下自己的围巾，要给田原带上，田原本能地向后一躲。当她意识到自己的抗拒时，抬头已经看到学锋失落的眼神，田原突然觉得心跳得厉害。

学锋有些尴尬，匆匆把围巾围在田原的脖子上："还是戴上吧，今天降温了，省得感冒。"

赵静雅靠在床上，投入地看着田育之的回忆录。

田原想推门进来，发现门锁着。

田原敲门："妈，您在吗？"

赵静雅慌忙把手稿藏到枕头下，边答应边打开门。

田原疑惑地说："干吗锁门？"

赵静雅掩饰着："可能是不小心锁的吧。"

田原走进房间，随意躺在赵静雅床上："我来看看您，您最近心情好像不太好，总长吁短叹的，到底怎么了？要不我请假陪您出门散散心？"

田育之的手稿就在田原躺着的枕头下，赵静雅紧张地说："原子，你坐起来跟妈说话。别老躺着，我看着别扭。"

田原听话地坐起身。

赵静雅暗暗松了口气："你那么忙，还是算了吧。我就是最近睡眠不好，晚上老做梦，梦到过去的事。"

田原："妈，您又在怨恨我爸吗？"

赵静雅："怨他有什么用？我越想越觉得自己这一辈子挺亏的。犯错的明明是他，我却用他的过错惩罚了自己三十多年。现在想想，真是挺傻的。"

田原："您该好好享受生活，别想着过去。要是像我爸那样就什么都晚了。"

赵静雅："他怎么了？"

田原："学锋说，我爸的脑子越来越糊涂，最近要带他去医院检查。"

赵静雅叹了口气："人上了年纪，什么毛病都会有的。难为学锋了，像照顾亲生父亲一样照顾你爸，就冲这一点，他这人就没得说！你最好认真考虑和学锋复婚的事儿。他那么诚恳，对你的关心大家也都看在眼里，你别老是冷冰冰的，对人家好点儿。要是没什么意见，你们就还在一起过吧。"

田原："怎么又说起我来了？我还担心万一我爸得了什么病呢。对了，学锋还告诉我，那些奇怪的菜都是我爸送来的。"

赵静雅点点头："我不告诉你是怕你不高兴。"

田原："真不知道我爸在想什么！难道他以为几盘菜就能弥补他对我们的伤害吗？不可能的！"

262

赵静雅叹了口气，无语。

　　周六的晚上七八点钟，出租办公楼里的人们都陆续结束一周的工作下班了，新钟点女秘公关公司的灯还亮着。办公室里只有邓薇一个人，她默默地把一些简单的办公用品收进纸箱。

　　有人敲门，接着门外传来了田原的声音："薇薇，在吗？"

　　邓薇开了门，田原把外卖往桌子上一放："薇薇，还没吃饭吧？我买了比萨，一起吃吧。"

　　邓薇意外地说："你怎么来了？快坐。"

　　田原："我刚才看我爸去了，正好顺路到你这儿。我爸现在越来越糊涂了，刚才吵着要去给我买糖豆吃，你说我都多大了还吃糖豆。好不容易把他给哄睡了，我才过来找你。"

　　她忽然发现邓薇在打包："怎么？你要搬家吗？"

　　邓薇苦笑："不是搬家是关门！我本来想晚上打电话告诉你的。生意太差，我觉得没必要硬撑下去。这间办公室的租金也不便宜，何必白白浪费钱呢。公司停下来也好，我可以认真想想往后到底该怎么办。"

　　田原："你别泄气，一切都会好起来的。"

　　邓薇笑笑："放心吧，为了丹丹，再难我也会撑下去的。我饿了，咱们先吃东西。"

　　邓薇把桌子上的纸箱和杂物拿走，腾出了空地儿打开比萨盒子，又从抽屉里面找出几袋在麦当劳拿的番茄酱。"

　　田原："要不你去学锋的公司吧，他那儿正在扩大市场部，你去很合适。"

　　邓薇："我已经够拖累你的了，不能再拖累学锋了。"

　　田原："什么拖累不拖累的，只要你想去，他肯定答应。"

　　邓薇开玩笑地说："我知道，只要你发话，就是想要天上的星星，学锋也会答应的！你们怎么样了？什么时候复婚啊？"

　　田原："八字还没一撇呢，我现在没心思想这个。你和学雷呢？怎么样了？"

　　邓薇："他现在早出晚归的，心里想的全是公司的事儿。我看他太辛苦，让家妹过去帮他了。"

　　田原："人不可貌相，学雷没准真是块当大老板的材料呢。对了，既然公司关了，你干脆去学雷那儿得了，你们开个夫妻店，红红火火的，多好！"

　　邓薇："别人不知道，你还不知道吗，我跟学雷在一起就是为了丹丹。"

　　田原："有些事儿你还是再考虑考虑吧，别急着下定论。"

　　与此同时，在某商业区的半地下室里，迅雷速递公司的总经理李学雷把一摞快递邮件按地区分类成六堆，丹丹在一边懂事地给爸爸帮忙，把每一堆快递邮件理整齐。

家妹拿着一页单子过来，兴奋地说："学雷大哥，上个月的财务统计出来了，公司业绩不错。"

学雷高兴地接过单子，仔细看了看："总算没白忙活！家妹，谢谢你，要是没你帮忙，公司现在还不知道在哪儿转筋呢。"

家妹："客气什么？邓总让我过来就是帮忙的。我觉得公司能这么火，主要还是因为您熟悉业务。"

学雷憨厚地说："也是赶上了，其实，怎么经营公司我一点儿都不懂。"

家妹："您就别谦虚了！这张单子您别忘了给邓总看，她肯定特别高兴！"

丹丹把单子抢到手里："我给妈妈看！"

学雷疼爱地把丹丹揽在怀里："闺女，你说吧，想去哪儿玩？"

丹丹兴奋地说："我想去游乐园，让妈妈和我们一起去！"

学雷爽快地说："好，爸爸答应你了！"

丹丹开心地欢呼："太好了！我现在就给妈妈打电话！"

学雷客气地说："家妹，明天你在公司帮我照顾一下吧，我想带丹丹好好玩玩。"

家妹："没问题，公司的事儿交给我了。你们一家三口好好玩！"

第二天，难得是一个有阳光的星期天。邓薇、学雷和丹丹一家三口高高兴兴去了游乐园。丹丹像个小公主一样神气地牵着爸爸妈妈的手走在中间。邓薇开心地看着自己活泼开朗的女儿，觉得和女儿幸运的复原相比，公司要倒闭的事实在算不了什么。再看看身旁的李学雷，这个老实疙瘩居然下决心开公司，而且居然第一个月就有不错的业绩，还真是让人刮目相看。也许，之前看错了他，邓薇心里有点愧疚地想。

丹丹指着卖棉花糖的摊位向爸爸撒娇，李学雷乐呵呵地答应着，向那个推车走去，他边走边捶打大腿。邓薇见状，和丹丹也跟了上去。邓薇关切地问："腿怎么了？不舒服？"

学雷接过大大的棉花糖，递给丹丹："没什么，可能受凉了，有点儿疼。"

经过旋转木马的场子，丹丹马上站住脚："爸爸，我想骑大马！"

学雷笑着答应，给丹丹买票。

丹丹跑进场内，选了一匹能上下活动的马坐上去。音乐响起，木马开始旋转，丹丹快乐地大笑，朝场外的邓薇、学雷挥手："爸爸妈妈，你们看我，看我！"

学雷："闺女，摆个姿势，你太威风了！"

邓薇边给女儿拍照边感慨地说："丹丹好长时间没这么开心过了。看她这么高兴，再多的烦心事儿我都无所谓了！"

学雷："闺女高兴是因为她的心愿终于实现了。"

邓薇："是啊，我早就答应带她来游乐园的，可是一直拖到现在才来。"

学雷："我说的不是这个。"

邓薇不解其意地看着学雷。

学雷："丹丹不光想来游乐园，她最大的心愿是希望我们一家三口在一起，跟从前一样。"

邓薇一笑："她还是个孩子，想法特别单纯。"

学雷真挚地说："我跟丹丹的心愿是一样的，咱们一家三口好好在一起过日子，好吗？"

邓薇听出了学雷的弦外之音，未置可否。

学雷诚恳地说："当初离婚是我不对，邓薇，再给我一次机会吧，我愿意用我的后半辈子好好照顾你、照顾丹丹。"

他鼓足勇气："邓薇，我们……"

恰好在这时，音乐停了。孩子们从出口拥出来。邓薇趁机走到出口迎丹丹，学雷在身后看着她们母女俩，憋了一肚子话又不知道该怎么说了。

在游乐园玩了一天，晚上学雷和邓薇又带丹丹去麦当劳，饭后三人心满意足地回了家。丹丹眼看就要开始打盹了，学雷赶紧端了一盆热水，把丹丹的小脚丫放进水盆里，疼爱地给她洗脚，嘴里叮嘱着："闺女，今天玩了一天，你肯定累坏了，一会儿早点儿睡，养足精神，明天好去上学。"

丹丹睡眼惺忪地答道："让我上学得答应我一个条件。你和妈妈必须一起送我去上学。"

学雷犹豫了一下："我跟妈妈商量一下，好吧？争取一起去。"

丹丹："你们不答应，我就不上学！"

学雷佯装生气地瞪起眼睛："丹丹，听话！就算我们不能一起去，你也要上学！"

丹丹执拗地说："我不！"

邓薇走进来，拍拍丹丹的脑袋："行了，闺女，别闹腾了！妈妈答应你，明天我们一起去。"

40

金色的誓约环

晓鸥敲门进来，把一叠报纸和信件放在田原的办公桌上："主编，社长让我通知您，下午的全体会议取消了。"

"知道了，谢谢。"

晓鸥出去了。

田原随意翻检着报纸和信件，一张明信片掉在桌上。田原拿起明信片，上面是一封写给高飞的信：

高飞哥哥，你好！

收到你的来信我很高兴。班里的同学都很羡慕我，因为我有你这样一位和蔼可亲的大哥哥。期末考试马上要开始了，同学们都在拼命读书复习，我也很用功，想考个好成绩，给你一份惊喜。

新年快到了，祝你身体健康、一切顺利。

妹妹

田原打开抽屉，取出曾经摆在高飞桌上的山村小女孩的照片。她轻轻拂去相框上的灰尘，把照片端端正正摆在自己桌上。

高飞走了已经三个月了。田原想不到，他跟世界竟然会以这样一种方式联系着。田原把自己手机里高飞的照片调出来，那张洋溢着朝气的脸仿佛还在说："田大主编，不要再熬夜啦。"

时间过得太快了，也许是人们太善于假装遗忘过去。那一晚高飞留在田原唇上一吻的温度和重量似乎还在，田原却不敢也不能恣意沉浸在悲伤中。虽然常常被周围的人夸赞人品好心地善良，田原却很清楚，自己是狡猾的，自己早就不是把爱情当做人生目标的小姑娘。她必须要给自己和母亲创造最好的物质条件，还要对周围的亲人、同事们负责。近一个月，田原想起高飞的次数越来越少，有时甚至是故意避免想起他。偶尔加班到深夜，她会从自己的窗子望着楼下空旷的街道，突然因为害怕从此一个人孤单生活而哭起来。每一次李学锋来找她吃饭，在下楼前她都会偷偷补妆。是的，她还想着学锋。

田原望着手机上高飞的照片，心里默默地说："原谅我，我不是不爱，而是现在我更加需要爱，需要被爱。原谅我的软弱。"

田原又看了看桌上的明信片，她不想把高飞已经去世的真相告诉小姑娘，也许高飞应该继续活在小姑娘纯净无邪的心里。她拿出纸笔，开始写回信。

手机突然响了，正在写信的田原被打断了，她皱着眉头，接听电话。

玉湖边，李学锋坐在长椅上等着田原，出神地凝望着湖水。田原走来，轻轻坐在学锋身边。

"我带爸去医院了。"

田原关切地问："怎么样？确诊了吗？"

"情况不太好。"

田原做了个深呼吸："你说吧，我受得了。"

"爸得的是老年痴呆症，随着病情的加重，他最终会丧失全部记忆。医生说患老年痴呆症的人是不可能康复的。我们能做的，只是尽可能延缓老人彻底丧失记忆的时间。跟他多聊天、多沟通，尽可能让他的思维处在清晰、活跃的状态，这样会延缓病情恶化，但不管怎么努力，爸的记忆最终会在几年内变成一片空白。知道美国前总统里根吗？他得的就是这种病，最后连自己当过总统的事儿都不记得了。"

田原喃喃地说："太可怕了！爸知道了吗？"

"我没说。医生说没必要告诉老人，否则会有很大的心理负担，甚至会对他的健康状况产生不利影响。"

"那我也先不告诉妈，省得她又胡思乱想。"

学锋一语双关地说："田原，我们一起照顾爸好吗？"

"我考虑考虑吧。"

这时，李学锋的电话响了，他看了一眼来电显示，走到一旁按下接听键。

"妈，您找我有事？"

赵静雅说："老田的回忆录我看完了。说实话，我心里挺不平静的。那件事他写得很详细、很清楚，但我还是不能完全相信。"

学锋看了一眼身边的田原，只应了一声，没说什么。

"他曾提到过一个写满俄文的绿皮笔记本，说这个本子能证明他的清白。在回忆录里，他写到，曾经被造反派抄走的绿皮本失而复得，而且完好无损。如果他说的是真的，我想看看这个本子。"

学锋思索着："好像是有个很旧的绿皮本，他经常拿在手边。"

"我可以看看吗？"

"没问题，我拿到以后马上给您送去。"

学锋挂了电话，田原在一旁有些不放心："是我妈？你没告诉她吧？"

学锋掩饰着："没有，就是说爸给你做饭的事。"

田原怀疑地看着他。

当晚，田育之家灯火通明，学锋、田育之、小周都在耐心地寻找那个绿皮本。每个屋子都被翻得乱七八糟。

"爸，您再好好想想，那个绿皮本到底放哪儿了？"

田育之更是急得挠头："反正就在这房子里，它总不能自己长腿跑了吧？"

学锋叹了口气，无奈地低头继续找，嘴里念叨着："反正这个本子非找到不可。冤案能不能平反，全靠它了！"

学雷家里，邓薇精心做了一桌子拿手菜，又细致地摆上两套餐具和酒杯。她看看时钟，有些心急。这时门铃响了，邓薇赶紧开门。

家妹进来，歉意地说："邓总，我来晚了。大哥那儿实在太忙，我脱不开身。"

"你来得正好，菜刚上桌。赶紧坐吧。"

家妹坐到桌旁，惊讶地说："这么丰盛啊！丹丹呢？"

邓薇倒了两杯红酒："丹丹让田原接走了。我们正好可以聚聚，好好喝几杯。"

两人碰杯，都豪爽地把酒一饮而尽。

"家妹，我得好好谢谢你，要不是你帮忙，学雷的公司不可能那么快就赢利！"

"邓总，您别客气，我真没做什么。关键是学雷大哥人缘好，客户只要来一次，基本就成了回头客。公司的业务跟滚雪球似的，越滚越多。"

"挺好的，你就在学雷那边好好干吧。"

"那可不行，我是您的员工啊。"

邓薇叹气："现在的公关公司太难做，我已经把公司关了。以后自己开公司的事儿我是不敢想了，也许我会去别的公司打打工。"

"要是给别人打工，还不如去帮大哥呢，好歹你们是一家人。"

"我跟学雷早不是一家人了，现在我们走得比较近，完全是为了丹丹。"

家妹不解："是吗？"

"不说我了，说你。家妹，你跟我说实话，你觉得学雷怎么样？"

"学雷大哥人特别好，对员工、对客户都没得说！"

"那你对他有没有什么想法?"

家妹觉得莫名其妙:"想法?"

"我直说了吧,反正我是旁观者清。我觉得,你和学雷挺合适的,脾气秉性都相近,要是能在一起生活,肯定幸福!"

家妹惊讶地说:"邓总,你是想撮合我和学雷大哥吗?"

"都是成年人了,没什么不好意思的!你要是觉得可以,我替你跟学雷说。"

家妹不解地看着邓薇,突然,她笑了,笑出声来,笑得收不住:"邓总,您那么聪明的一个人怎么突然糊涂了?居然想给我和学雷大哥做媒。所有人都看得出来,大哥心里只有你,根本装不下别人。"

"他那是钻牛角尖,我们俩不合适!"

"邓总,学雷大哥对您的一片心您不会不知道?他辞职开公司都是为了您和丹丹,他想多赚钱,让你们生活得更好!大哥一直在默默地等您,他会一直等到你们破镜重圆的那一天。"

"破镜重圆,可能吗?"

家妹话里有话地继续说:"邓总,大哥的这份情意您应该珍惜,不然将来会后悔的。学雷大哥在公司加班呢,忙得都没时间吃饭。"

家妹走了,邓薇看着一桌子几乎没动的菜有点发蒙。想一想又觉得有点可笑,要是被田原知道了,不知道该怎么笑话她傻呢,居然给前老公找女朋友。

刚才家妹说的话,邓薇也不是不明白,可是当初自己说得斩钉截铁不回头,现在却不得不什么都靠着学雷。房子、钱还有丹丹的心病,没有学雷,她自己哪样也没法搞定。不仅是物质的问题,还有自尊。邓薇为了跑生意能求爷爷告奶奶地去拉关系,可是家里面这点事反而让她拉不下这个脸。就算当初离婚是因为学雷打了她,可这么多年了,邓薇嘴里也一直没轻饶他,现在真有点下不来台。

最后,还有感情的问题……隔了四五年重新住到一个屋檐下,这个家里并没有什么爱的激情,而是一种小火煲汤式的温情。邓薇自己都不确信,这算什么感情呢?两人能因为这个过到一块儿去吗?胡思乱想中,饭菜已经凉了。邓薇重重叹了口气,起身从厨房拿了一个饭盒在微波炉里热了饭菜。不管它是什么情了,送饭去!

邓薇拿着保温饭盒,在学雷公司楼门外犹豫着。从楼外面的通风窗,邓薇看到半地下室里的李学雷正在辛勤工作。

学雷一边接电话一边用手捶打着大腿。挂断电话后,他站起身,费力地活动双腿,表情有些痛苦。他俯身从柜子里拿出一袋方便面。终于,邓薇下决心

269

走进学雷的公司。

见到邓薇，学雷有些不敢相信："邓薇，你怎么来了？"

"家妹说，你在加班，没时间吃饭。既然我知道了，就给你送点儿吃的过来。"

学雷感动地说："这么远，辛苦你了。"

"别说客气话了，赶紧吃饭吧，还热着。"

学雷幸福地大口吃饭。

电话响了，学雷嘴里塞满食物准备接听。

邓薇干脆地说："你吃饭吧，我来。"

邓薇接听电话："你好，迅雷速递公司。好的，请您留下地址和电话。我们的速递员明天上午九点会去您的公司取件，然后当天送达。不客气，再见。"

学雷看着从容的邓薇，忍不住赞叹："你真行，好像在速递公司工作过似的，比我找来的那些接线员还专业。"

"做公关的人都是万金油，接个电话，太小意思了。"

学雷诚恳地说："邓薇，你到我的公司来吧，我是认真的。你管经营，我管业务；你主外，我主内，公司肯定成功！"

邓薇迟疑着。学雷一本正经地说："你要是能来，我们也算是整合了资源，实现了优势互补。"

邓薇笑了："你这都是从哪儿学来的词儿啊。"

学雷憨厚地笑了："我从书上看的。"

临近中午，杂志社楼下的港式茶餐厅里挤满了人。李学锋和田原坐在有阳光的沙发座上一起吃午饭。冬天的太阳在这个江南城市格外珍贵，田原在阳光下眯着眼睛，像猫一样慵懒地享受日光。趁着菜还没有上，学锋有一搭无一搭地和田原谈着工作。

"自从我们公司在用户包月的费用里每月拿出两元捐给你们杂志创办的慈善基金以后，到目前为止，已经累计筹得善款八万元。我准备把这笔钱打到你们的账户上。"

田原脸上的满足感消失了，她叹了口气："等一等再打吧，社长说要暂停慈善基金会的一切运营活动。"

学锋惊讶地问："为什么？"

"一言难尽。社长担心做慈善事业会分散员工的注意力，还对慈善事业只能给杂志带来一定的社会声誉但不能带来任何经济效益而不满。"

"你打算怎么办？你不用担心，这项慈善基金我做定了，如果你们杂志退出，我就接手做。"

"慈善事业不是儿戏，会经历很多痛苦和煎熬，坚持下去是非常不容易的，你要想清楚。"

"我想过了，没问题。"

手机忽然响了，学锋接听。田育之急切的声音传来了："学锋，我想起那个笔记本在哪儿了！你能不能赶紧回来一趟，最好能马上带我去取。"

学锋挂断电话。

"我先走了。有件重要的东西爸忽然想起在哪儿了，我得立刻陪他去取。你自己吃吧，记得把我要的煲汤喝了，冬天容易上火。"

"太麻烦你了！我爸经常这样折腾你吧？"

"没有，他轻易不会打电话的，这件事情确实很急。"

田原诚恳地说："谢谢你照顾我爸。跟你比我觉得很惭愧，我对他的关心实在太少了。"

"有时间你去看看他吧，他最惦记的就是你。"

在通往郊外老年公寓的路上，学锋沉稳地驾车。田育之紧张地坐在副驾驶座上，不时催促学锋加快车速。他们远远就看到了"松竹庭"老年公寓的主楼，老人们三三两两地坐在阳光下，享受着久违的冬日暖阳。这里还是一如既往的安详。

一名看门师傅向汽车走来，李学锋向对方说明了来意。师傅疑惑地打电话给管理员。一番交涉之后，学锋、田育之和管理员一起来到田育之曾经住过的房间。房间主人正好在屋里，他们都站在一边，看着学锋撤下被褥，取下床垫，最后掀开床板。

破旧的绿皮笔记本出现了。

大家一阵议论。在万分感谢之后，二人踏上了归途。

拿到本子后，田育之的一颗心算是落了地。回来的路上，他在学锋的车里睡着了。当他醒过来时，觉得有人在轻轻推他，定睛一看，是学锋。

田育之看了看车窗外，是一个社区小花园。

他回头问学锋："这里是哪儿啊？咱们来这儿干什么？"

"爸，这是田原家附近，我刚才在路上电话给妈了，她一会儿就来。我觉得您应该亲手把这个本子给她。"

田育之神情复杂，理了理满头的银发。

学锋扶着田育之在小区花园里的长椅上坐下，帮老人整整衣领。

"一会儿我回车里等您，有什么话您可以跟妈好好谈谈。"

田育之郑重地点点头。

学锋用力握了一下老人的手，转身回到车里。透过车窗，学锋看到赵静雅来了。

　　赵静雅在田育之身边坐下，田育之庄重地把笔记本给了她。赵静雅接过本子翻看。田育之有些激动，不时指着本子里的内容解释着什么……

　　又是一个周五，寄宿小学的学生们迎来了每周回家的日子。如潮的小学生拥出校门，与等候的家长会合。学校门口就像一个临时停车场，国产的、进口的各种高中低档汽车排成了长龙。

　　学雷推着自行车站在门口，见丹丹跑出来，连忙向小女孩挥手。

　　丹丹跑到学雷身边，开心地抓住爸爸的手，然后四处寻找："妈妈呢？"

　　"妈妈有工作，没来。"

　　丹丹撅嘴道："说好来接我的，妈妈说话不算数！"

　　"妈妈不在，爸爸带你去吃麦当劳，好吗？"

　　丹丹不高兴地说："不想吃，没心情！"

　　学雷笑了："你才几岁呀，知道什么是心情吗？"

　　丹丹闷闷不乐地说："爸，我们回家吧。"

　　邓薇悄悄从一辆车的后面转过来，从背后拍了丹丹一下："丹丹，你真想回家吗？"

　　丹丹回头，看见邓薇，立刻转忧为喜，开心地抱住邓薇："妈妈！"

　　看着紧紧相拥的母女，学雷的脸上溢满幸福。

　　李学雷推着自行车，丹丹骄傲地坐在前梁上，有小朋友在汽车里喊她的名字，向她挥手。丹丹得意地告诉邓薇："妈，我现在是小队长，刚才喊我的刘玉坤就是我们小队的，他特别淘气。"

　　学雷高兴地摸着丹丹的头："好样的！丹丹都当小队长啦，那爸爸请你去吃麦当劳吧。"

　　"我想去看电影！"

　　邓薇、学雷异口同声地回答："好啊！"

　　夕阳里，一家三口开心地走远……

　　晚上，从电影院看过《冰河世纪2》的丹丹，抱着新买的猛犸象玩具睡着了。邓薇坐在客厅全神贯注地整理公司账目。学雷从里屋出来，搬了把椅子坐在邓薇身边。他把一个红丝绒的首饰盒放在邓薇面前。邓薇很意外，放下了手里的计算器和笔，拿起首饰盒，轻轻打开，盒里是一枚小巧的金戒指。

　　"当年我们结婚，连戒指我都没给你买。现在想想我就觉得对不起你。"

　　邓薇小心地抚摸着戒指上的花纹。

　　"服务员非让我买钻戒，可我还是觉得这种戒指好看，黄灿灿的，看着就喜兴、踏实。"

丹丹醒了,她爬下床,迷迷糊糊走到门口,看到爸爸妈妈正在低语,好奇地看着。

学雷冲动地抓住邓薇的手:"薇薇,我们复婚吧。"

邓薇迟疑着。久久没说话。学雷的头越靠越近,想要亲吻邓薇。躲在门后的丹丹害羞地捂住眼睛,跑回床上,捂着嘴开心地笑了。

邓薇猛地把头转到一边:"我还要再想想。"

学雷有些失落,把首饰盒放到邓薇手里,真挚地说:"这个你先收下,好吗?"

周六,丹丹一早被一名同学的家长接走了,说是要在郊外的别墅里举办一个孩子的生日聚会,下午再把孩子送回来。李学雷和邓薇有些不放心,想跟着一起去,丹丹不满地嘟着嘴,把他们推回家门。车边还站着三四个小朋友,大家熟络地打着招呼,看来是平日里要好的朋友。学雷、邓薇两人在楼上看着丹丹上了车,感叹孩子就在不知不觉中长大了。现在这个活泼好人缘的漂亮小女孩,哪里想像得到曾经得过自闭症呢。

见家里无事,学雷骑了车去办公室加班整理单据。邓薇也想去,被学雷以办公室阴冷潮湿为由拦了下来。

就这么折腾一通,家里只剩邓薇一个人。她无聊地看了一眼挂钟,才刚刚八点多。让邓薇这个闲不住的人独守空房,她可是一点也受不了。本想打电话给田原,邓薇突然想起学雷最近总是在腿疼,不如……

学雷匆匆跑进门诊大厅,急迫地四处寻找。看到邓薇后,他马上冲过去。

学雷惊慌地问:"薇薇,你怎么了?伤着哪儿了?"

邓薇一笑:"骗你的,我根本没受伤!"

学雷上下打量邓薇,确定她没事后松了口气:"你怎么开这种玩笑?吓死我了!"

邓薇把体检表塞到学雷手里:"我不骗你,你能来医院吗?"

"我身体好好的,到医院来干吗?"

"你一会头晕一会儿腿疼的,我不放心!做一个全身检查,医生说你没事,我就安心了。"

"腿疼是因为我有风湿的老毛病,你不是知道吗?"

邓薇拉起学雷就走:"钱已经交过了,赶紧查吧!"

学雷不情愿地说:"公司还有那么多事儿呢,你可真能添乱!"

他不情愿地向体检门诊走去。那扇门上挂着白色的布帘,单薄得不能承受生命之轻。

41

生　日

　　清晨，赵静雅在厨房里忙碌。她掀开蒸锅的盖子，一片雾腾腾的蒸汽里露出顶着红枣的小馒头。赵静雅把馒头捡摆到盘里，端上餐桌。

　　田原打着哈欠走来，惊讶地发现了餐桌上的豆浆、煮鸡蛋和枣馒头。

　　赵静雅抿嘴一笑："原子，生日快乐。妈这回用老办法给你过生日。"

　　田原抓起馒头咬了一口，开心地嚼着："真好吃！我又想起小时候了，离过生日还有好几天，我就开始掰着手指头数日子，就盼着吃你做的枣馒头。"

　　赵静雅："白天你要上班，晚上我给你好好庆祝庆祝。"

　　田原揉揉面颊："又老了一岁，有什么可庆祝的。"

　　赵静雅嗔怪地说："在妈面前你永远没资格说自己老！我都想好了，晚上多做几个菜，你把学锋、邓薇、丹丹、学雷他们都请来，大伙在一起热闹热闹。"

　　"还是算了吧，妈，我吃了枣馒头和鸡蛋就算庆祝了。"

　　"工作再忙，也得吃饭。你就按我说的办吧。"

　　田原走过去，亲热地揽住赵静雅的肩膀："妈，今天真的不用庆祝了。晚上我有工作，说不定几点回来呢。"

　　"工作天天有，可生日一年就一回，你把工作时间调整一下吧。"

　　田原摇摇头："明天上午，新一期杂志的全部稿子要发到印刷厂去，今天是最忙的一天。"

　　新杂志的校样摊在办公桌上，田原埋头审看，此时已经是午休时间了。晓鸥敲门进来："主编，社长请您过去一下，他说在会议室等您。"

　　"知道了，我马上去。"

　　田原轻轻敲了敲门，走进小会议室。社长面色严峻，似乎刚从沉思中醒过来。他伸手指了指自己身边的椅子，田原在社长身侧坐下。

"上次在全体会议上我已经说过了，这个季度如果杂志的广告业绩再没有回升，我就只好采取措施了。任何投资方都不可能无穷无尽地给你机会。我现在找你是想提醒你，一定要加油，用数字来说话。"

"我会尽力的。"

"合作了这么多年，我对你一直非常信任。可是我最近听说了一些事情，觉得很吃惊。"

田原冷静地看着社长。

"在连续数月拖欠广告费的情况下，是你坚持给彩虹手机电视公司登广告，对吗？"

田原坦诚地说："是。"

"还有，当他们有付款能力的时候，你却没有要他们的钱，反而把那笔资金作为广告费，返还给彩虹手机电视公司，制作了一些短片，对不对？"

"是这样。"

"彩虹手机电视公司的老总叫李学锋，是你的前夫，听说你们现在也过从甚密。所以有人说，你通过这一系列动作，让杂志社的钱成功流进了你自己的腰包。"

"我用人格担保，我没拿过一分钱！"

"有些事是说不清的。为了谨慎起见，我给你安排了一个副手，专门负责广告方面，她刚从海外回来，非常能干。"

两人间的气氛十分僵硬，田原控制了一下情绪，用平静的语调回答："好的，我服从上面的决定。"

冬天的夜来得早，不知不觉已经加班到很晚了，田原疲惫地走出办公室，看见几位编辑还在认真工作。

田原走出办公楼的大门。早上她把汽车送去保养了，只好叫了一辆出租车。起风了，她站在路边，把大衣领子竖起来，张望着有没有出租车经过。

李学锋从马路对面的一辆车里探出头，大声打招呼："原子！"

田原惊奇地看着他，几步穿过马路，上了他的车。车上的暖风很足，座椅也加热过，冻得浑身发僵的田原惬意地舒展了一下肩膀。

田原问："你怎么在这儿？在等我？"

学锋点点头："都等你半天了。我刚才从这儿经过，看见你办公室的灯还亮着，所以想等你出来，一起去吃点儿东西。"

"你刚才应该打个电话给我，这样就不会白等了。我现在什么都不想吃，你送我回家吧。"

"妈可能已经睡了，你在家吃东西会把她吵醒的，不吃的话，空腹睡觉会做噩梦。"

田原一笑："你想得真周到，难怪我妈那么喜欢你。"

"走吧，我带你去个新鲜的地方。"

田原展颜一笑，点点头同意了。

宝马车停在一间外表不起眼的小餐厅门口，李学锋为田原开了车门，做了一个请的手势。田原疑惑地打量着这个餐厅。二人推门而入，服务员礼貌地为他们领位。这时大约是晚上九点，可这间餐厅里只有他们两个客人。

田原不安地看着学锋："这儿的菜肯定不好，要不然怎么会一个客人都没有呢。"

"我在这儿吃过，觉得挺好的。"

灯光忽然一闪，紧接着整个餐厅一团漆黑。

田原不高兴地说："怎么还停电呀？"

黑暗中，烛光亮起，有人唱起了甜美的生日快乐歌。妈妈、邓薇、学雷、丹丹从餐厅的角落走来。田原不由自主地站起身，脸上写满了感动。歌声渐弱，学锋开启香槟，香槟发出"嘭"的一声脆响。

香槟酒注入玻璃杯中，田原把酒杯一一递给大家。

田原开心地说："谢谢，太谢谢你们了！是谁想的主意？吓我一跳，我会永远记住这个生日的。"

灯亮了，大家碰杯、干杯，围着一张大圆桌坐下，服务员端来丰盛的菜肴。

丹丹跑到田原身边，把一个纸卷塞进田原手里："姊姊，这是我送你的礼物。"

田原打开纸卷，原来是张儿童画，上面画满奇形怪状、色彩鲜艳的鱼。田原用力亲了丹丹一下："画得真漂亮！丹丹，谢谢你！"

邓薇拿出一个包装精美的盒子："该我了！这是一套化妆品，我希望田原永远优雅、美丽！"

田原接过礼物，高兴地说："托你吉言，最好能让我今年四十明年三十！"

赵静雅把一个纸袋交给田原："原子，妈送你几本书，都是营养和健康方面的。你工作太忙，老不注意身体，多看看书，就知道平时该怎么保养自己了。"

"谢谢，妈，最近这段时间辛苦你了，一直让你为我操心。"

学雷把一只漂亮的生日蛋糕摆到圆桌中央："我送的礼物最实惠，生日蛋糕！"

"就差学锋了！学锋，你的礼物呢？"

学锋拿出一个小盒："我去寒山寺求了个吉祥符，希望能给田原带去好运。"

邓薇起哄："原子，你打开看看啊！让我们也分享分享，到底是什么宝贝。"

田原打开盒子，取出一块造型古朴的玉佩，上面醒目地刻着"惜缘"二字。

赵静雅爱惜地看着那块吊坠："哎呀，真好看，原子，戴上吧。"

在大家的起哄声中，田原含笑把玉佩戴在脖子上。

夜深了，一家人围坐在圆桌边，愉快地聊天，桌上还有几块生日蛋糕。丹丹有些困了，靠在邓薇身上打盹。田原看时间不早了，提议回家休息，众人说笑着走出餐厅。

邓薇扶着赵静雅："阿姨，我和学雷先送您回去吧，咱们正好顺路。"

赵静雅心领神会："好啊，那就麻烦你们了。"

她抱起快睡着的丹丹，转头叮嘱田原："原子，我们先回去，你跟学锋再好好聊聊。"

田原笑笑，没说话。邓薇、赵静雅等人与田原、学锋告别，离去。

"田原，我们走走吧。"

田原点点头，默默往前走去……

一条静谧的小路上，学锋和田原惬意地走来。

"今晚是你出的主意吧？"

"每年都过，今年怎么能不过呢？听说是给你过生日，大家都特别配合，连妈都说要给你一个惊喜。"

"谢谢，我真的很高兴。"

学锋不经意地挽起田原的手："只要你高兴，为你做什么我都愿意。"

田原犹豫了一下，没有挣脱。

"其实，今天我也很开心，我们好像又跟从前一样了。"

田原垂下眼睛，躲避着学锋的目光。

学锋拉着田原站住，动情地看着田原的眼睛："我们复婚吧，田原。在寒山寺为你求吉祥符的时候，我请老和尚帮我算了一卦，他说我最近有失而复得之喜。我觉得这可能就是天意，让我们重新走到一起。答应我吧，我会用后半生一心一意照顾你。"

他把田原轻轻拥在怀里，田原自然而然地把头靠在学锋的肩膀上。突然，高飞的脸、性爱视频和韩璐璐缠满纱布的身体像幽灵一样，快速而混乱地浮现在田原脑海中。田原一下推开学锋："我还要再想想，多给我一点儿时间吧。"

被拒绝的李学锋脸上流露出掩饰不住的失落。冬天的风急促冰冷，吹过两人之间，就好像隔着一条看不见又不能跨越的河流。田原耐不住寒，拉了拉衣领。

学锋把自己的帽子扣在田原头上，说："太冷了，我们回车上吧，我送你回家。"

田原点了点头。

学锋试探性地去拉田原的手，田原不经意地避开了，两人默默走回车边。

李学锋驾车在夜幕中疾驰，车内的音响放着忧伤的音乐。田原靠在副驾驶座上，看着窗外的夜景。

为什么会想起韩璐璐和性爱光碟？田原实在搞不明白。以为自己已经遗忘，以为那些事已经过去，那个女人已经永远消失。可是在学锋拥抱她的一刹那，所有那些肮脏不堪的画面和恶心的感觉都不可抗拒地回来了，顷刻之间把他们之间好不容易建立起来的温暖和信任再次统统赶走。

还有，她又想起了高飞。这个几乎完美的男人最近常常以守护神的面目出现在田原的梦里。田原之前一直觉得，高飞会无条件地期待自己幸福，无论是和学锋重走回头路还是重新开始一段感情。可是，为什么她会这么内疚和不安呢？就像自己正在背叛高飞一样。

田原无奈地甩甩头，心里暗想："我在自欺欺人，以为可以和学锋重新开始，以为新生活已经到来。但其实呢，复合的路究竟有多远，我根本看不到终点。"

学锋把田原送回家，独自开车返回。车速很快，外面的风又大，他还是忍不住把车窗开了一道小缝。压缩空气产生的噪声在耳边响起，一股强烈的冷风灌进车内。学锋想让冷风吹醒他发热的头脑和抑制不住的复婚欲望。他告诉自己，鲁莽草率是做不成大事的，要给田原多一些时间。

汽车静静在城市里穿行，回到田育之的小院外。小院里传来隐隐的手风琴声，学锋看了一眼车上的时间，已经夜里十一点半了。他敲了敲院门，保姆披着大衣跑来给他开门。

小周一脸不满，没好气地对学锋说："叔叔，您劝劝爷爷吧，都这么晚了还在拉琴，邻居明天又要找来了。"

学锋嘱咐她快回屋别冻着，自己匆匆走进田育之的卧室。田育之坐在床上投入地拉手风琴，琴声哀伤，像在诉说无尽的心事。

"爸，这么晚了，怎么还不睡啊？"

田育之停止演奏："学锋，你坐一下，我有事跟你说。"

田育之把琴收好，从桌上拿来一个小纸盒放在学锋手上："你帮我把这个给田原。"

学锋打开纸盒，从里面取出一个普普通通的小猪存钱罐。

"田原小时候，特别喜欢这种存钱罐。本来她有个一模一样的，可是我不小心给打碎了，为这个她大哭了一场，我怎么哄都哄不住。后来我说再给她买个一样的，她才不哭了，一本正经地跑过来跟我拉钩。一晃三十多年了，到现在我都没把存钱罐给她。"

学锋把存钱罐收好："爸，您放心，我明天就给田原送去。"

田育之问："今晚你们给田原庆祝生日了？"

学锋点点头。

田育之苦涩地说："我还以为，我可以亲手把这个存钱罐给田原呢。"

学锋歉疚地说："对不起，爸，是我考虑不周，应该请您一起去的。"

田育之摆摆手："没什么，过生日应该让原子高兴，我去了，她会想起过去的很多不愉快。"

学锋理解地说："爸，田原早晚会明白的，她错怪了您。"

田育之长叹一声："几十年的误会不是一朝一夕就能解决的。"

学锋一脸尴尬："您早点儿睡吧，别想太多。明后天我送您去田原那儿，您亲手把这个礼物送给她。"

42

流转的命运

邓薇走到学雷的办公桌前，放下一张单子，细长的手指上醒目地戴着一枚金戒指。她对学雷说："有个急件，必须马上取。公司没人了，你辛苦跑一趟吧。"

学雷看着邓薇的手，憨厚地笑："真好看！"

邓薇嗔怪地使劲推了一下他的肩膀："发神经了？说什么呢？"

学雷指指邓薇手上的金戒指："这戒指戴在你手上特别漂亮。"

邓薇笑了，抬起手指看看："想不到你还有点儿眼光。"

学雷拿着单子站起身："我先干活去，等我回来，咱俩好好谈谈。"

邓薇不解地问："谈什么？"

学雷真挚地说："我们抓紧把手续办了吧。"

"急什么？现在这样不是挺好的吗？"

"好是好，可我心里不踏实。"

学雷说着出门了，在楼门外推上自行车向外走。邓薇从办公室的采光窗恰好看到学雷在骑上车之前又揉了揉膝盖，她不放心地追出去，嘱咐学雷："你慢点儿骑，路上小心。"

李学雷劲头十足地蹬着车，嘴里哼着小调，脸上露出忍不住的笑意。其实，当年离婚没多久，学雷就后悔了。可是邓薇是个认死理又好面子的人，不出半年就来了一次闪电再婚，没多久又离了。学雷总觉得挺对不住她，自己要是能多点本事，就不用邓薇一个女人承担那么多家庭责任了。复婚的事，要是在从前学雷是万万不敢想的。可自打丹丹出事后，邓薇又遭到事业重创，学雷渐渐起了要支撑起整个家庭的念头。现在他每天早出晚归，邓薇在家里做好饭等他，好像又回到了当初刚结婚那会儿，有时候半夜想起来都能笑出声。刚才，就连复婚的事也得到了邓薇的默许，学雷简直等不及晚上回去向邓薇再次求婚了。

一阵大风迎面吹来，他弓着身子紧蹬几步，逆风中也觉得意气风发力量无穷似的。眼看就要到投件地址了，手机响了，他靠在路边停下车接听。

电话里传来毫无感情色彩的女中音："是李学雷吗？你在我们医院做的体检的结果出来了。你最好马上亲自来一趟，做一些详细检查。"

学雷的脸色渐渐严肃起来："具体是什么情况？……好吧，我马上到。"

学雷的神色有些不安，他把手机放好，看了看车筐里的快件。他重新骑上车，冲着投件的地址加速骑过去……

中午，迅雷速递公司的半地下办公室里，邓薇已经开始充当起接线员兼老板娘的角色，在电话前忙得不可开交。又有了几个取件的活儿，邓薇整理好开始拨打学雷的电话，一直无人接听，她烦躁地挂断了。

家妹从外面回来，把一份合同放在邓薇桌上："邓总，东新公司终于把合同签了，答应跟我们长期合作。"

"你回来得正好。学雷跟建华公司的财务约好了，两点钟去结账，可时间马上就到了，他人也不回来，电话也不接，不知道怎么了。你去一趟，省得误事。"

家妹接过单子："没问题。"

邓薇担心地说："你说，学雷不会出什么事了吧？"

此时，玉湖边的一个长椅上，学雷神情木然地望着湖水。手机响了，他把手机攥在手里，不敢接听。经过的路人向学雷投来诧异的目光。手机又响了，学雷关掉了手机，仍旧茫然地看着湖水。

好半天，学雷从包里拿出一叠资料，上面清楚地写着"体检报告"几个字。他翻开报告，里面夹着各种化验单和诊断书。看了一会，学雷忽然闭上眼睛，缓缓地把报告书折叠起来，放到羽绒服里面的夹层口袋里……

田原的别墅里一片宁静，就连厨房里也没有平常锅碗瓢盆的响动。赵静雅站在镜子前，仔细检视身上的衣服，衣服是黑色厚毛料的，剪裁很正式，上面的皱褶刚刚熨平。她耐心地把头发梳了又梳，一条围巾她一会儿戴上，一会儿摘下，反复试了几次。终于她收拾好一切走出房间，准备出门。

田原突然开门进来，母女俩在客厅里相遇。

田原匆忙地说："妈，我回来了，忘了带手机。"她走过赵静雅身边时，忽然停住脚，好奇地打量母亲，"妈，您干吗去呀，穿得这么正式？"

赵静雅掩饰道："我去看个老朋友。"

田原好奇地问："打扮这么漂亮，见什么朋友啊？"

"说了你也不认识，是我年轻时候的同事。"

田原跑进自己的房间取出手机，匆匆往外走。她忍不住回头，疑惑地看了看赵静雅的装束，问母亲是否需要送她进城。

"不用了，我已经招呼了出租，你慢点儿开车，别慌慌张张的。"

田原答应着走出门，开车离去。

赵静雅锁好大门，上了刚到的出租车，把一张出租预约卡交给司机。车子向着城里的方向开去。

坐上车子，赵静雅的情绪仍未定下来。刚才的一幕太富戏剧性了，谁能料到田原突然回来。如果田原知道她要去看望田育之……赵静雅闭上眼睛让心情平复下来，她不敢想像田原的反应，她知道女儿永远也不想原谅那个独居的老人。

出租车在市内穿行，距离田育之的老宅越来越近。路边的有些建筑看起来似曾相识，但经过三十几年的岁月洗礼又让赵静雅认不真切，就像在重新识别一个梦境。她的情绪渐渐好起来，和出租车司机聊起了这个老住宅区的变化，很多新改造的地段都让老人惊叹不已。不知不觉，车子到了田育之所在的街道。

赵静雅就像做梦一样下了车。三十年了，巷子里熟悉的香樟树长得更加茂密了，当年幼弱的树干现在足有海碗粗。她一路向前走着，和每一个院门相认，和每一株草木相认。三十多年前她就是在这里结婚并生下田原，之后又是在这里离婚，带着田原出走，这里有她熟悉的气息。

循着优美的手风琴声，赵静雅走到田育之的小院门口，她的心跳得更加厉害了。小院没锁门，赵静雅推门进去，琴声清晰悠扬。赵静雅走到房间门口，看到田育之陶醉地闭着双眼，潇洒地拉着琴。那一瞬间，赵静雅好像看到了年轻时的丈夫。

田育之忽然睁开眼睛，惊讶地看到赵静雅时，他的脸上马上露出开朗的笑容。琴声并未间断，他自如地转换了曲目，拉起一段欢快活泼的旋律。

赵静雅欣赏着动听的曲子，露出淡淡的笑容……

田原下班回家，看到赵静雅在客厅看电视，被电视里的小品逗得前仰后合。田原开玩笑地说："妈，您好像心情不错嘛。"

"什么错不错的，我一直都这样。"

"您最近忙什么呢？我下午给家里打电话，您都不在。"

"可能我出去买菜了。"

田原不经意地说："买菜要那么长时间啊？您一下午都不在。"

"我去看老朋友了。最近跟几个过去的老同事联系上了，我有时候找他们聊聊天，散散心。"

田原感兴趣地说："妈，您的这些老同事里有没有男的？"

"你问这个干吗？"

"要是有单身的老头，又跟您能谈得来，干脆你们发展发展得了！妈，您要是碰到合适的，最好能再找个伴儿。这么多年，我觉得您太孤单了。"

"一个人过挺好的，我早就习惯了。"

田原口无遮拦地说："都怪我爸，就是他把您害成这样的！"

赵静雅苦笑，想说什么终于没能说出口。

一家高档西餐厅里，邓薇、学雷坐在靠窗的位置上。学雷是第一次进西餐厅，显得很紧张。他拿起折好的餐巾，一脸迷茫。他用眼神询问邓薇，邓薇细心又不露声色地教学雷放好餐巾布。

"干吗挑这种地方吃饭？很贵的！再说你会用刀叉吗？"

"这里安静，我有话跟你说。"

"正好，我也有话跟你说。"

"那你先说。"

"你这几天怎么了？一天到晚心事重重的。"

"没什么，我在考虑我们俩的事儿。"

"考虑什么？"

学雷强作镇定："我想来想去，觉得我们复婚的事儿应该往后放一放。"

邓薇意外地说："为什么？"

"公司的事挺忙的，还是工作要紧，私事以后再说吧。"

邓薇激动起来："怎么了，学雷，几天前你还在哭着喊着求我跟你去办手续，难道你忘了吗？"

其他桌的人开始回头向他们看，邓薇根本无视他人的目光。

"当时我太冲动了。"

邓薇狠狠地盯着学雷，学雷迎着她的目光。

邓薇突然笑了："李学雷，想复婚的是你不是我，你不用这么紧张，我不会缠着你的。虽然你出尔反尔，不过没关系，我不介意！"

学雷脸上不动声色，可他的手却在桌下死死抓住桌布。

邓薇摘下手上的戒指，递到学雷面前："还你！"

学雷站起身："这个你留着吧。"

邓薇把戒指紧紧握在手里，低声恨恨地说："李学雷，你不要后悔。"

她气呼呼地向服务员打了个手势，吩咐："我要一份T骨套餐，配解百纳红酒。你不愿意，我还看不上你呢。老娘偏偏吃好喝好，气死你！"

大街上，李学雷在黑夜中漫无目的地骑着自行车前行。汽车的远光灯，照亮了学雷的脸。一脸都是泪。

次日，邓薇提着早饭赶去速递公司的办公室。她脸色苍白，眼睛微肿，看来前一夜没有睡好。尽管如此，邓薇的脚步仍然轻快干练。像她这样的女性，是不会被一点小事情打倒的。

办公室里，学雷在整理单子，家妹在填写报表，一个新雇的快递员正准备出发。

邓薇见到学雷后说："你早上几点走的？还没吃早饭吧。"

"噢，没顾上。早上六点就有人打电话说要送快递。一个年轻人要给她女朋友一个生日惊喜，送的鲜花。我刚送到女孩子家门口，她还在激动中，那男的就出现了。现在的年轻人真是浪漫。"

电话铃声响起，几台电话都在响，学雷忙着接电话，家妹去接另一台电话。学雷给送快递的小伙子地址，让他赶紧去客户所在地取快件。说完，又开始忙手里的事情了。

"学雷，吃点儿吧，要不就凉了。"

学雷看了看叫道："家妹！家妹！"

"什么？"

"你没吃早饭吧？邓总给你带的。"

家妹还不知道怎么回事："啊！那太好了！谢谢邓总！"

家妹拿起一根油条放到嘴巴里，却忽然发现邓薇面带愠色，有些奇怪："李总，您吃了吗？"

"我吃过了。"

"噢……邓总呢……"

邓薇表情快挂不住了："我吃过了。"

"家妹，你以后可要记得吃早饭，不吃早饭对身体很不好的。"

"今天这不是临时情况吗？"

邓薇问家妹："你也是早上六点就过来了？"

"是啊。那男孩子，真是浪漫到家了。"

李学雷明显在向家妹示好，邓薇感觉自己快要被当成透明人了。

电话铃响起，学雷接起电话："这里是迅雷速递公司，请问您需要什么服务？"

邓薇忍不住在一边插话："学雷！你有话说话，别玩阴的。"

学雷掉头跟邓薇说："你等等，我在接电话呢。好，我们马上过来取您的快件。"

家妹察觉到邓薇对学雷的不满了，她尴尬地夹在两人中间。

"邓薇，你刚才在叫我吗?"

"你是什么意思?"

学雷装作很无辜:"怎么了? 待会儿我还有好几单快递呢。"

"用不着你亲自去送，找孩子们送不就是了。我正想跟你说，找个时间专门培训培训他们熟悉路线。"

"边工作边熟悉吧，哪儿有时间让他们专门培训啊。"

学雷出了门，骑车而去。

邓薇气得愣在了那里。

家妹奇怪地问:"邓总，你们今天是怎么了?"

邓薇掩饰道:"没什么。"

李学雷几乎是逃出公司的，他没法忍受邓薇怀疑的目光。他实在不是一个好的说谎者，现在他觉得自己的胸膛都快爆炸了，医生对他说的每一个字都像枚钉子扎在他的心上:"骨癌"、"晚期"、"转移"、"截肢"、"存活期"……

一阵深入骨髓的痛从小腿蔓延开来，学雷靠路边停下，半蹲着，一手扶车，一手按摩自己的小腿。

天阴阴的，不知不觉下起了江南的冬雨。雨点打在身上、自行车上，他的手套很快就湿了。他站直身体，从车上取出雨披披上，狠狠地跺了跺腿，麻木让疼痛稍微减轻了些。他骑上车，向着快递目的地驶去……

三天前，这个男人在医院里得知病情时，问了医生三个问题:如果做手术截肢要花多少钱? 能治好吗? 我还有多长时间?

命运向学雷再次开了一个残酷的玩笑。

晚上，李学雷送完快件回公司。看见邓薇不在，他明显松了口气。家妹见他脸上都被雨水打湿了，赶紧拿了一块毛巾用热水打湿递给他。

"学雷大哥，您今天早上怎么了，后来邓总那个脸色……"

学雷有些激动起来:"家妹，我有件事情……你要答应我，给我保密，千万不能说出去。"

"好。"

"我活不了多久了。"

家妹难以置信，不相信自己的耳朵。

"我得了骨癌。"

家妹吃惊极了:"骨……骨癌……癌?"

"已经是晚期，医生说就算是截肢也不能保证不转移。"

家妹急得眼圈红了："李总，您……您确定没有搞错吗？他们……医院现在有一些误诊的情况的……"

"家妹，谢谢你这么安慰我，可是，事情真的没有什么挽回余地了。"

家妹眼泪汪汪："您别这么想……"

"家妹，我知道你是一个聪明的好人。这件事情，如果告诉家里的任何一个人，都可能被所有人知道……所以……你知道，要接受这个事实是很困难的，我也是很难过，不知道自己还可以活几天。可是，我感觉最对不起的人，就是……邓薇。"

说到邓薇，学雷顿住，抑制不住难过，抹了一把泪："我不知道怎么跟邓薇说……我希望她能很好地生活，即使我不在她身边。"

"所以你今天早晨才……您说好人怎么没有好报呢？"

"我想请你帮个忙。"

"您是要我……"

学雷决断地说："对！"

家妹从学雷的眼神中突然明白了他的意图，慌忙拒绝："不，不！你应该告诉邓总，你们应该共同经历这个岔路口……"

这时候邓薇忽然带着丹丹进了门。

家妹往后闪了一大步："邓总。"

邓薇咬着嘴唇看着两个人。丹丹察觉到气氛不对，但又不知道发生了什么事，严肃地看着学雷和家妹。学雷收起刚才的伤感表情，一副无所谓的样子。

邓薇拿着保温桶，放在桌上："丹丹说一定要给你来送饭，否则她就不吃。"

李学雷急了："都几点了，让孩子饿着。你就不会逼着她吃啊，外面还这么冷，孩子冻病了怎么办？"

邓薇从来没听到过学雷跟她这么说话，一时不知该怎么办。

丹丹大声说："不许爸爸说妈妈！"

学雷的语气温和下来："好，不说。"

学雷无奈："丹丹快回家吃饭去。乖，和妈妈走吧。"

邓薇没说话，挽起丹丹的手，丹丹耷拉着小脸气呼呼地走了。

邓薇娘俩走后，学雷继续追问："家妹，你帮不帮我？"

"我不能那么干，但您放心，我不会告诉邓总你的病情。"

"你刚才答应过我，要给我保密的。"

"那是因为我不知道。"

"我只希望她没有我，依然可以过得很好，很幸福。这只是个善意的谎言，我需要你的帮助。"

"我理解您，可是……我不知道……"

286

43
再一次牵手

　　自从赵静雅得知真相后，缠绕了三十多年的心结终于打开了。突然间，她的生活失去了某种平衡。从前她凭着一股不甘心的信念坚持着，把田原养大。那个年代的人忌讳离婚的女人，赵静雅又是浙大毕业的高才生，追求她的男人她看不上，条件好的又相不上她。就这样几十年过去了，她坚信自己一生的不幸都源于田育之的背叛，这样的男人不值得原谅，也不想和他有过多来往。

　　而现在，谜团解开了，田育之成了那个最无辜最值得同情的人。赵静雅每天都在想，这三十几年究竟是怎么回事？较了三十多年的劲，到头来算是白较劲了。她突然觉得无限疲惫，有种被捉弄的委屈。但是她明白，历史就是这样被书写的。他们这一代人，不过是历史的一颗棋子，被动地接受一切。

　　这些天，每当田原上班以后，赵静雅就会忍不住去看望田育之，想多看一看这个男人，以弥补三十多年不相往来的遗憾。田育之看她的眼神，几乎和三十几年前一样，温柔而眷恋，可是现在的田育之早就不是那个她曾经爱过恨过的英俊青年了。有时她望着镜子，惊觉自己这么多年来竟然变了这么多，当年光洁的额头、乌黑的头发都消弭于岁月的打磨中，她唯一拥有的爱情，竟然只存在于回忆之中。尽管如此，赵静雅仍然会去看望田育之。田原说过，他得的是老年痴呆症，也许再过几年就谁也不认识了。可他是唯一记得赵静雅曾经样子的人，也是唯一能和她分享那笔恩怨账的人。赵静雅放不开他，不能忍受田育之记忆的消逝。

　　一天下午，赵静雅再次来到田育之的小院，她特意穿了一条毛料长裙，那是当年田育之从苏联带回来的。当时因为尺寸买大了，赵静雅就悉心收起来了。没想到过了这么多年，当年的裙子合身了。

　　田育之看到赵静雅的打扮，马上想起了那条裙子的来历。他看着赵静雅微笑："真好看。能请你跳支舞吗？"

赵静雅问："怎么突然想起跳舞了？"

田育之没答话，从屋里找出一张老LP唱片，吹了吹灰尘，小心地放在家里的留声机上，熟悉的苏联音乐在房间内回荡。田育之站在赵静雅面前，做了一个邀请的姿势，赵静雅连忙摆摆手。

田育之拉过她："我当年就是在学校的舞会上被你的风采给迷倒了。"

赵静雅："你记得的就是这些事儿。"

两人翩翩起舞。

田育之一手虚挽住赵静雅的腰："你看你，还像模像样的嘛。"

"你个老头子，可真会折腾人。"

保姆透过厨房玻璃，看着两个老人跳起慢四，偷着捂嘴乐。

傍晚，田原的别墅小院里，赵静雅提着保温桶进门，轻快地哼着苏联歌曲，却没料到田原已经在屋子里。

"哟，原子，你今天下班怎么这么早？"

"单位里这两天不是很忙。妈，您上哪儿去啦？"

赵静雅察觉到自己还拎着保温桶，一时不知该怎么说，只好编道："我去公园跳舞了……顺便给于妈送点儿吃的。她一个人不是挺孤单的嘛。"

"噢……于妈？小于不是前几天回来了吗？还是您告诉我的。"

赵静雅赶紧圆谎："小于烧的菜又不好吃。"

田原愈加怀疑了。

快递公司的小办公室里只有家妹一个人。李学雷的身体每况愈下，最近不得不每天下午都去医院打止疼针。幸好当初学锋提建议时提出分区域整合资源的概念，现在公司雇的五六个小伙子很快就熟悉了自己的业务，加上还有家妹调度，公司的业务一点也没有受到影响。

邓薇最近很少来公司。邓薇是场面上的人，既然学雷明确表示不复婚，她虽然有些想法也不会和学雷大闹。既然不复婚了，她也不方便在前夫的公司里时常出现，让不知道内情的员工还把她当成老板娘那样对待。可是家妹和学雷的事总让邓薇觉得奇怪，之前曾经认真撮合家妹和学雷时还被她好一顿笑话，现在却郎有情妾有意地在办公室大秀暧昧，这到底是上演的哪一出啊？前几天的那一幕，让丹丹在回家路上都开始抱怨说家妹姨不好。邓薇在家里想了几天，还是觉得要和家妹好好聊聊。

临近下班时候，邓薇去了快递公司。家妹在接电话，记录地址。见邓薇来了，脸上流露出不自然的笑容。

"邓总！李大哥现在不在。"

"以后别叫我邓总了，早就不是了，就叫我邓姐吧。"

"好的。"

"家妹，今天我是来找你的。下班后我们好好谈谈吧。我有话要问你，走，到我家吃饭吧。"

家妹妥协了："好吧。"

两人在路上走着，若即若离。

"家妹，我平时待你还行，对吗？"

"当然！当时我离婚来这个城市，你是对我最好的老板。"

"可是……我不知道，你跟学雷到底是怎么回事？可是，我希望你诚实地告诉我，好吗？要跟我说实话。我昨晚想了一夜，总算想通了，如果学雷真的喜欢上你了，我一定没有半点怨言。真的，家妹……尽管我心里难受，你是知道的……"

家妹有些委屈："邓总……不是这样的……"

邓薇将信将疑："真的吗？可是他明显在疏远我，在亲近你……"

"绝对不是这样的……"

"那你告诉我，他到底是怎么回事？为什么成了这样？"

家妹回避着邓薇的目光："这……我……我也不知道呀……"

"家妹，有什么不可以跟我说的吗？以前你把家里的情况都告诉给我，你前夫多么不成器，你想你小儿子就摸着孩子的照片哭。"

"我答应过李大哥的，我是不能说的。"

"那就是说你是知道的？"

家妹急得不知道该怎么说，忽然站定："邓总，要不您开除我吧？"

"你这傻瓜，这个公司又不是我开的，我怎么有资格开除你呢？要走，也是我走人啊。"

家妹着急了："邓姐，您可千万别走，快递公司是他为您和丹丹开的，您一定要相信他。"

"这个李学雷，他到底在做什么？"

"邓姐，您和李大哥都是好人，我一辈子都没见过你们这么好的人。能跟你们一起共事，真是我的福分。我……我还是先回去了！"

"家妹，别急，我不问你什么了。你知道，我没有恶意。"

家妹匆匆告别了邓薇，邓薇只好独自在街道上走着，费心琢磨两人间扑朔迷离的关系。她经过了一个公园，那里有老年人在跳交谊舞。在人群中，邓薇发现了两个熟悉的身影。

她吃惊地拨通了田原的电话："原子，告诉你一个惊天消息，我看见你爸和你妈在公园跳舞呢！"

电话那头的田原明显愣了几秒："你没看错吧？"

"我也怕看错，看了半天呢。他们跳得很默契，真的。"

"好的，我知道了。我还要开个会。"

邓薇还想说些学雷的事，却发现那头的田原已经把电话挂断了。邓薇听着电话忙音，有点担心自己是不是好心帮了倒忙。

赵静雅提着保温桶，轻轻打开门，却发现屋里的灯光亮着，田原在等她。

"原子，你不是说今天晚上不回家吃饭吗？妈去给你做。"

田原柔声说："妈，不用了，我已经做好了，做给您吃的。"

"无功不受禄哦。女儿今天有什么事情要嘉奖我啊？"

"妈，我去把菜热一下。马上就好。"

赵静雅有些不习惯地坐下。

满桌丰盛的菜，让赵静雅有些觉得像是场梦境。田原给母亲敬了一杯红酒。

"妈，您辛苦了！"

"原子，谢谢你的一片心意。"

"妈，是我太不懂事了。我平时很少为您考虑什么。这么多年了，我不在家的时候，您一定很孤独。"

"还好啊，每天有忙不完的事情，不孤独。"

"妈，我还记得上小学的时候，每次开家长会都是您去，同学问我爸是做什么的，我不知道该怎么回答，回来后就哭。您问清楚缘由之后，让我跟同学说，我妈妈也是我的爸爸。我当时觉得您好了不起，好伟大……"

赵静雅有些不知所措："原子，好好的，说这些过去的事做什么？"

"妈，您今天又去公园跳舞了？您是不是有什么事情瞒着我。"

赵静雅什么都明白了："你听妈说，妈不告诉你是因为……"

"妈，您为什么还要跟一个伤害过您的人在一起呢？"

"你不懂的。"

"妈，我不是孩子了。我是不懂。您忘记在他背叛您之后那些年我们是怎么度过的吗？所有人都说那个人生活作风有问题，是个流氓！妈，我不是为我自己，我是为您，为您一生的幸福被他断送而恨他。我知道他现在年纪大了，需要照顾。保姆都是我给他请的，他还想索取什么呢？"

赵静雅愣在那里："原子，那都是大人之间的恩怨啊。妈没想让你也受伤害。"

"妈，您要是想找个老伴儿，我一定帮您，可是，您不能找他啊。"

赵静雅默默无语,把筷子放下,自己进了卧室。田原对着一桌子饭菜叹了一口气。她不知道妈妈是怎么想的,竟然和欺骗自己的人有联系。也许刚才她的话说得重了些,但只要妈妈不再被迷惑就值了。母女俩共同生活这么多年了,田原知道,赵静雅不会真生她的气,因为她是妈妈生活中唯一的最重要的亲人。

深夜,学雷在床上辗转难眠,骨头的疼痛让他差点叫出声来。学雷翻出止痛药,又拿起暖瓶,发现里面没热水了。他挣扎着起来,到客厅去倒水。邓薇本来就没睡熟,听到动静披着衣服起来了。

"你怎么了?"

"我胃有点疼,吃点药。你睡吧。"

"你注意点身体啊。"

"哦,正好还有个事情要跟你说呢。现在公司的业务不错,也有了些收入,你的房子不是还抵押在银行吗?还是先把房子尽快赎回来吧。"

"学雷,有件事情我不明白,既然你不想跟我复婚了,我的事情你为什么还这么操心呢?"

学雷想了想:"你是丹丹的妈妈,她不能没有你。"

"你真有这个心,就给丹丹攒着吧。"

"好的,我给丹丹开个户头。"

第二天,赵静雅一动不动坐在客厅的沙发上,眼神木然地看着电视。电视上播放的是自行车山地比赛的节目。电话响了。

赵静雅接过电话:"老田啊,不是叫你不要给家里打电话吗?"

"你不是说下午要过来的吗?都四点钟了,你还在家里。"

"老田,原子知道了。我……"

田育之试探地问:"原子,她到底……"

"老田……我们以后还是不要来往了。"

田育之沉默了一下:"女儿不愿意我们来往?这就是你今天不来我这儿的原因。"

"不是的……"

"那是为什么?"

"我想了想,觉得我误会你这么多年,我是不应该被你原谅的!"

田育之呆住了,久久未说话。

赵静雅挂断了电话,依旧平静地看着电视上满身泥泞的山地自行车手。就像她生命中的大多数日子一样,偌大的别墅在这个下午那么静,情感和光阴都像中了定身咒一样，凝滞了。

保姆小周对着客厅的一桌子剩菜发愁。中午田育之特意让她做了糟鱼，说是做给田原妈妈的，她来之前谁都不许吃。等了一下午，也不见个人影。两三点时田爷爷只吃了一小碗馄饨充饥，万一把老人饿坏了自己可担不起责任。刚才电话响，田爷爷在屋子里大喊由他来接，保姆预感今天赵奶奶可能不会来了。

正想着，田育之从卧室里慢慢走出来了。

保姆迎上去："爷爷，您饿了吧，我给您热点东西吃好不好？"

田育之好像不认识保姆似的，一个人走向院子大门，也不说话。

保姆赶紧追出去："爷爷，您怎么不跟我说话啊？"

田育之说："一会儿小原要放学了，我要去接她。"

小周意识到田育之又犯糊涂了。

"我吃过饭了，你不要管我了。小姑娘，趁今天天气好，你帮我晒晒书。"

保姆哄着田育之："前几天不是刚晒过吗？"

"我今天再晒一下不行吗？"

保姆不情愿地把书搬出去："您这些书啊，早就应该卖了。"

田育之也要过来搬。

"您就别搬了，累坏了可不成。"

田育之不理她，非要过来帮忙。

保姆在院子里刚把书放下，回来看见田育之倒在了地上，不省人事。她想把田育之搬到沙发上去，可是一个人也搬不动，于是赶紧给李学锋打电话。

李学锋正在公司开频道改版会，接了电话后匆匆向创意经理交代了几句，向田育之家赶去。他一进门看见田育之躺在客厅的地上，保姆小王害怕把他冻着，给他身上盖了两层棉被。李学锋走近一看，田育之脸色苍白，牙关紧咬，嘴角流出白沫，情况比他想像中的要严重许多。

李学锋掐着田育之的人中："爸！爸！您醒醒！"

田育之没有反应。李学锋问保姆："打急救电话了吧？"

小王一脸惊慌地摇摇头。

学锋叫道："赶紧打120。"

时间一分一秒过去，急救室外的李学锋焦急地来回踱步。周围都是满脸愁容的病人家属，他一个人的焦虑在人群中显得虚幻而微不足道。这时，田原匆匆赶来，学锋带着一脸责备迎上去。

292

"我爸呢？"

"医生正在抢救。你怎么才来？"

"加班，我没想到这么严重。先不要让我妈知道，我怕她着急。"

医生从抢救室出来了，学锋、田原赶紧上前。

"幸亏发现及时，脑血管没出现大面积的出血。"

"他有生命危险吗？"

"您父亲已经暂时脱离了生命危险。"

"他会瘫痪吗？有后遗症吗？"

"要继续留院观察，看恢复的情况。"

医生又返回了抢救室。

学锋看着田原问："原子，要是今天的情况更糟糕，你会怎么办？"

田原摇头道："我会后悔一辈子。"

"我发现他倒在地上的时候，像个孩子一样蜷缩在那里。我想搬他，却怎么也搬不动。那一刻，生命真的很脆弱。"

"学锋，谢谢你。"

学锋很严肃地说："原子，你的生命是他给予你的。"

田原的眼泪一下涌出来了："我知道。"

"我有样东西给你看。"

"什么？"

李学锋把车钥匙给了田原："在我的车上，是你爸写的回忆录。"

田原很激动："我现在看不了。他还没醒过来。"

李学锋搂着田原的肩膀："没事儿，爸一定会挺过来的。爸的回忆录，他写了很久，有些事情你必须知道。"

田原靠在学锋的怀抱里，没有挣脱，她已经能接受学锋的拥抱了。

这一夜，在医院的病床边，田原借着灯光读着田育之的回忆录，在她身边躺着昏迷中的田育之。自田原懂事以来，这是第一次守在父亲身边过夜。天将亮时，她终于读完了全部书稿。

她把稿子整理好，郑重地放在田育之的枕边，握起父亲的一只手。多年来，那块压在她生命中的怨恨的石头终于被搬开了。田原发现，无论是有意还是无心，自己过去竟然做过那么多错事，尤其是对田育之。她不知道该如何弥补。

44

病 危

天色亮了，田原靠在窗口，看着黎明的景色，活动她僵硬了一夜的脖子和腰腿。她有很多的话想对父亲说，对母亲说，还有，对学锋说。

病房门打开了，学锋轻手轻脚走进病房，田育之还在熟睡。学锋走到田原身边："我刚才和住院部的主任联系了，有一间特护病房正好空出来，爸今天就能搬过去。我还请了一名专职护工照顾老爷子，你就放心吧。"

"谢谢，麻烦你在这里陪了一夜。"

"别这么说，老爷子也是我爸。原子，赶快回家冲个澡换衣服，去上班吧。我留下办床位的事，等护工来了我再走。"

田原内疚地看着他："我今天请假陪爸吧，结果没出来还是不放心。一会儿我先回家安抚一下妈，千万不能让她知道，她心脏不好。"

"我知道，咱们俩一起照顾爸。有你在，爸肯定特别高兴。"

早上七点多，田原顶着黑眼圈和一脸难掩的疲惫回到家。赵静雅正在吃早饭。

田原调整好了情绪，若无其事地问："妈，还有吃的吗？我加了一夜班，累死了。这两天太忙了，可能今天也会很晚回来。"

赵静雅端上茶叶蛋和白米粥，关心地问："原子，你也不小了，别老这么玩命工作。"

田原看着操劳的母亲，试探地问："妈，我的倔强是不是伤害了很多人？"

"原子，你想这么多做什么？在妈眼里，你永远是我的女儿，你放轻松点，别像妈这辈子活得这么累。"

田原无言，对赵静雅勉强笑着摇摇头，上楼洗澡更衣。

赵静雅有些奇怪地看着田原的背影。

田原洗漱过后，借口又去上班，就匆匆赶回医院。家里又剩下赵静雅一个人。赵静雅被刚才田原的话弄得有些心神不宁。田原一向说话办事利落，赵静雅觉得她话中有话，一定是有事情瞒着。她看着电话，犹豫着，然后还是鼓足了勇气，把手伸向了电话。

"喂，是老田吗？是小周啊，爷爷在吗？……啊?!"

赵静雅瘫坐在沙发上，少顷她赶紧站起来，拿了包冲出屋子。

田原抱着一杯速溶咖啡，陪伴着昏睡中的田育之。田原第一次觉得父亲那么脆弱，随时都有可能离开她，而她，已经到了不惑之年，才刚刚觉察到"爸爸"、"父亲"、"父女"这些词背后的意味。她感到一种恐惧。曾经以为父亲是生命中可有可无的角色，但当田育之在鬼门关前走一遭后，田原简直不敢想像该如何承受丧父的悔恨和悲痛。她紧紧抓住田育之的手，仿佛想把自己的生命力传输到父亲的身上。

毫无征兆地，赵静雅推门而进。田原一惊："妈，您怎么来了？"

赵静雅直奔病床边，目不转睛地看着病床上的田育之。良久，她试探着轻轻握住田育之没有打点滴的手，用另一只手整理老人有些蓬乱的头发。刚才还在昏睡的田育之奇迹般睁开了眼睛，可是他的身体已经不能动了，他用眼神跟赵静雅默默地交流着。赵静雅俯身贴近田育之。田育之嘟囔着不知道在说什么。赵静雅不停地点头："嗯，我知道。你说你闲着没事儿，晒什么书呀？那些旧东西，改天我来帮你整理。"

田育之用眼神感谢着赵静雅，嘴巴又嘟囔着。赵静雅说："好，好，等稳定了点就回家住。"

田原内疚地站在一旁，她感受到两个老人之间的情感，那是一种不能被割断的亲情。可笑自己之前还自作主张地给妈妈下最后通牒，其实，这三十几年，谁能真正放下谁呢？在两个老人面前，田原发现自己就像是多余的幻影。

也许是累了，也许是得到了最大的安慰，田育之在赵静雅的陪伴下满足地进入了睡眠。赵静雅长长嘘了一口气，向田原招招手，走到病房外。田原赶紧跟了出去。

特护病房这一层的楼道里很安静，护士和护工在病房间来回穿梭，有条不紊地工作，没有普通病房的嘈杂。赵静雅害怕田育之听到，特意走得比较远才停下，对田原说："我就知道一定是出事了。你实话告诉我，你爸现在的情况怎么样？"

"妈，对不起，瞒着您是怕您也担心。我爸现在基本稳定了，可是医生说他的右腿现在没有知觉，说话可能也还有些问题。这些都是中风的后遗症。"

赵静雅着急地说："能恢复吗？你爸一辈子也没享过什么福，老了老了还瘫了!"

"您别急，都是我错了，我对不起爸。学锋给爸请了护工，我平常有空也会多过来陪他。"

赵静雅："你还是上班去吧，我陪着他。护工究竟是外人，外人怎么会上心呢!咱们就这么办吧。"

田原还在迟疑，赵静雅有些发火了："我说我照顾他，谁也别拦着!"

周末的晚上，邓薇在辅导丹丹做作业。丹丹有些心不在焉，数学题错了好几道。邓薇心里急，劈头盖脸对孩子一通数落。丹丹嘟着嘴生气了，把铅笔一扔，跑到窗边向外看。

"别看了，爸爸不会这么早回来的。"

丹丹很委屈："我都一礼拜没看见爸爸了。"

邓薇被丹丹触动了心事，自己也是几天没有见到学雷了。她不再责备孩子，把书合上。

时间还算早，邓薇到学雷的屋里整理房间。学雷的房间很乱，脏衣服就堆在床上。邓薇干活很麻利，一会儿工夫就把屋子收拾得有模有样了。她抱起脏衣服扔到洗衣机里，习惯性地检查口袋里是否有东西。

她忽然发现了一个折了几折的纸本子，随手打开一看，是学雷的体检报告。邓薇一条一条读下去，白纸黑字撞进眼睛，她几乎快要昏倒。

她忽然大声哭起来："李学雷，你这个浑蛋，你为什么不告诉我?"

丹丹吓坏了："妈妈，妈妈，你怎么了?"

邓薇抱着丹丹大哭："爸爸不要妈妈了，爸爸不要妈妈了!"

丹丹懂事地给邓薇擦眼泪："妈妈别哭，爸爸不会不要你的。"

邓薇痛哭了一会儿，突然想起了什么，怒气冲冲地拿起电话拨号。

"家妹，你给我说实话，你是不是什么都知道了?"

"邓总……"

邓薇无助地追问："他现在人在哪儿?他都这样了还瞒着我!"

邓薇听到了开门的声音，挂掉了电话。学雷进门来，看见邓薇蹲在地上，脸上还带着泪，有些惊讶："邓薇……"

"爸爸，妈妈刚才哭了。"

邓薇忽地站起来，气急败坏地全身发抖，指着学雷的鼻子："李学雷，你是想赶我走是不是?"

学雷镇定而冷淡地说："我们过不到一起去的，我不适合你。"

丹丹尖叫："爸爸不要欺负妈妈!"

"丹丹，爸爸跟妈妈说话，你回自己的房间去。"

学雷的声音有些严厉，丹丹从来没见过爸爸这样的神情。

邓薇也意识到不能让丹丹听到这些，便压住火气："丹丹乖，妈妈不哭了。大人的事情小孩子不要听，你回房间去。"

说罢，她把丹丹推进里屋，自己则拉着学雷到他的房间去。

两人说话都尽量压低了声音。

邓薇直瞪着学雷的眼睛，质问："学雷，你以前好像从来不撒谎的。"

邓薇拿出那张化验单，学雷的脸刷地红了，他激动起来："这个跟你什么关系都没有。"

"是的，我跟你什么关系都没有……后悔都已经来不及了。如果……如果，我根本没有跟你结过婚，我根本不认识你，那不就更好吗？"

"邓薇……"

邓薇耐下性子，几乎以哀求的声音说："学雷，这事情你应该告诉我，我们总有方法解决的！"

学雷的眼泪夺眶而出，一把甩掉邓薇的手："没有了！没有了！唯一的路就是等死。"

"你以为你这样走了我会高兴吗？你要让我为你内疚一辈子吗？"

"邓薇，你走吧，我求你了！你走吧！"

"我要跟你复婚！"

"不！不！你走吧！"

"我一定要……要陪你走完这段路。"

"你让我一个人安静地走吧。我到乡下找个地方，去等死。"

"丹丹呢？你不考虑我的感受无所谓，你连她也不牵挂吗？"

这时，学雷突然觉得鼻子里一股暖流流出，他用手指摸了摸鼻子，不相信地看着手上的血。血流得很快，就像止不住的小溪。邓薇完全慌了神，拼命抱住学雷："你怎么了？你别吓我，好吗？"

站在门外偷听的丹丹突然跑了进来，看见满手是血的学雷，吓得哇哇大哭。学雷见真相没法再隐瞒，心里一着急，昏厥过去。邓薇被他压在身下，想先把学雷放倒在床上躺好，却感到自己吓得浑身都没了力气。她急得声音都变了调："丹丹，快打电话给你二叔！"

李学锋用最快的速度赶到了学雷家，邓薇此时已经从震惊中稍微恢复过来。她抱着极度衰弱的学雷，用枕巾按住不停流血的鼻子。学锋看到布满鲜血的枕巾，吓得脸都白了。

邓薇就像见到了救星："学锋，快送他去医院！"

学锋上前就要把学雷放到自己的背上，学雷虚弱地摇头。

"大哥，这事儿你得听我的。"

邓薇不住地抹眼泪，她抱起丹丹，跟着学锋进了汽车。学雷的血滴在学锋的肩膀上和车上，重新陷入昏迷。

汽车飞速地开往医院。

学锋把学雷送到市二院，田育之也在这里住院。田原正和赵静雅在特护病房里给田育之擦身子。得知学雷的病情，田原匆忙赶到急诊室。远远地她就看见邓薇和学锋焦急地在诊室外小声说着什么，丹丹独自蹲在椅子上垂着头抽泣。

田原跑过去问："大哥出什么事了？"

邓薇怕丹丹听见，刻意压低声音："他得了癌症！"

学锋和田原都惊住了。

学锋拿着一支烟，却忘了点火："他没告诉我！"

邓薇歇斯底里地说："要不是我今天发现，他就一个人这么走了。他现在还在上班……他凭什么这么对待自己呀？凭什么呀！难道他不知道我们关心他吗？"

田原抓住邓薇的肩膀："薇薇，你先冷静一下。特别对学雷，不要太冲动。你别怪他，他是不想连累你。"

邓薇惊觉不能让丹丹知道噩耗，马上把声音放低："好的，好的，我是太冲动了。"

田原说："我把丹丹带走吧，今晚和我睡。现在你一定要坚强，学雷和丹丹都需要你。"

"我哥这人就这样，什么事情都喜欢埋在心里……"

医生出来了。

邓薇忙问："医生，他怎么样了？"

医生问："你和病人是什么关系。"

邓薇毫不犹豫地答道："夫妻。"

医生说："噢，你跟我来一下。"

学锋开车送田原和丹丹回家。丹丹年纪还小，经不起折腾，已经在后座睡着了。

"事情都凑一起来了。这到底是怎么回事啊！"

"学锋，你多陪陪大哥。我爸这边，有我和我妈照顾着。"

"我觉得老天对大哥真是不公平。"

"嗯。"

"这个时候，别人乱可以，我们一定要稳住阵脚，我们不能乱。"

"好。"

田原同情地望着学锋。因为最近一直得不到休息，学锋的脸浮肿而憔悴。凭着多年相处的直觉，田原感到学锋陷入了深深的恐慌和伤痛。也难怪，他们兄弟俩从小相依为命，几乎是彼此唯一的依靠。现在突然得知学雷患上了癌症，打击可想而知有多大。田原伸出手，放在学锋的手上，轻轻抚摸着他的手背上突出的骨头和筋络，用体温传达着安慰和心意。

45
真 相

清早，田原像往常一样快步走进编辑部。一进办公区，发现气氛好像不太对。编辑们都奇怪地望着她，眼神里包含着怜悯、同情和欲言又止的隔膜。晓鸥靠近她，小心翼翼地汇报："主编，社长找您。"

田原："好。"

晓鸥一脸愁云地看着田原，田原察觉到了什么。

社长办公室里，石社长一脸微笑地示意田原坐下："小田，最近家里的状况怎么样？"

"我父亲的病情已经稳定了。"

"那就好，我生怕是因为杂志社的事情太忙而造成的。"

"没有，没有，谢谢您关心。"

"你知道，你在《美丽·家人》做主编的这些日子，不光办好了杂志，还给单位几乎所有人树立了榜样，踏实能干，和善谦虚。连我这个社长，对你都很敬重。"

"社长过奖了。"

"我们也都很珍视跟你同事的这段经历。"

田原听出了社长话里有话："……您不用说客气话了。我……被解雇了？"

"其实不算……就当我们给你放一个悠长的假期。"

"好的，您不用说了，我明白了。我把工作交接给谁？"

社长有些惊讶："田原！"

"什么？"

社长如释重负地停止了解释："噢，没有，你先去吧，具体事情我会让晓鸥转告你的。"

田原关门离开，社长一身轻松，但又觉得有些奇怪。

田原回到编辑部，把晓鸥叫到自己房间，开始交代工作："晓鸥，我交代你的，你都要毫无保留地交接给接替我的人。"

晓鸥点点头，眼泪都快流下来了。

田原一边收拾自己的东西，一边说："中午你招呼大家，我要请大家吃午饭。"

忙碌了一天，当夜幕降临时，田原收拾了一箱东西，走出自己的办公室，发现外面所有的编辑都没有走。大家看到她，都站起来了。田原惊讶地看着大家："你们……你们别这样，你们这样看着我，我怎么走？"

晓鸥说："主编，我们今天早晨知道了您要离开的事情，心里都非常难过……主编，在我们的心中，您永远都是最优秀的主编！"

田原上前拥抱了晓鸥："晓鸥，谢谢！"

田原和每一个同事拥抱，大家围在她身边，脸上带着不舍的表情。

田原拿起箱子离开了，大家送到电梯口。独自走进电梯的田原，看着门外的每一个人，露出一个美丽的笑容，按下了关门键。

田原把车开出杂志社大厦。此时正是晚高峰的时候，车流行动缓慢。田原的脑子有些杂乱，兴奋地运转着。这么干净利索地从主编的位置上退下来，连她自己都没想到。她也为自己在石社长面前的冷淡态度而吃惊。她现在失业了——想到这里，田原觉得很好笑。

在街的对面，她透过车窗，望着这幢熟悉的大厦，想起了过去无数的清早，自己高兴地赶来上班，就像钟表上的指针，到了那一刻，一定要落在这个位置上；还有那些披星戴月加班的夜晚；当然，还有高飞给她的一切……虽然，具体的工作、多年的努力都留了下来，但是她庆幸地知道，这些记忆、曾经温暖的情感，她都可以带走。

从下午开始，她的电话就没有断过，一些消息灵通的业内同行和猎头们轮番打听着她的去向。五点后，她把手机设置成了无声，在暂时的宁静中开始考虑自己的未来。

李学锋还在开策划会，桌子上是厚厚的文案。前期的一百部手机短片很受欢迎。在董事长的鼓励和决策下，彩虹公司准备继续制作两部引爆市场效应的长片。今天的会议邀请了一家4A广告公司加盟创意，创意总监绘声绘色讲述影片的脚本，在座的各部门负责人在小声议论着。

轮到李学锋发言了。"我唯一觉得不足的是，你们的思路还不够开阔。结构、风格上基本没有问题，可是题材总是局限在年轻人、街舞、动漫中间。当然，你们是为了年轻人的市场考虑，可是中年人、商业的题材，也可以有很好的市场。"电话响起，李学锋看了一下，"对不起，我有个重要的电话要接，你们继续谈。"

学锋快步走出会议室接听电话："喂，原子啊。"

田原在车里："你还在忙啊？我正式通知你，我下岗了。"

"政变果然发生了！感到失落吗？"

"还好，我正好有时间可以陪爸爸了。"

学锋感慨地说："原子，你变了。"

"我这两天终于明白了，什么对我来说是更重要的。"

市二院的肿瘤科重症监护室里静悄悄的，只有仪器发出单调规律的声音，楼道里嘈杂的人声被挡在外面，仿佛日夜交替都对这里没什么影响。

邓薇坐在椅子上支着胳膊打盹，她已经一夜没合眼了。迷迷糊糊间，邓薇做了噩梦，梦见学雷的裤管空荡荡的，用手撑着地向远处走。她在后面追，却怎么也追不上。她猛地吓醒，揉揉眼睛，发现床上的学雷不见了。

邓薇起身冲出监护室，身上的衣服滑落在地上。她在楼道里左右张望，都不见学雷的身影。邓薇抓住一个护士："请问有没有见到监护室的病人，李学雷。"

"没有。"

学雷从男厕所里出来了。

邓薇埋怨道："你怎么自己上厕所了？"

学雷疑惑地说："看你大惊小怪的，我想上厕所，就上了呗。"

"你应该让我扶着你去的。"

"我自己还可以走路……"

"你别硬撑了，赶紧回去。今天就要化疗了，医生让你保存体力。丹丹给我布置了任务的，要我把你的病给治好。"

"这孩子……"

他们回到监护室，学雷躺在床上，看起来心事重重。学雷："邓薇，我想跟你商量个事儿，我想出院。"

"这个要听医生的。"

"现在每天住院的开销这么大，我不想拖累你们。"

"拖累？"

"难道不是吗？"

"你还记不记得，我得阑尾炎那年，你白天上班，晚上还来照顾我。我那也是拖累你吗？本来都是一家人，干吗搞得……"

"可是我们现在不是一家人了。"

"可是什么？你没好之前就不能离开医院！"

"公司还在营业吗？"

"嗯，家妹顶着呢。"

"难为她了。"

田原收拾好心情，到医疗器械商店采购了照顾病人的各种用品，又买了一个轮椅。她把所有的东西装上车，驱车前往田育之家的小院。

田原指挥着小周，把屋子上上下下打扫干净，又在田育之的房间内腾出一块地方，以后可以支起简易床，还把电暖炉组装好，教会保姆如何使用。

看天色不早，田原把小周熬了四五个小时的煲汤以及做好的菜分别倒进保温桶，开车去医院给父亲送饭。

看着街上穿行的人流，田原体会到了另一种充实。她有预感，也许母亲会重新回到父亲身边。但这样真的好吗？两个分开三十几年的老人重新生活在一起？田原试着从脑子里驱逐这样的想法，父亲能够恢复健康是她现在最想要的。

特护病房的门虚掩着，田原在门口停下脚步向里面张望。田育之半靠在床头，赵静雅正在给他梳理头发，还不时对他说着些什么。田原推开门，用特别灿烂的笑脸打招呼："爸，妈！"

田育之还不能说出清楚的话语，他看着田原激动地啊啊叫着，赵静雅很理解地拍着他的手。

田原把保温桶放在桌上："爸，这是煲汤，药补，也有活血功能。另外这盒饭给妈吃。"

赵静雅说："和我一块儿吃吧，咱们一家人几十年没在一起吃过饭了。"

田育之更加激动了，努力想把自己撑起来。田原赶紧给他顺顺后背："爸，别激动。医生不让您激动，以后您要愿意，我天天陪您吃饭。"

三个人就着小小的床头柜，吃了第一次团圆饭。这顿简单的饭菜，田育之等了大半辈子。

吃过饭，田原趁着探视时间，去重症监护室看望学雷。这一层几乎都是危重病人，空气中弥漫着不祥的气息。田原边走边看门卡上的姓名，突然一个名字让她愣住了，她默念："孙稼祥？"

屋里走出来一位老年妇女，她们的目光对视了一下。老年妇女一脸迟疑的表情："你是……田育之的女儿吧？"

田原并不认识她："您是……"

"我是老孙的爱人，你爸爸经常提起你的，特别为你自豪，给我们看过你的照片。真巧了，你怎么在这儿?"

田原想起来了，孙稼祥是田育之最好的朋友："原来是阿姨，我爸中风了，在这里住院。"

"我们家老孙和你爸爸是一起留苏的同学，老孙被查出了胰腺癌，在这儿住院有段日子了。这个病是好不了了，他最近老提起苏联的事，我还说想找老田来坐坐呢。"

"那我代我爸去看看叔叔吧，方便吗?"

老年妇女眼睛里闪着感激的光："那可好，就在这间。"

田原礼貌地走进单间病房，拜会病中的孙稼祥。虽然他们并不认识，但是儿时记忆里爸爸常提的"老孙"她是记得的，后来保姆打电话汇报爷爷的日常外出，也还是经常说"爷爷去找孙爷爷了"。

孙稼祥被病痛折磨得脱形的身体让田原十分伤感。孙老因为刚打了止疼针，有些力气说话。田原就把父亲的情况简单说了说，最后，又补了一句："孙叔叔，我父母现在和好了。我还不知道他们以后的打算，但是现在总算是老来有伴了。"

孙老缓缓睁开眼睛："也好，也好，都这么大岁数了，不要再计较过去了。"

田原内心挣扎了好几个回合，迟疑了良久，握了一下老人干枯的手，说出了自己最大的疑惑："孙叔叔，您当时和我爸是在一起留苏的，您能告诉我实话吗，我爸是不是有作风问题?"

孙老闭上眼睛，久久没有说话。田原以为他又昏睡过去，很后悔自己多言，讪讪地想要告辞。

突然，孙老用微弱的声音说："唉，孩子……"

田原停住了。

孙老继续说："你父母和好是好事，你不要多说什么了。但是我是快没时间的人了，也不用讲谎话。叔叔能理解你……"

田原在孙老身边坐下，俯下身子，准备仔细听孙老的一言一语。孙老歇了口气，继续慢慢讲道："在苏联的最后一年，有一次联欢会后，你父亲找我，说他很害怕，怕他和娜塔莎的事被上面知道，他觉得很对不起在国内的静雅……他不知该怎么办好……我们有纪律，出去是学习的，不能谈恋爱，更不能和苏联人单独来往。我觉得他太冒险了，好好劝了劝他。"

田原强作镇定："后来呢?"

孙老的额头开始渗出细密的汗珠，老人又叹了口气，无力地说道："后来我们就回国了。第二年，娜塔莎以专家助手的身份来了，单独接触了你爸爸，很快，组织上就知道了这件事。你爸爸被扣了帽子，说是有严重的作风问题，被开除了党籍，下放劳动了。很快，中国和苏联关系坏了，我听说娜塔莎被那边定了叛国罪，枪决了。这些后来的事你爸爸可能都不知道，这么多年，我也没敢告诉他。"

"没想到是这样……"

孙老累得不能再多说什么，孙夫人过来帮他擦汗，劝慰道："老孙，这些都是陈芝麻烂谷子了，你告诉小原干吗？"

田原还沉浸在老孙讲述的往事里，似乎没有听到老太太的话，又问孙老："可我爸在回忆录里说完全没有这么回事，他为什么要骗自己啊？"

孙稼祥说："你父亲一时糊涂酿成了一生的大祸。他当时真的很后悔，他很爱静雅，但是都晚了。那个年代，我们的一切都是组织的，没有自己的生活。他在干校吃了不少苦，被批斗得很凶，差点被打死。从干校回来以后，你爸爸写过很多信给你妈，他一直都在牵挂你们。"

孙夫人友善地轻轻搂着田原："也许他对这件事太耿耿于怀，希望它从没发生才好。小原，给你爸爸一个机会吧，他也是半截入土的人了。"

田原离开了那间病房，因为心里过于激动，脚就像踩在棉花里直打晃。刚才的一番谈话就像罗生门，让她不知该信哪边。孙叔叔是爸爸的老朋友，又是一个即将离世的老人，实在没有必要骗人。难道父亲的过去真是这样不光彩？

在楼道的另一端就是重症监护室。隔着监护室的玻璃门，田原看到李学锋已经来了，和邓薇说着什么，丹丹在床边拉着学雷的手，他们三个人都戴着口罩。看到有学锋在，田原似乎松快些。她决定把今天听到的事先放在心里，对谁也不说。

学锋也看见了田原，向她挥了挥手，示意在门外等。田原隔着玻璃看见邓薇强忍着泪水，给学雷换冰袋。

学锋走出监护室："大哥的情况很不乐观，今天化疗后开始发高烧，家属只能在消毒后才能进入监护室。你就别进去了。"

田原不放心地追问："化疗要几天啊？钱够吗？我明天取五万给大哥吧。"

"第一个疗程要先做十五天，已经给他用了最好的抗生素。钱的事你别管，有我在呢。"

田原心疼地叮嘱："你别太累了，楼上楼下的两头跑。爸后天出院后，就由我和我妈照顾吧。"

李学锋也露出淡淡的笑容："有妈妈照顾，爸爸像个小孩子一样，很听话。"

田原的笑容很苦涩："嗯，要是这样的幸福从来没中断过多好。"

学锋不知道田原的心情，他拍拍田原的肩膀，打趣说："不能回头看了，只能往前走，不论是工作还是感情。"

田原很感慨："学锋，我觉得以前对你也是不了解的。"

"是吗？我听说你离开杂志社的场面很动人。"

"又是晓鸥给你汇报的吧！"

"那你有什么打算？准备从头再来？"

"我不知道，也许我已经不适合干这行了。我对时尚行业有些怀疑，光鲜的外表其实太浮躁了。我并不懂生活。"

"原子，你比以前成熟了。"

"那是你以前没发现。我可不是自怨自艾的悲观主义者，还是要做些实事。"

"要不，你就专门做慈善事业吧。"

田原抬头看着李学锋，有些意外。学锋说："我想建一个基金会，专门给你建一个，由你来管理。"

"你不怕我拒绝？"

"为什么要拒绝？"

"说白了，我就是被你养着了。"

"原子，我们从来都是互相帮忙，共同合作的。"

"以前是以前，覆水难收，知道吗？"

"为什么？"

"别问为什么！我想，也许我们真的回不去了。我最近看到自己身上有很多缺点，我很自我，为别人考虑太少。我还不能理解我爸和我妈，我……"

"你别把自己说得一无是处啊。"

"我先带丹丹回去，孩子老在这种环境里不好。我在这里感觉自己像个多余的人，什么事情都插不上手。"

学锋呆住了。他似乎感到田原有点儿心乱如麻，他以为是突然失去工作的原因。

清晨，田原开车送丹丹去学校。丹丹看起来心事重重，在车上一言不发。车到半路，丹丹突然说："姊姊，我不想上学了。"

"丹丹是不是担心爸爸了？"

"我的学费好贵的，周围的同学家里都有钱，我们家现在没钱，我不上了。"

田原怜爱地看了一眼小女孩："乖，别担心钱，你只要好好学习就行了。

我一会儿去和你的生活老师谈谈，让你能在一周中间也能出校看望爸爸，好不好？"

丹丹突然哭了，鼻涕眼泪一塌糊涂地看着田原："我爸爸就要死了……"

田原缓缓把车停在路边，解开安全带，把小女孩紧紧抱在怀里。死亡对这么小的丹丹来讲，实在太沉重了，田原不知道该如何向她解释。

46

宽 恕

两天后，田育之顺利出院，田原心情复杂地把他接回家，和妈妈不辞劳苦地伺候着。田育之的语言能力有了好转，可以蹦出简单的一两个字说明意思，但是右腿依然没有知觉。田原买的轮椅和电暖气都派上了用场，田育之坐在轮椅上冲着田原露出略显僵硬的笑容，用能动的右手挑了挑大拇指。

赵静雅抿着嘴乐："你爸夸你想得周道呢！"

田原心里对田育之的过往还是有疙瘩，但又不想说出来刺激两个老人。她找了个借口，去厨房和保姆做饭。

没一会儿，赵静雅到厨房来招呼小周："你去看着爷爷吧，我来做。"

田原手里切着土豆块，赵静雅试探地说："我过来住几天，饿不着你吧？"

田原明白妈妈的意思："那我就下馆子，厨房容易让女人变老。"

"严肃点儿，跟你说，这几天，你真得自己烧菜了。"

"噢，您准备搬过来照顾爸？"

"也不是一直在这边住，要看老田的恢复情况。等他生活能自理了，我再回去。"

"妈，我爸现在偏瘫加上老年痴呆，还能生活自理吗？您也是上岁数的人了，长期折腾能受得了吗？这里没外人，您跟我说实话，您到底怎么想的啊？"

赵静雅手上利索地切着滚刀块，含含糊糊地回答："走一步是一步吧，反正现在我不能不管。"

田原差点想把孙稼祥的话告诉母亲，话到嘴边还是咽回去了。

李学雷入院后，邓薇衣不解带地照顾他，公司的事完全都由家妹支撑着。由于化疗后身体失去抵抗力，学雷每天遭受着发烧和呕吐的煎熬，体重由之前的一百五十斤直线下降到一百二十四斤。一晃十几天过去了，眼看着到了年底，第一个疗程并没有收到预期的效果。

经过再次的检查，肿瘤科的主任约邓薇、李学锋见面，详细地讲解了学雷的病情。她的语气很婉转，但内容却残酷地让邓薇当场瘫倒在地——癌细胞已转移到脊椎，很快就会进入脏器。学锋流着泪把几近崩溃的邓薇拖出主任办公室，连拉带拽地把她拖到医院小花园的长椅上。

学锋含着眼泪："嫂子，你哭出来吧，哭出来心里还好受些。"

邓薇瘫在椅子上，撕心裂肺地哭号。因为这一阵休息不好，她也瘦得脱了形，在冬天阴郁的庭院里犹如一棵干枯潦倒的藤蔓。

学锋心如刀绞，痛苦得不敢看邓薇崩溃的样子。他一把抓住邓薇的胳膊："嫂子，哥的时间不多了，你要挺住啊。咱们得让他走得没有牵挂。"

邓薇放声大哭："我受不了了！我真的不行了！"

学锋说："你还有丹丹，还有我们，大哥最放不下心的就是你们。咱们要一起挺过去！"

邓薇大哭了一场，渐渐止住了眼泪。她忍着痛苦理智地说："学锋，我唯一的心愿是他能没有那么痛苦地走。你知道吗，开始住院的时候他都咬牙忍住不叫出声。可是最近他已经不能承受那份疼痛了，晚上叫得特别惨，我都恨不得让他早点解脱……"

"你放心，我去找院长去求主任，一定不让大哥那么痛苦。丹丹这就放寒假了，让她住我和老爷子那儿。有田原的父母在，有保姆，我们都能照顾她，不会让她觉得孤单。"

"我知道……他的日子不多了，我恨不得住在医院，每一秒都在啊！"

学锋听到这里，再也没法坚持理智，掩面痛哭。邓薇反过来捋着他的后背，含着泪劝慰他。

田原探望过学雷后，觉得心里憋得慌。她被生活的残酷击得晕头转向，不知道该如何是好。

天知道田原这些日子过得有多辛苦。赵静雅最近一直都住在田家，全身心地照顾瘫痪的田育之。每天田原也都会去田育之家帮忙，分担母亲的操劳。但在她心里，永远忘不了冤死的娜塔莎。即使父亲再无辜再后悔，他过去的背叛导致了一条人命的消逝。田原经常看着父母在一起的样子发愣。赵静雅很充实、从容，经常给田育之唱歌、念报纸。田育之虽然还不能说完整的话，但他的视线一刻也没离开过赵静雅。

田原不敢说出这个秘密，她生怕伤害母亲，担心她禁不起新的沉重打击。而面对风烛残年的父亲时，她又不忍心夺走他现在唯一的幸福。他的身体那么脆弱，不堪一击。田原快被自己心中的秘密憋疯了，她简直没法直视赵静雅和田育之的眼睛。

田原走出住院部的院子，打电话给董志兴："志兴，你忙吗？我在医院，想和你聊聊。"

董志兴的办公室就在住院部后面的小楼里。心理诊所属于冷门科室，田原对这里倒是熟门熟道了。她径直走进办公室，董志兴正把一张CD放进唱机里，音乐声音不大，依稀能听到是玛利亚·卡拉斯的歌剧《蝴蝶夫人》。

田原没有客气，直接脱掉大衣，躺在舒适的沙发椅上，长长出了口气。房间里空调的热风很强劲，董志兴穿着做工精良的双拼条纹衬衫，优雅地搅动着杯子里的小勺，开门见山地说："你是无事不登三宝殿啊，每回'倒垃圾'的时候才会想起我，我真拿你没办法啊。"

田原眯上双眼，在音乐中放松下来："幸好你有空，我今天如果见不到你，真怕自己就要做傻事了。"

董志兴吓了一跳，关切地问："你又做噩梦了？还是……"

田原苦笑："志兴，你这回能当一次'树洞'吗？我有一个秘密，只能对你说了。"

董志兴调暗了灯光，定定神，在自己的办公椅上坐好，静静地听田原讲述那个年代久远的、既疯狂又荒唐的秘密。

董志兴的话很少，但始终引导着田原说出自己内心的想法和担忧，倾听她对这件事情的看法。田原终于把憋了十几天的话说出来了，虽然还不知道该怎么做，心里还是轻松多了。她安静下来，眼睛看着天花板上中央空调出风口处的小红布条，准备听董志兴的建议。

董志兴的声音低沉，带有磁性："田原，你有没有发现，其实你已经找到了答案。"

"我？"

"你为什么知道秘密后并没有说出来呢？你已经找到答案了。"

"你不明白。如果事情就让我烂在肚子里，那么娜塔莎怎么办？她根本不该死啊！如果不是因为我爸，她也不会冒险来中国和他见面。我爸身上背着一条人命！"

"你父亲已经为自己的行为付出了代价。是时候放手了，生命的债不需要用更多的生命来偿还。"

田原说不出任何话来。

"你知道老年痴呆症有一种症状是丧失记忆吗？和我们普通的健忘不同，患者不能产生回忆，有时就会把自己的想法当成是真实发生过的事。我想，你的父亲应该不是故意把自己的过去美化，而是从心底希望那件事没有发生过，所以会误把希望当成真事。"

田原喃喃道："原来是这样……要是我也得老年痴呆症就好了，就不用成天患得患失。"

"有些事情不需要忘记，只要把它看得淡一些就好了。田原，你应该换个活法。"

"什么活法？"

"也许因为你当主编太久的缘故，你总是生活在各种责任、忧患当中，这样很累。"

"学锋比我更累。"

"我知道的，你不要去当支配者，而要当被支配者。"

"被支配者？"

"对，就是去当一个士兵，一个服从命令的士兵。"

"有点意思。我去当一个送快递的工人？"

"那也不至于，你现在没有了工作，恰巧是一个契机。什么都不要去想，不要想你对不起谁，也不要想你被谁伤害了，更不要深陷在回忆当中。"

田原重复着："不要深陷在回忆当中……不要深陷在回忆当中。"

董志兴同情地看着田原。

田原恍然醒来："噢，我是不是该走了？我要去看看我爸。谢谢你，志兴，如果没有你一直给我心理上的辅导，我早就崩溃了。你看，我现在精神状态好很多了。你放心，我一定会好起来的。"

"不用谢！愿意做你的垃圾桶。代我问伯父伯母好。"

确诊过后，邓薇不敢在李学雷面前露出丝毫的绝望表情。但学雷从医生的治疗方案中还是察觉出了不对劲。由于癌细胞已经全身转移，学雷不再做化疗，每天依靠吗啡以及一种针剂维持。大多数的时候，学雷在痛苦中忍受煎熬。吗啡的作用时间越来越短，学雷看着邓薇的眼神也越来越留恋。

一天，学雷趁着刚刚打过吗啡后的平静而清醒，向邓薇做了一个要说话的眼神。邓薇小心翼翼地凑近。

"家妹……"

邓薇会意："现在公司都靠家妹一个人管理，她太不容易了。你看把公司的股份分给家妹百分之二十怎么样？"

学雷缓缓点了点头，又不放心地小声说着什么。邓薇俯下身去仔细听，然后忙不迭地点头："我知道，放心吧，我一会儿就打电话。"

学雷冲着她露出一个浅浅的微笑，还是示意她有话要说。邓薇耐心地俯下身："还有什么事啊，你就放心吧。"

学雷的眼神充满了柔情："我想看你穿婚纱的样子……"

邓薇不相信地看着他，眼泪涌了出来。

腊月的玉湖边，草木凄凄，湖水却因为寒冷而更显得深邃。李学锋驾车行驶在湖滨大道上，田原在副驾驶座上，扭着身子为后座上幸福依偎在一起的学雷一家三口摄像。邓薇的左手上紧紧攥着两个大红色的结婚证，右手搂着丹丹，百感交集。丹丹忍不住又一次把结婚证抢过去，打开看邓薇和学雷的结婚照片。丹丹："爸爸妈妈，你们结婚的时候就有我了啊？"

　　"你真调皮！"

　　学雷的脸色泛着灰白，因为消耗体力过大额角又出了一层汗。他忍着疼痛爱惜地看着妻子、女儿和窗外泛着银光的湖水。突然学雷叫道："学锋，停车，我想在湖边照张相。"

　　"外面太冷了，你身体受不了。"

　　"咱们当初谈恋爱就是在这附近吧。一家人照张相吧，难得今天是晴天。"

　　学锋靠边停了车，把学雷背到湖边的长椅上。邓薇把丹丹抱在她和学雷中间，三口人咧着嘴笑。田原含着眼泪为他们照下了永恒的笑脸。学锋用摄像机把过程完整地拍下来。几个人除了感动还是感动。

　　学雷坐在椅子上，看着弟弟和田原忙前忙后，转头小声对邓薇说："薇薇，真可惜没有看到你穿婚纱的样子，要是天气再暖和一点……不知道我还能不能等到春天。"

　　次日，田原照例到田育之家帮忙。田育之的双手基本上恢复了功能，然而语言能力却因为老年痴呆症的加速恶化而基本停留在一两个字的水平，没有好转。他现在是一个满足而沉默的老人了，每天最喜欢在窗边晒太阳打盹。

　　保姆小周在厨房做饭，田原拿出相机给赵静雅看昨天学雷一家拍的照片。赵静雅看得很仔细，抚摸着照片上学雷消瘦的面容，眼圈泛红了，悲伤地说："寒假把丹丹接过来住吧，邓薇一个人又要去医院又要照顾小孩太辛苦了。"

　　"这孩子可是小大人，心里什么都明白。现在她一刻也不想离开学雷。"

　　赵静雅关上照相机，招呼田原在身边坐下，郑重地说："原子，我想让老田搬过去和我们一起住，我来照顾他。"

　　"妈，还有学锋在这里呢，您别太操劳了。"

　　"你爸的病不会好了，医生说只能多关注他，尽量延缓病情。学锋很孝顺，可是他还要上班，以后你肯定也要工作。把你爸一个人留在家里交给小周，对他的病没好处。咱们家宽敞，让小周也搬过去。你看怎么样？"

　　田原理解地对母亲说："您主意真大，已经决定了，我也不劝了。过两天就搬吧，今年的除夕就在咱们家过。"

除夕夜，搬到别墅里的田育之穿上了中式棉袄坐在沙发上，电视里正在放新闻联播，老人默默不语地看着。赵静雅在房间里换新衣服，田原敲门进来。

"我给爸也买了一件棉马甲，跟您那件一样的，号大一些，就成男式的了。"

"呵，这宝蓝色的缎子面真好看……"

"小周说爸在楼下的客房住得还习惯，就是以前的书还没来得及搬过来，他老人家昨晚上为了书的事情生气来着。"

赵静雅叹了口气："这老头子脾气越来越大了。"

院子外面有车灯闪过，田原："是学锋他们来了。"

两个人整理了一下新衣服，出门迎接。

李学锋从车上下来，把哥哥抱起来。学雷的身体更加瘦弱了，像个婴儿一样蜷缩在学锋的怀里。邓薇拿了一块毯子盖在他身上。

丹丹手上拿着过节的充气气球也跑下车。

田原迎出来："赶紧进屋，屋里暖和。"

满满的一桌菜。灯光下，屋内显得特别的温暖。田育之坐在轮椅上，显得也很高兴。学雷半躺半靠在沙发椅上，身上盖着小毯子。

再次回到从前的家里，和亲人们坐在一起吃年夜饭，学锋感慨极了："今天，太开心了，我们三家人能聚在一起过除夕，吃团圆饭，真是从没有过的事情。感谢老天成全了我们！"

赵静雅说："我提议大家一个人说一句新春祝福。"

田原附和道："好！"

"从年龄最小的小朋友开始吧。"

邓薇说："丹丹，阿婆让你说第一个哦。"

丹丹想了想："祝爸爸和阿公身体健康！"

大家愣了一下，然后鼓掌。

邓薇赶紧活跃气氛："该我了。我想，祝我们每个人都发财，发财！"

邓薇说完哽咽了。

田原赶紧安慰她："薇薇，来，喝口红酒。"

田原说："该我说了，我记得还是我六岁的时候吧，那是我爸爸妈妈一起过的最后一个除夕，今天，我们一家人又团聚在一起了，我要感谢一个人……"

大家都听着。

"我要谢谢学锋！祝福在座的每一个人。"

田原端起酒杯给大家敬酒，然后一饮而尽。

"谢谢妈给我们布置的作业，我把我的祝福给我最爱的人。告诉大家一个好消息，爸的回忆录已经有出版社准备出版了，春天就能上市！"

大家惊喜！

学锋："大哥，你也说说？"

大家看着学雷。

学雷的声音不大："我希望，以后我能在天堂看到你们很快乐！"

邓薇转过身，田原搂着她的肩膀。她使劲压住自己的哭泣。

丹丹懂事地推推邓薇的胳膊："妈妈别哭，妈妈别哭，咱们过年应该高兴。"

学锋说："吃饭，吃饭，大家边吃边说。"

学锋站起来给各位分菜。田原给田育之夹菜，邓薇帮学雷挑鱼刺，丹丹也给爸爸夹菜。

赵静雅慈祥地看着大家，又看看兴奋但不言不语的田育之，笑着举起酒杯。赵静雅献上祝酒词："我祝我和老田都能晚年幸福，健康长寿！也祝学雷和邓薇、学锋和田原日子和和美美！"

学锋首先举杯："祝爸妈幸福健康！"

田原慢了一步，也举起酒杯。

田育之不能举杯，他的眼里洋溢着幸福的泪光。

时间临近一点，电视里的春晚已经谢幕，午夜的鞭炮还在外面轰响。老人和学锋一家都已经睡下了。田原在厨房收拾碗碟杯筷，学锋打下手帮忙，他们有一搭无一搭地聊着。

"这么说，你年后就要上班了？"

"是呀，WWF一直是我很敬重的公益组织。正好他们需要我这样的万金油做活动宣传，我重新成了一名打工仔！"

"我相信你很适合做这个。不过，你不考虑做我们公司的基金会主席吗？我想把慈善基金的支持范围扩大到更广泛的人群，独居老人、单身贫困母亲、贫困大学生……当然，我不会干预你的工作。"

田原语气温柔地说："我宁愿接受你的其他调遣。你们公司现在还需要巩固资本，还是先求稳吧，稳住市场后，再去做善事也不迟。"

田原专心地洗盘子，水流过她细长的手指，她抬头对着学锋一笑，就像一个幸福的小妇人。学锋看着田原，从来没感觉她这样温柔过。两人间的气氛逐渐有些微妙起来，他们彼此都察觉到了这种暧昧的微妙，沉默了。

好一会儿，田原打破了尴尬。她埋头冲洗一只玻璃杯，用平静的语气说："学锋……"

学锋觉得田原的语气里似乎埋藏着什么，他放下手上收拾的东西，看着田原。

田原温柔地看着手里的玻璃杯说："我们复婚吧……"

学锋完全没有想到等到的是这句话。似乎已经不可能了，似乎等待得太漫长了，跨越了无数的阻隔，他终于听到了这句话。

学锋不相信地看着田原。田原的目光迎上去，清澈而真切。学锋轻轻一拉，两人拥抱在了一起。

屋外，邻家的鞭炮声依稀在响。突然，一组礼花腾空而上，照亮了他们眼角喜悦的泪。

尾声
最后的承诺

又是田原最爱的秋天了。

今天是学雷的生日，一大家子人开车到了远郊的墓园给学雷扫墓。学锋帮着身怀六甲的田原给大哥擦拭墓碑，邓薇和丹丹献上鲜花，赵静雅推着轮椅，田育之含笑坐在轮椅上。他们注视着墓碑，墓碑的照片上是李学雷一如既往的憨厚的微笑。

学锋给学雷鞠了一个躬，说："大哥，生日快乐！"

邓薇说："学雷，你放心吧，我们都很好，都很幸福！"

丹丹也叫："二叔，快给爸爸看我的公主裙……"

学锋掏出手机，开始播放。视频里的邓薇穿着白色的婚纱，丹丹也穿着小公主裙，她们对着镜头倾诉着对学雷的思念。

田原的神情里多了一分母性的光辉："大哥，我们家新的生命就要降临了！"